JIANGSU
DEVELOPMENT
SUMMIT
江苏发展大会

约在江苏　共筑梦想

秦淮故事

WANGXIETANGQIANYAN

王谢堂前燕

秦淮故事

姞 文 *Jiwen* 著

江苏凤凰文艺出版社
JIANGSU PHOENIX LITERATURE AND
ART PUBLISHING

图书在版编目（CIP）数据

王谢堂前燕 / 姞文著. —南京：江苏凤凰文艺出
版社，2022.1
ISBN 978 - 7 - 5594 - 5665 - 6

Ⅰ.①王…　Ⅱ.①姞…　Ⅲ.①长篇小说-中国-当代
Ⅳ.①I247.5

中国版本图书馆 CIP 数据核字(2021)第 019766 号

王谢堂前燕

姞文　著

出 版 人　张在健

责任编辑　朱雨芯

装帧设计　张景春

责任印制　刘　巍

出版发行　江苏凤凰文艺出版社

　　　　　南京市中央路 165 号，邮编：210009

网　　址　http://www.jswenyi.com

印　　刷　苏州市越洋印刷有限公司

开　　本　710 毫米×1000 毫米　1/16

印　　张　18.25

字　　数　260 千字

版　　次　2022 年 1 月第 1 版

印　　次　2022 年 1 月第 1 次印刷

书　　号　ISBN 978 - 7 - 5594 - 5665 - 6

定　　价　59.80 元

江苏凤凰文艺版图书凡印刷、装订错误，可向出版社调换，联系电话 025 - 83280257

目录

第一章　己亥除夕

2020年1月24日，己亥年除夕。北风飘飘，细雨绵绵，江南的冬天常这样寒冷潮湿。年青的刑警宁恺跨着摩托车，飞驰在南都城中，像一阵风。

天色将晚，万家灯火星星点点地亮起，雨丝如幕的街道上车水马龙，人来人往。自北向南，火车站、南都商厦、汽车总站、鼓楼、市中心商圈、孔夫子庙……到处熙熙攘攘。古城墙沿线，上元河两岸，大成庙广场上，各种花灯争奇斗艳，一年一度的上元灯会正在进行。人们或脚步匆匆往家赶，或兴冲冲采购年货，或相伴徜徉流连在花灯下，都在享受着春节假期，享受着一年中最重要的团圆。宁恺望着沉浸在节日中的人群，嘴角浮上了笑容。

全国四大闹市之一的孔夫子庙，一直是南都最有年味的地方：步行街中的商户家家张灯结彩，上元河河畔的垂柳高杨披红挂绿，河两岸一幢幢白墙黑瓦乌头檐的江南民居依势用灯光描画出各种线条，大成殿棂星门远望巍峨庄严，两边的东西街市则因琳琅满目的各种土特产、小商品欢快喜庆，近旁一个个老字号十里春、永香园、郁芳阁都是南都人幼时的记忆，到处弥漫着各种香味，与喜气和年味一同氤氲空中，宣告着"过年啦"！

不过今天的孔夫子庙有些异样，上元河中的游船画舫往日逶迤来去，欢声笑语飞腾，此时静静地停在岸边；巍峨的大成殿平素游客进出，川流不息，如今大门紧闭；而偌大的凤凰公园中，一个人影也看不见。宁恺关切地张望，景区都关闭了呢。说是预防病毒，叫什么"新型冠状病毒"，这几天新闻常是这个相关内容。

往南走，玄衣巷社区的几个新老小区和羲之路对面的市立医院，挂着同样"恭贺新禧"的大红灯笼，贴着红红火火的春联，相互呼应又不甘落后地欢庆新春,像是在说"金猪年托福不赖,子鼠年想必更好"。三三两两的居民推着自行车,拎着大包小包的年货,奔向一年最重要的年夜饭。宁恺放慢车速,目光望向步行街尽头的停车场,还好,有位置。

宁恺停好车,转弯经朱雀桥,大步往西。步行街最好的南角位置,百年老店"王谢堂"酒楼巍然傲立,细巧的彩灯勾勒出翘角飞檐,精致的宫灯映照着雕梁画栋,大红朱门上兽头门环和一颗颗铜钉擦得闪亮,门楣上"王谢堂"招牌和两侧楹联"旧时王谢堂前燕,飞入寻常百姓家"一色乌木嵌银,在细雨蒙蒙中更显古拙凝厚,字迹筋力老健,风骨洒脱,落款处"少荃"两字清晰分明。远望近观,光影朦胧中和谐的轮廓,披着重重风雨剥蚀的色彩,凝结着古城的悠久历史和醇厚人情。

将近晚餐时分,酒店络绎不绝地正在上客,十几位玄衣迎宾在门口体贴地帮客人收伞接雨披,领进酒楼。端着茶饮果盘的服务员也都是一身玄色长衫,取"玄衣子弟"之意,不过特意镶嵌了宽领口和袖边的搭色,按工种不同镶白、镶红、镶蓝、镶绿等,各司其职,敏捷地穿梭来去。各个包间门口挂着的小灯笼陆续亮起,大厅中随着一桌一桌的客人落座,也渐渐人声鼎沸。

如此雅致富贵的酒楼中,宁恺的一身警服颇为扎眼,加上相貌堂堂、英武高大,阔步行来只觉得正气凛凛不可逼视,引得厅中客人和玄衣子弟都行注目礼。迎宾含笑领他走到大堂东北角落,屏风后,宁家一家人已经到齐,宁吉一眼看到就嚷:"哥,你怎么才来!"庚丽和宁国华见到儿子也问:"局里又忙?"爷爷宁向云瞪眼:"你们别老问局里的事,他那些公务都要保密的!"宁恺唯唯诺诺,向姑妈宁雅娟、姑父韩肃和表弟韩征南颔首打过招呼,没话找话地问:"怎么坐这个犄角旮儿? 不是有包间吗?"

这下打开了庚丽的话匣子,埋怨如滔滔流水般奔腾倾泻:"有包间,那得订啊,春节不像平常,要交订金的! 早就交给宁吉办,她和谢安熟嘛! 她居然忙忘掉了! 昨天问她在哪个包间,才急急忙忙打电话! 结果,好不容易才要了个位置! 你们这些孩子,办事太不靠谱!"

瞬间打击了一大片,宁恺皱眉不吭声,宁吉做个鬼脸,韩征南低头玩手机。宁雅娟便劝嫂子，大厅没关系，王谢堂生意一直好，连包厢总共就一百六十张桌子，过年爆满，能有位子就不错了，屏风挡着也算安静。庾丽却继续抱怨："一天到晚就说忙，当警察的忙，公务员也忙？原来同意你去街道，是觉得女孩子嘛，清闲点，以后要以家庭为重；结果倒好，升了个什么经济副科长兼网格员，搞得比你哥还忙！工资又不见多拿！"

宁吉脾气极好，听母亲抱怨并不着急，笑嘻嘻地提起茶壶给大家斟茶。宁雅娟好奇地问网格员是什么。宁吉解释，网格化管理是一种正在探索的社区管理制度，就是将社区划为网格状单元，数字化动态全方位管理。庾丽听着便又抱怨，街道算个科级，这兼个网格员算怎么回事呢，没级！宁向云一向最疼孙女，高声说："不要动不动什么级什么级，社区工作很重要，小吉是党员，干好工作最要紧！小吉，你今天吃完年夜饭，把明年的订了，省得到时再忘。"庾丽见老人家发话，总算停止了唠叨，低头喝茶。宁雅娟则盘算着，征南今年高考，上大学的谢师宴要不要早点订？八月中下旬也都是旺季呢！家里亲戚算三桌，同事算四桌："哎，小南，你的同学是订一桌还是订两桌？你那些好朋友，蕾蕾、英豪、佳佳，都请来，好吧？"

韩征南抬起头不耐烦地说："妈！我还没考呢！"宁雅娟立刻反驳："六月就考了啊！早点做准备，未雨绸缪，不好吗？"韩肃拉拉她的袖子，她不服气地甩开，"你没看外面多少人吗？到时真订不到位置！"

透过屏风的西侧，看得见大厅中人来人往，宾客如云。宁恺突然变了脸色，冲宁向云使了个眼色，老刑警心领神会地看过去，瞬间也神色黯淡。厅中蹒跚走过两位老人，在西窗边的小桌旁相对坐下，如银鬓发、苍老面容和落落寡欢的神情，在一片喜庆祥和中特别扎眼。宁向云回过头用目光询问，见宁恺微微颔首，不由得长长叹了口气，又忙掩饰地端起茶杯。

宁吉机灵，发现了两人在打哑谜，好奇地问："怎么了？你们看见什么了？"宁恺低头喝茶不理妹妹，宁向云催："上菜吧？"宁吉不肯，不依不饶地问缘由。宁向云拗不过她，叹口气道："不是什么秘密，也没什么要保密的，喏，看见西窗边那一对老人了吧？"

讲起来令人唏嘘。二十八年前,南都医科大学发生了谋杀案,在校园中发现的,死者是大四的学生,家里的独生女。父母和祖父母当时就崩溃了,四个人哭得天昏地暗。1992年啊,非要取出家里所有存款,悬赏十万元,一趟趟跑到公安局问。但这个案子始终没破,尸体是失踪后三天在井里发现的,三天一直在下雨,凶手留下的痕迹被雨水冲刷得干干净净。四位家属不甘心,每年的腊月二十五,也就是死者忌日那天,都会来局里问进展,可一年一年就是破不了案。后来爷爷过世了,再后来奶奶也过世了,女孩的父母亲越来越老,可还是每年来问。看着两位老人一年年蹒跚而来,一年年失望而归,刑警大队的所有警察心里都不是滋味。每个新人到局里,都会被告知这个案子,都会再次研究卷宗,都会在腊月二十五这天被提醒好好接待两位老人,然而,就是一直没结果。

宁吉抢着道:"我知道!我听洛涧街道的同事讲过不止一次,老两口真是可怜,街道常去看望,看老人家需要什么。但每次去,老人家讲着讲着就讲到二十八年前被害的女儿,名字叫'小丽',是不是?""是啊。"宁向云叹口气,起身喊宁恺一起去和老人打个招呼。宁恺往后一梗脖子:"我不去。"宁吉理解地拍拍他:"哥,等破了案,抓到凶手再去告诉他们!"

宁向云不勉强孙子,一个人走到西窗边的小桌前,含笑招呼道:"张老师,张师母,过年好啊。"两位老人抬起头,一阵惊喜,客气地寒暄:"托福,身体不赖。""您身体好吧?""您忙惯的,退休了习惯吧?""在家懒得做,是啊,出来吃方便。"

"老习惯了,以前一家人就总来王谢堂。"张师母指着桌上几样小菜示意,"素什锦,盐水鸭,麻油干丝,都是小丽爱吃的。"说着红了眼圈。张老师连忙递过手绢,又倒杯热水让老伴喝。宁向云心中不好受,安慰两位老人说局里一直没放弃,不一定哪天就有好消息。讲着讲着自己也觉得空洞,起身告辞。回到席间拍了拍宁恺,爷孙俩对看一眼,迅速移开了目光。只有刑警才理解刑警的这种郁闷吧?宁恺猛喝一口茶,忘了是新倒的开水,烫得一口喷了出来。

　　谢安缓步行来，也是一身乌衣，不过唯有他的乌衣上镶嵌的是银丝，随着舒徐的步履时隐时现地闪亮，就像门口的乌木嵌银招牌，高贵含蓄。进了屏风拱手作揖，含笑一一招呼问候，然后慢悠悠地说二楼有个包间空出来了，要不要换上去？宁吉狠狠捶他一记："怎不早说！你这个性子真急人！"

　　一家人惊喜地连忙起身，取衣服、拎包往二楼走。宁恺问："年夜饭也有人退吗？"谢安笑笑，服务员小周接口说退桌是常有的事。宁雅娟赞同："保不准谁家临时有事。"庾丽附和道："是啊，所以过年时一定要收定金。不然酒楼已经准备了不是有损失？"说着关心地问谢安，"春节生意不错吧？听说到初七都订满了，十五也没位置了？"谢安一一答应，永远不疾不徐，温文尔雅，在楼梯口吩咐小周带宁家人到二楼宇字号包间，然后向一家人含笑拱手作别。

　　庾丽叹口气。宁雅娟悄悄地问："还没进展啊？""嘘！"庾丽伸头看宁吉兴冲冲地跑在最前面听不见，才看向宁雅娟，丧气地摇摇头："这傻丫头，人家哪看得上呢？"

　　孔夫子庙就那么大，其中的玄衣巷社区只有六个小区总共三千多户居民，孩子们上学，小学学区在一起，中学成绩好些的都去一中。宁吉与谢安自小同学，一路同班，又都学文科，上的都是南大，说是老同学、发小、青梅竹马，都不为过，可始终就是没下文。谢安是酒楼老板，属于服务行业，可王谢堂始创于清末，是近两百年的老字号，百道大菜和百味点心都是南都传统名品，蜚声江南。楼梯侧道上悬挂着一幅幅书法作品，大都写的楹联那两句，也有的是酒楼主人自己的诗句，不过最主要的，看看落款！远的都是民国风云人物，近的有历任南都领导，当代的文人艺术家、美院院长、艺术学院教授、书法家协会会长等等，简直多得快排不下。王谢堂是酒楼，是孔夫子庙步行街的精华，更是南都近代历史的象征，是南都文化沉淀的风雅之地，来到这里，就知道这座古城物华天宝，人杰地灵。

　　而这么一座大酒楼，是谢家的祖传家业，谢安是嫡系第九代传人，前年他父亲突然中风去世，他年纪轻轻就做了老板，孔夫子庙居民对他背地里的爱称是"王谢堂主"。当然，庾丽不承认自己现实庸俗，而是口口声声强调："我最喜欢的啊，是这孩子的人品！"

自二楼扶梯栏杆看下去，谢安一袭镶银乌衣的身影玉树临风，在熙攘忙碌的人群中皎然卓立，步履舒徐，风神秀彻，真似当年东晋的王谢贵胄。

"唉，小吉毛毛糙糙的，哪配得上。"庾丽叹气，"他像块羊脂玉，小吉就是石头。"宁国华听见了，回头安慰她："什么年代了，这事父母就别操心了吧？"

"什么年代了，小吉二十五了！"庾丽抱怨道，"你当老子的能不操心，我当妈的要操心！"

谢安没听到二楼的八卦，也没察觉一道道射下的目光，刚才宁恺的一句问话梗在了他的胸口：年夜饭也有人退吗？对于王谢堂，退桌本身就不多见，尤其是除夕年夜饭，从来没有过。谢安走到前台，小鲁看到他，忙示意他过来看电脑，屏幕上赫然显示：今晚退桌，26！备注栏中有退订原因，一行行看下去，都是"新型冠状病毒防疫"！谢安悚然一惊，抬头望向厅中，果然有不少空桌，或密或疏地隐在中间。桌上餐具餐巾摆得整整齐齐，香茶温水也都体贴地准备好，因为是春节套餐，有些桌甚至已经上了果盘，都以为客人迟到，没想到竟然是不来了。再看看退桌的时间，大都发生在刚才一两个小时中。谢安移动着鼠标，凝视着一行行"新型冠状病毒防疫"，陡生不祥的预感。

但"新型冠状病毒防疫"，那是湖北武汉的事吧？远在千里之外啊！谢安甚至没去过那么远的地方。

宁家人换到包间中，庾丽兴高采烈，拉着宁雅娟看壁上的字画和条几上的青花瓷器，还有窗边的青铜鹤炉。宁向云端起老刑警的架势，又在向宁恺传授各种门道，韩征南在一旁听得津津有味。宁国华和韩肃闲聊谈天，一个是文人，写了一篇新考据；一个是企业老板，在琢磨过完年公司搬家装潢新办公室，两个人的行业毫不相干，倒谈得颇为投机。宁吉在门口核对菜单，吩咐走菜。不一会儿，冷盘先摆满了圆桌，韩肃挥退服务员，坚持自己给大家倒酒。宁雅娟忙拦住服务员，把要撤走的果盘拿下来，一股脑儿放在韩征南面前说:"水果怎么不吃?补充维生素的,吃掉!"

韩征南不动,宁雅娟又催两句:"没听见啊?快吃掉!"韩征南推开果盘拒绝:"中午吃的还没下去呢!我吃不下!"宁国华忙打圆场:"要吃饭了,水果不吃就不吃,雅娟你别说了。"一边提醒老爷子,"开始吧?"

宁向云坐直身体,清清嗓子,端起酒杯环顾一圈,道:"来,举杯!今天除夕,合家团圆。金猪年这就要过去了,庚子鼠年大家幸福平安!"

一家人纷纷附和,说着"新春大吉大利""庚子年更上一层楼""身体健康""万事如意"等吉祥话互相祝福祝愿。宁雅娟举着酒杯说话,看到冷盘中盐水鸭的后腿,忙捡了给儿子,一边向大家解释:"征南爱吃鸭腿。"韩征南正端着饮料祝外公"新年身体健康",坐下来见面前碟子上已经堆得老高,不禁嘟囔:"幸福平安,别的没事,就怕撑死!"

宁雅娟戳了戳他:"那么多怪话!快吃!"韩征南愁眉苦脸地看着一碟子食物,不动弹:无论怎么吃,也没有母亲捡得快,食物只会越来越多,何必徒劳?宁向云便感慨:"现在的孩子太幸福,哪里知道饿肚子的滋味?挑着吃,拣好的吃,还要讲究营养!我们小时候,白米饭白馒头就是最好的,肉要多少天才能吃到一次,一大家子分,每人最多两块!"韩肃赞同,小时候哪儿见过这么多种水果,顺手将韩征南面前的果盘取过来吃:"大冬天的又是西瓜又是火龙果,还有这大个头的,是樱桃吧?"宁亚娟笑起来:"那叫'车厘子',进口水果,一百多块钱一斤呢。王谢堂真是舍得,高端酒楼,样样都讲究!"一边说,一边看看庚丽。庚丽明白她是接刚才的话头,不禁埋怨地瞪向宁国华,宁国华被瞪得心慌,连忙岔开话题:"哎呀,你们有没看新闻?我们这里吃吃喝喝地幸福,武汉那边不知道怎么样了呢,什么'新型冠状病毒',说是完全新的病毒,都不了解啊!看得出中央很重视,这几天新闻里都是各种各样的防疫措施!"众人议论起来,武汉这次疫情很严重啊,昨天封城了呢,一千万人口,九省通衢的大城市,说封就封了。所以南都的景区也关闭了嘛,上元河的游船、凤凰公园、朱雀湖公园……今天都没开。正好过年,放几天假也好。

宁吉听着家人说话，并不感兴趣，面前一盘盘王谢堂的名菜佳肴，平常吃不到的啊！于是，她自顾自埋头苦吃。韩征南悄悄将碟子推过来，宁吉毫不客气地搛过鸭腿，姐弟俩相视一笑，皆大欢喜。

然而好景不长，手机突然响了，宁吉舍不得放筷子，坐着不动继续吃，手机却响个不停。庾丽忍不住催宁吉，宁吉嘴巴鼓鼓的塞满了食物，含糊不清地嘟囔："肯定是拜年的，我吃完了打回去。"然而手机一直响，不屈不挠地坚持，宁吉见所有对话都被电话铃声吵得停止了，所有目光都聚集在自己身上，只好恋恋不舍地放下筷子，取出手机，口中还嘀咕："发微信不好吗，扔个红包嘛！"伸头一看号码，连忙接起，走到窗前"嗯""是""马上"，唯唯诺诺的，神色越来越紧张。不一会儿放下电话，脸色发白，急急忙忙地拿起包和羽绒衣就往外走，说要赶去社区，有紧急任务。

全家人都愣住了，庾丽第一个起身拦住，说："小吉，你别不懂事，吃年夜饭呢，不许往外跑！"宁吉急得跺脚："妈！说了是紧急任务！要立刻赶过去！"宁恺上前单臂拥住母亲，劝道："妈，让小吉去吧。"宁向云高声说："让小吉去！一点觉悟都没有！"宁雅娟笑着圆场："爸，你们党员这是有觉悟，庾丽那是心疼小吉嘛！"宁吉乘着混乱，连忙开门往外跑。宁国华捞了两个烧卖追着喊："带点吃的！哎，这个要趁热吃！"庾丽开了半扇门伸头喊："哎，哎，早点回来！"在父母此起彼伏的呼声中，宁吉已经带上门跑远了。

下楼在楼梯口碰到谢安，他也诧异地问："怎么不吃就走了？"宁吉急急忙忙地回答："区防疫指挥部紧急命令，拉网排查近日有武汉行程史的人员。"谢安怔了怔："怎么排查？"

宁吉停下脚步，看看左右无人，小声说："公安局按大数据给的名单！全市有一万四千多人！十二个区紧急行动，七千多人一起上，排查一千两百多个社区，今晚要把这一万四全部就地隔离呢！"说着套上羽绒衣小跑着出门，看看下雨了，忙将羽绒衣的帽子拉过头顶。谢安望着宁吉的背影消失在黑暗中，心底不祥的预感愈发强烈了，看样子，这个疫情已经影响到酒楼的生意。问题是，影响会有多大呢？

谢安缓步走过后厨，那里热气腾腾，厨师们翻滚炒炸，正忙得热火朝天；走到冷库房，里面堆得满满当当的，全是过节前高价采购的菜蔬果品肉禽蛋；廊下四只大水箱中，各种河鲜水产挤得几乎转不开身。春节是酒楼一年中最忙碌的时候，宁雅娟猜得不错，大年初一到初七，还有正月十五元宵节的酒席都订出去了，半个月的预定超过三千桌。为此，他们囤积了巨量食材，所有员工拿三倍工资加班，酒楼另外高价请了三十名临时工。

然而此时，谢安的目光缓缓扫视厅中，没有想象的那么忙碌，不少服务员抄着手靠墙站立等候，空着的二十几张圆台这时候看起来异常刺目。

"哎哟，快来人啊！"忽然传来一声尖叫。谢安连忙奔过去，只见服务员小赵跪在台阶前，张师母神色痛苦地半躺在地上，张老师蹲在旁边连叫道："你怎么样？你怎么样？摔到哪里了？"谢安蹲下扶住老人，发现她的左腿弯着，忙回头吩咐："小鲁，快打120！"张老师急得声音直抖："让你走台阶小心点，怎么就摔了，这怎么办？120要多久才到啊？"小鲁急急忙忙答道："打了！马上到！"

"让开，让我看看。"宁恺拨开人群，蹲下，伸头看看张师母的左腿，说："估计骨折了。"说着小心地守在老人身旁，两臂拦住围观的人，生怕大家碰到。还好，120救护车风驰电掣地几分钟赶到，问清楚情况，嘱咐带好证件，将张师母抬上了车。张老师连忙跟上去，救护车上问："就你一个家属吗？"有几分担心的口气。宁恺扬声道："我跟你们过去！市立医院对吧？我骑车跟着！"围观的顾客们议论"好了好了""警察真好""有警察跟着就好了"。谢安忙命经理杜明带个人也一起去帮忙。杜明答应着，匆匆喊上小周，追上去了。

谢安俯身察看台阶，并没什么不妥，隔层台阶上有泥土，猜想是老人踏空了。副经理赵晨拿着手机在一旁咔嚓咔嚓拍照，说万一老人乱怪酒楼索赔，留个证据好说明情况。谢安制止了他："张老师不是那样的人。不用。"赵晨担心道："老人自己不会，家属呢？现在闹事的都是家属。"谢安摇摇头，说："不用。别拍了。"谢安听父亲说过张老师家的惨事，老夫妇两人每次来都点素什锦、盐水鸭、麻油干丝这几样,他们没在意,结账时菜价永远是老价格,二十八年如一日。老两口住在不远处的洛涧社区,就两个人,哪儿还有什么家属呢?

这时,噔噔噔噔脚步声响,韩征南也从楼上飞一样跑了下来,韩肃追在后面气喘吁吁,气急败坏地喊:"征南! 征南!"谢安怔了怔,忙快步上前含笑拦住了少年。

好好的年夜饭,这是怎么了? 一个两个都往外跑?

第二章　数据网格

"怎么了,征南?"谢安温和地问。韩征南看看他,虽然不熟悉,但"王谢堂主"在少年心中颇有些分量,他不禁停下脚步,跺着脚愤愤地控诉:"吃什么都要管! 说了我不吃!"

原来宁雅娟对独生儿子一直照顾得无微不至,又逢他高考,更是细致到恨不得喂他吃饭。刚才上了一盆"东山再起"——清蒸甲鱼,宁雅娟不顾烫手,揭下鳖甲非让儿子吃,说这个"大补"。韩征南坚决不吃,怎么劝都不行,母子二人吵翻,韩征南跑了出来。赵晨诧异,解释这"东山再起"是王谢堂的名菜,甲鱼是定点专业养殖场的,保证干净,而且鳖甲确实是"补",医学证明,抗疲劳、提高免疫、甚至抗肿瘤……

"医学证明?"韩征南瞪着眼睛反驳,"谁证明? 怎么证明的?"随手指了指旁边饭桌上的蒸鱼,"什么蒸鱼吃了变聪明,鱼子吃了补脑子,天天逼我吃这吃那!"

那桌的顾客被他说得雷倒,好笑地放下手中的筷子,抬头看热闹。韩肃劝儿子:"征南,你妈妈都是为你好,鱼虾有营养,对你身体好嘛!""有营养,对我身体好,就非要逼我吃? 你们是喂猪吗? 我不吃!"韩征南怒气冲冲地瞪着父亲,狠狠地推门而去。韩肃愣了愣,喊着:"你去哪儿? 征南! 征南!"追上去,慌乱中回头请谢安上楼和家里人说一声。

谢安受人所托,上楼进了"宇"字号包间。宁雅娟正哭得伤心:"养这么大,操了多少心! 我这十七年,囫囵觉都没睡过! 这孩子,说翻脸就翻脸!"庾丽扶着她劝:"征南一向很乖,成绩又拔尖,多好的孩子。没事的,晚上回家就没事了。"谢安轻声告诉几人,父子两人先走了。宁向云叹气:"团团圆圆一桌人,走了一半,还成什么年夜饭? 十七岁的大小伙子,吃什么非要管吗?"

谢安不便接口,缓步退出,看楼下厅中已经有些客人吃完退席,便踱至大堂送客。这是王谢堂的老规矩,王谢堂主别的可以不管,但客人走时一定要问问是否满意,是否有什么建议。

瞥眼看到还有的桌正在上清蒸鱼,谢安想起刚才韩征南的话,不禁笑了笑。不是王谢堂一家餐厅的事,水乡嘛,江南菜中分量很重的一块就是江鲜湖鲜,也是传统的讲法,小孩吃鱼虾聪明,谢安小时候也是一路听过来、吃过来的,从没想过质疑。韩征南这样的"00后"怎么就偏有自己的主意,是被母亲烦狠了,也可能,是真的"聪明"了?

前台的电话一直在响,小鲁小声报告:都是退定的电话! 年初一,年初二,一直到年十五元宵节的订桌都有取消的;本来预定有三千一百多桌,这一晚上已经取消三百多了。谢安看向电脑屏幕,取消理由同年夜饭一样,无一例外都是"新型冠状病毒防疫"。

刚才宁吉匆匆赶去参加什么"拉网排查",据说像她这样紧急行动的,全南都十二个区,出动了七千多人。如此紧迫地在除夕夜上门,安排有武汉行程史的人就地隔离,会惊动多少小区多少市民? 打电话取消订桌的,多半与此有关。谢安明白,这次深入社区、直接上居民家中的大排查,让南都人开始正视疫情了。

问题是,有多严重呢? 屏幕上的字跳动不停,还有两千八百桌。

宁吉骑着电动车,到社区中心会合了社区医生孙敏和片警赵勇。三人核对收到的名单,玄衣巷社区共有五名从武汉回来过寒假的大学生,十六名有近期武汉行程史的需隔离人员,一共二十一户。怎么排查隔离呢,打电话吗?"不行,电话里讲不清楚,不能引起足够重视,而且要量体温。指挥部要求是上门。""那赶紧走,上门!"

孙敏住得远,是从江北坐地铁过来的,宁吉拍拍后座,骑电动车带着孙敏,赵勇骑自行车,一同出发。三人顶着小雨在街巷中拐来拐去,并没有想到,他们就此成为战士,加入了一场疫情防控阻击战。

第一个去的是玄衣巷社区中最新的小区琅玡苑,在南都算中高档小区,六栋七层住宅楼围着小桥流水的公共花园,这里有名单上的两名学生和六名需隔离人员。小区门口铁闸门关着,门卫是个小伙子,宁吉看看是个新人不认识,忙上前出示工作证说明情况。小伙子不敢做主,打电话叫来了物业经理刘波。刘波急急忙忙地跑到门口,宁吉请他陪同,并说:"后面还要你监督呢!"凭着朦朦胧胧的预感,宁吉这时已经意识到物业在这场阻击战中的重要性。

正是年夜饭时间,他们依次一栋栋找下来,居民在开门的瞬间都吓了一跳。宁吉认真地要求"居家隔离,单独房间居住。家人避免接触,保持通风,勤洗手"等等,赵勇严肃地补充:"严禁外出,有问题联系物业。物业解决不了的,随时找社区。"孙敏细致地量体温,确认其家中都没有发烧的,并说好了,年初一开始,一天上门两次测量体温。有的人家说,自己量,打电话报告不行吗? 宁吉忙笑着说没关系,我们不怕跑,而且是防疫指挥部的规定,不好违背呢。

1栋302的钱红吓得脸都白了:"我儿子要不要紧? 早说不要去武汉上学! 武大武大,听着别扭,又那么远!"忙给丈夫叶晓东打电话。叶晓东是南都石化的中层干部,南都石化与其他一些国营重工业企业被称为南都经济的"压舱石",过年不停产,员工轮休,叶晓东身为工程师,又是党员,已经好几年没在家吃过年夜饭了。手机不通,座机好不容易有人接,说叶工在车间忙呢,不方便接电话,回头转告让他回电家里。

钱红无奈,改为给女儿打电话:"家里出事了! 你赶紧回来!"电话那头的叶同裳愣了愣:"什么事? 我忙着呢! 我这个月在急诊啊! 年三十? 当然有病人! 刚送来个摔断腿的老人! 好多事!"母女俩一顿争执,钱红讲得快发火,叶同裳总算答应晚上尽量回来。

年三十,尽量回来……宁吉看看叶家只坐了两个人的八仙桌,看看己方正在工作的三人,缩缩脖子,没说什么。钱红的父亲,退休老中医钱益方追问宁吉,疫情到底怎么样?缺不缺人手?并自告奋勇申请加入社区志愿者团队。宁吉说社区是缺人,但您家这情况特殊……面露为难之色。房间里,叶彦超扯着嗓子喊:"我没接触过外公!姐姐提醒我的,我从武汉回来就一直在自己房里!"钱益方倒很明白,忙说:"那我就守在家里,不能好心办坏事。等彦超过了隔离期再去报名。"宁吉笑:"隔离期十四天呢,都到元宵节了,那时候疫情早结束了吧?"钱益方摇摇头:"哪儿那么容易!以前有过的,SARS、禽流感……没有一次那么轻易结束的。"宁吉说老人旧脑筋,都2020年了,人类早就战胜这些流行病了,钱益方继续摇头。赵勇在一旁催,宁吉停止争辩,匆匆出了叶家。

他们去找2栋607的姚国庆,在楼下按门铃很久没人应,难道不在家?那就糟糕了。宁吉请刘波开单元门,径直到607门口敲门,"咚咚咚",几人拍门拍得手疼,惊动了608、707、508的几家人全过来问怎么了。赵勇问607人呢,608和707的都摇头说好像没听到动静,和507一样,出门了吧?508的孟佳佳怯生生地小声说,昨天晚上遛狗碰见过。赵勇听到这里,让邻居们各自回去,挥手示意其他三人退后,拉开架势,一脚踹向铁门,"砰"的一声巨响,惊天地,泣鬼神。屋子里终于有了动静,一个男声不耐烦地问:"谁啊?"宁吉乐得冲赵勇翘了翘大拇指。

铁门打开,姚国庆一身睡衣,蓬头垢面,睡眼惺忪,含糊不清地问:"大过年的,什么事?"

宁吉很惊讶,大过年的,家里就他一个人,冷锅冷灶的在睡觉!问下来,他是私企老板,公司叫"江左纺织",老婆孩子都在国外,前天去武汉谈业务的。"我走运啊,22号回来了!我前脚走,后脚就封城了!"

听说要居家隔离,姚国庆摊摊两手:"怎么可能?我总要吃要喝吧?而且我是做外贸的,意大利、美国客户都不过年,我公司员工在轮流上班呢,我要去公司!不然你们养我?你们养我公司一百多人?"宁吉好言相商,孙敏量着体温也劝他小心,他只不断说要上班,公司业务耽误不起。赵勇瞪他:"姚国庆同志!你也知道武汉封城了!疫情严重!这是防疫指挥部的命令!

你要是不肯在家里隔离,就去我们指挥部隔离!"姚国庆愣了愣,声音小下来:"那我怎么生活?"宁吉、孙敏连忙安慰他,答应帮他采购生活用品,他才勉强同意。

区指挥部要求每小时汇报情况,宁吉匆匆打着电话把刚才几家的情况说了。几人跑到4栋503,无奈这次是人真不在家。对面504的李伟听到动静,出来说503一家人去公婆家过年了,一边回头叫:"小雨,你有对面令姜的号码吧?""等一下!我找找!"

宁吉对辖区的居民甚为熟悉,问起李伟爱人许辉院长的情况,李伟无奈地笑笑:"没回来呢。她担任了医院里防治指挥部副组长,对,就是叫'新型冠状病毒感染的肺炎防治指挥部',说好多事。"

李伟的身后钻出女儿小雨,拨通了手机:"令姜,社区和警察找你们呢!"宁吉忙接过手机,对方换了令姜的母亲袁宁听电话——她刚从武汉回来三天。宁吉问清楚地址和电话,诚恳地要求她就地即刻居家隔离。袁宁问:"我们东西都没带过来,准备吃完年夜饭就回去的。我们回家隔离行不行?"宁吉有一刻犹豫,但仍严肃地说:"您缺什么让家人取吧。我们也可以送过去。"袁宁捂着话筒与家人商量了一会儿,答应就地隔离,如果有需要的话再联系。

查袁宁的地址,是建康区的,宁吉忙打电话向指挥部报告袁宁的情况,指挥部表示立刻通知建康区,由当地社区接着跟踪。放下电话,他们已经走到了小区门口,宁吉叮嘱刘波把好关,这些人绝对不允许出大门,有问题随时联系。刘波经过这打仗般的两小时,神情越来越紧张,满口答应着,一脑门汗。

看看已经晚上八点半了,三人加快脚步,赶紧跑去其他小区。又一圈下来,跑到晚上快十点,还有侍郎里的三个人不在家,邻居也都不知道情况。"查电话呀,快!"宁吉催促。赵勇紧急自公安内部系统调用数据,一个个找到电话号码打过去,结果一个在市中心逛街的答应立刻回家;一个在孔夫子庙看灯的也同意即刻回来;还有一家在王谢堂饭店吃完饭,正在回来的路上。宁吉跺脚埋怨道:"刚从疫区回来,还往人口密集处逛!"赵勇为南都人辩解:"过年啊! 谁知道呢! 啥新型冠状病毒,我长这么大,听都没听过!"孙敏说:"国家卫健委已经发布了相关的诊疗方案,还往各地派出了督导组,这几天新闻里一直在强调,看样子,不能轻视啊!"

绵绵冬雨一直下个不停,侍郎里是个老小区,没物管没门卫,路口小卖部除夕夜也关门,三个人不敢远离,等在小卖部狭窄的屋檐下。赵勇让着两个女孩子,自己半边身子站在外面早就淋湿了,孙敏冷得直搓手,宁吉则一会儿跺脚,一会儿蹦蹦跳跳,热情地邀请孙敏:"来! 跳跳就不冷了!"

身后突然"吱呀"一声,小卖部的门开了,一张满是皱纹的脸露出来,向三人招手。其他两人还在迟疑,宁吉已经一脚迈了进去,熟门熟路地喊:"老桓! 你在啊!"老桓是个孤老头,低保户,在西街有套拆迁安置公寓,按理他的钱也够用了,但他闲不住,一方面不肯放下老本行拾荒捡破烂,另一方面小卖部的店主出三百块钱一个月,请他夜里看店。他视为最好的工作,每晚准九点到,帮着关窗锁门住在店里,说是"在哪块睡觉不一样? 躺着就挣钱的好事,到哪找去"。

店里极为狭窄,满满当当的货架之间摆了张躺椅,铺的垫子居然是狼皮,老桓自得地显摆,说是年轻时自己在神烈山上猎的狼。不知真假。屋里虽没有空调,但点着一个蜂窝煤炉,倒很暖和,比在外面淋雨强多了。老桓解释,店主小尹夫妻俩回浙江老家过年了,说初八回来,这几天不开门,他只要晚上看看店防偷盗就行。赵勇嗤笑:"南都治安那么好,哪里有偷盗!"老桓不愿意自己的重要性被轻视,忙反驳:"怎么没有? 派出所今天下午还上门来强调过呢。"孙敏便赶紧劝两人别斗口。宁吉看看十点整了,忙给指挥部打电话报告,放下电话有一搭没一搭地聊几句,已经快十点半了,几个人不禁都有些焦急。

好容易等到三家人陆续回来,几人连忙告别老桓,上门量体温,严格要求居家隔离事项,约好明天年初一起每天上门量两次体温。有一个武大学生问得很直接:"讲是上门量体温,其实是监视吧? 怕我偷偷跑出去吧?"宁吉"扑哧"一声笑出来："这么理解也可以。所以别动歪脑筋,乖乖隔离哟!"好在三户人家都很配合,不像姚国庆难讲话,做工作没费什么劲,四十分钟不到搞定了。

"报告指挥部!玄衣巷社区二十一户全部排查完毕!"十一点,宁吉打电话汇报,故意逗乐,夸张地模仿解放军的口吻——没当过兵,追过剧啊!哼,大数据加网格化管理,看那个新型冠状病毒能往哪儿跑?

电话那头的王主任说:"很好,你们辛苦了。注意继续跟踪监督。"一边叮嘱宁吉他们几个注意事项,一边详细问清去市中心和孔夫子庙那两户的行踪,做了记录。宁吉关心地问:"咱们区都排查完了吗?"王主任说:"都排查完了。听凌书记说,咱们区是全市第一个完成的。"

"耶!"宁吉和孙敏对击了一掌。

宁吉想了想,让赵勇送孙敏去地铁站,约好了明早七点半在社区中心碰头,自己又跨上电动车,嘟嘟嘟飞驰到了王谢堂酒楼。细雨中,昏黄的灯光朦朦胧胧,谢安负手廊下,望着乌木招牌不知在想什么。身后人群忙碌地穿梭来去,是杜明和赵晨在督率员工消毒,空气中弥漫着84消毒水的味道。

听到电动车的声音,谢安回过头,温和地一笑。宁吉突然觉得有些恍惚,这个熟悉的笑容,从小到大看了无数遍的笑容,在此刻无比亲切、无比温暖,对,像电影里,即将冲向战场的解放军战士接到了父老乡亲塞过来的煮鸡蛋,唉,都是这阵追剧追的!宁吉停好车,噔噔噔跑上台阶仰头问:"我家那桌早走了吧?"谢安向来寡言少语,并不多说宁恺和韩肃父子先走的事,只微微颔首,想了想又问:"排查情况怎么样?"宁吉说:"区里二十一户武汉行程史的,刚才都隔离了;不过有一户晚上在你这里用餐的,三楼天字号包间,要重点消毒。"谢安怔了怔,一贯的反应迟缓,旁边的杜明忙说:"所有地方都已经消了好几遍毒,你不放心的话我带你上去看。"宁吉点点头,跟在杜明后面进店上楼。谢安迟疑了一下,负手随行。

果然,整个酒店都清扫得干干净净,上上下下里里外外一尘不染,依稀还有消毒水的痕迹。宁吉进了三楼天字号包间,门窗为了通风都敞开着,薄纱垂帘在夜风中如水波般轻摇缓漾。走到阳台上，宁吉惊呼了一声：城南夜景在此一览无余！各种灯彩勾勒出一幅火树银花的瑰丽画卷，撼人心魄。前方聚宝门城堡近得似乎触手可及，蜿蜒的古城墙如游龙飞腾空中，上元河波光潋滟，上元桥古朴厚重，天禧塔高耸入云。各处熙熙攘攘的人群，提着灯笼，扛着幼童，举着糖葫芦或臭豆腐干，漫步徜徉在细雨中的灯海里，好一派祥和喜庆的灯会风光。

"这是王谢堂中视野最好的一间，所以排为'天'字号。"谢安含笑道。宁吉嘻嘻笑道："风景绝佳，但美中不足，本该是芳草菲菲，此刻却全是消毒水的味道。"谢安被她逗得撑不住笑了，正要开口，前方天禧寺中忽然传来"铛——铛——铛——"的钟声，激越浑厚，回荡在空中，一声一声，应和着灯彩和人群，宣示着小康富足，宣示着国泰民安，宣示着太平盛世。

两人抬头仰望，天禧塔上灯光璀璨耀目，"庚子年吉祥"五个火红的大字在夜空中跃动。宁吉一向嬉皮笑脸，谢安从来文雅温和，这一刻被钟声和灯彩围拥，二人不约而同地静静合拢了双手，默默祝祷。

但愿庚子鼠年，如眼前盛景，吉祥安康。

手机突然叮叮咚咚响起，打破了静谧，宁吉不好意思地笑笑，走到阳台另一边接电话："王主任，还没睡啊？"谢安摇了摇头，这个点打电话，拜年也就罢了，谈工作有些过分了吧？走进屋中，见员工们都已陆续下班，杜明、赵晨两个在锁后门，便挥手示意两人回去吧，前门回头他来锁。

"谢安！"宁吉走进来，一向笑嘻嘻的面容还是笑着，不过像是凝固在脸上似的僵硬，显然还没从震惊中回过神。谢安温和地笑笑："怎么了？"

"省政府决定，自今晚 24 时起，启动突发公共卫生事件一级响应。"宁吉背书一样念出来，仰望着谢安，双眸中满是担忧。

谢安怔了怔，印象里，他还是第一次看到宁吉这样的神情。十七年前 SARS 时两人在上小学，二年级吧？宁吉丝毫不在意，反而特高兴放假，偷偷溜到谢安窗下敲窗户，拽他去上元河边逮鱼摸虾；鱼虾没抓到，两人一身湿淋淋地回家，各自挨了好一顿臭骂。谢安含笑安慰她："别担心，一级响

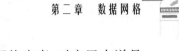

应就是最严格的防控,相信会有各种措施应对新型冠状病毒,对市民来说是好事情。你多注意,戴口罩勤洗手,和人保持距离,没事的。"

"我不是担心我!"宁吉脱口而出,见谢安关窗锁门,忙上前帮忙,迅速又恢复了笑嘻嘻的模样,接着道,"你说得对,没事的。"

庚子鼠年啊,请一定吉祥安康,平安无事。

第三章 新年吉祥

次日是大年初一，早上五点半天还没亮，谢安和往日一样到了酒楼。小鲁正在廊下一边擦拭乌木嵌银招牌，一边骄傲地向几个新员工夸耀："真是当年李鸿章题的！看联上落款，'少荃'！他在南都任两江总督嘛，1865南都制造局就是那时候建的。他最喜欢吃我们王谢堂的菜！"新员工啧啧赞叹，凑上前观看落款处的小字。谢安咳嗽一声，几人见老板来了，忙问候一声各自忙碌去了。

细雨还在绵绵地飘，谢安的办公室名为"坐隐庐"，在大堂东侧的角落，往常能看得见上元河上的日出，此刻望出去，只见河上灯光朦胧，画舫泊在岸边，一切都在雨中沉睡。景区关闭，要关到什么时候？春节本来是孔夫子庙步行街区最忙碌的时候，这一大片三街一圈都是步行街的范围，没有机动车，南都市民最爱在节假日徜徉于此，看街景河一体，享受大餐小吃各种美食。晚上则有桨声灯影陪伴，更是熙攘热闹，游人摩肩接踵，生性爱静的谢安甚至会觉得太吵太闹。可是此刻，他真是又想念，又担心。

换上乌衣，踱至后厨，十几个矮帽子中级厨师正在忙忙碌碌，房中热气腾腾地上着大笼屉，是在准备送餐。王谢堂几十年的老传统，每年的大年初一和正月十五，为马路对面的市立医院各送一顿好吃的，当年太爷爷取名曰"新年吉祥"和"元宵吉祥"。年初一的早餐品种特意配成甲、乙两种，白粥小菜素菜包或酒酿元宵鸭油酥烧饼。多年来的习惯，年二十八问一下医院总务处大约的数量，这几年基本是医院员工两百五十份，病人和家属一百份。

谢安不肯马虎，白粥一定要熬得黏稠，鸭油要细细地熬炼出来，素菜包中的青菜碧绿得像翡翠，元宵则一颗颗圆润得如珍珠，选料讲究，精心烹制，再加上精致的餐具和食盒，以喜气洋洋的"新年吉祥"定制彩纸包装，这送餐耗时耗力耗金钱，而且卡在酒楼最忙的时候，尤其是元宵节的晚餐，真忙不过来。包括杜明、赵晨在内，不少员工建议，停了不好吗？又不是规定要送，每年腊月二十八问的时候医院也总客气，说过意不去。谢安总笑笑："过年的老传统，继续做吧。"

意外得很，今天医院指示得比往常多，四百五十份。谢安凝视着订单，病人不会突然一下多这么多，而且大部分病人要吃医院的营养餐，唯一的解释就是医护人员增多了。为什么突然增加了这么多医护人员？而且是在大年初一的早上？谢安摇摇头不愿多想，他们既然大过年的来医院上班，就让他们吃饱了再忙吧。

四百五十份"新年吉祥"，面包车塞得满满的，杜明问："堂主，要不我们去就行了，您别亲自跑了吧？"谢安瞥了他一眼，道："那么多话。"径自上了车。几十年，都是王谢堂主送，致敬春节期间上班的医务人员，祝福他们新年吉祥，有他们在，邻里乡亲个个平安无事；对那些患者，同样祝愿他们早日康复，新年吉祥。太爷爷、爷爷和父亲都说"做生意，就是做人"。

望过去，医院看起来还是和往常一样忙碌拥挤，但"发热门诊"的牌子明显醒目了很多，巨大的标识和箭头自进口到各个路口都一目了然，显眼得很，箭头一直指向东面单独的一幢小楼。刚进医院大门停好车，在停车场就碰到副院长许辉和一群医护围在金龙客车前，都戴着口罩，好几个拿着手机在拍照，拍最中间两位捧着鲜花的医生。看到谢安，许辉含笑打招呼："新年好。又一年了呢！"说着指指两位医生，说："他们今天随南都第一批医疗支援队奔赴武汉。"

武汉！谢安怔住了。被封城的武汉！千里之外的武汉！本以为与南都毫不相干的武汉！他认识两位医生中的一位程医生，住在侍郎里，孩子刚在王谢堂摆过周岁宴。难怪程医生眼睛红红的，告别时一定极难受吧？记得周岁宴上，程医生从头到尾抱着孩子，整整三个半小时没松手，连妻子朱静要换，他都不肯。他怎么舍得丢下孩子远赴武汉？

"许院长，该出发了！"另一位马院长喊，看到谢安也点头招呼，说，"新年好！我们要送他俩去南都高铁站，该走了。这次支援湖北的我省医疗队是集体行动，省卫健委两位领导领队，一百四十五名医护，二十八个南都的，大家讲好了在车站碰头。"谢安默默地退后，看一群人依次上车。两位捧着鲜花的医生上车挥手，突然都红了眼圈。不，他们并非向谢安挥别，他们的目光望着"市立医院"的门楼依依不舍，这一去，不知道能否再见，几时再见！

谢安目送客车远去，呆立着不动，直到杜明催，他才醒悟过来，忙卸下木箱往医院里走。这是父亲当年的发明，亮漆木箱像个衣柜，带轮子，可以推，又保温又干净，送完了之后可以折叠，收成几块木板。多少年来，王谢堂的亮漆木箱每年大年初一早上准时出现在市立医院，已经成了所有医护熟悉的一道晨景，吃着"新年吉祥"，互相说些祝福话或者新年愿望，几乎成了传统。

避开"发热门诊"的箭头，谢安、杜明推车进了大门，但是一进门就被拦住了。与往日不同，三张巨大的分诊台堵在门口，十几位护士严阵以待，对所有进来的病人先预检分诊，西面单独隔开了一块，还有一个"发热预诊处"，站着两位身着防护服全副武装的医务人员。谢安、杜明还没开口，总务处韩处长匆匆迎上来，说："谢安你来啦？来来来，跟我来。"两人跟着韩处长，将车推到远远的一间单独房间，门上贴着"取餐点"的标识，同样是一位全副武装的护士先量了两人体温，将订单和餐盒接过消毒，才搬进了房间。

碰到刘院长，他正陪着卫健委的几位领导在检查，看见谢安，只匆匆点了点头，算是打招呼。谢安隐约听到他们谈话中"防疫预案""隔离病房"等等字句，不由皱了皱眉。这么快，医院就已经设隔离病房了？隔离的原因，当然是防止传染病。新型冠状病毒，真的从湖北千里迢迢来到南都了？难怪今天的气氛格外紧张，无形的硝烟弥漫在"白大褂"们的行色匆匆和凝重表情中。

送完餐，谢安吩咐杜明先回酒楼，自己拎了余下的两份，说去看看张师母。杜明昨晚回来的时候报告张师母还在急诊室，等着拍片子。谢安先去前台,打听到张师母已经转到了骨科病房,现在正好是能探视的时间,便往骨科走。住院部与门诊隔一条窄巷,青石板的路面在雨中滑润光亮,谢安缓步前行,想着这绵绵冬雨不知何时能了,老人家大过年的摔了腿,又碰上连续下雨天,心情怕是难好啊。

下了七楼电梯便是骨科,没想到迎面撞到宁恺,谢安含笑招呼。原来张师母昨晚在急诊室留观,腿骨断了却担心张老师,一个劲让他回家,老两口你推我劝地互相不放心。宁恺便安排同事送张老师回家休息,自己在医院陪护。

"陪了一夜?"谢安有些惊讶。印象里,宁吉这位兄长在一中是学校的风云人物,几乎是学校所有体育项目的纪录保持者,每年校运会的金牌包揽者;与文弱清淡、钟爱琴棋书画的谢安恰是两类人,所以偶在酒楼碰见,最多颔首寒暄两句,谈不上熟悉,更不投机。

"张老师一早就来了,703病房16床。我去上班。"宁恺没有正面回答。谢安见他急匆匆要走,便将左手的早餐递给他。宁恺谢过,转身走两步到护士台,喊:"叶医生,吃早餐!"看看盒子,又说了一句,"新年吉祥!"

叶同裳——谢安看见她胸牌上的名字,正在与护士交接资料,回头微微一笑:"新年吉祥。"落落大方地接过早餐,随手放在桌上。宁恺补了一句:"谢谢你辛苦一夜。"叶同裳说:"你也一夜啊。病人是你什么人?"

宁恺怔住了,迟疑地说:"熟人。""熟人?"叶同裳眉尖微蹙,"那不是长事吧? 老人的子女呢?"宁恺瞬间变了脸色,转身大步离去,头也不回。谢安听见他在通话:"好,江北检查站,我马上到。"

"哎! 哎! 这个人! 话也不说完!"叶同裳不由得轻轻跺脚。谢安正往703病房走,闻言回到护士站前,轻声说:"请不要向张老师、张师母问他们的子女。"想了想又道,"你可以问许辉院长,二十八年前,她和他们的女儿是医大的同学。"叶同裳极聪明,隐约知道是件惨事,黑白分明的双眸中露出悯然之色,点点头不再多问。

谢安走到703病房,张师母精神不错,张老师正帮她洗脸漱口。老两口看见谢安都很高兴,张师母一个劲地自责昨晚不小心,说:"没影响酒楼生意吧?年三十多忙啊,为我这点事,几个人在这等!我就催那小伙子赶紧回去——是姓杜吧?瞧我,老记不住,想到王谢堂,就光记得你们谢家爷孙几个。"

张老师假意嗔怪:"别谦虚了,明明还记得那些好吃的!"张师母便笑,接过谢安奉上的早餐,道:"是好吃嘛!别看这简简单单一盅白粥,王谢堂熬的就是香,喝了这粥,断骨头很快会长好!"老两口竭尽全力互相逗乐,那种夸张和努力,怎么看都觉得心酸。

"张师母喜欢王谢堂的早餐,以后我每天送过来。"谢安含笑道。这时,叶同裳领了护工过来,是老两口昨夜拜托她的。张师母不想张老师在医院待太久,尤其晚上要早些回去,说小丽等着呢;张老师也不想老伴担心家里,请个护工彼此放心,是老两口互相爱惜的心意。然而见了护工,两人都有些泄气,瘦弱矮小的一个中年妇女,看起来风吹吹就要倒的样子。护工自己也知道,解释说自己虽然看起来瘦,不过身体好着呢,什么都能干,服侍病人不成问题,而且不贪睡,天天起早,一两天不睡觉都没事!叶同裳帮着说好话,说这个祝嬢嬢是医院里口碑最好的护工,懂护理,负责任,关键是大过年的不好找人,只有她不休息。正讲着,门口护士喊:"叶医生,快点,誓师大会要开始了!"叶同裳抱歉地冲老两口打个招呼,匆匆离去。

祝嬢嬢当即上岗,收拾干净碗筷,整理床铺,房间里顿时整洁了很多。谢安又和老两口聊了会儿,含笑告退。出住院部,经过行政楼,听到楼中传来整齐响亮的声音,不由停下了脚步。

"我庄严宣誓,将竭我所能,尽我全力,努力完成院党委交给我们的光荣任务,坚决打赢疫情防控阻击战。用实际行动,践行'敬佑生命,救死扶伤,甘于奉献,大爱无疆'的神圣使命!"听声音,像是有近百人。这就是誓师大会吧?医院的全体党员,面对新型冠状病毒,挺身而出。此刻,刘院长、许院长、韩处长,还有叶同裳这些医务工作者,都在庄严地宣誓呢。谢安不禁有一刻出神。

步行回酒楼路过琅玡苑,明明是大年初一上午,一年到头最空旷宁静的时刻,小区门口却排着长队。谢安驻足观望,原来是物业要求进出都登记,量体温,而且外来客一律不给进入小区,包括快递、外卖、钟点工和走亲访友的人。快递、外卖送到门口自取,钟点工大过年也鲜少上门,这都还好,但不少业主围着问:"那今天要拜年啊! 年初一不拜年吗? 来拜年的亲友不让人进吗?"

刘波站在门口岗亭中,耐心地向业主们解释"疫情紧张""大家理解"等等,宁吉笑嘻嘻地劝道:"发发微信,视频拜年,多好啊! 再抢抢红包,又省事又好玩! 省得跑来跑去嘛! 一样祝福新年吉祥!"赵勇表情严肃:"关键是安全! 配合防疫!"孙敏则宣传卫生注意事项"勤洗手,保持通风""咳嗽打喷嚏注意遮掩口鼻""生熟食刀具砧板分开""充足睡眠注意营养"等等。

业主们有的转身回家,有的就地视频:"不要来了! 来了也进不了小区! 你等等,我让社区网格员跟你讲!"宁吉脾气极好,一个一个笑眯眯地劝:"防疫嘛,新型冠状病毒很厉害,大家要小心啊,所以前天南都所有公园都关了,对吧? 您住哪儿? 朱雀湖啊? 对吧,朱雀湖公园那么大的公园都关闭了! 就怕万一嘛! 过年嘛,不就平平安安最重要?"

谢安远远地望着老同学,听她唧唧呱呱又笑又讲,像是对亲人朋友般熟悉,嘴角不禁浮上了笑意:她是这样的,南都人讲的"十搭"或者"大萝卜"性格,对谁都热忱、热心、热情,路上碰到问路的,能领人走过去的那种。谢安以往对宁吉这种性格常常觉得吃不消,但在这个寒风瑟瑟、冬雨绵绵的大年初一早上,却觉得无比珍贵,让人温暖安心。宁吉察觉到远处的目光,望过来,见是谢安,忙挥臂嘻嘻一笑,但手中电话一直没停,住户们排着队请她听,有的是劝对方别来的,有的是向对方解释不去了的,有的是商量取消约会或出行的……谢安静静凝望,真切地感到了"山雨欲来风满楼"的紧张和危险。

物业员工小王急急忙忙地骑车过来,指着车上几个大包,说是代隔离户买的,都买齐全了,宁吉忙唤孙敏拿上体温枪,一起去隔离户家中送东西、量体温。赵勇慎重地取出记录簿，要详细记录隔离户的情况。刘波忙得一头汗，捂着话筒示意他们赶紧去："几家都等着呢！"三人匆匆忙忙地进去了。宁吉突然想起来，冲谢安回头挥手，又是嘻嘻一笑。小区住户们仍旧络绎不绝地来来去去，还是有不少人听了刘波的解释当即打电话："小区不让进！咱们直接在饭店碰头！""十二点，到王谢堂二楼'宙'字号包间。"也有人担心地问刘波："聚餐能聚吗？"刘波斟酌着字句，小心地说："政府没有禁止。但不聚肯定比聚好。"

不聚肯定比聚好……谢安眉头轻蹙，缓步走回王谢堂，酒楼里里外外一片窗明几净，对眼前的危险尚且无知无觉。谢安仰望着乌木嵌银招牌，负手沉思。"王谢堂"，两百年的老字号，经过多少事！十七年前看父亲艰难渡过 SARS，爷爷讲 1960 年大饥荒时大家吃饭都紧张，太爷爷讲 1900 年闹义和团，动刀枪呢，也都挺过来了。

都是庚子年，谢安忽然心中一紧。庚子年注定多灾多难吗？想想看，再早在 1840 年，因鸦片战争而签署了《南京条约》。印象里，黄巢兵乱、唐宪宗被囚也是庚子年，甚至这几天电视剧热播的狄仁杰，也是死在庚子年。唉，这都想到哪儿去了。

杜明自厅中伸头喊："堂主！您来看看吧。"神色又紧张又慌乱。谢安缓步进门，俯身张望了一眼电脑，和昨天差不多的状况：一大早陆续有人退订，两个小时又取消了三百桌。现在跳动的字迹是：两千五百桌。

"还好每桌有一千块定金，损失不算大。还有两千五百桌呢，能赚得回来。"杜明声音颤抖，听得出其中的强作镇静和色厉内荏。小鲁补充说："不少客人问能不能退定金，说取消订餐是为了防疫，又不是故意、恶意取消，说我们王谢堂应该理解。"

杜明忙道："小鲁，这个你要立刻堵回去！定金定金，就是预防取消的！不管是什么原因，咱们准备了食材，准备了人工，被退桌了就是硬亏损。定金绝不能退。"小鲁点点头："我也是这么和客人说的。不过很多客人不服气，说防疫是不可抗力什么的。"

"堂主！堂主！"小周慌慌张张地奔进来。谢安皱了皱眉。小鲁忙扶住小周，安慰道："别急，有事慢慢说。"

"报告堂主！"小周气喘吁吁地，惊魂未定，"灯会，上元灯会，停了！"

"什么？"

"怎么可能？"

"你开玩笑吧？"

员工们拥过来，七嘴八舌地议论，小鲁忙打开墙上的电视机。屏幕中，疫情在滚动播报，武汉封城第三天，街道上冷冷清清，空无一人，确诊病例又增加了，全国各地陆续出现确诊，连南都也有了七个。再看本地通告，交通部门停止了往来湖北的道路客运班线和包车，南都各个入城路口设置了检查站，严格检查出入车辆。

"咦，那不是宁吉的哥哥宁警官？宁吉说他是刑警，去年评上刑侦局优秀党员的，怎么会到检查站？"小鲁问。

真的，画面中，巨大的蓝色指示牌"高速收费站新型冠状病毒感染的肺炎疫情联防联控检查点"立在道路前侧，宁恺的警服上套着荧光背心，戴着口罩，正在检查过路的大巴车。难怪他早上急急忙忙地奔去上班，早饭都没吃。一级响应之下，公安局肯定全部出动了，还分什么刑警交警。或者理解为，疫情严重，连刑警都去路口检查车辆了。

接着播报，进出地铁、火车站都要测体温，并要求全部乘客戴口罩。除了已经关闭的公园、博物馆之外，所有景区关闭，包括年味最重的孔夫子庙。而第三十三届上元灯会——三十多年从未间断，南都最大、最喜庆的一年一度的春节盛会，停止了！

这灯会，数万人准备了好几个月。

这灯会，上千万人期盼了近一年。

王谢堂的每个人都记得，腊月二十八那天上元灯会的盛况，数条游龙腾跃空中，形形色色的彩灯如夏花烂漫，遍野绽放；记得前天和昨天，熙熙攘攘徜徉观灯的人群；记得与家人、爱人一起看灯的约定。

可现在,灯会停了!在大年初一,互相说"新年好""新年吉祥"的时候!这个疫情竟严重到如此地步。

新闻一直在滚动报道,还特意提醒所有市民,不要信谣传谣,可以关注"健康南都"和"南都发布",那是最权威的第一手疫情通告,每日统一发布前一天的疫情信息。

小周忽然指着窗外:"看!'江南酒店'变样了!"谢安望过去,隔着两条街的江南酒店不知何时挂了块牌子,写着"集中观察点"。观察什么?小吴忙跑过去打听,原来是与确诊病例的密切接触者、可疑暴露者,还有散居在各宾馆的有疫区行程史的人员等,统一集中至这个酒店,隔离观察。员工们啧啧赞叹,区里这是动真格的啊!咱们王谢堂该怎么办?

按杜明的想法,反正政府没要求餐厅停业,还有两千五百桌的订单,可以正常营业,利润不菲,就算再有取消订单的,客人提出来的话,坚持不退定金,损失有限。电话一直在响,电脑上的数字一直在跳,小鲁一直在和声细语地商量:"定金不好退哟,我们都准备了呀……"

所有员工望着谢安,向来从容不迫、温和闲雅的谢安。他是堂主,是王谢堂嫡传第九代传人,他一定会维护酒楼的利益,一定会有更好的手段应对眼前不断退桌的状况。堂主人缘好,平日里来来往往那么多大客户,打几个电话,就有不少人来吧?要不,请个明星站台?省台的主持人某某、著名演员某某某、流量明星某某某某,好些个都是堂主的熟人啊!或者搞个书法义卖、弹琴会友、围棋比赛什么的,堂主露露面就是流量啊!前面不少人找上门来谈过,杜明很赞成,能促进扩大生意嘛,坐不下可以再开分店嘛,就算维持现在规模不动,也可以提升档次和价格嘛!还有人嫌钱多吗?堂主一直不置可否。这时候,他该答应了吧?

谢安迎着几十道期盼的目光,负手望着乌木招牌,一动不动。杜明不禁着急起来,赵晨更加焦灼,两人对望一眼:这个堂主,真是性情迟缓得急人!

第四章　铁脚走遍

北风一直呼呼地吹，雨丝还在绵绵地飘，如扯不断拉不尽的水幕。乌木招牌在风雨中愈显沉厚，嵌银字迹望起来更加醒目，谢安静静凝望，想起二十六年的人生，想起这招牌曾经陪伴过父亲、爷爷、太爷爷的人生。他们不会高谈阔论，不会讲大道理，他们只说："做生意，就是做人。"

这么严重的疫情，若是因聚餐感染，对得起顾客吗？按现在的取消比例，每餐仍有约一百三十桌，也就是会有一千四五百个食客在酒楼中聚集，吃完走出去，至少涉及几百户家庭和上百个社区。如果病毒因此大面积甚至呈几何形传播呢？谢安想起早上看到的程医生，眼睛红红的，不舍却毫不迟疑；想起医院中行色匆匆的"白大褂"们；想起堵在门口的分诊台，神色严峻、如临大敌的刘院长和卫健委领导；想起小区门口满头大汗的刘波，苦口婆心的孙敏，认真负责的赵勇，不厌其烦的宁吉，还有乖乖地转身回家，决定不拜年不接待访客的住户们……

"立即闭店！"谢安缓缓命令道，"所有订单无条件退款！"

所有人都惊呆了。

"政府没要求啊！怎么跟顾客说？"

"原材料怎么办？菜会坏的！"

"员工都放假吗？都签了合同的！临时工也是好不容易请来的！"

谢安拿定主意，恢复了一贯的从容温和，让小鲁、小周、杜明等跟顾客好好解释，疫情现在说不准，过了初七看情况再定。原材料冷藏好，水产生鲜注意换水喂食，坚持七天，养殖场那边通知暂时别送货，到初八再看。

杜明、赵晨觑着谢安的神色，一一答应，一边问："员工呢？都放假吗？"

"不，留部分员工上班。为市立医院的医患送餐，每天上午下午各送一趟'新年吉祥'。"谢安笑了笑，"每次四百五十份，免费。"

员工们炸锅了。

堂主的头被门夹了吗？这要亏多少啊！每天九百份"新年吉祥"！讲起来是盒饭，但除了材料，后厨开门、部分员工上班，多大开销啊！杜明闷声问："送几天？"谢安说："送到疫情结束。年初八结束就年初八，元宵节结束就元宵节。"杜明和员工们面面相觑，这可不少钱呐！只能盼着，年初八就结束吧！

谢安不管，决定了就是决定了。想到医院门厅严阵以待的分诊医生，想到忙得脚不沾地的许院长，想到为病人在除夕熬一夜的叶同裳，想到忙碌紧张超负荷工作的所有科室，这些白衣医护，他们在保护我们，我们如果能让他们吃好点，为什么不？日日免费的"新年吉祥"，同样要选料讲究，精心烹制。王谢堂主亲自琢磨，决定准备四种，甲乙丙丁，面食米饭分类，荤菜素菜搭配，并有汤有水。坐隐庐中一片静谧，桌上碧茶袅袅飘着清香，谢安提笔缓缓书写：甲，鳝鱼银丝面配炒时蔬；乙，银鱼炒蛋配蔬菜色拉……

罗会计敲敲门，满脸忧色地走进来，一句话惊醒了谢安："退款额高达二百六十万，没这么多现金流！要开门就需要流动资金，员工工资不能不发，五险一金不能不缴，水电气一样不能少，每月房租是大头，还有各种税费绝不能漏。"谢安没烦过这神，王谢堂只要开门，每天就有几十万进账，少则三四十万，多则六七十万，一直都很宽裕。过年这半个月，预想是日收入百万，结果变成了负数！只能想想办法。"有什么办法？我们的房子是租的，银行贷款办不到的。"罗会计讲得很肯定。

新型冠状病毒而已，能有多厉害？初八上班就好了吧？谢安想了想，不是有短期高息贷款，俗称的高利贷吗？先借七天吧。初八或者之后随便哪天开门，一天的收入就足够利息了。

罗会计瞪大眼睛，惊讶地看着少东家。高利贷的利息，不是一般的高，而是高到借钱不按年、不按月，必须按天算利息。然而在王谢堂三十多年，老会计默默地服从了。后来痛悔的时候，罗会计反省，一方面当时没有好办法；另一方面，谁想到那么严重呢？当时我以为，就算初八不上班，十五肯定要上班吧？十四天的利息，元宵节一天的营业额就够了。

就在年初一当晚，防疫指挥部下达了防疫十五条倡议：电影院放假，商场停业，不聚餐不聚会也赫然列在其中；其他还有不串门拜年，不走亲访友，拒绝野味，佩戴口罩，经常洗手，科学就医等等。员工们佩服谢安的远见和当机立断，主动走在了防疫的前列，这次在政府、在顾客心中的形象都大大加分吧？

"加分是加分，有什么用呢？"杜明摊摊手，赵晨耸耸肩，两人的声音带着哭腔，"这时候印象越好，越是亏损。盒饭啊！我们两百年老字号的王谢堂大酒楼，做盒饭！还免费！"

市立医院很被王谢堂的心意感动，韩处长特意打电话过来表示感谢，说这一阵所有医护确实都忙得脚不沾地，有这个盒饭随时可以取用，便利不少，也让大家感受到市民们的感谢，是很大的鼓舞。不过老让你们免费送不是事，要不付费吧？按市场价，二十五元好吧？有你们这份心意，已经很好了。

杜明接的电话，见韩处长讲得诚恳有理，便答应了。谢安回来听说，皱了皱眉，没吭声。隔壁小食铺这个价格的盒饭，是炸一大锅鸡腿，煮一大盆麻辣豆腐，配上泰国米煮的大锅饭，最多再加一点雪里蕻咸菜；王谢堂呢，多年的习惯，讲究！米饭一定用最好的"江南味"稻米，小火煨到喷香；菜肴精挑细选搭配出四种，荤素搭配就算是应该的，每一样菜也都精心烹制。炒芦蒿香脆润泽，红烧肉一块块整齐站立但入口即化，为了保证口感，甚至不让提前烧好，六点送餐，五点热炒准时下锅。本来，是一份心意。

杜明看出谢安的不快，结结巴巴地解释："我，我实在不好拒绝。韩处长亲自打的电话，讲得又那么客气！而且坚持说要是免费，就不用送了！"赵晨帮着解围："是啊，这样每天有收入，不至于硬亏损啊。"

"有没有这个'收入'，对我们王谢堂有区别吗？"谢安温和地反问道。

　　两人挠了挠头。是啊,按目前的价格每天多了二万二,对于习惯了每日几十万收入的王谢堂而言,无疑杯水车薪。房租、水电气、员工工资、社保、税费,每天睁开眼就要付出去二三十万,王谢堂是缺钱,但不缺二万二千元。杜明、赵晨对望望,决定不再提任何费用的事,向堂主学习,调整好心态,静等初八上班恢复营业。

　　谢安表面镇静,和往日一样从容。然而,气氛一天比一天紧张,城市不知何时已经空旷安静得像个空城,往日摩肩接踵的孔夫子庙杳无人迹,繁华热闹的上元河碧波清冷,广场公园和步行街的大屏幕上都是"我们不扎堆""做个健康的胖子"这样宣传防疫的大白话,视线所及难得有个人,快递小哥,环卫工人,也都戴着口罩步履匆匆,谢安心底也不禁开始发慌。不愿意闲坐愁闷,索性一天两次跑医院送餐。

　　相比之下,医院有些人。"发热门诊"单独的东面小楼中,不少发热患者在就诊。小楼中有一套全新的自助挂号、收费、取药系统,发热患者在这一单独区域就能完成就诊。不过门诊和急诊室的病人还是不少,大部分是慢性病定期要治疗的,像是做血透的必须定期来;还有意外受伤的,比如像张老师这样摔跤骨折的老人居然住满了七楼骨科。主要原因,恰是冬季容易感冒的时候,有发烧咳嗽症状的人极多,普通市民很难辨别是不是新型冠状病毒感染的肺炎,很多人担心。社区挂出来的标语有一条"有症状早就医,争做文明好市民",市民们响应号召,有了症状都去医院请医生当面判断。除了发热的去发热门诊,咳嗽、打喷嚏、喉咙疼的则分诊后去呼吸科或急诊,两边都设了发热预检处,全副武装的护士在耐心地询问流行病学史:有没有接触过发热患者? 有没有聚集、发热的? 有没有湖北旅行史或居住史?

　　急诊室既要收治病人,又要注意保持患者间、医患间的安全距离,时刻防疫,医生护士都处于极度紧张的状态。每次路过看到叶同裳,她都在忙,量体温、注射、挂点滴、缝针,口罩上方黑白分明的双眸清澈明亮。有一次偶尔抬眼见到谢安,她忙叫住他,说听骨科同事讲,他每天送饭给张老师夫妇? 现在探视时间规定得那么严,不容易做到呢。谢安笑笑,手上正拎着两份饭，下意识地往后缩了缩。

这点小事，有什么可说的呢？谢安亲眼看到许院长两天两夜没回家，看到隔离病房中穿着防护服的医生出来后浑身湿透，看到拖着疲惫的脚步回家的医护脸上留着深深的勒印，看到叶同裳和同事们二十四小时不合眼，看到盒饭放在取餐点几餐聚到了一起，看到行政楼门口医护们抢着要求参加支援武汉的医疗队，不少人口口声声"我是党员，让我去！"葛处长拿着厚厚一摞请战书，满头大汗地劝："微信群报名的，十分钟就满了，你们看，真的满了。下次啊，下次！"平常，他们是和大家一样的凡人，也会操心职称前途，也会议论工资奖金，也会挑剔食物商品，也会焦虑孩子考试升学，可在这场抗击疫情的战争中，他们个个变成真正的战士，忘我舍家，争分夺秒地连续作战；不计得失，将生死置之度外。比起他们，谢安实在觉得自己渺小得不值一提。

叶同裳口罩上方的大眼睛浮上一丝笑意，轻声说："我问过许院长了。我相信，宁警官他们一定能抓到凶手。"

那一种由衷的信任，那一种自然而然的武断，让谢安有片刻失神。

岂止医护和警察，连宁吉也让谢安刮目相看，自惭形秽。

年初二那天一早碰到宁吉，她趣怪地穿了件红马甲，谢安还没来得及开口，就见孙敏等几个社工都穿着同一款马甲匆匆而至，后背前胸印着"联控联防"的字样，还有一个巨型爱心。谢安有些纳闷，大过年的，哪儿来的马甲呢？几个人拿着一摞摞印好的通告，赶着贴在小区公告栏里、单元门口；宁吉塞了几张给谢安，让他贴在酒楼前后门。谢安低头看看，是市里宣传的疫情防控内容，"远离疾病，健康生活是我们的共同愿望，战胜疫情，需要我们共同参与""从我做起，从现在做起，从每一个卫生习惯做起"等等，这是全民动员了呢。

"春节休假取消了呢！"宁吉不无遗憾地说，"我们区共一千二百七十个网格，分包责任给十七个区领导，全部一线指挥。我们归凌书记管，可不敢偷懒耍滑。王主任说，我们都要做'铁脚板'。哈，什么意思？'人民的队伍是好汉,个个长着铁脚板',把我们比作解放军呢,厉害吧!"宁吉伸伸舌头,做个鬼脸,十足一个南都"大萝卜"。

当天,琅玡苑物管出了规定,每日每户只允许一人出门一次,业主们倒都赞成,理解这是在保护大家。据宁吉说,像琅玡苑这样有物业的小区是四百三十个,除此之外,像侍郎里这样没有物业的住宅小区则有四百六十个,还有不少零散片区,就按道路划片管理,定点设卡。所以,很快,隔不了几步就可见草草搭就的遮雨棚,红旗迎风招展,棚外和道旁贴着各种醒目的防疫标语。高楼大厦的电子屏幕也是同一画风:"科学就医,配合检查""不串门,不聚会,微信网络全问候""佩戴口罩""保持空气流通""勤洗双手,主动防护"。简单直接,通俗易懂。穿着防护服的社工从早到晚各处消毒杀菌,红马甲志愿者忙着贴宣传标语、告知书,或者宣传卫生健康知识,劝说在外走动的住户回家。宁吉领着些城管、协管员、志愿者——不少人呢,连老桓都去了,成立值班卡点,和物管一样二十四小时值守:外来人口登记,要求本地居民减少流动,买菜等组织为团购,举着喇叭不厌其烦地喊"宅家就是防疫""在家比躺 ICU 强"或者顺口溜"过年莫去凑热闹,出门必须戴口罩""不走亲戚不串门,不打麻将不聚众"之类,还启动了无人机在空中巡察。冬雨绵绵,偶尔会有片刻停息,这支队伍却一直忙个不停,街头巷尾,小区内外,随着喇叭声到处可见,真是她讲的"铁脚板",走遍了整个孔夫子庙。

眼见着一个娇嫩的小姑娘,被寒风冷雨吹刮得鼻子通红,皮肤皲裂,嗓子嘶哑,谢安又是好笑又是敬佩,心底倒觉得她比以前好看。似乎是那种极度认真的一丝不苟为她镀上了一层光芒;也可能是比起嬉皮笑脸的慧黠,谢安更喜欢内敛含蓄。

有天早上送餐时,碰到程医生的爱人朱静站在侍郎里巷口,抱着发热的孩子着急要去医院,谢安忙自告奋勇,挪动车上的餐箱请母子俩上车。结果立刻被"红马甲"发现了拦住,举着小喇叭高喊:"宁吉你快过来!"半分钟,宁吉出现在面前,问明缘由,看了看孩子情况,说孩子太小,此时去医院交叉感染风险太高,劝朱静回家,让孙敏马上去看视。朱静有些犹豫,孙敏毕竟是社区医生,对儿科不专业,而且孩子是发热,万一得了新型冠状病毒感染的肺炎呢?"我去医院问许院长吧!她是儿科的呢。"谢安说。朱静颔首同意,宁吉亲自护卫着母子俩回家去了。

许辉正在检查隔离病房,听说程医生的孩子病了,二话不说,匆匆向副手交代了工作,回办公室拎起医药箱就走。谢安让她坐面包车,两人路过急诊室,正好碰上叶同裳下夜班,听说去程医生家看孩子,立刻说一起去看看,在车上的几分钟,许辉轻声夸奖:"叶医生是个好苗子,很努力好学。"谢安笑笑赞同:"医者,仁心也,叶同裳的善良注定了她有成为好医生的潜质。"

程医生的家简单朴素,老式的两室一卫。朱静解释当初选这里安家是就程医生上班近,学区好,生活也方便,房子旧,打扫干净就行了。孙敏一直在给孩子物理降温,用酒精擦着小手小脚,许辉仔细检查并问了孩子一些情况,确定只是感冒引起的发热,打一针又开了药,说每天上门注射喂药两次,就急匆匆先回医院了。叶同裳、孙敏陪着朱静,看孩子的热度渐渐降下来,两人安慰朱静:"没事了呢。小孩子感冒发热都很常见,有什么尽管叫我们。"听两人异口同声,朱静连忙称谢,说本来一家三口准备回山东老家过年的,程振宇是 ICU 医生,听说武汉那边急缺人手,就报名去了。正好过年,保姆没来得及请。孩子不生病还好,一个人带稍微辛苦些,这一生病就慌了手脚了。

手机突然响了,朱静连忙接起,向两人致歉:"他的时间不确定,难得打回来。"视频那头,程医生一身防护服刚脱下,看得出从头到脚都湿漉漉的,全潮透了,脸上被口罩等勒出一道道深痕。程医生故作轻松,指着桌上的饭菜夸奖说:"这是南都大厨飞过去做的家乡菜,盐水鸭、狮子头都有,同事们喜欢吃,我也喜欢吃,都吃胖了呢,你放心!"朱静也故作开心:"家里很好你放心,医院常有人来看,许院长刚走。""不缺什么,社区都送上门""我不出去,宝宝也不想出去""他喜欢看动画片,笑得咯咯咯咯的"。绝口不提孩子生病的事,视频镜头也刻意避开了叶同裳和孙敏。

短短三四分钟时间,便听到外面有人叫:"程医生!"程医生急忙起身说:

"我要挂了,那边等我呢,让我看看宝宝。"朱静忙道:"他睡觉呢,你就看看,别说话哈。"左手连挥,示意叶同裳和孙敏躲到旁边,一边将手机远远地对准了孩子。

程医生果然不说话,一动不动地凝视着画面中熟睡的儿子,一边就红了眼眶。谢安正好送许院长的时候帮朱静取了药送来,看到这一幕,想起那天早上程医生赶赴武汉时,他望着市立医院门楼的目光也是如此依依不舍,如此眷恋情深,别过了脸不忍再看。孙敏看得哭出来,叶同裳的大眼里也蓄满了泪水,倒是朱静很坚强,放下手机反过来劝慰两位女医生:"没事啊,他说忙完就回来啊。"

是啊,忙完就回来。这里有你的家,你的妻子孩子,你的同事朋友,你的邻里乡亲,都在等你。

回到酒楼,杜明紧张地报告:省里发出通知,所有企业不得于2月9日24时即正月十七前复工。谢安吃了一惊,但又好像是意料之中,这几天的所见所闻,都显示了这场防疫的不同寻常,原来盼望的年初七酒楼重开肯定不可能了,元宵节也多半不可能。这个通知,只是证实了他的预想。

所以王谢堂开门营业,看来不知道什么时候。谢安回想起除夕夜宁吉说"我不是担心我",才明白,她那时其实是担心王谢堂吧?

小鲁一直在电脑前忙乎,这时雀跃着报告:"堂主!我们酒楼加入了网上订餐平台,'美团'和'饿了么'这两家是最大的,挂上去了。有订单我们可以做外卖,取餐送餐都是平台自己的骑手,很省事!"杜明鼓掌称赞:"还是小鲁想得快!这就好了,凭我们王谢堂的声誉,肯定订单如潮水般汹涌!"

谢安笑笑,也忍不住有一丝憧憬,上外卖平台的事其实以前考虑过,那时觉得忙不过来,也许心底是看不上这种小买卖,所以一直没进行。这一次,会是王谢堂的救命稻草吗?

第五章　扫迹坐隐

事实证明，当年没进外卖平台是正确的。王谢堂菜肴的精致讲究，根本不适合网络平台的速度。

小鲁拿不准哪些菜会受欢迎，就先挂了十道传统名菜和十种名点。"东山再起""围棋赌墅""一往情深"……定价在一百五至两百之间，时间定在一个半小时。凭这两条，在平台上面对数不清的餐馆、饭店、小食铺，毫无竞争力，新食客基本不会考虑。好容易靠着老字号，有附近的老客户下了单，后厨急忙烹制，但来不及啊，厨师长老姜急得喊："'东山再起'只给我一个半小时？甲鱼要挑、要杀、要洗、要蒸，一个半小时不熟啊！"不久骑手到了，菜还在蒸锅里冒热气，小鲁跟人连连道歉，跑到后厨催，老姜受不了她的唠叨，匆忙起锅装盘，实际上用了一小时四十五分钟。

结果呢，被客户直接挂出"差评"：两百块的名菜，等了半天才到，根本咬不动！传说中的入口即化呢？甲鱼咬不动，能吃吗？王谢堂有名无实，空有虚名！评论区于是有人讽刺：人家本来是"王谢堂"，贵胄世家的菜肴，咱老百姓还是别想了；有人感慨：王谢堂也做外卖了，指望"旧时王谢堂前燕，飞入寻常百姓家"，飞进来的是半生不熟的甲鱼！

受了这个教训，小鲁将所需时间改为三小时，自那以后很干脆，没人再下大菜的单。老姜倒松了口气，说："这些菜就算做好了，送到家也不好吃，要不凉了，要不路上闷老了，白可惜了的！"

名点的境遇也差不多。王谢堂的习惯，即使是一碗鳝鱼银丝面，也讲究时辰火候，都是算着上桌的时间到点才下锅。外卖呢，单子飞过来就要匆匆忙忙做就，一路闷在食箱里，到食客家中味道口感都大打折扣。新客人评论"徒有其名",老食客痛心疾首地怒其不争:"王谢堂连点心也做不好了!"而且点心的价格也就二三十元一份,每天接不到一百单,手忙脚乱地忙出一片差评。也是,这种小食,怎么可能做得过金陵大肉包、上元汤包、顾家蟹黄包,还有青露、永旺、好婆、和善园那些专业点心店?术业有专攻,信矣。

小鲁无奈,和谢安商量了,改为盒饭,与医院一样的甲乙丙丁,虽也有订单与备材不能完全吻合的问题,好歹不再措手不及地人慌马乱。不过价格只能按医院基准价的二十五元,杜明、赵晨摇头不赞成,虽没有说"做得多亏得多",大家都知道,其实也是亏损。别人家盒饭做炸鸡腿和麻辣豆腐,是有道理的。

附近的同行中,中型餐馆、小型饭店,还有夫妻店、迷你食肆,在店门前或小区门口摆出地摊甩卖库存菜品,本来是为春节高价购入的原料,现在全部低价处理。小鲁来问,摆地摊难看的话,要不要加入送鲜菜的网络平台?现在各个小区为减少居民进出,都是团购生鲜菜,数量还可以。谢安看了看价格,基本是从菜场甚至农户手中拿菜的价格,王谢堂若按此价格,毫无疑问是亏损大甩卖,因为这批食材是过年前最贵时候进的。

谢安摇摇头。王谢堂不能这么做,一来损失大;二来看团购的订单中,很少有王谢堂库存的河鲜水产类;三来最主要的,这么做,太伤老字号的招牌。

"堂主!总要想想办法啊!"杜明、赵晨、小鲁等几个人围在桌前。谢安犹豫再三,同意他们挂出了"欢迎预定外卖,可自提,可送餐"的红字广告,在门楣下反衬着乌木嵌银的招牌,极为刺目,谢安总下意识地避开目光,不愿多看。电话零零星星地响起,附近小区总算有些老顾客想念大菜,偶尔会定一个。小鲁遵照老姜的建议,大菜至少提前半天预约,小区进不去,都是放在门口让客人取;虽然麻烦可味道不算差,慢慢地陆续有人订,一天能有二三十单。

"所有收入不够付利息的。"罗会计低声说,谢安皱眉不语。这已经算殚精竭虑用尽百宝了,付利息都不够?

"马上 2 号要发工资,3 号要交房租,还有养殖场那边的货款要付……"罗会计的声音更小了,目光却固执地盯着少东家。谢安苦笑着,把车钥匙和家门钥匙放在桌上,希望罗会计去变现。老会计眼中闪过一丝不忍,但仍旧直截了当地告诉他,比亚迪二手车最多三十万,可资金缺口有两百多万;谢家老宅子倒是值一大笔钱,但有价无市,到处防疫,怎会有人看房买房?中介也都关着呢!还有那些古董字画,都一样,出手没那么快,远水解不了近渴!

谢安踱步廊下,望着水箱中游弋的河鲜水产,库房中高耸的粮食菜品,不敢相信,今日今时,这是王谢堂最大的财产;而随着关门的时间一日日延长,这些财产一直在贬值,一直在倾塌。罗会计说有一家私营小贷公司叫什么"及时雨"的愿意上门谈,谈什么呢?家底都在这里,窘境一览无遗,只能随他们开条件啊!

一只甲鱼游上水面,探头望望,又转身游进了水里。谢安忽然想起韩征南那天不肯吃鳖甲,质疑江南传统的河鲜清蒸做法。这时候王谢堂真的像在蒸笼中,一点一点被慢慢蒸熟呢。谢安自嘲地笑笑,怎么和螃蟹甲鱼比起来了?太闲了吧。

汽车轰鸣,门口忽然停下辆奇瑞车,打破了多日的寂静。谢安诧异地隔窗望去,车上司机小心地把玻璃窗摇下一条缝,冲着门口的小周高声问:"能吃饭吗?"声音疲惫。

小周没反应过来,好些天没当面见到客人,天天只听到喇叭中的防疫宣传,人变得有些迟钝,下意识地重复道:"吃饭?"司机连连点头:"是啊,我们想吃饭!一家四口在路上几天了!"

小周迟疑着回身看杜明:"经理,怎么办?"新闻上看到过,为阻断疫情扩散,湖北省周边省份筑牢了环鄂交通管控"隔离带",湖北的车辆因此回不去。看眼前这辆车,司机神色憔悴、胡子拉碴,后座上的中年妇女搂着两个孩子,真是路上漂好几天的样子。全体湖北人,这次为了阻击病毒、为了全国抗疫，做出了巨大牺牲啊。

杜明奔到谢安面前，急急忙忙地请示："堂主，门口那车要吃饭，怎么办？鄂C牌照！湖北来的！车上好几个人，有小孩！"谢安看了看他：他要是不想理睬，直接就打发了；跑进来问就是想接待。南都人，不管表面怎么大大咧咧诈诈唬唬，心底都是柔软的。

谢安转身，亲自出门走到车旁两米处，温和地解释："按规定不可以堂食。你们住哪个爱心酒店？我们做了送过去，或者你们在这里等一会儿带过去，到酒店吃。"

小周不等吩咐，自作主张地端了水果和温水来，递给后座上的妇女。这时头顶上忽然有声音高喊："不要聚集谈话！湖北同志，请去爱心酒店！"是无人机在督促，听声音像是街道王主任。

谢安仰头高声道："王主任，我们做点吃的给他们带走！"无人机旋转着，继续喊："可以！我们防病毒，不防人！但请不要接触，保持距离！戴口罩，勤洗手，保持通风！"小周、杜明听了，忙噔噔噔噔跑进去准备饭菜了。

无人机往车前靠了靠，接着喊："湖北同志，请尽快去爱心酒店！取到食物后请直接去爱心酒店！"苦口婆心地重复了几遍，"往南上环城高架，两千米就到！"

谢安不禁好笑，这是王主任一贯的唠叨作风，宁吉提到她总是用感叹号："哎呀，我可不敢耽误，老太把我讲死！"或者："哎呀，这下王主任可高兴了，一定夸我！""老太"这个称呼，是敬畏，也是亲密。

湖北司机伸头高喊："知道了！谢谢南都！"两个孩子也扒着车窗叫："谢谢奶奶！"无人机在低空盘旋，唠唠叨叨地和孩子"韶""上学了没有""几年级了""去外婆家拜年的啊""南都好玩的地方多了，不过这次先在酒店乖乖待着啊""十四天，至少十四天""好啊，我去看你们"等等，两个孩子显然憋闷已久，望着无人机又新鲜，笑得咯咯咯的，聊得极开心。

这时候，杜明拎着几袋热饭热菜出来，说是后厨赶着做的，到酒店住下趁热吃。湖北司机忙举出手机，说微信支付。杜明瞥一眼谢安，说："一共七十八元。"面不改色地扫码收款。一家四口闻着饭菜香味,连声称谢,小车一溜烟消失在马路尽头。不用问,谢安闻着就知道是老姜的几样拿手菜:围棋赌墅、桓伊吹笛、洛下书生,不知是如何快速赶出来的。多半是先挪用了外卖订单;而每个菜本来都是三位数的价格,一共七十八? 真是一群"大萝卜"。谢安笑了笑,若无其事地转身进屋。

再不进去,王主任要"韶"死了。

回到办公室,暗沉沉的天气不得不开灯,桌上的车钥匙门钥匙还在,罗会计放的财务报表摊在前面。西窗下的古琴,东墙边的围棋盘,都和刚才一样纹丝未动。但是,谢安知道,屋中有人。

这间坐隐庐,太爷爷在的时候谢安就常滚在他的怀里摩挲案上的文具、窗下的琴、墙上的条幅,对屋中的一切比左右手的掌纹还要熟悉。空气中更有食物的味道,嗯,麻油素菜包,刚出锅的。很显然,屋中有个外人。

谢安缓步踱至桌后,将车钥匙、门钥匙扫进抽屉,拿起报表翻了翻。接着转身走到立柜前,猛地拉开柜门,喝道:"出来!"

柜中是个少年,大冬天的只穿着麻灰风帽衫,蜷着身子,正狼吞虎咽地吃包子,很香的麻油素菜包。乍见光亮,少年条件反射地抬起胳膊挡住眼睛。谢安看看胳膊后的面孔蛮熟悉,居然是韩征南,年三十那天因不愿吃甲鱼愤而离席的少年。

韩征南钻出立柜,神色羞惭,左手一个包子右手半个包子下意识地往身后藏。从小在父母的呵护下长大,这是他第一次流浪在外,独自觅食吧? 谢安让他在桌前坐下,倒了杯水给他,温言道:"慢慢吃。"自己坐到东边围棋枰前摆子,听着身后少年狼吞虎咽吃包子喝水的声音,不禁摇了摇头。今年真是故事多,这个万事俱足的少年,又为了什么?

韩征南吃饱喝足,擦干净嘴巴,走过来坐在谢安对面,顺手拈起了棋子。谢安看看他的两根手指,黑子落下去,韩征南毫不思索地跟了一手,棋力竟不弱。谢安双眉微皱,嘴角浮上了笑意,一招招进攻;韩征南也不吭声,静静落子,自保之余还能反击。两人都不说话,坐隐庐中,只听到落子的声音和窗外凛冽的寒风。这局棋下得好不痛快。天色渐渐黑下来,杜明探头问谢安是否去送餐,谢安摆摆手;小周问两人是否吃饭,谢安也是摆摆手。一局终了,谢安多占半子,险胜。

这"坐隐庐"的名字,是祖父取的,墙上悬着一幅祖父写的行书"不如掩关扫迹成坐隐,清斋永日一炉香"。祖孙三代都爱围棋,但都算不上高手,这与性格有关,都是闲雅恬淡恨不得真掩关扫迹的人,在棋枰上也一样,不会纠缠不休,不会锱铢必较,也不会穷追猛打。刚才这盘棋也一样,谢安有意相让:少年明显是离家出走的,何必再逼他?

看他的棋风,汪洋恣肆无拘无束,就知道这少年胸怀宽大,视野广阔,生活中一定不拘小节。而他的母亲因为爱,恐怕管得无微不至无所不及,像罗网也像牢笼。韩征南讲起来,日常吃喝用睡,样样管手管脚;平常上学嘛,到学校是一片自由天地,有朋友有同学,所以寒暑假也都去学校自修或补习。这次因防疫不能出门,与母亲一连多日二十四小时无缝相对,睡觉都被监视,说梦话都被盘问。

"受不了! 真的受不了!"韩征南握着两手,骨节捏得噼里啪啦响。尤其年初一那天在家看《囧妈》,以为是个搞笑贺岁片,偏偏煽情伤感。宁雅娟像是找到了共鸣,一边看得擦眼泪,一边唠叨孩子不懂事,还趁机教育韩征南"妈都是为你好""可怜天下父母心"等等,老生常谈地强调今年高考,对他的要求是冲刺清华北大,为韩家争光。之后数天继续逼儿子吃这吃那,从早到晚不带歇的,饭菜水果点心之外甚至还有好几种保健品! 有的为补钙,有的为平衡营养,有的为提高记忆力,还有的据说能改善智力,吃了变聪明!

"简直愚昧!"韩征南不肯吃,反抗了几次,与母亲吵翻。昨天晚上宁雅娟气哭了,韩肃打圆场劝儿子让步,体谅母亲的一番好心。"好心? 非要冲刺北大清华是好心? 好心就能逼我吃乱七八糟的保健品?"韩征南气愤至极。所以今天一大早天不亮他就乘家里不注意跑了出来,小区门口物业让登记,他就一本正经地认认真真登记,说是去老师家拿个资料,高三要考大学呢。物业知道他上高三,最关键时刻,常听宁雅娟说"冲北大清华",倒没再多问。

"不过街上空荡荡的没地方去,吃东西也没有店开门,所以……"韩征南的脸上又浮起了赧然之色。

要劝这孩子吗?像韩肃那样,劝这十七岁的少年明白母亲的好心苦心?谢安沉默着,不知道该说什么。母亲是难产去世的,谢安完全不记得她的模样;太爷爷、爷爷和父亲都是明达疏阔的性格,任谢安做他喜欢的事情,从不勉强。谢安上学极散漫,老师们都觉得这孩子可惜:以他的聪明,若能痛下苦功,一定遥遥领先考个年级前三不成问题,偏偏不用功,毫无上进心。琴棋书画都是凭兴趣,兴趣上来时能沉浸在其中几天几夜不吃饭,兴趣过了也就丢在一边,与读书一样不求甚解,也从没想过考个级拿个证什么的。再加上体弱不爱动,体育课达标都困难,三好生等荣誉从来与他不相干。太爷爷走的时候谢安四岁,爷爷走的时候谢安十一岁,父亲前年突然中风走得更急,临终时拉着这个谢家唯一的传人,三人说的都是"做个好人",并没有更多要求。在他们看来,品格和性情远比学识和技能重要,自由自在也比建功立业更适合谢家人。

谢安没经历过韩征南的问题,并不觉得自己有评判的资格。对于一位母亲,儿子离家出走,怎么都是心碎难过的吧?回家吧,别让母亲担心。谢安准备这么说。

"征南!你在这里!"没等谢安开口劝说,宁恺大步走了进来。宁雅娟早上发现儿子不见了,手机都丢在家里没拿,问物业说是出去到老师家取资料,打电话给几个老师都说没见过他。宁雅娟急得发疯,哭着要去报警,韩肃连忙打电话给宁恺,三言两语说明了情况。宁恺本是刑警,到小区现场看看,料想一片空城征南无处可去,顺藤摸瓜就找过来了。"回家吧!小姑妈小姑父四处找你,急死了!"宁恺拉着表弟就要走。

"我不回家!"韩征南脖子一梗,显出十二分的倔强,"每天耳朵里塞的都是'冲清华''考北大',逼我吃这吃那,我受不了!恺哥,就算你这会儿把我强拉回去,我还是要找机会逃的!"宁恺愣住了,看看韩征南严肃的表情,简直大义凛然,不禁好笑:"那你要怎么样? 要不去我家? 去爷爷家?"

"我不去,外公和舅舅都中了我妈的毒,见到我就喊'大学生'!"韩征南气愤不已,"还老谈清华北大怎么怎么,是我妈想去清华北大,不是我要去!"

"全城防疫,你不可能不回家啊!"宁恺摊摊手,"像你这情况,酒店不会让住的。"

没想到,韩征南转身面对谢安,学着电影中的镜头双手抱拳深深作揖:"堂主,可否容我留在王谢堂? 我能干活,送外卖跑腿都行。电脑我也玩得不错,网上的事尽管放心地交给我,或者安排我在厨房帮工,大堂扫地都行。总之,我希望自食其力,打工养活自己。"

谢安笑笑,看向宁恺。王谢堂这时候当然不招人,但是这十七岁的少年站在彷徨的路口,看不清人生的方向,难道不帮他? 别说他是宁吉的表弟,就是普通的邻居街坊,也不能坐视不管。

"你是高三毕业生啊! 要高考啊!"宁恺劝了几遍,韩征南死活不肯,口口声声说绝不回家。宁恺无奈,拨通了宁雅娟的电话,就听见她又诉又讲,听说找到儿子了激动得哭出来。后来换了韩肃听电话,商量半天,无奈同意韩征南留在王谢堂。谢安含笑温言道:"与外地员工一起住宿舍,送外卖干活。不可能特殊。"韩征南大喜,满口答应。

"社区那里我去说。算王谢堂的临时试用员工。"宁恺抱歉地拜托谢安,说是自己有任务要去北州出差,请他多照顾韩征南,还有张老师和张师母。"告诉他们,"宁恺有些迟疑,"有希望了。"

谢安眼睛一亮。一级响应的防疫战斗,公安局全员参战,宁恺驻守进城路口检查站,那是相当重要的岗位。现在居然赶着出差去北州,那一定是办要案。

宁恺匆匆离去。杜明领韩征南去住下,安排小吴教他,带他熟悉酒楼的环境,搞清楚要做的事情,最重要的是必守的规矩,算是师傅带徒弟。韩征南长到十七岁,第一次离开父母,又新鲜又兴奋,只觉得连空气都自由到芬芳了,笑眯眯地跟着杜明、小吴去了。

　　罗会计神色紧张地小跑进来，轻声道："堂主，他们到了。"谢安抬起头，几个大汉昂首阔步地跨进王谢堂，一进门就忙不迭地四下打量，看见谢安，目光中毫不掩饰好奇。

　　"及时雨"，小贷公司的，看模样是北方人。谢安笑了笑，山东好汉呢。

第六章　尊姓大名

　　山东好汉很干脆，说是查了王谢堂的资信，两百年的老字号，这几十年都没有任何不良借贷记录，若在平常的话，这样的企业来贷款，是笔好生意，求之不得。不过现在疫情紧张，湖北确诊几万人，各个省都陆续冒出来，南都也每天有几例，谁也不知道什么时候防疫结束，堂食重开恐怕遥遥无期。而王谢堂最大的收入和资金来源就是堂食，除了房租、水电、员工工资、社保、税费等负担之外，已做了两百万小额贷款，每天利息可观，所以评估下来，这个贷款风险很大。

　　谢安静静听着，不说话。既然上门来看，就是想做。这次的疫情可以说影响了所有企业，口罩、防护服、消毒剂、护目镜等医疗用品企业直接一飞冲天，网络电信、外卖平台等少数受益，其他的呢，大到航空、旅游、百货、影视，小到餐饮、日用品，特别是其中的微小企业受到巨大冲击。就看门前这条羲之路，仅说餐饮，王谢堂之外，上元人家、福临门、长青楼、李记、宋公馆等大大小小十几家，有多少能挺得过这次危机？所以小贷公司这时候要做贷款也不容易吧？大把资金闲置，是另外一种困境。

　　罗会计耐心地解释己方的优势：老字号，菜品好，口碑好，很多固定回头客等等，特意将原来的预定簿给几人看，原来从除夕到十五，订了三千一百桌啊！我们自己为了配合防疫，主动闭店的！退还客户的定金，原材料积压，造成了暂时流动性困难。只要哪天疫情过去，堂食开放，每天几十万收入稳稳妥妥的！说着将往年的财务报表给几人看。山东好汉笑了："问题是，什么时候开堂食？"

　　一室寂静。什么时候开堂食？酒楼中冷冷清清，望向门外，羲之路上空无一人，整个南都城像一座空城。听不见喧嚣的车水马龙，听不见吵闹的人群熙攘，耳中只有大喇叭里在一声声不厌其烦地宣传"勤洗手，戴口罩""发烧咳嗽，科学就医""不串门，不聚餐"。

什么时候开堂食？"上客啦！""客官请！""天字号客人到！""宇字号走菜！""人字号翻台！"种种吆喝，云香鬓影人流络绎的繁闹盛景，突然都成了过往云烟，奢侈回忆。什么时候再有？

山东好汉不再为难罗会计，提出三百万贷不了，只能贷两百万；利息定在月息七厘，每半月付息。罗会计好言相商，最后双方商定，贷两百三十万。贷款合同快速拟好，罗会计松口气，看了看谢安："要签字。"

合同却被捂住。山东好汉说，这份合同对于"及时雨"风险太高，必须要抵押品，如果哪天王谢堂还不上了，"及时雨"不至于血本无归。罗会计变了脸色，强笑着说："王谢堂的家底都在这里，资金全压在食材中，那些水产河鲜你们要吗？养殖场那边还有刀鱼苗，就快长成了。你们要没用？要不厅里的字画古董，不少是真迹，还有红木家具，也价值不菲。"

好汉们在字画古董前流连了一会儿，坐回圈椅，说这些古董字画都要专业鉴定，现在假货太多——不是说你们王谢堂里的是假的，真的也不容易变现，咱大老粗都不懂那些。要不，用门口的乌木嵌银招牌和楹联抵押如何？那个真材实料，名家手迹，在南都算有名气，有本《南都老照片》上的民国照片中，不少民国要人在王谢堂前合影，头顶上就是这个招牌。

"不行！那是我们店的镇堂之宝，李鸿章题字，真正的古董！"罗会计抗议，脸涨得通红。几代老东家将王谢堂传下来，信任老会计如自家人，怎么能丢了招牌？杜明、赵晨在一旁紧握拳头，恶狠狠地看着山东人，急得要打架；老丁、老姜、老陆几个大厨站在门后面，连韩征南都跟着小吴、小周，竖着耳朵听屋里的动静，随时准备扑进来。拆招牌？欺负人嘛！像电影里的恶霸嘛！

"及时雨"的好汉们摊摊手，道："抵押品，还了钱就取回的。你们自己没信心还钱？"

　　谢安拿起面前的借贷合同，凝视着，一动不动。乌木嵌银招牌，经过了三个庚子年，与王谢堂相伴至今。谢安第一次识字，就是一岁半被太爷爷扛在肩膀上进酒楼时，咏出了左右楹联；第一次写字，也是伏在太爷爷膝上，想着门上的字迹，歪歪扭扭地提笔写出"王谢"二字，糊了一脸的墨水，弄花了太爷爷的长袍。几代人的记忆，现在为了区区两百三十万，要成为抵押品。

　　两百三十万，会还不出吗？谢安笑笑，提笔在合同上签字，转身亲自走到门前，卸下了招牌。"堂主，不能啊！"员工们齐声请求。谢安挥挥手，示意山东好汉搬走。

　　不知何时又飘起了小雨，雨丝绵绵，笼罩着空城。没有了乌木招牌的王谢堂大门看起来突兀怪异，刺目的"欢迎订餐外卖"大红横幅在雨中随风飘荡，望过去，两百年的老字号酒楼像突然没落的王孙贵胄，流落街头。大喇叭中还在一声声宣传防疫，像是宁吉的声音，已经讲得嘶哑，但苦口婆心，热忱丝毫不减。除夕夜她说"我不是担心我"，外表大大咧咧嬉皮笑脸的宁吉，那时候就想到了防疫阻击战中王谢堂可能面临的困境，可又不便明说，偏偏谢安反应慢，没有意识到。

　　谢安望着斜风细雨，陷入了沉思。意识到又能怎样呢？无视疫情坚持营业，坐等顾客取消，不退定金？为了酒楼利益不管客人死活？不顾防疫大局？不在乎那些医护、社区、警察、指挥部和所有居民的辛苦付出？不，当日果断关门没错，退定金也没错，即使借高利贷，即使招牌被拆，即使祖传两百年的老字号倒在我的手中。

　　这天张师母出院，谢安自告奋勇地送老两口，特意拎了素菜包、素什锦、盐水鸭和麻油干丝。进了医院大门，意外地看见宁向云正在搀扶两位老人上车，原来又是一个好心来帮忙的。宁向云挥挥大手，谢安不敢争执，只好同意由他送，回身取出食物，张师母坐在后座上，吸着鼻子夸"真香"，不等打开便叫出来："素什锦！麻油干丝！"张老师便笑她，碰到好吃的这么精神，鼻子这么灵！忘了早上换药时疼得哼哼唧唧的！张师母自然配合演戏，老两口秀了一会儿幸福恩爱，看得谢安鼻子酸酸的，只好低头侧身，递了个素菜包给宁向云。宁向云接过包子，咬得有滋有味，附和着张老师、张师母说："王谢堂的菜就是讲究，麻油是农家小磨麻油吧？所以香！"

张老师突然想起来，从包里取出两个粽子，请宁向云和谢安尝尝。两人连忙接过，是南都传统的肉粽，但如白粽一样小巧，糯米和腊肉比例配得合宜，每一口咬下去都有米有肉，咸淡软硬也恰到好处，宁向云赞不绝口，连谢安这么讲究的人也说不错。张师母忙说："回头你们带些回家，到家慢慢吃！"

粽子是护工祝嬢嬢裹的，她是宝华乡下来的，平常每天裹一两百个粽子，放在医院门口有个"武汉米粑"的小食店中和米粑一起卖。不过米粑铺过年关门，店主回武汉了，这次是听说张老师讲买不到粽子，祝嬢嬢好心包了几十个，早上拎到病房的。张师母指给谢安看："还热乎着呢！"张老师解释，现在小区管控严格，不好老出门，没去超市菜场细找，也不是一定要吃，讲着讲着讲漏了嘴："其实是小丽爱吃，就到她生日了，想着摆两个粽子，几盘王谢堂的菜，她最喜欢……"

一句话蹦出来，或者说这个名字、这个称呼蹦出来，强装的欢乐便瞬时无影无踪，张老师尴尬地看看老伴，又望望宁向云和谢安，颓然靠在车身上，红了眼眶。张师母正捧着素什锦在手中，呆呆地凝视，像是自一棵棵豆芽、一片片竹笋中看到了爱女的容颜。女儿爱笑，周末从学校回到家，听说去王谢堂吃饭就会欢呼一声："哇！快走吧！"一家子欢欢喜喜打扮整齐了出门，像过年一样。

谢安咳嗽一声，说宁恺昨天出差了，去北州。张师母愣了愣，放下了手中的菜盘；张老师抬起头，看看谢安又看看宁向云。谢安道："宁恺让我转告说，'有希望了'。"

出人意料，老夫妇俩对看一眼，并不激动也并没多高兴，四道视线齐刷刷地转向宁向云，比起企盼、喜悦，他们更多的是疑问。谢安不禁诧异："有希望"抓到凶手了，为什么不激动？他们不是盼了二十八年吗？

"有希望"不止一次了，一次次的结果都是失望。宁向云长长地叹了口气。说起来，离凶手最近的一次是九年前。公安局破获了一起抢劫杀人案，嫌疑犯在招供时，主动供认了这桩近二十年前的医大杀人案，说是他干的，看看年纪倒有可能，办案刑警迅速报告了市局。那时候小丽的爷爷奶奶还在世，四个家属接到通知后急急忙忙赶到公安局，隔着玻璃窗听审讯。犯人讲起作案时间、地点和当时残忍的手段，与实际案情大差不离，动机也和公安局分析的一样，就是随机强奸。四位受害者家属听得泪流满面、满腔愤怒，以为沉冤终于昭雪，都激动不已，不顾公安局的劝阻，当即兑现案发时主动悬赏的十万元，取出现金，送到了公安局。结果呢，虽然犯人主动自首，南都公安还是细致地比对物证，否认了这个嫌疑犯。猜想他是指望借助这个自首，减轻抢劫杀人案的刑罚。

谢安惊异："案发是二十八年前，还有那时留下的物证吗？"张师母低头擦眼泪，张老师叹气不语。宁向云解释，是那时的公安厅老领导高瞻远瞩，特意送到全国唯一有检测能力的沈阳刑警学院留存的。宁向云目光中满是不忍，声音低得几乎听不见："是，是作案者的精液。"

精液。谢安侧过头，不敢看老两口的表情，那是他们的独生女儿啊！而且医科大学是全国一流的大学，高考第一批录取，录取线极高，小丽是不折不扣的天之骄子。痛失爱女的撕心伤痛，他们如何熬过？在 1992 年，悬赏十万元捉拿凶手，绝对是倾其所有了。二十八年来，两代人时刻惦念亡者，年年在忌日去公安局问案情进展，漫长的等待中，老迈的爷爷奶奶已经离世，眼前这两位耄耋老者，还能等到为女儿申冤的那一天吗？

而南都公安，二十八年前就有意识地保存各种物证，更令人惊讶的是，这样的一个陈年疑案，有犯人自首认罪了，仍然细致地比对核实确认，人民警察完全出于"不冤枉一个好人，不放过一个坏人"的初心。与受害者家属一样，他们从没有忘记，一代又一代警察惦记着这个旧案，从不放弃。一次次满怀希望又一次次失望，对于他们来说，若不破案，也是绝不甘心啊！宁恺这次肩负了这么重的担子，有希望破案吗？空旷的停车场，此时安静得可怕，谢安沉默着，不知道如何安慰三位老人。

　　许辉脚步匆匆走过来，说出院手续办完了，过几天要来复查，嘱咐张师母回家了也还是要注意休养，伤筋动骨一百天嘛！别急着下床，别做家务，张老师多辛苦，不行的话最好请个保姆或钟点工。老两口连忙擦干眼泪，若无其事地又开始秀幸福恩爱，说街道一直有人来看，而且和祝嬢嬢说好了，她每天去家里做两个小时。聊了会儿家常，见老两口恢复了平静，宁向云便准备出发，回头看看谢安，语重心长地说："这一次，应该是真的'有希望'。"

　　"什么'有希望'？"许辉问明缘由，连忙安慰两位老人，"案子没破，公安局不便透露详情，不过这么说肯定不是空口无凭。科技现在这么发达，各种新技术广泛应用，宁恺又是公安大学毕业的，对新科技破案极为精通。你们坐等好消息吧！"

　　"是啊，我们等着。我就想啊，小丽一直在天上等，等得着急啊。"张师母拉住许辉的手，说着说着又要掉泪，"她要是还在，和你一样，一定也是个好医生，她也喜欢小孩子，多半也选儿科，她也结婚成家，孩子也该上中学了……"许辉反握住老人的手，柔声劝慰。还是张老师拉住老伴："别说啦！让许院长去忙吧！防疫副组长，多少事呢！"

　　目送车子一溜烟开走，谢安闷闷的，告别了许辉正要往回走，没想到许辉叫住他，关心地问："这几天酒楼怎么样？防疫影响大吧？"谢安淡淡一笑，不吭声。这几天看医院里人人忙得抬不起头，许院长兼了防疫指挥部副组长，忙得吃饭都是一边打电话一边随手扒拉，何必诉苦浪费她的时间？比起生死大事，王谢堂那点生意算什么呢？招牌、楹联，此刻想来不值一提。

　　没想到许辉很认真，说："我猜想王谢堂日子不好过，防控指挥部现在有几个隔离点，还有爱心酒店，规定是定点定时供应盒饭，被隔离人员也可以自行向定点餐厅自费点餐。愿不愿意申请做定点餐厅？医院可以帮着联系。"

　　"当然好！"谢安一改往日的迟缓，回答得很干脆。

　　是因为王谢堂在困境中？是因为许院长一片好意？并不完全是。谢安猜想，被隔离的人很少会自付费点大餐，做定点餐厅，估计也就多几百份盒饭,收入有限,反而是付出增加,员工们恐怕又要说"堂主的头被门夹了"。谢安觉得,眼前这么多人都在无私忘我地忙碌,包括宁吉、孙敏、赵勇、各种穿着红马甲的社工和志愿者,包括刘波、小吴这样的物管,包括宁恺和他的警察同事们,包括许辉、叶同裳这些"白大褂"们,包括远在武汉的程医生和独自在家带孩子的朱静……自除夕至今,一幕一幕让人感动,让人震撼。

谢安没有经历过战争和灾荒,二十六年的人生平平淡淡,各种英雄伟人都只在书本或电影中看过,但是这个庚子年,突然都活生生地出现在面前。所有奋不顾身勇敢抗疫的人,所有舍小家为国家的人,都是英雄。难道这时候,自己还要蝇营狗苟地去算生意账?王谢堂是亏损,严重亏损,但是比起这些忘我战斗的英雄,比起这场人类与病毒的战争,算什么呢?更何况,许院长讲的是做隔离点的定点餐厅,那些隔离点中被隔离的人,多难啊?谢安想起那天鄂C牌照的一车湖北人,那是一家四口,因疫情暂时回不了家,现在就在隔离酒店里,那两个孩子还在嘻嘻哈哈地玩吧,并不知道父母亲的心焦:湖北的家里,落了一层灰,该打扫了,洗衣机里还有临走出门没来得及洗的衣服,冰箱里有没吃完的热干面……为了全国抗疫大局,都只能先丢下。

为他们做点吃的,不应该吗?

当日下午,定点餐厅的申请获指挥部批准。当天晚上的订单,是城东郊外隔离点迎宾酒店的三百份盒饭。谢安不放心,亲自开了面包车送去,带了韩征南帮忙,路途不近,将近二十公里。出羲之路往东,上环城路,远远地看见竖着"请停车接受检查"的牌子,几个警察和辅警站在路旁。谢安减速,老老实实地停下,量体温,说明缘由。警察听说是给隔离点送饭菜的,认真地敬了个礼:"你辛苦了!"谢安还没反应过来,韩征南已经快速回复:"我们不辛苦,警察同志辛苦了!"

警察笑了,口罩上的两只眼睛弯起来,弯得像月牙:"你是宁恺的表弟吧?我们见过,你忘记了?我是吴家明。"韩征南大为尴尬,好在他本来性格活络,忙叫"家明哥哥",问"值班累不累""车辆多吧""外地车只要登记就能进城吗"等等,聊得像老朋友。

　　吴家明和同事尽责地检查，车厢中确实是盒饭，登记好，挥手放行。旁边一个车道上，本地牌照的奔驰车上司机忽然跑下来，搬了一个纸箱递给吴家明，笑道："这个送给你们。你们辛苦了。"吴家明狐疑地打开一看，竟然是一箱口罩！见司机已重新上车，忙喊着问："你尊姓大名啊？""中国人！"司机高声喊着，车子已经开出老远了。

　　韩征南话多，一路啧啧赞叹，整整一大箱口罩哎，南都人送给素不相识的民警，还不留姓名，真实诚！谢安笑笑不语。真的呢，似乎这一场大疫，将所有中国人凝聚在了一起，每个人心中的善良都因共同防疫而尽情展现；家国情怀更被激发，毫不迟疑地共赴危难；更在必要时，无畏地舍生取义。

　　迎宾酒店坐落在神烈山下的松柏林中，一年四季都是绿色。谢安想起还是在很小的时候，和爷爷来这里游泳，夏天的神烈山郁郁葱葱，温度比城中低好几度，蓝色的游泳池和天空同色，爷爷慈祥的笑容也和阳光一样温暖。多年过去，迎宾酒店的门楼依旧巍峨，红色的巨型横幅上，"爱心酒店"四个大字无比醒目，里外不知哪年重新装修过。谢安记得以前是地砖地面，不知何时变成了大理石。门卫问明事由，在对讲机中呼叫几声，一位西装革履的年轻人急匆匆地迎了出来，自称姓陆，是迎宾酒店的经理，对谢安愿意送餐表示感谢。说第一次要填些表格，后面只要送餐签收就可以了。

　　谢安坐下填表，韩征南望着大堂中来来往往的人群，好奇地问："有多少人隔离啊？"陆经理说："不少呢，有的是湖北人出门旅游走亲戚，现在回不了家的；有的是与确诊病例密切接触过的；有的是疑似病例的亲属……各人情况都不一样。"韩征南真是话多，接着问："那你们忙得过来吗？"陆经理笑了笑，说是特意成立了几个小组，按职能分工，综合协调、医疗观察、安全保卫，还有后勤保障等等，全部二十四小时值班值守，确保安全安稳。被隔离的人衣食用住都要照顾好，经常会有各种要求，买药啦、医务咨询啦，爱心酒店能做到的，都尽量满足。

　　这时，一个女服务员跑过来，展开手中的购物袋给陆经理看："买到了！303 要的小孩玩具。"陆经理忙让她赶紧送上去，又叮嘱她放在门口，不要接触客人。服务员答应着去了。韩征南啧啧赞叹:"天哪,你们连玩具都管!"

"所以啊,要订你们王谢堂的饭菜。"陆经理讲得很诚恳,"这些被隔离者,不容易啊,像那些湖北人,不知道要待多少天呢!基本上都是武汉封城之前一家人高高兴兴出门旅游的、走亲访友的,现在为了全国防疫大局,都主动留在隔离酒店,他们,是一群无名英雄啊。这个时候,南都人应该照顾好他们,对不对?"

"请放心,我们会做最好吃的饭菜送过来。"谢安说。

第七章　七情五味

　　三天下来,果然每天只是多了五百份盒饭,是实实在在的亏本生意。不过因为这件事,医院所有人都知道了王谢堂的困境,不少医护人员热心地将谢安拉入了所住小区的订餐群,帮着鼓吹王谢堂的外卖又好吃又便宜,两百年的老字号酒楼! 很快,每餐的外卖超过了一千二百份,每天的收入达到了七万。可惜仍旧是入不敷出,正如罗会计说的:"不够付利息和房租。"盒饭至此也算到了顶点,谢安觉得即使再有更多订单,也做不出了;而降低质量马虎烹饪,也用炸鸡腿麻辣豆腐敷衍了事,他是万万不肯的。

　　凝视着手机中一列微信群,谢安皱眉思索。王谢堂,该怎么办?

　　不只谢安,很多人喜欢微信群,一个宽松自由的网上社会,介乎真实与虚拟之间。可以踊跃发言慷慨陈词,可以甘当配角偶尔应和,也可以沉默不语遗世独立。以谢安寡言少语的性格,向来是最后一种,宁吉拉他进中学同学群,三年来他没说过一句话,只过年时发个"恭贺新禧"的表情,不过看到宁吉在群中唧唧呱呱,他嘴角常浮上笑容。然而遗憾的是,自除夕防疫开始之后,宁吉也不说话了,猜想最直接的原因,是她没有时间。看她忙得,区里规定是二十四小时三班倒,可她实际上除了困到极点夜里回家打个盹,其他时间要不在值班卡点忙碌,要不去隔离户家中量体温送物品,要不举着喇叭走街串巷地宣讲,要不处理紧急突发事件,同学群,估计很久没看了吧? 谢安犹豫着,手指上滑,关闭了同学群。

　　十几个订餐群也一样,谢安看,但是不发言。他拉了小鲁进来,由她负责接单、下后厨、安排送餐,虽然还是会被@到,比如下订单、比如夸奖好吃、比如称赞小鲁做事牢靠等等,谢安一般回复一个笑脸,就像日常他脸上的笑容一样,温和闲雅,平淡疏离。

比起同学群,订餐群烟火气重,本来就是为了解决吃饭问题建的群,成员都是家庭"煮妇"或"厨男",负责家中伙食供应。一早开始晒早餐,讨论今天买什么菜,做什么给家里人吃,抱怨或称赞到手菜品的好坏;中午晒午餐,这是一天中内容最多的时候,煮妇厨男们各显神通,天南海北的各式菜肴精彩纷呈,大家议论、评价、交流,热闹得很;晚餐也类似,不过因注意养生,大多赞成晚上少吃,除了家中有青少年长身体的,一般就只做粥和面点等简单的伙食。

王谢堂的盒饭有时候会被晒出来,伴随一句"味道不错,性价比绝高""价廉物美,不愧是老字号"等等,也有人讨论:"省事啊,要是上班以后也能有这样的盒饭就好了。""带到单位呗。""从单位直接定不更好?"谢安看着,没吭声。二十四小时禁足家中,客厅、厨房、卧室加卫生间四个地方日日游夜夜游,吃饭成为起床的重大理由,这时候,盒饭是多么不合时宜。主妇们不管以前爱不爱烧菜,这时候很多都变身大厨,秀出一道道菜品来。以谢安的专业眼光看来,这些菜有的滑稽可笑,有的不堪入目,有的勉强可看,但是"煮妇厨男"们骄傲地扬言:做的是大菜。

大菜,那是王谢堂的看家本事。

谢安霍然而起,吓了宁吉一跳。指挥部想得周到,宁吉带着几个志愿者在检查酒楼的消毒措施卫生安全,防止外卖尤其是定点餐厅出问题。"谢安你乱激动什么? 这是为防疫啊!"

"我配好原材料,送到你手中,教你烧王谢堂的名菜,你愿不愿意?"谢安像换了个人,一改往日迟缓的性子,问得直接且迫切。

宁吉也像换了个人,向来大大咧咧嬉皮笑脸难得正经,面上不知怎么泛起了红晕,半天才说:"好啊!"

"但怎么教呢? 要面向大众,要与学习者互动才行。"谢安思索着说。宁吉总算听明白了,脸上的红晕迅速消退,又恢复了爽利的模样,拍拍脑袋忙建议道:上网,上"看点直播",用网络传播!

谢安忙取出手机,按宁吉教的看了看相关内容。对啊! 这个平台正合适,防疫中不用接触,不用大型场地,视频直播,观众参与形式多样。再看看排名前列的大咖,大都有几十万观众,有的多达上百万人,有个卖口红的李姓小伙子,每次直播居然有几百万浏览记录! 王谢堂也不要那么多,一百六十桌酒席,平均算七个大菜,只要每餐大约一千一百个大菜订单就好。不过卖的不是热菜,而是配好生鲜佐料的半成品即预制品。叫什么呢? 谢安仰望着空空落落的门楣,道:"王谢堂前燕。"

说干就干,谢安让宁吉正常工作、率人检查卫生措施嘛,自己扬声叫来杜明、赵晨、小鲁等管理干部,当天就递交网上申请。腾讯的效率非同一般,当即审核通过,即刻开始制作。手机挑了画面感上佳的华为,图片由韩征南帮着小鲁做,将楼梯侧道上的历代名人书法拼图美化,看起来精美雅致,正是王谢堂一贯讲究的风格。标题呢? 谢安想了想,太偏僻深奥、太新奇怪异都不好,不如直白易懂:"教你做王谢堂百道名菜。"背景音乐呢? 熟悉的古琴曲吧,就喜气放纵的《酒狂》好了,声音低一点! 教人烹饪呢!

最重要的是内容,当然直播后厨,锅碗瓢盆齐全,配好的生鲜佐料一盒盒整整齐齐地码在背景处,包装是统一的纸盒,字迹用招牌上李鸿章的行书"王谢堂前燕"。计划是随机抽一份,现场直播教授烹饪,吸引观众买这个一模一样的"燕"。怎么能让观众想买? 老字号招牌是基础,熟悉的菜名激发观众心底的回忆和向往,但最关键的是直播现场,不仅要做出来的菜看好看,烹饪过程也要举重若轻、潇洒自如,要吸引住想学做菜的观众,主要是各种年龄段的家庭"煮妇"和"厨男"。

王谢堂中大厨不少,三十公分高帽子的特级厨师有十一位,尤以老王、老姜、老陆三位总厨资历最老。"试拍吧?"小鲁举着手机建议。

主意是不错,坏就坏在旁边助阵的杜明、赵晨、小周、小李和韩征南一帮人,目光炯炯七嘴八舌。"你们要知道,面对全网络的观众!""几十万双眼睛在看!""包括你们的亲戚朋友!""扬名立万的时候到了!""横刀立马,唯我大厨老姜!"在这种氛围压力之下,十一位高帽子都直冒汗,勉强站到案前,看到镜头就发抖,举止僵硬,形迹可疑,面目可憎!做出来的菜肴不好吃也就算了,观众反正吃不到,但形象这么狼狈的厨师,怎么能吸引别人模仿学习呢?

所有人望向谢安。谢安咬咬牙:"我来。"

王谢堂嫡系第九代传人,年青英俊的"王谢堂主"谢安亲自掌厨!小鲁立刻加上粗重标题,换了醒目的红色。腾讯直播的工作人员赞同:"有看点容易有流量,不过关键还是看内容。"

这一天立春,上午十点,谢安穿上雪白的厨师服,戴上他独有的三十三公分的高帽子,端立在灶前。清秀明达,洒脱俊逸,玉树临风,如鹤映寒塘。韩征南主动要求打下手做辅厨,十七岁的少年在镜头中也面貌端正、镇定自若。"开始!"小鲁响亮地一劈手,谢安深吸一口气,举起韩征南递来的一盒"堂前燕",拆开来向观众示意,含笑道:"今天,我们一起来做百道名菜之'安石碎金'。大家知道,这个典故来自东晋风流宰相谢安的故事,比喻大才子的小文章。对于王谢堂,就是大菜中的一道小品,用的是我们江南的田螺。"

按照排练好的流程,韩征南不失时机地介绍王谢堂的田螺来自定点养殖场,位于山清水秀无污染的浦山林场中,个大肉厚,绝无砂砾,而且几次浸泡清洗,一个个碧青透亮。画面迅速切换几个镜头,养殖场、大水箱、干净整齐的后厨水台等等。五秒钟后镜头切换回来,谢安已经举起了铁锅和锅铲,含笑向观众讲解如何爆炒田螺:厨具最好是铁锅,佐料的窍门要用辣:"说不如练,这就开始吧!"

烈火熊熊,铁锅烧得透红,清澈的橄榄油倒下去呲啦啦地响,隔着屏幕似乎都闻到了油香。谢安举起田螺倾入油锅,双眸一眨不眨。这一刻,王谢堂嫡系传人的热血自胸膛迸发奔腾,意气风发如春风碧水,裹挟着菜品,真如燕子般在空中飞翔、在锅中跳跃、在盘中呢喃!火苗高过了三十三公分的高帽,引得观众一阵惊呼。收势盘旋,如舞过杏花垂柳,如掠过朱雀桥的夕阳。"王谢堂前燕,飞入百姓家!"谢安捧着大菜的架势,潇洒到魅惑。

直播平台创建好之后,小鲁、杜明、赵晨等赶紧把二维码各处散发传播,所有员工都低着头摆弄手机。宁吉当即把二维码发至社区群,许院长称赞两句,吩咐叶同裳帮着发给同事们;直播视频借助网络的翅膀,迅速地飞向四面八方。韩征南也有几个同学群,一中的孩子住得都不远,在家中憋闷已久,难得有个能与父母家人共享的内容,大都兴奋地转到了家庭群中。孟佳佳第一个报告好消息:"我爸爸说立刻订!"其他同学也不甘落后:"我妈已经下单了!""我爷爷下的单!"信息纷纷跳出来。韩征南看着同学们的反应,犹豫着,发给了久未联系的母亲。宁雅娟又惊又喜,一遍遍看着视频不松手:"儿子你太好看了!"连声答应发给所有人。

"有订单了!"小鲁高叫道。

"又有订单了!"

"哇,好多订单!"

"耶!"员工们欢呼起来。"快! 通知辅杂工上班!""水台上班! 砧板上班!""养殖场可以送货!"杜明高喊的声音激动得颤抖,这些天养殖场一直在催,杜明已经被催得没脾气了,一声"送货"喊得扬眉吐气。谢安望着搁在椅背上的厨师服和三十三公分的高帽子,发现一身衣衫已经湿透。

立春当天,王谢堂接到了四百多份预制品订单,收入三万五千元。

比起三万五千元的收入,更多的是希望。

很快,后厨开始忙碌起来,洗菜配菜配料包装,所有程序高速运转,员工从钟点工变回全日制,谢安从每日直播一次到两次、三次、四次,观众越来越多。订单像雪花一样,小鲁带着小周、小吴几个人认真应对,接单、下单、通知客户、邀请评论、回复问题等等,忙得抬不起头。订单过一千的时候,酒楼中欢声四起,震耳欲聋;过两千的时候反而没了声音,每个人都忙得实在没时间。骑手载着一只只"王谢堂前燕",真的飞入了南都大街小巷的千家万户。

库存积压的菜品在立春后第四天销清,养殖场的存货也陆续送进酒楼,变成了"堂前燕",之后再进的原料,都是根据直播间的订单加订,比起烹饪成品,最大的好处是耗时短,便于应对。王谢堂本来对原材料出了名的挑剔,蔬菜禽蛋肉都选用最佳进货渠道,择、洗、配样样精心讲究,到客人手上时确保新鲜。以宁雅娟为首,说跟着直播学,烧出来的菜和酒楼堂食的蛮像的。

"材料配方和烹制都再无丝毫秘密,以后堂食生意会不会受影响啊?"杜明担心地提醒道。

"两百年的店,岂止一百个菜。"谢安笑笑,难得地显出嫡系传人的傲气,"何况,到王谢堂用餐,比起家里自己烧,总不可能一样。"

望着窗外空无一人的街道、结着层薄冰的上元河、冷冷清清的孔夫子庙步行街,谢安说:"若不是防疫特殊时期,谁会说这个菜自家烧出来'蛮像'的?"

杜明看着谢安,他明亮的目光和低沉的话语中,与其说是自信自得,不如说是感慨,甚至是感动。八百四十万南都人,除了战斗在一线的社工、医护、警察和保障居民正常生活的相关人员,其他所有市民都老老实实地闷在家中配合防疫,没有一句抱怨不满,反而编出各种各样解嘲的段子,自娱自乐;实在无聊了,下厨烧个菜,还要自夸自赞,真是典型的"大萝卜",憨厚实诚,朴素包容。难怪报纸上说,"酸苦甘辛咸,七情融于五味",在这个特殊的庚子鼠年,对食物的热情,下厨做饭的人情味,使吃饭超过了果腹的需求,成为一种乐趣和寄托。

其实这个时候,包括谢安,包括所有中国人,包括全世界的人,还没有真正明白中国人闷在家中有什么了不起。直到后来,世界各地疫情暴发,欧洲民众要自由不理睬居家令,北美发生多起抗议防疫封锁的游行,到处有因聚会加剧的疫情,大家才醒悟到:原来全体中国人的团结坚守,是这么可贵。

宁吉跑进来,脸颊鼻子冻得红红的,衬着红马甲,趣怪得可爱。见杜明在,又是咳嗽又是冲谢安眨眼,等杜明退下去了,她才紧张地问:"你懂得多,这些网络段子手说的,是真的吗?"

原来自防疫开始以来,南都发布上每天实时公布确诊病例,不仅包括确诊人数,还有病人所在小区、得病缘由和行程轨迹。极度透明公开的讯息,让市民们极为安心,都自觉比对行程,有担心的立刻电话咨询报告,及时就医。发布信息中有一张醒目的南都地图,将确诊病例标明位置,十二个区的状况一目了然。然而第一天、第二天还不觉得,十几天了,上元区的确诊人数一直是"零",不仅在南都是仅有的一个,放眼全国也是不多见的。于是网络上猜测四起,有的说是古城墙结界,有的说是天禧寺历代祖师加持,有的说是九阳宫诸位神仙护佑,并有好事者真的列举对比上元区的 GDP、工商业、常住人口、外来人口、新旧小区等数字,看,在所有条件上,上元区都不具备优势,怎么解释这个"零确诊"现象? 当然缘于未知世界的力量!

谢安笑:"你紧张什么? 整个南都才几个? 整个省又有多少?"宁吉看着谢安温和的笑容,渐渐松弛下来,在谢安面前坐下,啜了口清茶。

是啊,虽然"零确诊"只有上元区一个,但其他区也都是寥寥几例或者最多十几例,而且基本是输入型病例。再看全省,十三个市至今都是一位数或两位数。要知道,南都市的人口是八百四十万,全省人口高达八千万,抵得上西方几个国家的人口! 如此人口密集之地本来是病毒的最爱,新型冠状病毒在这里却被所有人众志成城截断了传播途径,偃旗息鼓。谢安和宁吉猜想,南都最终的确诊数量,恐怕不会超过一百人。

"哪儿有什么神仙护佑、城墙结界?"谢安含笑道,"其实,是你、你们、你们所有人在拼命啊! 还有所有老百姓,自觉自律地循礼守序,不恐慌不吵闹不抱怨,老老实实守在家里,闷狠了就做做菜。"

宁吉"扑哧"一声笑了:"你那个'王谢堂前燕'的主意真是好。很多人家欢迎呢! 一到你直播的时间,小区里喷香得全是那些大菜的味道,田螺啊,长鱼啊,真馋人! 哎,等我有空了,我也来学学。"

"好。等你有空。"谢安温和地看着她,声音中有不易察觉的柔情。

眼见就快到正月十五了,这在南都是个仅次于过年的大节日,相对于文人墨客的雅称"元宵节""上元节""元夜",南都老百姓干脆利落地叫正月十五为"小年"。这一天要观灯,要吃汤圆,要猜灯谜,最重要的,要一家团圆。而且今年因防疫,上元灯会取消了,居民们都在家过团圆节,大部分人家都要做大菜,杜明问那天直播做什么,谢安正拿不定主意,接到了张师母的电话,订了女儿爱吃的老三样,盐水鸭、素什锦和麻油干丝,接着又订了个"桓伊吹笛"的半成品,说是约了许院长十五那天复查,正好带给她:"她喜欢吃这个,以前一起在王谢堂吃过的,小丽过生日那次。"谢安毫不犹豫,吩咐杜明打出正月十五的直播预告,就做"桓伊吹笛"。

早上九点,谢安如约到了医院,车上装着张师母订的菜肴,这次讲定了,复查完送他们回家。一进门就发现不对劲,停车场上、行政楼前,到处站着三三两两的医护人员,分诊台前的护士们神情异常,好几个眼睛红红的。门诊大楼,行政楼,甚至通往住院部的花园小径,整个医院到处弥漫着一片悲伤。怎么了?谢安不禁疑惑,低头看看手机新闻,南都的确诊病例死亡数为零,新确诊的也只寥寥三例。这时候,还有什么比防疫更重要的事吗?正在纳闷的时候,突然听见行政楼那边传来撕心裂肺的哭声,是那种伤心到极点的号啕大哭,那种痛不欲生的哀哀痛哭。

是张师母的声音。

谢安惊得呆住了,旋即拔脚飞奔。怎么了?到底怎么了?

第八章　素节扬辉

不少人站在门口，个个神色悲伤，不少哭泣掉眼泪的，而张师母坐在轮椅上，哭得快要断气，张老师扶着她，也是满面泪水。谢安不知道发生了什么事，呆呆地站了一会儿，才想起取出口袋里的纸巾递给张老师。张老师接过纸巾，替老伴擦着眼泪，可自己脸上的泪水怎么也不干。

好一会儿，张师母才平缓了一些，哭诉道："这个病，是操心的啊！看她每次都是匆匆忙忙的，三句两句就讲到防疫措施，我听她讲，这些天在防疫一线，每天只睡几个小时，尽想着要怎么做到万无一失，她是为了大家啊！"

"谁？怎么了？"谢安不安地问。

"许院长啊！"张老师看着谢安，"昨晚去世了！"

"许辉院长？"谢安惊得脸都白了，见张老师点头，只觉得难以置信。怎么可能呢？昨天送早餐时还在楼前看到她，一大早陪着卫健委的几位督查员去检查隔离病房，见一群人行色匆匆，于是就往后退了几步，招呼也没打。后来忙着直播，听到送下午餐的杜明说："取餐点的说来得正好，许院长那一群人一直在忙，顾不上吃饭，正好趁热送过去让他们吃点。"赵晨在旁边道："许院长和医生护士们这次防疫都是在拼命呢。"小周说："卫健委不也一样，天天下基层，样样都亲自检查，生怕出一点纰漏。"韩征南摇头晃脑地掉文："生，我所欲也；义，我所欲也，二者不可得兼，舍生而取义者也。"当时谢安还想，明天元宵节她能歇歇吧？与张老师约好了，要请她抽空吃最喜欢的"桓伊吹笛"呢。

怎么可能突然去世了？

谢安推着轮椅，三个人进了行政楼，里面人更多。许辉的办公室在一楼

63

靠西面的角落,紧挨着会议室。远远地望,在许辉那间小办公室门口摆了张长桌,雪白的白布罩着,迎面放了许辉的黑白遗照。黑框中,她笑容温暖,栩栩如生,仿佛随时会走过来,关心地问一声:"好些了吧?"很多很多医护人员、很多很多病人、很多很多家属,都戴着口罩,保持着距离,关切地望向遗照,几乎个个在哭。叶同裳站在角落里,口罩上方的大眼睛吧嗒吧嗒地往下掉泪,连鼻梁都哭红了。

医务处葛处长说,昨天许辉一早开始忙,下午在例会上重点讨论急诊、抢救手术病人的核酸检测问题,最新要求所有手术患者要进行新型冠状病毒核酸检测,但检测时间长,很多病人没法等,她就想方设法加快检测速度;当时会上她就觉得不舒服,脸色苍白,直冒冷汗。葛处长悄悄问她,她说是腿部胀痛,劝她去做个 B 超查一查,她摇摇头说不急,等有空了再去,又接着讨论专科病房病人隔离留观的事。那也是个棘手事,医院有几个专科病房的病人按新版诊疗方案需转移隔离,但留观病区不具备收治条件。许辉担心后面还会有更多类似情况,和大家商量出一个方案。后来到九点钟,她突然晕倒,抢救无效,十二点,就去世了!

"怪我啊!下午看她不舒服就该拖她去做检查,深静脉血栓,这个能治的啊!"葛处长自责得泪水哗哗。

"谁也不怪!怪病毒!怪疫情!她这是为了防疫,十八天殚精竭虑!"刘院长不知何时来了,也是眼睛红红的,说话嗡嗡的,带着鼻音,"她是防疫指挥部副组长,这一块太重要了!"刘院长指了指前方,"隔离区病人检查时,从哪个通道走、怎么返回、有哪些可能发生交叉感染的点;发热门诊怎么分,路线怎么与门诊隔开,分诊点二十四小时值班冷了怎么办……诸多事宜都要考虑到。她为了想得细致周全,杜绝一切隐患,一趟趟地自己跑!所以这么多天,我们医院没有一例交叉感染,所有医护、病人和家属,都亏了她的保护啊!她不愧是老党员,不愧她三十年的党龄!"

谢安想起昨天宁吉问的问题。不,"零确诊"不是神仙保佑,不是城墙显灵,是这些脚踏实地不辞辛劳地细致工作的人,一重重织成密不透风的保护网,守护着南都人。这,才是南都的结界。

更多得知消息的人涌过来,朱静抱着孩子远远地鞠躬,一个中年男子扑在案前哽咽:"当年亏了许医生竭尽全力抢救,我儿子才保住了性命。她不记得我,我们全家都忘不了她!"刘院长强抑悲痛,让葛处长贴出告示,并请媒体广而告之:疫情期间,谢绝前来吊唁;网上开设悼念平台,请大家"云悼念"。

刘院长名清夫,是市立医院的老院长,德高望重,前年被选为全国人大代表,为南都的医疗行业没少建言献策。他这么一说,立刻得到了所有人的赞成。

待送完老两口回到王谢堂,已经将近中午。谢安看看车上,带的"桓伊吹笛"落在了后座。是他们忘了吗? 还是老两口觉得不需要了? 那是许院长喜欢吃的,他们说,以前小丽生日时吃过。认识许院长这么多年,印象里她总在忙,谢安竟然不知道她喜欢吃什么。谢安默默地穿上厨师服,戴上三十三公分的高帽,随着小鲁的一声"开始",做起了"桓伊吹笛",就是长鱼烧鲜笋。追直播的观众都发现,今天王谢堂主和平常不一样,神情肃穆,动作凝重,语声低沉,如果说他以前是洒脱无拘、清逸出尘的贵胄少年,现在就是直面责任、勇于担当的负重中年;像历史上的东晋谢安,隐遁山林悠游多年后终于出仕为官,东山再起。

谢安知道,这一天的改变,是对许辉的缅怀,对许辉的致敬。

端着"桓伊吹笛",谢安静静地走到灵桌前,轻轻放好。他还写了一幅字:"素节扬辉",也搁在案上,映着许辉温婉的面容,沉甸甸的。叶同裳哭成了泪人,站在案边。谢安不知道如何劝慰她,自己也觉得心酸,负手而立,默然望着许辉的照片,等待她温暖关切地问:"情况不大好吧? 我帮你联系。"

噔噔噔,脚步声响,宁恺匆匆忙忙地跑进来,一头一脸的汗水灰尘,显然刚经过一番跋涉。他在许辉灵前恭恭敬敬地三鞠躬,退后侧身,向谢安额首致意,看着哭泣不止的叶同裳并不劝慰,而是问她:"有个任务,许院长也牵挂了很多年。你敢不敢?"谢安震惊地看看他,宁恺不易察觉地微微点头。

谢安眼睛一亮,紧张地看向叶同裳,说不上是期待是鼓励还是担心。

叶同裳霍地抬头,抬手胡乱抹去脸上的泪水,说:"上刀山下火海我也敢!"

当天傍晚,120救护车呜呜呜响,开进了琅玡苑,直接到了2栋楼下。等候多时的宁吉、孙敏、赵勇连忙迎上来,将身着防护服全副武装的叶同裳引到了4单元门口。住户们都从窗户中伸头探望,不少人扯着嗓子高喊:"宁吉!那是谁啊?""宁吉,怎么了?""宁吉,没事吧?"

宁吉表情严肃,举起小喇叭认真地广播:"琅玡苑各位业主请注意,近期在疑似病例的行程排查中发现我们小区有其密切接触者!该接触者住在2栋4单元,自除夕开始居家,没有频繁进出和聚集,请大家不要恐慌!不过为了大家的健康,我们将对该户居民进行核酸检测!即刻完成!请大家放心!"

2栋4单元的居民们伸长了脖子问:"哪一家啊?""谁接触了?""怎么接触的?"宁吉放下喇叭,解释说:"5楼的,没事,我们这就取样检测,结果很快出来,大家不要着急!"

叶同裳穿了防护服,戴着护目镜,极为专业地严阵以待,拎着取样箱,从1楼往上走。住户们纷纷开门询问:"507的出门一直没回来,那是508吧?""结果什么时候有?""我们要不要测?"宁吉耐心地解释,新型冠状病毒是种全新的病毒,人类对它的了解非常有限,目前指挥部的指示是测一户。问者家人便责怪问者:"听宁吉的,让你不要急不要慌!"

宁吉看看叶同裳。叶同裳像是没听见几人的对话,缓步上楼,目光直视台阶,就是个专业取样的医生。孙敏和赵勇不停地安慰住户:"不要急,等通知啊!""没事没事,只是行程排查的密接,不要紧张!"宁吉悄悄地使劲捏了捏拳头,警告自己:"沉住气!沉住气!"

然而按响508门铃的时候,宁吉发现自己的手在抖,抖得像户外的落叶。叶同裳静静地看她一眼,宁吉长吁一口气,迅速调整情绪,换了公事公办的口吻介绍,这家住户姓孟,普普通通的工薪族,夫妻俩带一个女儿,爷爷奶奶住在城东,以往常来探望,这次因防疫就一直没来,所以今天测三个人。叶同裳点点头,举起三根手指,示意知道了。

门开了。"怎么了,是我们家啊?取样检测啊?"男主人问。普普通通的相貌,中等粗壮的身材,若走在南都街头,很容易混淆为甲乙丙丁,看上去是一个让人瞬间忘记的老实中年人。孟钢的妻子冯慧牵着女儿孟佳佳,紧张地站在后面。宁吉含笑招呼:"是啊,老孟!指挥部的通知,我先问清楚。佳佳出过门对吧?大前天傍晚,是不是在巷口碰到过一个中年人?"

孟佳佳脸都白了,紧张地问:"宁姐姐,我一直没出去,就每天傍晚出门遛狗一小会儿,真的就一小会儿!我,我不记得了啊!好像是碰到过,要不要紧啊?"

宁吉看着她,安慰道:"所以我们要做核酸检测,就是怕万一有情况。"冯慧问:"阿是我们三个都要做?"宁吉笑道:"是啊,一家子分不开,对不对?你们口罩先戴着,取样时取下来就好。"冯惠和孟钢对看一眼,当即答应了,孟钢说:"辛苦你们了,特意跑过来。"

"宁姐姐,那胖胖要不要测?"孟佳佳指了指阳台上的松狮犬,"这些天胖胖都待在阳台上,就傍晚我带它下楼走几步。它可乖了,我跟它讲了防疫不能出去,它就耐心等着。"

宁吉心中不由心软,这一家三口一直都没出门,以什么理由测核酸?只有遛狗这一个由头。看着孟佳佳纯净的双眸,宁吉轻声道:"狗狗没事的,目前没发现动物传染,你照顾好胖胖。"孟佳佳顿时高兴地笑了,跑到阳台上安慰小狗:"胖胖,你没事哟。"小狗撒娇地打个滚儿,显然也很开心。

叶同裳站在孟钢的侧前方,示意他张开嘴巴,凑上前,在两边鄂弓处刮两下,在咽喉部停顿一下,十秒钟采集好,极小心地放入取样箱,一丝不苟。冯慧、孟佳佳也依次很快做好。孙敏认真地给三人量体温记录,赵勇又细致地询问行程,除了孟佳佳出门遛狗,一家三口确实没有出过门。几人告辞,孟钢送出来,赵勇回身让他别送了,一边关照:"检测结果很快出来,不要急着出门啊!"宁吉怕孟钢起疑心,连忙补充:"让佳佳晚上遛狗小心些。"孟钢答应着，目送几个人上楼，笑着挥了挥手。

几人匆匆出了4单元。宁吉见孙敏、赵勇走在后面听不见，忍不住叹道："真不像个罪犯。"叶同裳小心地拎着取样箱，头也不抬，肯定地道："我觉得是他。""为什么？你看得出？""怎么说呢，你看他，特别小心，对所有人包括妻子女儿都客气得近乎谦卑。正常人不会这样的。"宁吉琢磨着，笑道："等测试结果吧。相信科学，实事求是。"

将到救护车前，发现1栋楼前也停着辆120救护车。宁吉诧异地说："车子派重了吧？"正想上前说"任务已经完成了"，被叶同裳一把拉住，那是辆真的救护车！看，楼上抬下了病人，远远的，跟着家属。"是，是，是，是你们家！"宁吉瞠目叫道。

叶同裳透过护目镜仔细看去，后面三个人真的是爸爸妈妈和外公！怎么了？叶同裳连忙跑过去，被全副武装的120人员拦住，看叶同裳也穿着防护服而且急得直跺脚，才放她过去。担架上是叶彦超！"彦超！你怎么了？怎么了？"叶彦超听到声音才认出来，有气没力地说："姐！我发热，胸闷，咳嗽……"来不及说完，担架已经进了救护车厢，车门闭合，警报呜呜呜地拉响，迅速开走了。叶同裳呆呆地踮脚张望，宁吉几人也呆住了，立在后面不知如何是好。

救护车转眼不见了踪影，钱红号啕痛哭："武大武大！都是你！同意他上什么武大！南都那么多好大学，留在南都不好吗！孩子非要送那么远！"叶晓东尴尬得直搓手，看得出来，他极度懊恼后悔："谁知道呢？想不到的事情啊！"钱益方拦住钱红："不要歪怪！瞎讲什么呢？晓东你要赶紧向单位报告吧？今天的夜班让不让去？还是要隔离？"宁吉忙上前说，如果彦超确诊，叶家几口算密切接触者，都要就地居家隔离。

叶同裳这时才反应过来，转身安慰父母，说即使确诊，也是去南都公共卫生中心治疗，那里是专业医疗机构，很安全，自成立以来从没有过病亡患者，彦超一定会好的。

钱红猛地甩开女儿的手，多日积累的不满在这一刻爆发："会好会好，你会算命？你弟弟从武汉大老远回来，就寒假在家待几天，你管过他吗？你关心过他吗？这半个月，你回家几回？和他说过几句话？他是你亲弟弟！"

叶同裳红了眼眶，护目镜后的大眼睛中满是泪水。叶晓东不敢吭声。钱益方劝道："孩子忙，为了防疫嘛，这也错？小红你别过分了。""我过分？彦超发病了！他要是有个三长两短，我也不要活了！"

"叶医生，要不你回家，取样箱给我吧？"宁吉上来商量。叶同裳瞥了眼身后的2栋，不少人家探头张望，5楼的灯光也亮着，隐隐约约的像是孟家。叶同裳摇摇头，示意司机发动救护车，转身快步跑到车前，钻进了车中，赵勇忙跟了上去。钱红再一次失声痛哭，高喊道："你不要回来！我没你这个女儿！"

宁恺的警车正等在医院的停车场。他接过咽拭子样本，冲叶同裳、赵勇点了点头："谢谢你们。"赵勇连忙告诉他，宁吉率领几个社工守在琅琊苑门口，请他放心，看得牢牢的！宁恺笑笑说："不用他们守，该干吗干吗吧。这个时候我们不会让人跑了，南都警察没那么草包。"赵勇还想再问，宁恺一脚油门，飞驰而去。

叶同裳回到医院，急诊室还是一样忙忙碌碌。弟弟怎么样了？妈妈还在哭吗？爸爸上不了班会不会影响工作？那么大的南都石化，没事吧？等到忙起来，她很快将这些担心忘在了脑后。同事们取了王谢堂的晚餐轮流吃饭，叶同裳等在最后一个，卸下护目服，脱去护目镜，一身衣服已经湿透，脸上一道道勒痕，两只手因在消毒剂中泡得多了开始脱皮，斑斑驳驳的，看着吓人。

桌上有个袋子，写着"叶同裳医生元宵节快乐"。叶同裳打开，见是一个精致的保温桶，不禁怔了怔，行书飘逸出尘，同下午看到的"素节扬辉"四个大字一样的字迹。再旋开保温桶，上面一层漂着四个白白胖胖的芝麻汤圆，下面一层竟然是自己最爱吃的长鱼银丝面，醇厚的老卤，浮着一点一点小磨麻油的光亮。

王谢堂怎么知道？或者说，谢安怎么知道？叶同裳摇了摇头，没时间去想。打开手机,有几条未读信息,爸爸说:"不要怪妈妈,她是为彦超着急。今天是元宵节,下班就回家吧!"外公说:"相信彦超会好的,别着急别自责。元宵节快乐!"还有一条信息是未知号码,叶同裳以为是广告正要删去,看看内容,只有两个字:"是他。"

"是他?"是他!叶同裳凝视着手机,霍地站起,大步走出急诊室,穿过停车场,奔过小花园,小跑着进了行政楼。许院长办公室门口,雪白的灵案尚在,不知何时已经堆满了鲜花和无数祝祷的卡片,都有意识地让出了"素节扬辉"的大字。看过去,卡片上有的写着"焚香垂泪诉说心愿,祈祷天国永平安""你用你的尽职尽责,守护了我们""我们相信,坚冰深处春水深,我们会坚守岗位,加倍努力",还有的写着"待到防疫阻击战胜利的那一天,我们去看你"。

叶同裳将手机放在案上,双手不由自主地合十,凝望着黑框中许辉温暖的笑容,默默祝祷:"许院长,安息吧! 告诉你的小丽同学,安息吧!"许院长仍旧笑着,像过去两年中每一次不厌其烦的教导,每一次无微不至的关怀。

"你曾说,最大的愿望是等到疫情过去,要好好感受春暖花开。我相信,我们大家都相信,那一天已经不远。你会看到春花烂漫中最美的城市。"叶同裳默默鞠躬,告别许辉,拿起手机,低头一看,猛地又是一惊。

叶同裳一跺脚,大步往东,一直走到院长办公室。敲开门,刘院长从案上一堆资料中抬起头,略有些惊讶地看着这位年轻的"90后"医生。

叶同裳简短地说:"院长! 这不公平!"

第九章 天网恢恢

"不公平？"刘院长静静聆听。四十分钟前，医院召集第三批赴湖北医疗队，微信群里发出了消息。叶同裳一出急诊室看到消息，就急忙报了名。但是刚才再看，居然已经满员了，确定的名单中没有"叶同裳"三个字！

最简单的原因，报名的人太多了。"名额限制五十人，所以重点是从呼吸科和重症室医护中招人，十分钟就报满了。"刘院长温和地解释。叶同裳急得直跺脚，说："院长！我前面申请过！请战书交过好几回！我按的血手印，我写了'我是党员，不惧生死，不计得失'，我是外科不错，但湖北肯定也需要的！这不公平！太不公平！"

不公平——为没有"不惧生死，不计得失"前往疫区的机会，控诉不公平！刘院长看着她，讲得又骄傲又感慨："面对武汉的疫情，全中国的医护工作者都无畏无私地抢着驰援，抢着冲上前面对危险，看看某些地区国家的护士，在闹罢工呢！"叶同裳不关心别的地区国家，再三请求去湖北："院长，誓师大会上您带我们宣誓的！我是党员啊，五年党龄！这个时候应该冲在前面！不能因为我是外科的就不让去，太不公平！"

然而无论怎么请求，刘院长只摇头说名额已经满了。叶同裳很郁闷，只好回到急诊室，继续默默工作。晚上十一点半，宁恺噔噔噔地突然又出现在门口，侧头示意："再帮个忙。"

元宵节晚上的十一点半，而且是防疫期间，能有什么事？叶同裳出门看到两辆警车中坐的都是警察，心中了然。随他们来到琅玡苑，与宁恺和其他刑警大队的同事们到了2栋508室门口。屋里的灯还没熄，隐约有电视节目的声音。叶同裳深吸一口气，按响了门铃。"谁呀？"冯慧问，声音带着睡意。"是我,叶医生。下午来取样的。"叶同裳知道自己掩饰不住话语中的怜悯,还好,若是取样检测有问题,这个情绪也算正常。

窸窸窣窣的穿衣声,叮叮当当的钥匙开门声,冯慧打开了门,疑惑又紧张地问:"这么晚了,是检测情况不好吗?"

孟佳佳穿着睡衣,揉着眼睛怯生生地问:"要去火神山吗?"叶同裳恻然看看这一对懵然不知的母女,往旁边让了让。宁恺和同事们冲进来,对闻声起床的孟钢冷声道:"我们是南都公安局刑事侦查大队的,这是工作证。穿好衣服,跟我们走。"

"怎么了? 怎么了?"冯慧看出不对劲,"为什么是警察来? 出什么事了? 他的检测有问题吗?"

宁恺看看这个老实巴交的中年妇女,看看紧紧抓着母亲、满脸惶惧的孟佳佳,道:"不是检测,是别的事。"

"别的事? 什么事?"冯慧急了,"什么事啊?"

"你别说了!"孟钢走出卧室,上衣扣子扣错了一格,裤子拧巴在腰间,两只鞋左右穿反了,"我知道了。你别问了。"

宁恺清清嗓子,宣布道:"孟钢,你涉嫌刑事犯罪,请跟我们回公安局配合调查。"孟钢神情呆滞,低头顺从地戴上了手铐,声音轻得几乎听不见:"我知道会有这天。"

"刑事犯罪?"冯慧惊得软倒在沙发上,"你们胡说什么呀?"孟佳佳小脸吓得惨白,浑身颤抖,又想去扶母亲,又想去追父亲,连声叫着:"爸爸!""妈妈!""爸!""妈!"惶遽得不知该怎么办。警察押着孟钢很快走远,叶同裳不忍看这一对母女,轻轻带上了房门。

"我知道会有这天。小丽,你可以瞑目了。"张老师眼中含泪,上了一炷香,香烟袅袅,在小屋中升腾氤氲,像二十八年前那个活泼的少女,笑声和倩影无处不在。张师母坐在轮椅上,凝望着案上的三张黑框照片,老泪纵横,伸手胡乱抹着眼泪,喃喃道:"爸爸妈妈,你们可以瞑目了。杀害小丽的凶手抓到了。这一次是真凶!"

"我知道会有这天！"宁向云左手拿着电话，右手兴奋地连拍桌子，"高瞻远瞩啊！高瞻远瞩！留存物证！二十八年！终于抓到了真凶！"

说起来很神奇，这桩杀人旧案的唯一线索，就是存留的物证，长期保存在公安局系统资料中。2020年1月，有关部门敏锐地发现，不久前发生的一件刑事案中，将罪犯的资料输入系统后，与二十八年前张小丽案的物证相似度高达百分之九十。得出的结论是二十八年前的凶手与该犯必定有关联。有关部门立刻通知警方，告知这一关键信息，该犯姓孟，家住北州。所以宁恺等南都刑警立刻赶赴北州，寻找该犯亲属中有可能存在的犯罪嫌疑人。寻找并不容易，北州孟家是大族，家族成员遍布全国各地。既要找到嫌疑人，又不能惊动孟家人。如果当年的凶手得知消息悄悄逃走，那可是千古恨事。宁恺和同事们先调出所有该犯男性亲属档案一个一个仔细核查：年龄、二十八年前的职业和所在地等，符合作案条件的有四个人，两个在南都，一个在北州本地，一个在无锡。刑警们不辞辛劳，兵分四路，分别取得了四个人的资料——防疫期间，都以核酸测试为名取得了咽拭子，最终比对，确定孟钢是犯罪嫌疑人。他本人被抓获后供认不讳。虽然他说这二十八年来没有一天不后悔，没有一刻不在忏悔，老老实实小心翼翼地做人，但对于二十八年前那一个鲜活年轻的生命，对于受害者家属一生无法弥补的伤痛，对于当时在社会上造成的恐慌和恶劣影响，对于南都公安二十八年间坚持投入的时间精力，这一切忏悔，太苍白无力。

正应了那句老话：天网恢恢，疏而不漏。

"二十八年前的凶杀案告破！""南都警察莱斯！""新科技立头功！""二十八年坚守，告慰受害者！"大大小小的媒体争相报道，成为新冠防疫战斗中罕见的非疫情头条。居民们出来取快件，拿网上订的外卖生鲜菜和"王谢堂前燕"——今天全小区订了四十几份，大家都忍不住议论。刘波和门卫保安们也兴奋，日夜防疫时刻紧张，一根弦绷得紧紧的，难得有这么一个振奋人心的消息，而且就发生在本小区，不禁与业主们聊起来。如何使孟钢一家毫不知情，警察半夜如何上门等等，讲得活灵活现跌宕起伏。业主们有的讲"看不出来""没想到""太意外",有的惋惜"孟钢那个人老老实实的""普普通通的一家三口",聊得热闹。连保洁员、消杀员都围上来加入谈论队伍。

宁吉、孙敏正在核对流动人口防疫登记表,老桓在一旁帮忙。按照省指挥部的指示,明天就要复工了,防疫会出现什么新情况?大批返回南都的流动人员会带来什么问题?谁也不能预料,只能严密防守,做到万无一失。老桓嘀咕着,小尹说暂时回不来,还在防疫交通管控哩,两口子急死了,说小卖部一直关着,拿什么付房租水电费呢?孙敏嫌他唠叨,说这一条街上好多家这样的,都没开门呢,急什么,这么一场大疫,人人平安无事,才半个多月已经开始复工,不容易了!老桓被她讲得不敢再吭声,讪讪地低头帮着整理表格。宁吉安慰他,再等几天看看防疫政策,实在不行的话,到时候再一起想办法。

类似宁吉这样的网格小分队,全区有一千三百三十个。为了顺利复工,小分队的任务是将辖区内所有外地人员的户籍、来南都的时间和途径、身体状况等,统一录入全市网格一体化平台,并随时复核更新。可想而知工作量很大,其中最重要的是与外来人员交流沟通好,确保信息无误并能在不影响防疫的前提下让他们回到工作岗位上。

这不,此人自称袁柱,是社区居民袁宁的远房亲戚,皖南山区出来打工的。"一路不好走啊!"中年男子放下一蛇皮袋的行李,唉声叹气:"好多公交都停了,好不容易才到合肥。到合肥查火车班次,到南都的有专列!我就奔这里来啦!下火车填表格,量体温,留了地址电话,倒了两趟公交车,还好找到了。地址?我填的表姐家啊!琅玡苑4栋503,对的吧?她不在家?怎么可能呢?我来之前电话问过她,说是在南都!这时候能去哪儿呀?我来打电话!"

见聊天议论的人扎堆,虽然大家都戴着口罩,保持着两米左右的距离,而且全都是眼皮底下半个多月没动过窝的人,但宁吉还是不放心,冲赵勇使了个眼色,上前劝退众人。"打电话聊吧?""回家视频好不好?""网上也能评论啊。""不要聚在门口。""回去做饭吧。王谢堂的直播快开始了呢!""新鲜菜肴,现做现吃的味道好哟,快回去吧!"

居民们正聊到兴头上,不免有些依依不舍,但看到宁吉、赵勇焦虑,他们也就配合地纷纷转身回家。有的道:"宁吉你也歇歇吧!""是啊,复工了更要忙!"有的说:"好歹南都这次防疫最难的时候算过去了。""小年过完了,年就过完了,新冠病毒看南都没空子钻,也就灰溜溜地溜走喽!"还有的说:"湖北的情况还是困难啊!""是啊,武汉人可能还要苦一阵子。""会好的,一方有难八方支援,全国人民都在支援湖北,肯定会好的!"

宁吉望着渐渐四散远去的居民们,含笑摇头,这些"大萝卜"南都人,从不沮丧气馁,从不唉声叹气,在冬天想着春天不远了,在病毒威胁时想着重疫区的武汉人,更对国家、对将来充满信心,乐观豁达。"大萝卜"的称呼也许削弱了现代化大城市的摩登精致,却使古都处处围裹着醇厚的人情,宜居更宜业。所以,复工一定不成问题。宁吉回头见袁柱还杵在棚边,在寒风中瑟缩着脖颈,忙问他电话打通了没有。

"打通了。"袁柱懊恼地说,"不过我表姐说她不在家,在她公婆家隔离呢! 都怪我,也没问清楚就跑过来了!"

"那你表姐怎么说?"宁吉想了想,503 一家人是年三十就地隔离的,倒是过了十四天了。

"我外甥女儿,就是令姜,马上过来开门。我表姐同意我先在她家住几天,找到工作有地方住了再搬走。"袁柱黝黑的面孔上满是期待,"你们南都是大城市,工作容易找吧? 我什么都能做,以前在建筑工地、在厂子里都干过,泥瓦匠、木工、保安、保洁,我都能做。我最拿手修锁开锁,村里人都说世界上没有我开不了的锁。"

宁吉"嗯嗯"地答应着,让他在简易棚中坐下来等。她仔细核对表格,确认无误,让孙敏赶紧送回社区中心录入,并叮嘱她一定亲手交到王主任手上,再问清楚明天复工还有什么要求。这边忙完了,拿起桌上的保温杯刚想喝口水,突然听到棚子里有窸窸窣窣的声音。宁吉以为自己耳鸣,晃晃脑袋,还是有声音,四下找找,是从袁柱的蛇皮袋中发出来的,忙问:"你这袋子里装的什么？"

"就是我的随身家伙,衣服、被单、毛巾什么的。"袁柱解释,想了想又说,"对了,我下大巴时碰到的,就在土沟边上,一身土,我擦了半天哩。"说着拉开了蛇皮袋的拉链。"什么东西？"宁吉伸头一看,脸色顿时变得柔和。

两只刺猬滚成了一团,试图靠一身尖刺保护自己。袁柱细心地垫了毛巾在蛇皮袋下,还有一堆衣物盖着,方才它们大概在袋子里爬,弄出了动静。袁柱解释:"小东西怕生,乍不乍打开袋子,肯定缩起来。"

"真是你捡到的？还是你抓的？"宁吉的脸颊和鼻子被寒风吹得红红的,吸溜着鼻子追问,"它们是山里头的吧？这么巧被你碰上？"老桓伸头看看,咂嘴:"一公一母！这怎么弄？"

"表舅！"令姜打车刚到,见状同样盯着刺猬移不开目光,一个劲问,"哪儿来的？"袁柱不知道该回答谁,搓着双手不知如何是好。赵勇、刘波闻声过来,看到刺猬也愣住了。纷纷蹲下身子观看。两只刺猬不知何时松开了蜷缩的身体,躬着身体,小眼睛惊慌地看着人群。令姜越看越喜欢,要求带回家养。袁柱忙道:"家里养不活的,野生的爱在土里头跑,这不知是怎么跑下来的,要赶紧放回去。"宁吉看看他,有些后悔刚才怀疑这个老实巴交的农民工。

几个人商量来商量去,决定把刺猬送到神烈山上放生。正好王谢堂每天有出城送餐的车子路过神烈山,宁吉自告奋勇明天一早搭便车把刺猬送到山上去。令姜得知能养一夜,欢天喜地地捧起刺猬,带表舅回家,一路询问刺猬的习性。宁吉陪他们走上楼,看着刺猬被放在封闭的箩筐里,袁柱在小房间住下,令姜的体温也没问题,这才回到卡点。

忙了一天,不知不觉天快要黑了。宁吉忽然想起来,问老桓和赵勇,看到2栋508的母女俩了吗？"没有啊,一天没露面。"老桓道。赵勇想了想,去传达室看看,果然她家订的蔬菜还没来拿,还有孟佳佳的一个快件也没取走。

宁吉不放心,约老桓一起走到2栋楼下张望。各家各户的灯陆续亮了,电视的声音、音乐的声音、锅碗瓢盆的声音响起来,一片俗世的繁闹,让人感到温暖安心。但是 508 室屋里却黑着。两人忙上到五楼，508 静悄悄的。老桓想拍门，宁吉忙拦住他："母女俩这会儿肯定心情不好，和她们说什么呢？怪为难的。"老桓住了手，等宁吉决定。

"随便聊聊吧。对，就说传达室有快件。"宁吉想来想去，在 508 门口张望着，总觉得哪儿不对劲，皱紧了眉头东看看西看看，太安静了，而且这个气味……

"不好，煤气味！"宁吉使劲嗅了嗅，"快！快！"一天做两次消杀，到处都是 84 消毒水的味道，居然没人注意到这家的煤气味。

然而把门拍得震天响也没人应，宁吉急得踢门，同样没动静。她急忙打电话，赵勇一听也急了，带了刘波和小王、小吴赶到。四个大男人学着电影里的样子使劲撞门，可电影归电影，实际上防盗门极牢，撞上去纹丝不动。老桓在一旁打电话到处找开锁匠，可过年加防疫，原来常见的那些手艺人都回老家了。宁吉突然想起刚才袁柱在门口的自我介绍，忙奔到 4 栋，咚咚咚敲开门，越过一脸迷糊的令姜，对袁柱喊："快，带上开锁工具，跟我到前面的 2 栋去！"

果然是个开锁高手，袁柱手中只有一根铁丝，在防盗锁中捣鼓捣鼓，门就开了。几个人顾不上惊讶赞叹，冲进去连忙关煤气开窗户，冯慧、孟佳佳母女俩梳洗穿戴得整整齐齐，并排躺在客厅的沙发上，松狮犬卧在一旁。赵勇早打过 120，急救车呜呜呜呼啸而来的声音响得异常刺耳，宁吉跟着进了车厢，急急忙忙打宁恺的手机："哥！你快来！快来！"放下电话她才想起来，这事跟宁恺有关系吗？南都公安们忙得二十四小时不停歇，他哪儿有空来医院管这事？回头不定要怎么加班呢。

还好市立医院的急救室极近，发现得又早，等到八点一刻，叶同裳推门出来，冲几人点头道："救过来了。"宁吉、宁恺都松了口气。宁恺打电话嘱咐同事们："不要告诉孟钢。"赵勇也急急忙忙打电话向社区报告："王主任，人没事了。"

宁吉穿过忙碌紧张的医护者人群，来到母女俩床前，特意放重了脚步，咳嗽了一声。"我们有什么脸见人？你们何必救我们？"冯慧泪流满面地说，"我们不知道，真的不知道啊！"孟佳佳不吭声，嘴巴和眼睛一直紧紧闭着，长睫毛像夏日夜晚停落在茉莉花上的黑蝴蝶，静立不动，无声而抗拒。宁吉握住冯慧的手，轻声安慰："大家都知道这是二十八年前的旧事，知道那时你们还不认识，知道孟钢肯定一直隐瞒，这事与你们母女俩没关系。"

"怎么可能没关系？"冯慧甩开宁吉的手，声嘶力竭，往常的忠厚腼腆无影无踪，"他是我丈夫！是佳佳的爸爸！佳佳往后怎么做人？她今年高考，表格上父亲怎么填，杀人犯吗？"

声音极高，传到了门外。宁吉讪讪地退出来，问宁恺："哥，怎么办呢？看她们母女俩，都是一副不想再活的样子，难道一直安排在医院里二十四小时监护？"叶同裳皱眉道："不可能的。同情归同情，医院忙得要命，床位那么紧张。"宁恺也觉得棘手，要不把她们送回家，由社工和民警轮流看护？都不是好办法。

谢安正好送餐路过，看到宁家兄妹在急救室门口商量，得知情况后也不禁唏嘘。二十八年前的旧事，和这对母女有何相干？但是不可避免的，她们以后的人生将为此一路荆棘，尤其孟佳佳今年高考，冯慧的担心不无道理：杀人犯的女儿，会受到多少歧视？"对了，征南也是一中高三班的，认得孟佳佳，让他来劝劝，同学间可能好说些。"谢安想起来。

岂止"认得"？看看韩征南急得一头汗、晃着腿听宁恺吩咐、急匆匆地跟着叶同裳进去的模样，就知道他与孟佳佳是青梅竹马的好朋友。几个人竖起耳朵，韩征南在又讲又唱，内容却听不清楚，只依稀听到"胖胖"两个字。宁吉懊恼地拍拍额头："该死！我忘了用小狗这一招！刚才赵勇就说松狮犬没事了。"宁恺"嘘"了一声，隔着急救室的玻璃门，沉默的孟佳佳号啕痛哭，哭声震天。叶同裳轻手轻脚地走出来，冲几人微微颔首，示意没事了。

"叶医生！叶医生！"走廊的另一端，葛处长高喊着奔过来，"你的申请批了！准备出发吧！"几个人同时转身看向叶同裳，这个时间离开急诊室岗位，她去哪里？

第 十 章 碧草春色

"批了!"葛处长跑得气喘吁吁,"十点钟指挥部的车来接!"听到这句话,谢安先愣了愣,看看腕表,已经九点三十分,就三十分钟准备时间? 宁吉叫出来:"去哪里?"

叶同裳笑笑:"是去南都公共卫生医疗中心学习,不算什么。"

不算什么? 南都公共卫生医疗中心,就是南都的火神山,是收治南都所有新冠肺炎病人的地方,面对这个全新的病毒,多危险啊! 宁吉想起这几天去看朱静,偶尔会碰到她正好与程医生视频连线,有时朱静拿着程医生的照片给孩子看,脱下防护服后的汗水淋漓、面目全非,还有那种极度疲惫中的故作轻松,都让宁吉在惊愕中肃然起敬。

这些医务工作者,白衣执甲,逆行出征。他们以对人民的赤诚和对生命的敬佑,用血肉之躯构筑起阻击病毒的钢铁长城,为人们带来光明,守护国家和民族生生不息的希望。不仅如此,他们还要轻描淡写地安慰别人! 叶同裳察觉到宁吉敬佩的目光,又笑了笑,道:"许院长总说,等到春暖花开,要好好去看看梅花山的梅花。我也一样,想去看花儿。"说到这里,她的大眼睛中蓦地蒙上了雾气,像冬日清冽的紫霞湖冒着寒气的湖面。

宁恺"啪"的一声立正,行了个标准礼,郑重地说:"保重!"转身匆匆而去。谢安却一改往日的闲雅,耐心细致地嘱咐叶同裳:多带几件衣服,郊外冷;日用品来不及准备吧? 要是缺什么发个信息,我们送过去;家里还有什么事吗? 需要的话我们去办……叶同裳抬头看看墙上的钟,已经快九点四十了。谢安忙催她快去收拾,望着她转身离去的背影发怔。宁吉不知怎的,心中突然生起异样的感觉:熟悉如手掌纹路般的谢安,突然变得遥远而模糊。

会有一天，失去他吗？

之后两天忙得不可开交，本来想着将令姜家的小刺猬送去放生的，竟然没时间，正好令姜在新鲜头上不舍得，这个事就耽误了下来。谢安倒是满口答应："我每天都去城东酒店送餐的，你要去的时候告诉我一声就好。"

忙什么呢？各种各样的杂事。宁吉不懂经济、不懂时政，不知道两手抓的大道理，她只是看到身边一个个居民虽然乐观豁达，但若再不上班，很多人受的影响就大了。像姚国庆的江左纺织公司是做纺织品出口的，所有货物都有严格的合同交货期，她不止一次听到他在和客户交涉，说遇到了不可抗力，请求延期；而且原材料棉纱胚布辅料等投下去，成品不出口拿不回货款，百万美金级的资金压力啊！虽然复工的要求极其严格：要网上提交申请，要提供多项证明，要注意各种事项，但各个社区都提供一站式服务，全力帮扶，所以大家都在兴冲冲地连忙申请。很多人问问题，譬如对复工人员在"南都码"上登记的要求不太理解，再三询问之后，自己拿手机先操作一遍；听到宁吉讲指挥部要求对所有员工日查日报，都表示理解支持。"只要能安全开工，麻烦点不怕。知道知道，这是为大家好。"很多人说。

眼前急的，就是口罩。口罩现在是出门标配，地铁、公交和一切公共场所都要戴，所有人也都愿意戴，看到电视上新闻中外国人不戴口罩，还有因戴口罩发生争执争论的，只觉得不可思议。不过突然而至的疫情，使得医疗物资的需求量骤然上涨，到处都在积极地紧急调配。社区服务点的桌上放着一盒口罩，供有需要的居民免费使用，登记签名就行，宁吉和她的同事们耐心地介绍："中央重视，国家迅速开足马力，在深挖潜力加班生产呢！""春节假期停工减产，这些都是不利因素，都在克服啊，包括上下游原料供应，包括物流运输！""为了保证防疫物资的大规模生产与配送，很多其他行业企业调整转产呢，你看，比亚迪造口罩！""防疫物资的整体产能在不断地迅速提升。别担心！"并不是说空话，最安慰大家的是一句："有困难你随时说！"

真有不客气的，这不，姚国庆跑来了。"宁吉，怎么办啊！"姚国庆哭丧着脸,看起来比除夕那天被要求隔离时还要烦恼。"宁吉,我算是个老外贸,什么风浪没经过? 十七年前的 SARS,2008 年全球经济危机,都没这个新冠病毒狠啊! 我没想到会被口罩难住!"宁吉忙询问详情,姚国庆虽是民营小企业,但员工有几十人,还有下属工厂人员几百,口罩天天要换,消耗量不少。望着姚国庆愁眉苦脸的样子,宁吉连忙安慰他:"你别急,我找王主任。"

王主任的电话这几天像热线,很难打,不过依然是、永远是有求必应。"口罩? 不少家企业面临这个问题,我们一直在紧急调配。"老太讲话慢条斯理,透着老城南人的淡定,"不要急,市里协调的,市医药公司介绍了肥水镇上的一家口罩厂。厂子不大,不过为了供应南都本地防疫,过年没休息,一直加班加点地赶口罩。你记一下电话,立刻联系,多弄点口罩回来,解决这些企业的暂时困难。"

宁吉连忙答应,一分钟也不敢耽误,赶紧联系。无奈记下的这位"郗厂长"的电话,打了几遍也打不通。宁吉看看手机上的时间,一不做二不休,当即叫上赵勇,开着社区中心的面包车直奔肥水镇。姚国庆追在后面撵着喊:"宁吉! 拜托你了! 一定把口罩带回来!"

工厂比想象的要小,三十多个人,整体环境非常干净整洁,车间是全封闭的,只有仓库大门连通外面的车道。宁吉下车四处张望,看到成品仓库里装箱完毕的成品箱,眼睛一亮,毛估估总有十几万个口罩!

郗厂长的电话难怪打不通,一直在接电话:"明天要送到? 好的您放心。""还要追加,多少个?"宁吉等了一会儿,好容易见她手机放下,连忙凑上去,讲好话,赞工厂:"过年都没休息吧?""工人喊回来加班不容易吧?""防疫期间,工人只能住在厂里吧? 真是辛苦了!""这些口罩对南都防疫意义重大啊!""我是孔夫子庙街道的,市医药公司介绍我们来的,对你们厂赞不绝口啊!"

郗厂长——宁吉看到她胸牌上的名字叫郗晓琴,被宁吉撩起了话头,讲起这半个月,真是不容易。像宁吉说的,本来都已经全部放假了,厂里工人基本上是本地人,都回家过年,准备放假到正月十五的。年三十那天大排查,镇党支部接到"拉网排查"的通知立刻集体行动,郤晓琴是退伍前部队里入的党,放下筷子跟着老书记和几个镇干部打着手电筒连夜一家一家通知,意识到疫情非同一般,当时就犹豫,口罩恐怕会急需。就在那时候,市医药公司高经理电话过来了,说口罩是抗疫必需物资,希望厂子立刻复工,克服一切困难,加紧生产。郤晓琴二话不说,立刻着手复工生产,所以午夜十二点大家都在通过手机拜年的时候,郤厂长在一个个叫人,生产副厂长、班组长、工人……"叫得回来吗?"宁吉扮演最佳听众,掐好了点问。

"我们这些员工,真好啊!讲起来我是党员,但这一次,他们个个都比我还积极!"郤晓琴感叹道,"三十九个人,没一个人跟我讲困难,没有一个人跟我谈条件、问报酬,听说是为防疫,二话不说就立刻回来上班了!这半个月,每个人都在拼命,每天至少干十三四个小时!"宁吉听着,不停地赞叹"了不起""不容易",真心实意地称赞。

"按理,节假日加班应该付三倍工资,我也向工人表过态。可大家都说,这时候不要谈钱,疫情顺利过去就好!所以我们的口罩卖价一分钱都没动,加班加点,就为了保障供应。高经理亲自来过几趟,市里也有人来看。"郤晓琴讲着讲着有些感慨,"我们是个小厂,大家这么关注,我们更不能松懈。这三个星期,产量有以前几个月的,做了三百一十万只!随之而来的困难,就是原料供应,原料厂也是一样的,突然一下子这么大需求量,加班加点还是有些缺口,高经理亲自四处找,介绍我们去远的地方拿货。"

正说着,一个中年男子在门口下了摩的——南都人对带客摩托车的简称,高喊着:"我带回来了!"郤厂长忙迎出去,接过男子背着的两个巨大的蛇皮袋,不胜欢喜。宁吉问起来,这是在江西提到的耳线,别看两袋子,够生产五十几万个口罩呢!中年男子吴东是郤晓琴的丈夫,部队战友,二十年前两人退伍后一起回镇上开办的这家小厂,在厂里讲起来职务是副厂长是老板,可为了这两包材料,他千里迢迢远赴江西。到处都在防疫,他填了无数张表格,被量了无数次体温,增添了不少防疫中独有的经历。

"还好,大家看了我的介绍信,知道我是为了生产口罩,都很客气,还有人给我水喝呢！"吴东喜滋滋地搓手。宁吉看着他风尘仆仆的样子，胡子拉碴长发凌乱，两只手皲裂得全是一道道细口子，忙给他倒了杯水，反客为主地招呼他喝水。

感动归感动，宁吉没忘了此行的目的，不停地套近乎："我们是高经理介绍的，市里关心我们区里的复工嘛。""你们有空到上元区来玩，去孔夫子庙看灯，逛逛步行街，我请你吃小吃！"又摆困难讲道理："这些企业都不容易，都是和你们厂一样的微小企业，没有口罩复不了工。""损失巨大，企业要是倒了，那些员工怎么办呢？"最后一招拿手的是苦苦央求："帮我看看好不好？就匀一点，一点点！"

郗晓琴被她磨得受不了，对企业复工的要求也实在难以拒绝，指了指包装车间，说是有个包装工人今天病了——或者说连续加班累倒了，下来的口罩都没包呢，你们要口罩的话，自己进去包装，不难，就是五十个口罩整理齐了装一个胶袋，包多少拿多少走。

宁吉惊喜万分，连声答应着，转头叫上赵勇，两个人仔细消毒后，换了工作服进入灭菌车间，兴头头地开始包装。难倒不难，没什么技术含量，但是看旁边人家熟练工嗖嗖嗖的一个接一个地装，自己半天才能打开胶袋，好容易装进去了又不平整，还得理平，两分钟才装了一包，不禁着急起来。好在渐渐手熟，渐渐加快，渐渐一分半能装一包，又渐渐不到一分钟能装一包。

天黑了，灯亮了，宁吉揉揉眼睛，长时间盯着一样东西，有些眼花呢。工人在换班，日班工人换成了夜班工人，郗晓琴隔着玻璃门好心地问两人要不要吃饭，就食堂盒饭吧？宁吉和赵勇对望一眼，异口同声地说："谢谢，不用了。"吃饭可能只要五分钟，但换衣服消毒又一个过程，耽误时间啊，时间就是口罩啊。

又过了不知多久，郗晓琴又隔着门问："十二点了，要不要吃点东西，休息一下？"宁吉愣了愣，忙催赵勇："你去吃，再找地方睡一会儿，回头你要开车的！"赵勇听听有道理，于是两人商量好，赵勇去吃饭休息，凌晨四点半准时出发，早上上班前赶回社区并将口罩交到需要的企业手上。

一个人默默包装，宁吉只觉得脑袋昏昏沉沉，重得好像随时要掉下来，两只眼皮更不用说，打架打得不亦乐乎。宁吉恨得骂自己的身体："追剧、刷手机、唱卡拉 OK、吃大排档你怎么不困？干活就要赖，关键时候你掉链子！"咬咬牙使劲捏了下脸，努力打起精神，为了口罩，拼了！

凌晨四点二十，赵勇敲门提醒，其他夜班工人帮着宁吉点数装箱，一万九千三百个！宁吉哈哈大笑，对工厂的人打躬作揖千恩万谢，扫码付款。上了车，赵勇发动油门，感叹道："姚国庆这下开心死了，还有王主任名单上的那些小公司，都能复工了啊！"

听不到回答，赵勇侧头一看，宁吉歪着头已经睡着了，嘴巴半张着，嘴角一丝涎水亮晶晶的，睡得极香极难看。赵勇笑了笑，轻声道："好好睡吧。"一脚油门，面包车在黑暗中飞速奔驰，驶向曙光初现的南都城。

次日早上，宁吉搭了谢安的顺风车，去神烈山放生刺猬。两人先到迎宾酒店放下早餐，陆经理亲自签收，指挥员工收下搬进去。宁吉伸头看一眼，有些奇怪地问："只有一百四十份？"陆经理笑着解释："不少人都解除隔离回家了呢！还开玩笑说正好回家过情人节。"宁吉担心地问谢安："一百四十份也要这么远跑一趟，不亏本吗？"

陆经理忙说："我也是这么和谢安说的。要是不想做了没关系，我们再想办法解决。当然，客人是最喜欢王谢堂的订餐，都夸不愧是老字号，真是好吃；不过疫情期间嘛，又是在隔离，不得已难吃一点，大家能理解的。"

谢安笑笑："是我想做的。你们别挡我财路。"说得另外两人都笑起来。陆经理感动地拍拍谢安的肩膀，道："王谢堂主，名不虚传！"宁吉也不再多说，笑着挥别。

驶出酒店就是环陵大道，道路两旁的梧桐树整整齐齐地列着长队，伸长臂膀相接在半空；晨曦透过交错相连的枝丫洒下来，点点金黄。宁吉眯了眯眼睛："春天了呢！"谢安难得地附和："是啊。你看，梅花山上的梅花都打苞了。"

真的，左前方就是梅花山，一棵棵梅花树上挂着各种颜色的花骨朵，绯色的、嫩黄的、火红的，映衬着蔚蓝的天空和碧绿的草地，一派春色盎然。宁吉想起去年和家人春游来看花，人挤人挤得走不动，人比花多多了！不过现在回忆，真令人怀念。以后碰到人多，碰到堵车，碰到买东西排队，碰到看灯挤掉了鞋，再也不抱怨了，那就是太平繁荣啊！她不由得感叹。

谢安含笑不语，心里赞同。王谢堂春节前订桌太多，宁吉忘了预定，年二十九打电话说要来吃年夜饭，当时他着实费了一番功夫，在大厅中左腾右挪，好不容易才加了一张桌子。杜明和赵晨一边指挥抬屏风，一边得意扬扬，说是王谢堂的犄角旮旯都有人抢。老姜笑他们没见过世面，最忙的时候，一晚上翻两次台都有过，客人愿意坐在门口等。

那么好的时光，复工了，会再有吗？宁吉看出了他的心事，笑嘻嘻地安慰他："肯定会有的。这些天不仅复工复产复业，景区也重开了，我们南都是全国最早一批恢复景区开放的呢。别的不敢说，只要孔夫子庙一开，步行街上多少人啊，王谢堂到时候又要忙得没位置！唉，我下次一定记住早早订桌，省得我妈抱怨！"

两人一直开到龙脖子路的山脚下，停好车，拎着刺猬笼走进深山，看看四处草木繁盛、幽静无人，打开笼子放出了刺猬。两个小家伙不相信有这样的好运，等了很久才展开身体，鼻子在绿草地上嗅来嗅去，惊喜万分地发现真是回到了山中，那个表情甚至有些陶醉。宁吉、谢安好笑地静静看着，不敢打扰。两只刺猬试探了一会儿，确信没有危险，连忙噌噌噌往深处爬去。爬到阳光照不到的幽暗处，两只刺猬回过头，看了看伫立静观的两人，又接着快速爬走了。"碰巧吧？"宁吉惊诧地说。

"谁知道呢？动物的智慧和感情可能远远超过我们的想象。"没想到谢安颇为感慨，"这个地球，也是它们的家。"顿了顿又道，"韩征南讲的。"

谢安告诉宁吉，韩征南到酒楼之后天天快乐得走路都哼着小曲，和厨师服务员迅速打成一片，大家也都喜欢这个热情开朗的"00后"，纷纷带他熟悉酒楼工作，教他些窍门。在大厨老王和老姜的鼓动下，他终于尝了尝"东山再起"，你猜猜，他什么反应？连说"好吃""太好吃"，一个人吃了整整一份,还追着问什么时候再有。看来啊,青春期的孩子,相处和教育都要注意方法,宽松的环境可能是其中必要的一环。经过这一次,韩征南与他父母的关系肯定大大改善。

极少见,谢安肯这么细细诉说。宁吉笑眯眯地听着,不时附和赞叹:"真的?""太好了!""应该的。""好期待哟。"面包车奔驰在空旷的道路上,从北向南穿过空荡荡的城市,极陌生又极熟悉。宁吉清楚地知道,恐怕这一生再不会有此情此景,这一幕,她将永远铭刻在心。

谢安将宁吉送到社区,刚好八点半上班,再转弯回到酒楼,意外地望见门口停着120救护车,红灯闪烁,里里外外围着很多人,都穿着防护服。谢安心中一紧,只见一堆医护簇拥中,小周、小吴、小鲁和老王四个人上了车,啪的一声,车门闭上,救护车呜呜呜呼啸而去。

"怎么回事?""出了什么事?"谢安踮脚伸脖张望,焦急询问。二十几个穿着防护服的人重重包围了酒楼,正在拉起黄色防护带,带子上"危险"的红色字迹触目惊心。谢安想进去,立刻被拦住:"不许进!""隔离地带,危险,不许进!"

"我是老板!我必须进去!"谢安的声音不自觉地高起来。

一个负责人模样的招招手,虽然全副武装,可是能看得出护目镜后神情极为严肃:"四个人出现高热、呼吸困难、剧烈咳嗽的症状,所以紧急送去急诊检查。你知道什么情况吗?"

"没什么情况。"谢安一头雾水,"这些天我们都在酒楼,没接触过外人啊!"想了想补充道,"不过有送餐,小周、小吴都送过。"负责人详细询问情况,听到他说送餐先是皱眉,再听说送的是市立医院、隔离点那些防疫地方,神色缓和了不少,但是四个人出现新冠肺炎典型症状,酒楼必须隔离,情况查清之前禁止营业,"送餐也不能送,和大家说一声吧。他们会理解的。"

他们果然都理解。刘院长得知消息后,亲自打电话安慰谢安说:"市立医院吃了你们王谢堂几十年春节餐,这一阵更是感谢你每日细心照顾大家。但是既然出了意外,别自责,防疫要紧,别急,啊。"陆经理在电话那头万分紧张："小周、小吴两个昨天来送餐的！小吴还好心帮忙送进大堂的！天哪！会不会是在我们这儿传上的？我得赶紧调监控看看。唉，不怪你，怎么能怪你们？"

不怪我们！谢安稍稍松了一口气。然而信息时代，又处于一手抓防疫一手抓复工的最敏感时刻，消息很快传开，网上出现了五花八门的说法。最刺眼的如："王谢堂因新冠病毒关门！""四位员工送外卖感染！""百年老店落牌！"配的图，是密密麻麻拉着防护带的正门，没有招牌，没有楹联。

再一次全数退款。"还好，这次直播的订餐费只是四万元。"罗会计像是庆幸，又像是感慨。谢安不吭声，握着手机呆呆地坐在值班卡点的简陋防雨篷中，头顶上雨珠打得啪啦啪啦地响。

一切尝试和努力，难道都是徒劳？"王谢堂前燕"奋力飞进了千家万户，能等到春暖花开吗？

第十一章　玫瑰倚栏

"唉，今年太难了！"一声叹息惊醒了谢安，抬头看，是钱红。钱红骑着自行车，披着雨披，露出淋湿的发角，径自将车停到雨篷边，走到宁吉身边问道："宁吉，怎么能买到双黄连口服液？"

宁吉正忙着整理防控物资的情况汇报：口罩、酒精、消毒液、消毒洗手液，还有测温枪。王主任一早宣布了一个好消息，防疫物资现在基本达到动态平衡，区里向几个大型医药公司和苏果、华联等商贸企业统筹采购的物资已经到货，将根据各个社区的情况统一分配。宁吉写下的数字改了又改，既希望有充足的物资，又不想太贪心狮子大开口，掰着手指算来算去，颇为纠结；听到问话，她连忙放下手头的事，听钱红诉苦，知道双黄连只是个话头。

短短几天时间，钱红明显苍老了许多，与年三十见到的她完全是两个人，额头眼角和口边的皱纹一道一道清晰深刻，面色晦暗，黑眼圈一目了然，显然这些天没休息好。

"睡不着、吃不下呀！"钱红坐到小凳上，唉声叹气，"一个确诊，一个主动跑进去！我申请多少次，12345 都打了好几遍，不让探视，说是为我好！劝我说没事！不要担心！当妈的，怎么可能不担心？宁吉，你还小，不懂，你以后有小孩就知道了，对子女的牵挂，不由自主啊！"

宁吉一个未婚姑娘，谢安又在旁边，听钱红这么说，她不禁红了脸，忙岔开话题，问："这两天上班了吧？怎么样？听说商场过几天开门？"钱红听到这个话题，总算精神稍好些——她在市中心南都商场工作，是家居部的经理。她说，具体开门时间在等区里批，这两天商场在做准备：里里外外严格消杀，每个区域都在设法增加间隔空间，收银台也在前方地面上贴出一米五的安全距离提示线,饮食区则干脆在餐桌旁装屏风,每层楼都放置废弃口罩专用垃圾桶,大小显示屏则循环播放防疫注意事项,还要准备防控物资,哎呀,好多事!所以今天忙到现在!忙忙也好,不然一门心思就担心她姐弟俩!唉,真让人担心!

"有消息吗?"宁吉无奈地发现话题又回到原地,只好顺着问了一句。钱红讲得对,这就是天下的母亲,一颗心来来去去始终绕在子女身上。

"有!他俩还合影了呢!"钱红取出手机,翻出照片递给宁吉看。一直呆坐着的谢安不知怎么的,也站起身,凑到宁吉身旁伸头张望。照片不甚清楚,玻璃墙反着光,叶彦超在里,双手举着张白纸,写着"我很好,请放心",笑得阳光灿烂;叶同裳在外,防护服上也写着同样的字"我很好,请放心",举手比出个 V 字,姐弟俩的头隔着玻璃墙靠在一起,极配合地望着镜头。

谢安发现自己的视线竟无法移开。

"说是请同事拍的,不容易呢!"钱红继续唠叨,"公共卫生中心里面的制度很严,不是想见就能见的,好几天了姐弟俩才见面拍了这一张照片。"宁吉不吭声,暗暗叹气:子女糊弄父母,大多时候是善意的谎言。也许叶彦超前几天情况不妙,那天是救护车拉走的;也许叶同裳自己状态不好,穿防护服戴尿不湿,水都不敢喝,过敏长疹子都是常事。这样的困难艰辛何必告诉父母?他们帮不上,只有白白担心。拍这一张照片,肯定等了很久才有机会。

当然,这些不用说破,宁吉顺着钱红的思路,打起十二分精神安慰夸赞,"彦超快好了呢""叶医生好精神""姐弟俩真好""不用烦神""你这一双儿女算养着了"等等。钱红黯淡的面容上渐渐有了光彩,听到宁吉建议要做些准备迎接姐弟俩回来,忙说去买双黄连就是这个意思,媒体都说双黄连对新冠病毒有抑制作用,想着多买些给他们喝,怎么跑了七八家药店,都卖光了呢?

宁吉连忙劝,他们两个在公共卫生医疗中心,那是对付新冠病毒最专业的地方,需要喝什么,医疗中心一定会安排的,相信专家吧!钱红听到这里,还是东扯西扯地问这问那,显然不想离去。宁吉有些着急,手上的表格王主任等着要,说是区里准备立刻把防控物资发下去,怎么办呢?

"我记得彦超最爱吃'安石碎金'?"忽然响起温和的声音，谢安含笑问钱红，"等他回来，做给他吃吧。"宁吉又惊又喜，从来不聊天、不八卦、寡言少语的谢安竟主动与人拉家常！钱红也有些意外，印象中"王谢堂主"像是不食人间烟火的世外仙人，有时候去酒楼碰到，他颔首招呼，也含笑作揖，但是那笑容客气疏离，言语简短，总觉得他不是凡尘中人。他居然记得彦超爱吃的菜肴，主动攀谈！

"是啊是啊，他喜欢吃田螺，一个人能吃一整份，都不用牙签！就是我不会做，我看过直播，还是有些不大懂……"钱红迅速转过身，与谢安聊起来。宁吉松了口气，连忙低下头继续填表，测温枪最好各个小区能有两把，超市、药店至少各一把，值班卡点已有的这把用得太频繁，不大灵光了，最好能换一把……王主任会不会再复核一遍？瞥一眼篷角还在聊天的两人，谢安正在教钱红看南都发布上公布的确诊病例病前行动轨迹，帮她回忆："13 号百悦广场没去过吧？今天 551 路公交车没坐过吧？那就不用怕，没接触过肯定不会感染。双黄连真不用买……"宁吉笑嘻嘻地移回目光继续填表，口罩最好每人每天保证两只以上，因工作时间都在十个小时以上，算一天三十只，一个月最好能有一千只……宁吉不厌其烦地在数字前统统加上"最好"两个字，动态平衡下，也不能浪费啊。

待填完所有表格，发给王主任，打电话又口头汇报了一下，天已经快黑了，宁吉看钱红不知何时已离开了，谢安孤零零一个人坐在角落，望着篷外的雨丝一动不动，模糊的轮廓透着几分落寞。宁吉轻手轻脚地走上前，小心地问："好冷呢，你回家休息吧？"

谢安愣了愣，像在沉思中被惊醒，望着宁吉的目光满是迷茫困惑，半天才摇摇头说："不。"这个雨篷简陋寒冷，但坐在这里能看见王谢堂，谢安想不通，哪里出问题了呢？

宁吉顺着他的视线望向酒楼，细雨敲打着轩峻的门楣，"欢迎订餐"的大红标识被寒风刮得扬起又落下，黄色的防护隔离带也被吹得唰啦啦响。没了乌木招牌的王谢堂，看起来又别扭又寒碜。怎么办呢？防疫这么大的事，既然出现了疑似病例，就不可能开门营业。这个时候，神仙也帮不了他。

忽然，"嘎——"的一声，一辆小车停在了雨篷前，车窗摇下，韩肃伸头叫道："宁吉！正好，你在啊！"宁吉刚喊了声："小姑父，什么事？"副驾驶位置上的小伙子——依稀记得是韩肃公司的办公室主任叫高磊——已经下了车，打开后备厢抱出一盒东西，噔噔噔跑到篷前放在桌上，说："这是我们公司送给社区工作人员的，表达对你们的感谢。情人节节日快乐！"

"节日快乐？"宁吉一脸懵懂，低头看看是巧克力和玫瑰花，更糊涂了。韩肃道："帮我分给你点上的同事，每人一盒巧克力和一束花，代我们说声谢谢！我还有几个社区没送完，不和你多说了啊！"

"这，你，巧克力，花……"宁吉跑上前几步喊道，"小姑父！你等等！"韩肃车子已经掉头，往下一个卡点开，远远喊着："谢谢你们，让我们的社区持续'零新增'！"

孙敏、赵勇正好忙完了巡查回到卡点，看到巧克力和鲜花，都是一阵激动。宁吉打电话问王主任："能收啊？其他卡点都收到了？真能收啊？是啊，居民的心意，是啊，感谢我们呢！"

放下电话，宁吉高声宣布："每人一盒巧克力和一束花！节日快乐！"孙敏欢喜得跳起来："我还是第一次情人节收到花呢！我老公那个书呆子，老说有那钱买花不如吃一顿实惠，一点浪漫细胞都没有！"赵勇挠着头："本来就是嘛，我也是这么和我老婆说的！你们女人啊，就喜欢这些华而不实的东西！花啊，巧克力啊！不过我今天可要给她一个惊喜了，结婚十三年，第一次呢。"

三个人喜滋滋的，又忙着打电话通知其他几位同事，轮休的说马上来取，在小区里忙碌的则说忙完了就过来拿。孙敏抱着花靠在栏杆边，让赵勇拍照，又拉上宁吉一起，两个人红红的脸加红马甲，衬着红红的玫瑰，身后朱红的雕梁画栋，真有几分节日的喜庆。谢安在角落里看着，心底的郁闷消散了些。一盒巧克力和一束鲜花，能值几何？这些基层社工更高兴的是居民感恩的心意吧？韩肃平日里不声不响，是个不起眼的居民，如此有心代表大家送上鲜花和巧克力,感谢社工们在寒冷的冬季放弃假期,驻守在各个网格点,感谢他们为居民们筑起了隔断病毒的防线。这几天的"零新增"是他们的奉献浇灌出的绚烂花朵,就像这一束束玫瑰花。

"零新增……"谢安像是想起了什么。

"谢安!这几天整个区都没有新增病例,全城也就一个!"宁吉大惊小怪地跳到谢安面前,声音大得像喇叭,"大部分地方都在隔离,有限开放复工的也都是层层把关确保安全,你那几个员工怎么可能感染呢?"

"是啊,全区零新增,到哪儿能碰到病毒呢?"两个人想到了一块儿。小鲁、老王一直待在酒楼里,根本没出过门;小周、小吴就是昨天去送过餐,但迎宾酒楼可以说防卫森严,难道是接触了新来的隔离人员?

两人正议论间,谢安的手机响了,是陆经理的电话:"谢安,我仔细看了昨天的监控,又做了仔细调查。小周、小吴昨天送餐来,两人都戴着口罩和手套,小周没下车,小吴帮着拎到大堂的,但全程没有接触过我们这里任何人,除非我们这里的空气里有病毒。但是我们这里没一个感染的,疑似也没有!你还是要再找找别的原因。"

谢安连声称谢,放下手机皱眉思索。宁吉打开巧克力盒,谢安不要,她犹豫着想了一想没打开,坐在旁边小凳子上捧着盒子出神。新冠病毒在天罗地网中无处容身,谢安酒楼里的这四个人就算故意去找,都难以找到啊!

韩征南突然跑过来,高声问酒楼怎么了,怎么被封起来了?宁吉三言两语说了情况,他立刻说:"怎么可能呢?到处都没有,偏我们酒楼有?想感染也感染不上啊!"宁吉和谢安对望一眼,都有些好笑,两个"90后"一下午想出来的答案,"00后"一秒钟就反应过来了!

宁吉问他从哪儿回来,他说一早出门去看孟佳佳。宁吉不禁暗暗叹气,冯慧、孟佳佳母女俩出院后,怎么也不愿意回琅琊苑,说是不想见老邻居。冯慧娘家有个旧房子在江北,母女俩搬去了江北,并改了户口本上的名字,孟佳佳现在叫冯佳佳,一中她也不想再去读了,在办手续转学,正好疫情期间一直没开学,没耽误学习。宁吉帮助母女俩开证明,去派出所,联系学校,为了快速办理说了很多好话,"就改个名字嘛""一中的尖子生,到你们学校肯定是前几名"等等,还要求人家注意保密,一切悄悄进行,总算弄得差不多了。心里说不上是同情还是担心:父女血缘,恐怕不容易一笔抹去吧?这孩子今后的人生,愿她一路顺利啊!

"不过昨天晚上我一直在酒楼,后来回宿舍也一直和小吴他们在一起的。"韩征南没在意宁吉的感慨,仔细回想四个人感染的事,最主要的是,他们是什么时候开始咳嗽发热的?想来想去,好像昨天晚上就开始了,韩征南记得很清楚:我们还说老王咳嗽声太响,吵得人睡不着觉;看看人家小吴,连咳嗽也秀气! ——当然是开小吴玩笑。对,是昨天晚上出现症状的。

宁吉连忙问:"那昨天晚上你们干什么了? 接触过外人吗?"韩征南一脸无辜:"没有啊! 我们在下午直播后忙得不可开交,要送一千三百多份'王谢堂前燕'。连骑手现在都是'无接触取件',直接在大堂交接处取走,手机签字,到哪儿接触外人啊?"

谢安不吭声,静静地听韩征南回忆:忙完了外卖订单已经快五点了,准备第二天早餐又忙到六点半,之后吃晚饭,老王、老姜说他们做,现在"王谢堂前燕"订单多,辅厨水台打荷上杂都最忙,总厨大厨们反而相对空闲,乐意为大家做点好吃的。对,他们做的其实就是家常菜,青椒土豆丝、西红柿炒鸡蛋,但是真好吃啊……

"说重点!"宁吉忍不住呵斥。四个人疑似感染呢,讲这些废话! 韩征南忙收起对大厨美食的美好回忆:"之后也没干啥啊,大家一起清洁酒楼,全部收拾干净了才回宿舍的。对,那时候开始几个人咳嗽的。"

清洁酒楼……谢安模模糊糊有了点头绪,忙问:"你们怎么清洁的? 当时有什么状况吗?"

"是有状况,你怎么知道?"韩征南不好意思地挠了挠头,说,"我看消毒用84,冲洗厕所用洁厕灵,怪麻烦的,就把两种混在一起,想着效果能更好一些,然后就去忙别的了。回来看到烟雾腾腾,他们四个在那呛得咳嗽,怪我不该混在一起。"

谢安霍地站起来，声音高昂："氯气中毒！不是感染！不是病毒！"宁吉不懂，忙问："什么是氯气中毒？你怎么知道？"谢安叹口气，耐心解释："84消毒液的成分是次氯酸钠，洁厕灵是盐酸就是氯化氢，两个混一起产生大量氯气，是有害气体，吸入后灼伤肺部，症状就像新冠肺炎。"

宁吉愣了愣，忙取出手机打电话。神仙救不了王谢堂，但只要不是新冠病毒，所有人都希望王谢堂好好的！"王主任，这个事十万火急，帮我和指挥部说一声好不好？一场误会啊！"宁吉动之以情，晓之以理，"我们这么多人严防死守，一下子出现四个疑似，不可能啊！"

谢安轻声说："还好时间不长，为防疫，酒楼又一直开窗通风，不然会有生命危险。"韩征南面色发白，呆呆地不说话。闯这么大祸！王谢堂好不容易转型成功，刚刚好了没几天，竟因自己的错误被封门！看看网络上这些照片和评论，韩征南咬牙切齿地自责着。

不一会儿，指挥部的电话直接打过来了。"你们反映的情况很重要，那就对了。"听得出，那头也松了口气，"CT影像显示，四个人都是双肺广泛均匀的磨玻璃密度影，出现气管支气管炎和肺间质渗出性改变。我们刚排除是新冠肺炎，猜测是吸入了有害物质。"

"那，王谢堂能解除隔离吧？"宁吉毫不松懈，苦苦请求，"不是病毒嘛，他们还要为市立医院和隔离点送饭。都是为防疫一线服务呢！"对方迟疑了几秒，爽快地说："指挥部马上去人看现场和物证，并向病人求证，若情况属实，可以解除隔离。"

宁吉欢呼一声，韩征南也忙站起来说："我这就去带他们看！"谢安倒有些恍恍惚惚，被宁吉拉着回到酒楼，等在封闭区的外面。

天已经黑透，不知何时飘起了雪花，宁吉嘀咕着："今天晚上又要扫雪了。"话音未落，王主任的电话已经到了，提醒宁吉组织人员夜里扫雪，不能影响明早居民出行；送隔离户家的物资别因下雪耽误，并要注意老弱病残家庭下雪天有无特殊需要。宁吉一一答应，笑着说不用嘱咐，这些都知道的，又谢谢王主任刚才及时向指挥部报告王谢堂的事。

谢安看着宁吉。雪花漫天飞舞中,她连额头都冻红了,衬着红马甲,像个土气的村姑,笑嘻嘻地听着王主任吩咐,仿佛一切理所当然。她是全能的吗? 凭什么呢? 这些天看她和她的同事们排查疫情、测温送医、编词喊话、发放物资、维护秩序、上传下达、整理数据、关注居民需求、进行心理疏导……党员就该样样都扛在肩上,现在突然下雪,他们也要立刻冲上去,保证"雪停路清"! 从小一起长大,这么多年相伴,原来自己并不了解她,直到这一次才对她有了全新的认识。

杜明、赵晨本来跟着四个病人去了医院,这时也闻讯赶到,与韩征南一起领着指挥部工作人员看事发现场,看消毒液、洁厕灵。韩征南一一回忆,时间、地点、人物和事发状况,还找到了当时混合的废旧瓶子作为物证。工作人员一路不停地询问、记录、拍照,最后让谢安签字。

"我们回去报告了再通知你们。"为首的负责人说。宁吉忙请求:"能不能现在解封啊? 这会儿开门,明天市立医院的早餐还来得及做,多少医护人员等着呢!"见负责人迟疑,忙补充道,"还有隔离点的送餐也很重要啊! 需要的话,我们社区可以作保。"

负责人笑了:"好,你们社区敢担责任,我们防疫指挥部也不是草包! 情况属实,绝非新冠病毒,解除隔离!"

员工们拍手欢呼,帮着指挥部的人一起拆防护封闭带。杜明忙打电话让所有人明天正常上班,赵晨通知养殖场和农场继续送货,韩征南忙着拍解除封锁的照片发到网上,宁吉打躬作揖地请指挥部负责人帮忙澄清两句。负责人大约是被这一群人的忙碌和努力感动了,很爽快地对着镜头说:"王谢堂没有新冠病毒。"顿了顿又说,"感谢百年老字号王谢堂,坚持为医院和隔离点送餐!"

谢安听到这句话,怔了怔。一片雪花落在脸上,清清凉凉的。谢安随手拂去,生平第一次,他落了泪。

第十二章 淡烟疏柳

网上的澄清很顺利,拆除隔离的照片和相关人员铿锵有力的证明,得到了网友们的信任。韩征南两手举着84消毒液和洁厕灵,自责地解释原委,提醒广大市民消毒时不要大意的视频也广为流传,倒是真的做了一回反面教材,不少观众惊呼"天哪,我也不知道""我差点也混了""真要小心呢"等等。

随着谣言的湮灭,外卖和"王谢堂前燕"的销量都迅速恢复并稳步增长,尤其有几日寒风呼啸雨雪交加,不少市民都说这时候看谢安直播,简直就是"倒春寒里的一把火",在扑面而来的烟火气中,真切感受到生活的美好与可贵。王谢堂的收入逐日增加,不知不觉间已经达到往日堂食酒席时的七八成,罗会计再三盘算后,将第一家两百万的短期贷款还了,又悄悄问谢安:员工工资要不拖一拖?那样"及时雨"的贷款也能还,招牌就能取回来了。

谢安摇摇头。虽然员工们会理解,杜明、老王、小鲁等很多人都曾代表员工表态,愿意暂不拿工资,与酒楼共进退;但是身为老板,怎可滥用员工的忠诚?越是这样的困难时期,越要顾及每一个员工的处境:他们大多有房贷,有孩子,有老人,或者要成家,要进修,每个月的工资在到手之前就被派了用场。何况这一阵效益不好,员工原来期待的过年奖金和元宵节红包都泡了汤,已经少了收入。谢安听到老姜接家里的电话说盖房子等一等,看到小鲁悄悄退掉原来报的企管私教改为便宜的线上大课,对于所有员工,工资是养家活口的基本。这,远比一块招牌重要。

罗会计不再多说,心底竟然有一丝骄傲:谢安年轻,过去二十多年看不出他和大多数富家子弟有什么分别,即使这两年当家,他也是点头时候多讲

96

话时候少，酒楼基本上是按原来的模式在运转；没想到乍逢这百年不遇防疫战中的困境，他竟表现得如此令人惊喜。

小周等四个人虚惊一场，第三天就康复回到了酒楼，经过这场风波，大家忙得格外欢快。韩征南一个劲地道歉，说得几个人甚至有些不耐烦，不过想起当日酒楼被封闭的情形，都禁不住后怕。小鲁讲得实在："幸亏堂主懂得多，及时搞清楚了原因。要是再查个几天，最后虽然也能说清楚，客人可就都跑光了！"

韩征南听到这话若有所思，不久后找到谢安，感谢他这半个月的照顾。不过学校网课开始了，他要上课、复习，准备高考。没知识真可怕，但凡他化学好一点，这次消毒剂和洁厕灵乱混的错误也不至于犯啊！谢安看看他，淡淡地问："那你不怕母亲管了？"韩征南挠头道："她也是为我好，我和她好好说。而且，以后恐怕我陪在她身边的时间很少了。"韩征南低头避开了谢安的目光，吞吞吐吐地说："我和孟佳佳准备考一个远一点的大学，比如成都、厦门、西安那些地方；或者出国留学，欧美大学费用高，近一点的韩国、日本、新加坡也不错……佳佳可以重新开始，我和她一起。"

谢安点点头，不再多说，心中为这两个孩子默默祝福。出生于非典时期，高考碰上新冠病毒，网课虽然开了，考试能顺利进行吗？上大学会不会受影响？留学更是有太多不确定因素，很多国家疫情正严重呢。孟佳佳的遭遇令人唏嘘，但他们在这个时候想到去远方，决意开始新的学习阶段，对将来的道路仍旧充满憧憬，仍旧为之在努力在奋斗。"00后"，不容小觑呢！

这天一早，王谢堂接到钱红极度亢奋的预定电话，要求今天直播中介绍的大菜每样订一份，"安石碎金"要两份！小鲁开玩笑说："钱阿姨，你今天胃口真好。"话没说完，电话那头钱红已经高声宣布："彦昭治愈出院！同裳换班休息，集中隔离了14天呢，终于能回家歇歇了！两人前后脚，今天一起到家！我要好好做几个菜给姐弟俩吃！""好好，你做，让你做！"这是在和叶晓东说。回过头又接着吩咐小鲁，"还有你们那里的冷盘，也帮我配一下，盐水鸭来一只整的，素什锦装一盆，其他你看着办，早点送过来……"

小鲁一一答应着,冲路过的谢安笑着八卦道:"看钱阿姨高兴的!儿女都回来了。公共卫生医疗中心真神,大到九十七的,小到几个月的,叶彦超这种不大不小的,都治愈了呢!"

观众们都发现,这一天的直播中谢安特别精神,锅碗瓢盆叮当作响,铁铲圆勺在长臂中自由翻飞,火焰熊熊,映得带笑的双眸中也有火苗跳动。小鲁捧着成品菜肴,赞"色香味绝佳",那个垂涎欲滴的表情真是馋出来的。但谢安没有像往日那样将菜肴留给员工们食用,而是吩咐小鲁仔细包装好装进食盒送到坐隐庐。不久,就见他换了衣服,拎着食盒,跨上自行车,顶风冒雨,潇洒而去。

这盘"安石碎金",堂主要送给谁?还亲自送!"去,快去干活,上班呢!"杜明挥退门口张望的同事,其实他自己心中也好奇,踮脚望了又望。

谢安来到琅玡苑门口,看到大铁门和往常一样关着,只留了个经由传达室进出的小门,刘波和几个"红马甲"坐在传达室中检查进出人员的通行证。规定是一户一张通行证,上班的业主需要单位出证明才能多办一张。谢安到这里才觉得自己有些冲动了,第一个难关就是进不去。打电话吗?他甚至没有号码。

刘波看见谢安,主动招呼道:"去哪儿?送菜啊?"谢安笑笑:"现做的,还热着,1栋302的,我送进去行吗?"没想到刘波爽快地答应了:"行,我登记一下,你签个字!"谢安推车进了小区还有些疑惑,回头看看传达室中刘波在玻璃窗后笑眯眯地挥手,像是说"加油",又好像在说"好样的",什么意思嘛。不过他旁边一位满头银发的"红马甲"有些面熟,好像姓钱,对,钱益方,叶同裳的外公!隔离期满,老人家如愿做了志愿者,加入了宁吉的小分队。正好老桓受小卖部店主小尹夫妇所托,开门营业了,每天兢兢业业忙得很,原来承担的志愿者工作就全都交给了钱益方。听宁吉说,两位老同志都认真得不得了,一丝不苟地量体温,登记行踪,照顾隔离人员,耐心不怕烦,和居民好言好语,帮了大忙呢。

正胡思乱想着,已经到了1栋302。这是谢安在预定登记簿上查到的,当然是悄悄查的。在单元门口按响传呼机,很快传来钱红的声音:"谁啊?"谢安迟疑了一下,说:"送菜的!""啪",铁锁打开,谢安上了楼梯。再按响302 的门铃,"叮咚叮咚"几下,门开了,谢安一愣,开门的人一身警服警帽,居然是宁恺。

宁恺显然也有些意外,微微点头便往后退一步,让出大门,像是请谢安自己面对叶家人。叶晓东、钱红在厨房中忙碌,叶彦超在摆碗筷;叶同裳呢,举着红酒瓶正在斟酒,侧头看见谢安也愣住了,两秒钟后傻傻地问:"你找我妈?"

谢安想起来,这是第一次看见叶同裳不戴口罩,和想象中一样美丽,面容姣好如满月,像书中常用的词"正大仙容",是那种端庄大气的美。不过谢安完全没料到叶同裳这样问,一时不知如何回答,拎着食盒尴尬地僵立在门前。还好钱红端了一盘菜出来,一眼看到谢安,忙热情地招呼着:"快进来!快进来! 菜送来了? 我早上拜托小鲁请她看着搭配的,我以为只有凉菜和半成品,还有热菜啊? 而且分开送! 真是谢谢你们啊,想得这么周到!"说着催叶同裳,"接下来啊,快把菜接下来。"

叶同裳经母亲提醒,忙接过食盒。叶彦超好奇地凑过来看是什么菜,一看有田螺,欢呼了一声,叫道:"这才是'安石碎金'! 妈,你做的那个应该叫'碎石头'! 你看看人家这个颜色,你闻闻人家这个味道! 多香啊!"

"你这孩子! 就你讲究!"钱红嗔怪着,掩不住面上和眼中的宠爱,"我看看,是不一样哈。喜欢就多吃一点,你姐姐说你这会儿要注意营养呢!"钱红欢天喜地地拎着食盒去厨房换餐具,客厅里又只剩下四个年轻人。

"医院里还好吗?"谢安想了半天,终于问了一句。

"挺好的!""不错啊!"姐弟俩不知道他问谁,异口同声地回答,听到对方回答又一起笑出来。是那种由衷的笑,清脆、欢乐、嘻嘻哈哈。谢安不禁也笑了。幸福,原来这么简单。

宁恺走到阳台上接电话,讲了几句匆匆转身,抱歉地对叶同裳说:"局里有点事,我要赶过去。"一边招呼叶家其他人,"叶叔叔,钱阿姨,彦超,我走了。"

"哎,你怎么走呢?说好一起吃饭的,酒都倒好了!"钱红着急地追上来,被叶同裳拉住:"妈,他有任务!"

"什么任务嘛,省里的查控点不是说都撤销了吗?你不用站岗了吧?"钱红高声追问。宁恺停下脚步,转身道:"是的,钱阿姨。查控点都撤了,交通秩序已经有序恢复了。不过这几天自韩国、日本的疫区飞来的航班趟趟爆满,大部分是在韩在日打工回来的,要检查要分流,还有不少要隔离,各个部门都要顶上去,包括我们队。"

"哎呀,刚喘了口气,怎么韩国、日本又闹起来了!"钱红抱怨道。叶晓东在厨房里听到,忙伸头补充:"还有意大利和伊朗,听说疫情也严重了!我们集团本来有欧洲出访计划,都取消了!"钱红叹气:"这个病毒真不让人安生!"见宁恺已经转身出门疾步如飞地走了,更加懊丧:"第一次上门吃饭呢,不吃就走了!"叶同裳听到"第一次上门",急得直跺脚:"妈!他不是!就是顺路带我们回来而已!"

谢安尴尬地取过已经空了的食盒,向几人颔首:"我走了。各位慢用。"母女俩正为宁恺为何而来争执,叶晓东还在厨房,叶彦超忙从田螺中抬头起身,笑道:"谢谢你啊!"很有礼貌地一直送到了门边。

出了单元门,还是飘着小雨,琅玡苑像是蒙了一层淡淡的烟雾,一幢幢楼房也看不清楚,只有刚开始发芽的柳树像镀了一层薄绿,蓬勃地焕发出盎然春意。谢安跨上自行车,望望半空中斜斜洒落的雨丝,有一丝郁闷。为什么来这里?为什么送这菜?就像元宵节那天,为什么要做一份长鱼银丝面?二十多年,一直平淡、清淡、淡如水,何以碰到叶同裳,就如此冲动犯傻呢?

"谢安!谢安!"身后忽然有人叫,意外的是叶同裳急急忙忙追了上来。"我妈说,没付钱。"谢安发现她局促不安,捏着两张百元钞票,手不知道往哪儿放,讲话也语无伦次,"我知道,钱不够,我知道,你是不管这些的。我知道,你……"

叶同裳见谢安单脚撑在地上静静伫立不说话,更加慌乱了,从口袋里掏出口罩急急忙忙戴上,抚平耳带,渐渐平静下来,深吸一口气,道:"谢谢你。谢安。"

四目相对,瞬间彼此了然。防疫的战斗远没有结束,刚刚相逢的两人,是否愿意将此时有限的时间精力转化为对彼此的熟识追求? 不,好感与激情之间,还差很远。

谢安微微颔首,脚一撑,翩然驶出。似有若无的,身后隐约传来一声叹息。

骑出弯弯曲曲的小径,到了小区门口,谢安愣了愣,宁吉正站在大路边,仰头和宁恺说着什么。也许是顺风,也许是心虚,他隐隐听到"叶家""送菜"的字样。谢安向来反应迟缓,迟疑着不知道该不该上前招呼。这时,刘波取出登记簿让他签字,笑着问:"怎么样? 方才老钱狠狠赞你呢! 说是看着你从小长大的,两岁时你就识字,四五岁时唐诗宋词朗朗上口,写大字弹古琴下围棋都是好手,最主要的是你和你爷爷你爸爸一样,心眼儿好!"

谢安被说得愣住了,这才明白刚才进门时刘波做手势的意思,不禁皱了皱眉。他想接过刘波手上的登记簿签字走人,可刘波"韶"个没完,捏着登记簿不松手,说:"老钱做这个志愿者可认真了,刚才侍郎里那边有家人说腹泻不舒服,孙敏赶过来要有一会儿,他就先赶去看视了,大冬天的,吃个冰的冷的,拉肚子还不是常事? 不过现在确实不好去医院……"谢安抬眼望去,宁家兄妹不知何时转过了身,宁恺指着小区说着什么,宁吉的目光顺着他的手臂望向小区内。谢安不知是不是自己眼花,他觉得宁吉的目光在自己的身上停留了两秒。

不,不是眼花,谢安清晰地看到,那永远笑嘻嘻的灵动的双眸中,那一刻全是伤心,也许还有愤怒。

宁恺快速讲完,拍拍宁吉的肩膀,跨上摩托车疾驰而去。宁吉似乎感觉到注视的目光,转身走过来,扬声说:"刘波,指挥部发布的十项措施,你带大家看了吗? 有没有问题?"

"哎呀,这个,还没来得及……"刘波不好意思地答应着宁吉,讪讪地解释实在是忙,没有时间。宁吉觉得好笑,说:"忙,就是忙防疫吧?指挥部的通知都不看,胡乱防吗?这个十项措施,就是为了保障防疫工作在法制轨道上运行,确保安定有序。第一条就是完善地方法规制度体系,第二条是严格执行疫情防控法律法规,这两个你记牢了;第三条要加强重点领域行政执法,第四条要依法打击各类涉疫违法犯罪,这两条和你关系不大;第五条对我们来说最重要,有效化解社会矛盾纠纷。你那个脾气要再改改,别发火,别着急……"

谢安本在一旁等着签字,听宁吉长篇大论地与刘波谈工作,迟疑了一下便想推车离开,刘波却发现了,叫道:"谢安你等一下,还没签字呢!"谢安无奈,只好继续等待。好在宁吉住口不再谈十项举措,跟刘波说回头组织物业员工和社区工作人员一起讲讲听听,突然又想起来,转身告诉谢安,里面的第六条,是全力保障民生支持企业发展,说正在制定减税降费、金融支持等优惠政策,企业后面的日子应该好过些。谢安笑笑,这个"企业",不会包括王谢堂吧?是南都石化那种国企,或者有名气有重点项目在手的明星民企,要不就是科技创新类的新型企业吧?刘波递了登记簿过来,跟着叹气,是啊,其实上元区这个老城中,这次最受打击的是文旅商类的小企业,像孔夫子庙步行街,本来走的就是文旅商路线;而南都石化过年都没放假——叶晓东这样的中层干部全是轮休,反而影响不大呢。谢安不再多话,接过登记簿签了字,转身告辞。

这边,宁吉已经换了话题,提醒刘波要注意近期韩国、日本等境外来客。"境外来客?"刘波思索道,"你知道的,我们小区这几天总共来了四户,都登记了,让他们居家隔离呢。"小吴也凑上来道:"对啊,你不是昨天才送过生活用品吗?"宁吉有些着急,说:"这四户我知道。我是讲后面的,可能会越来越多!"

"什么后面的?后面即将来的吗?"刘波、小吴摸不着头脑,搞不懂向来思路清晰的宁吉为何突然语无伦次含糊不清。她今天和宁恺说过话之后,总像是心神不宁,出什么事了?

谢安不吭声,推车往外走。多年来,他们一直是最好的朋友,但是从未涉及情爱,也许是她大大咧咧的性格,也许是她难得正经严肃的神态,也许是彼此太过熟悉?谢安觉得,若是真有颗子弹突然飞来,他会毫不犹豫地挡在宁吉身前保护她;但是做她的爱侣,自己从来没有过这个念头,一点都没有。所以何至于他去了趟叶家,她就反应过激呢?

"嘎——"一声急响,一辆商务车猛地停在门口,司机挥了挥手中的出入证,扬声喊:"2栋607的,开个门!"

"哎,你等等!"小吴连忙迎出去,向车中张望,"你是老姚公司的司机吧?老姚人呢?在上班,把出入证给你了?出入证不能这样交由外人使用啊!而且车上还有人,不能进!"

"我是业主!怎么不能进!"车后座上传来中年妇女的声音,疲惫中透着不耐烦,"我回我自己家,你物业有什么权力拦我?"

刘波闻声连忙放下登记簿,大步赶了出去:"姚夫人啊?您回来啦?这又有快一年了!哟!那是韬元吧?对,要喊洋名,Penny,对不对?"

所有人都望向商务车,宁吉的眼睛一眨不眨,谢安扶着自行车停下了脚步,传达室中的几个物业和"红马甲"都走了出来。车中的一对母女风尘仆仆,显然是经过了一番长途跋涉,显得疲累至极。中年妇女应该就是"姚夫人",她对刘波的家常话不感兴趣也不想敷衍,口口声声说:"物业不能拦业主!我要回家!"刘波一边好脾气地劝说,一边为难地望向宁吉。

宁吉此时又是一副笑嘻嘻的神态,令谢安以为方才恐怕还是眼花。只见她径自走到离车窗一米五距离的地方,指了指胸口的工作牌,笑着说:"我是社区网格员宁吉,根据防疫指挥部的规定,外来人员要下车量体温、登记表格,才能进小区。"

"我说了,我不是外来人员!我是业主!"姚夫人的声音高起来,"2栋607的业主!"

"我知道,户籍上显示,2栋607户主姚国庆,妻子张倩倩,女儿姚韬元,2014年去了欧洲意大利,姚韬元在意大利上学,张倩倩兼任江左纺织公司欧洲办事处总经理,每年暑假回来,有时也会陪客户来。这次中国出现新冠肺炎疫情,我们上门排查摸底的时候,姚国庆本人亲口说你们没有回国计划。"宁吉面不改色,笑嘻嘻地背书一样把这段话背出来,笑道,"这几天他也没有报告过你们要回来。"

司机小史连忙解释:"公司刚复工,事情太多了! 姚总是忙忘了,真不是故意不报。这几天听新闻说韩国、日本疫情严重,没说欧洲嘛!"

"我们欧洲没有病毒!"张倩倩语气傲慢,"什么新冠肺炎,头一回听说! 这是你们亚洲人的问题! 我们意大利好得很,生活正常得很! 看球喝啤酒,走时装秀,泡咖啡馆,吃提拉米苏!"

"姚夫人,你也是从南都出去的,你也自称我们小区业主,不要动不动'你们亚洲人'好不好?"刘波指指谢安,"王谢堂主在这里,老邻居,难道不认识了?"

谢安怔了怔,这个时候他倒不便走了,于是笑笑说:"姚家是王谢堂的常客。王谢堂百道大菜中,我记得姚夫人很喜欢敝店的'东山再起',姚韬元则中意'安石碎金',要不要预定一份?"

"好啊! 妈妈,我们订一份吧! 好久好久没吃到了。"姚韬元欢呼起来,见母亲神色不快,讪讪住口,望着两边对峙的人,不知该如何是好。看着谢安,她想:那就是王谢堂主哎,以前只在餐厅里见过,一身玄衣,像世外谪仙一样闲雅清逸。此刻在斜风细雨中、杨柳杏花旁,更显清逸。他居然记得我喜欢"安石碎金"!

第十三章　千种思量

宁吉打破沉默，笑着说道："姚夫人，您知道，这次疫情严重，我们要遵守指挥部的规定。别的区的到我们这都算外来人口，别说是您这漂洋过海万里迢迢回来的了！防疫没有特例，麻烦您配合好不好？"

刘波坚决地说这是规定，所有南都人都一直坚持，绝不可能违规放行。小史劝，说姚总也是认真遵守的，过年前因为从武汉回来，还隔离了两个星期，社区现在说了算，僵在这里不是办法。小吴忍不住上前，说全国都在严格防疫，跟意大利可不一样。不配合执法人员工作，是要承担法律责任的！

意大利什么样？小吴不知道详情，但是从电视上、网上，都看到欧美人毫不在意新冠病毒。比如说口罩，西方人认为那是病人才戴的，而既然是病人，就该待在家里或医院里。所以不但自己不戴，还歧视街上戴口罩的亚裔人！难道这病毒分得清人种，专门只攻击亚裔？小吴觉得不可思议，大家都觉得不可思议。意大利发现社区传染病例的那天，正是南都发布防控十项举措的同一天，但是意大利人吃喝玩乐一样不误，两相对比，南都人真是看不懂。这就是所谓的东西差异吧？问题是，新冠病毒分东西区域吗？

"法律责任？"张倩倩冷笑一声，"那是针对中国居民吧？我们母女是欧洲永久居民，持有意大利绿卡，回国是归国华侨！要不要我马上打电话给意大利使馆？引起外交纠纷，你们哪个担得起？社区，物业，给你们根鸡毛还真当成令箭了！"

"防疫期间，居民的健康安全高于一切！"宁吉的笑容收敛不见，板了面孔跨前一步严肃地说，"你们如果不配合检查，我有权立刻将你们带走，送到防疫指挥部！"

张倩倩愣住了，望着面前声色俱厉的网格员，只见她红马甲白口罩，眼神坚定，这一刻在风雨交加中，凛然生威。她身后的刘波、小吴、小沈等物业和社工同样神情严肃，甚至带着愤怒；谢安静静地伫立一旁，显得极为关切；而不远处的雨篷下，社区民警听到动静，正匆匆赶过来。

"好，我们测。"车辆靠边，母女俩缓缓下了车，宁吉恢复了笑容，一边再次确认一边飞速填表。但当听说两人是从罗马飞莫斯科落地上海，再由商务车从上海机场接回来的，口罩后的笑容顿了顿，问："出机场、上高速、进省境，都测体温了吧？"

"一路测过来的！"张倩倩声音又高起来，"所以我不明白你们瞎紧张什么！从下飞机到现在，测了五次体温了！"

宁吉笑笑，好言解释，为顺利复工，省内查控点昨天刚撤了，有序恢复交通。不然路上要测得更多，进南都城里还有好几个呢！说着举起体温枪按向张倩倩额头，只见她很明显地往后躲了一躲。姚韬元神色紧张，拽着母亲的臂膀，之后任由宁吉测体温。

母女俩一个体温是三十六度五，一个三十六度七，两人体温倒是都不高。宁吉看着体温枪沉吟，没事最好啊："回家隔离十四天，缺什么通知我们，我们给你送上去……"不过下雨天挺冷的，张倩倩为什么一额头的汗，不停地拿手绢在擦？仔细观察，她的双手在抖。

"意大利有卖退烧药的？"宁吉若无其事地问。

"有的。药店都有。"姚韬元一看就是那种毫无心机的孩子，老老实实地回答。张倩倩瞪她一眼，说："我们体温都没问题，表格也填完了，现在可以回家了吧？这要再拦，就是故意刁难我们了。"

"姚夫人，我们南都到今天，偌大的城市，总共才九十三个确诊病例，已经连续六天没有新增病例。"宁吉凝视着张倩倩，缓缓说道，"您知道这多不容易吗？我们城市有八百四十万常住人口，加上流动人口，近一千万人！春节期间还有各地来的飞机、火车、轮船，包括从湖北、韩国、日本这些疫区来的。全南都人闷在家里，来客们隔离，全城人一起严防死守，才换来了这六天的'零新增'。这意味着,所有百姓成功摆脱了病毒的威胁,特别是老弱病残那些弱势群体,安然度过了冬天。"

"好啦! 这些媒体上天天在讲,我们都知道!"张倩倩钻进车中,"我们坐长途飞机好累的,先回家了,慢慢再聊,好吧?"一边催女儿,"快上车,回家!"姚韬元迟疑着,一脚跨进了车里。刘波、小吴、小沈对望望,好像没什么再阻拦的理由。谢安皱眉,也觉得只好让她们回家了吧?

宁吉突然走上两步,面对车门,猛地拉下了口罩:"你们看!"

"天哪!"姚韬元一声惊叫,"你的脸!"张倩倩也吃了一惊:"哦,上帝啊!"

年轻的女网格员,有一张极其恐怖的脸。自鼻梁、眼眶往下,全是红疹子,密密麻麻,有不少已经化脓,冒着黄色或白色的脓头! 这一张脸,惨不忍睹,像恐怖片中的巫婆或者警匪片中的大反派,就是鬼片中的女鬼都不会这么丑。

刘波、小吴、小沈和其他"红马甲",还有匆匆赶到的赵勇、孙敏,全都惊得说不出话来。谢安整个呆掉了:上一次和宁吉待在一起,是酒楼被封的那天;后来这几天有时碰到,她也还总是笑嘻嘻的,像个快乐的精灵,或者她自称的"小网格员",可这张脸变成这样,绝对不止一天两天,或者三天四天了。怎么从来没听她提过?

在众人的错愕中,宁吉直直地盯着姚家母女俩,道:"从年三十开始,我们一直戴口罩,每天近二十个小时不能摘。时间太长了,我天生又皮肤敏感,所以变成这样,又痒又疼,晚上甚至睡不了觉。"

"天哪……"姚韬元的嘴巴张得老大,还没从震惊中缓过神来;张倩倩别过脸,避开了宁吉的目光。

"我不算重的。医院里的医护工作者,有的因为穿防护服疹子长了一身,有的天天满脸勒痕擦不掉;就连消杀保洁员,多少人两手脱皮像蛇、像蚕!"宁吉渐渐加重了语气,"所以,我们这么多人拼了命地努力,绝不能轻易让今天的成果毁于一旦。"

斜风裹挟着雨丝,落在穿着"红马甲"的身上,打湿了鬓发,宁吉双眼一眨不眨地凝视着姚韬元，一张丑陋到极点、恐怖到极点的面庞几乎凑到她的脸上，一字一句地问道："韬元，你告诉我，你妈妈是吃了退烧药，对不对？"

姚韬元再也受不住，崩溃地大叫："是！我妈发烧好几天了！早怀疑是病毒，那边不给测试！我们请求央告也不给！医生给了感冒药就打发我妈回家。我妈不想死，我们不想死啊！"

"不想死，就立刻去医院！立刻！"宁吉叫道，"快打120！"

"已经打了。马上到。"刘波忙道。谢安呆住了，望着宁吉诡异恐怖的面容，头脑一片空白。还好救护车两分钟就呜呜呜呼啸而至，赵勇三言两语说明情况，救护人员立刻把姚家母女请进了车中。

"等等，我和你们一起去。"宁吉拉住车门，抬脚就往里迈，口罩不知何时已经戴上，又只露出两只大眼，目光灵动如昔。

"宁吉！"谢安跨上前，一把拉住她，阻止道："太危险了！"

"已经晚了。"宁吉回过头，笑嘻嘻的双眸送来惜别的声音："谢安，再见！"

车门"咣当"一声关上，隔绝了熟悉又陌生的笑容。谢安呆呆地站着，望着救护车闪着红灯绝尘而去，一动也不动。

翌日，整个南都被爆炸性的通告惊呆了：南都出现两例确诊，一个是境外输入型，一个是社区网格员被当场感染！为什么偏偏在这一天？本来这一天是欢喜庆幸的一天，全市已经持续多日零新增，而且公共卫生医疗中心的确诊病例全部治愈了。"这么多天的努力被这个意大利华侨毁了！""得隔离多少人啊！""这种人就不该让她回来！""费用自理，让她自己掏钱治！""就是，我们的患者免费救治，这种人啊，喊她自己付钱！"民情汹涌，市民们异常气愤，压倒了"都是中国人""祖国是娘家""华侨碰到困难该回家"的声音。而张倩倩叫嚣"我们欧洲没有病毒""这是你们亚洲人的事"的视频在网上疯传，网友们骂声一片。

姚国庆跑来找赵勇，请他把视频撤下来，说："我老婆得了病，头脑不好，千辛万苦赶回国，压力太大，你别和她一般见识，她已经确诊住在医疗中心了，还不知道能不能活着回来。我女儿还要做人，我公司还要营业，这个影响实在不好。"赵勇一向是个好脾气，这次却难得地顽固，任凭姚国庆怎么说，死活不答应，或者说干脆不理睬。

姚国庆急得找到王主任投诉。老太太板着脸，叹口气道："国外不安全，你们华侨回来可以！生病了来治也可以！祖国就是华侨的娘家嘛！但是你们别添乱！你提前通知我们社区一声，我们和机场方面先联系好，下飞机直接送去医院，多好呢？现在隔离那么多人不说，宁吉为了阻拦她，不让她进小区，把自己都搭进去了！我们的网格员，辛辛苦苦这么多天，哪点对不住你们居民？你隔离的时候，天天给你送这送那！你们江左纺织复工，你讲一声，她帮你把一切手续办好！你要口罩，她跑到肥水镇熬一夜！你怎么忍心，你看她那张脸！"王主任讲着讲着哽咽了，"她要是不好了，让你家属等着负责任吧！"

姚国庆吓得不敢再说，听王主任讲到这个程度，他也觉得妻子确实做得过分。他自责地说："那天不应该只让司机去接，可我实在是走不开。公司复工了，但上游企业大都还没复工或者复工了东西运不出来，特别是江北的一家辅料厂是我们重要的合作厂家，没辅料我们做不起来，这些天我们日子不好过啊！"

王主任听到这里，倒和缓了神色，仔细询问他情况，上游企业的名称规模品种产量为什么没辅料等等，姚国庆解释江左纺织是做纺织品的，一件衣裳做出来，面料辅料缺一不可，江北这家是拉链厂，大部分裤子订单缝纫的第一步就是装拉链，但拉链厂所在工业区刚刚复工，往外发货要申请，在排队。王主任一边问一边记录，问完了直接打电话："凌书记啊，我们社区有个民企复工了有困难……"姚国庆又惊又喜，等在一旁。

不一会儿，王主任放下电话，让姚国庆写个情况说明，王主任仔细看完，电脑发过去，说请区里领导跨区协调，让他回去等消息。当晚，那家拉链厂真的顺利把拉链发过来了。问姚国庆走了什么门路，姚国庆憬然道："就是和社区街道主任讲了下啊！"两人赞叹，街道帮着企业复工，还主动跨区协调！那个防疫十条措施，原来以为只是例行公事的一纸公文，与企业和老百姓没关系，看来他们想错了，原来与每一个市民休戚相关啊。这一次庚子年的防疫，中国人真的体味到了什么是"人民政府为人民"，这一点，在后来某些国家所谓"群体免疫"的防疫策略曝光之后，更加引发全世界的思索。

"堂主，直播间的观众减少了不少呢！"杜明忧心忡忡地提醒谢安。谢安正在摘下三十三公分的高帽子，淡淡地说："好事啊！大家都上班了，不再窝在家里烧菜，不好吗？"杜明被他的反应惊得愣了愣，仍旧坚持问："那我们酒楼怎么办呢？堂食不知道什么时候开，'王谢堂前燕'要是销量不理想，直接影响生存啊！"

谢安招了招手，小鲁清脆地答应着："到！堂主！"赵晨也自豪地回答："是！堂主！"两人介绍这几天的销售情况："王谢堂前燕"的预制品预定量直线下降，这是疫情好转大背景下的必然趋势；不过前一阵加入的各小区微信购菜群经过整合梳理，做成了上元区内按社区分布的社群服务站，应用程序这两天就能正式推出，用王谢堂的供应链优势，与专业服务相结合，向上元区的居民提供采购、加工、烹饪一条龙服务。采购包括原材料、新鲜食材甚至酱料，服务甚至包括预约厨师上门，一小时至八小时均可。网上外卖那一块，通过后厨和取餐等处的智能改造，提升形象，以质取胜。另外，加大企业送餐力度，将原来对市立医院的早、中、晚送餐服务扩展到其他企业团体。

"简单地说，就是进化为线上线下一体化，围绕王谢堂这个南都两百年老字号百道名菜百味名点的各种美食，由此整合成各种商品和服务的综合体！正好这一次针对大多数企业的困境，政府协调网络外卖和直播平台都免除了佣金，我们这些初期的改造投入没花多少钱。"小鲁一口气说完，惊得杜明目瞪口呆，忙问她这些怎么想出来的，做了多久了。

"不是我们俩的主意。社区的宁吉常跟我们聊，老早就提醒我们，疫情过去之后，大菜预制品预定量一定会下降，教了我们这几个办法。我们想着先做出来，再向堂主和经理报告。"小鲁和赵晨连连摇手毫不居功，详细说明，"社群服务站、介绍企业团体这些，都是宁吉帮忙的。"觑着谢安的神色又道，"宁吉也不是只帮我们王谢堂一家，社区里家家户户大小企业商铺她都过问的，连前面那家做糖葫芦的'李记'，她都帮老李联系了好些小区，积压的糖葫芦硬是被她销出去了呢。所以现在社区里好多居民在讲，怎么偏是宁吉被感染上了……要不是不让探视，不知道多少人要去卫生中心呢！"

"偏是宁吉……"谢安的眼前浮现出那张长满红疹子的脸。乍看到时，丑陋恐怖得让人震惊；然而日日夜夜一遍又一遍在脑海在眼前出现，与那双灵动慧黠的眼睛一起，只觉得动人心魄，难以忘怀。谢安抬起头，墙角悬有父亲写的一幅草书："但唯有相思，两处难忘。去即十分去也，如何向，千种思量。凝眸处，黄昏画角，天远路歧长。"墨汁淋漓，力透纸背，爷爷曾说，那是因为铭心刻骨的思念。谢安凝视着，心口一阵阵疼痛。

是啊。如何向，千种思量？

谢安站起身，开着车去医院送餐。送晚餐快步走到行政楼刘院长办公室，谢安伸头看看，还好他在，忙敲敲门进去。公共医疗卫生中心不让探视，但是刘院长作为指挥部特约诊疗专家之一，可以连线病房，跟踪确诊病例的情况。有时候是电话，运气好的时候会视频。

刘院长忙了一会儿，抬头看到谢安静静地等在门边上才想起来，示意他坐下，接通了医疗中心。"九十四号病例症状不严重，在康复中。"声音有些耳熟，谢安没在意。他看到张倩倩一身病号服，坐在病房中看电视新闻，播音员在说："短短几天，意大利新冠疫情井喷式暴发，确诊病例过千……"谢安知道，意大利疫情日趋严重，两个最严重的大区伦巴第和维尼托都封城了，涉及十几个城镇五万居民，不过很多人违反禁令跑出去；而其他地区不顾意大利总理已经宣布全国进入紧急状态，照样吃喝玩乐，还有几万人一起举办嘉年华的。

画面中，米兰的街头仍旧熙熙攘攘，无知无畏的人们照样在喝咖啡、晒太阳、闲谈聊天，这中间有多少人会变成确诊病例！又有多少人将失去宝贵的生命！张倩倩的视线呆呆地落在电视屏幕上，神情呆滞。是在庆幸逃回祖国了吗？

"病毒不分国界啊！这些市民没有错,是他们得到的信息和提醒不够!"刘院长感慨地说。谢安回想起,社区大喇叭中天天喊各种口号,屋前屋后随处可见红色标语,社工们穿红马甲,搭红帐篷,选用红这个触目惊心的颜色,一点一滴煞费苦心,就是要引起百姓的警惕,要让大家明白新冠病毒的传染力和危险性。欧洲人当然不蠢,但如果没有人告诉他们这个道理,他们又怎么会知道? 天天听说新冠病毒只是"像感冒""危险远远不如交通事故""不用戴口罩",他们又怎么会当回事?

"九十五号病例还在治疗中。"听到这一句,谢安的心快要跳出来,虽然听出那声音像是叶同裳的,也丝毫没在意。刘院长沉着地说:"让我看一下情况。"画面移动到监护室中,一个娇小的人影面朝下趴在床上。"这是今天邱主任在做的俯卧位通气治疗,希望提高病人的氧合指数。"叶同裳的声音再次传来。刘院长点点头:"全国新冠肺炎诊疗方案中也有这个方法,这是很有效的治疗方法。病人情况有所好转吗?""未见显著好转,仍旧昏迷着。邱主任基本上每个小时来看一次……"

谢安的头脑嗡嗡嗡地响,并没细听刘院长与叶同裳的通话,他的视线凝固在那个趴着的纤细身形上,渐渐模糊了眼眶。多希望,她翻过来,看一眼她的脸;或者把她扶起来,看她大眼睛慧黠灵动、笑嘻嘻地喊:"谢安!"那个"小网格员",快乐活泼如精灵,怎么会甘心趴在那里?

宁吉,求求你,翻过身来! 谢安从没有如此渴望过,祈求过。

"啪"的一声,画面断了,眼前一片黑暗。谢安的一颗心也沉下去,茫然若失。何年何月,才能见到她呢? 若是,再也见不到呢?

第十四章　一笑春回

"谢安，回去吧！"刘院长温和地说道，"虽是重症，不到悲观的时候，医疗中心那边会尽力的。"谢安迷茫地看着刘院长，半天才醒悟过来，一边连忙起身颔首致谢往外走，一边下意识地思索：还不到悲观的时候，这是什么意思？

"等等，我差点忘了。"刘院长忽然又叫住他，说是前日将王谢堂坚持为医院送餐、支持防疫的事迹上报了指挥部，大家都很感动，尤其是看到酒楼在困难中一直默默地坚持。指挥部那边可能会进行表彰，并问现在还有什么困难。谢安很意外，连忙摆着手说："我没做什么，千万不用表彰。也没什么困难，原来许院长也关心过，几个隔离点和小区群的送餐业务都是她介绍的。现在还好。"

刘院长温和地看着他："做生意，就是做人啊。谢安，你很像你们谢家人。"谢安怔了怔。知道刘院长认得父亲和爷爷，不过，这句话他也知道？

第二天，罗会计喜滋滋地报告，政府扶持小微企业政策出台，不少地方免了一个月租金；而王谢堂因为是"支持防疫先进集体"，免除三个月的租金！不少钱哪，高利贷利息这下不用烦了！而且，政府还与网络平台协调，联合几家大银行，为所有信誉良好的商户提供扶持贷款，利率非常非常优惠！谢安笑笑，心不在焉地让罗会计看着办，听到他说"'及时雨'那边的贷款一旦还清，招牌就能取回来了"也并不感觉激动。小鲁进来报告，应用程序已经上线，他毫不在意，看着员工们兴奋地在手机上装程序、注册、登录，小鲁发动大家不漏过一个老客户，全都要拉进来，谢安只觉得恍恍惚惚，仿佛做梦一般不真实。

没有宁吉在，什么都是虚空。

后厨飘来阵阵香气,本来是常事,奇怪的是各种各样的气味都有,自从堂食停止后,再也没这样香过了。"东山再起""围棋赌墅""安石碎金""洛下书生""小草远志"……百道名菜,百味纷呈,像过去的好时光都化成了香气,飘在空中悠悠荡荡,引得谢安嗅了嗅鼻子。伸头看看,赵晨在督率员工打包,把菜装进食箱。小鲁问了几遍:"好了没?"门口一辆依维柯等着,李伟跳下车,将食箱装入车中迅速开走。

谢安有些诧异,李伟要了百道名菜?几万块呢,什么事这么奢侈?小鲁解释,自家吃肯定舍不得,李伟亲自送去公安局表示感谢用的。他的公司小年后复工,发现公司全部资金被盗了,一千九百万呢!窃贼居然乘疫情停工期间作案!什么人啊!不,应该说什么贼啊,太恶劣了!李伟急忙报案,不过没抱太大希望,被盗的是现金,到哪儿去追?公司等钱用,李伟急得把房子挂出来卖,忙着筹措资金。要说南都公安,可真不含糊,在现场勘探一圈就判定是内贼,排查相关人员后确定公司会计胡某是嫌疑人,然后调动大数据全国侦缉,不放过任何蛛丝马迹,追踪胡某。到处都在防疫,嫌犯特别狡猾,化妆、整容,到处故布疑阵,宁恺和同事们追了好几个地方,最后在靠近缅甸边境的一个云南的小县城里抓到了胡某。十天破案,追回了巨额现款。简直像小说、像警匪片,太神奇了!所以李伟说,怎么感谢都不为过,看警察同志们这十天都瘦了一圈,先送些好吃的补补,百道名菜,表达万分感激和敬佩。

原来那天宁恺是为了盗窃案急忙离开,那么与宁吉在门口说话,是在讨论案情?社区熟悉每个人的动向踪迹,是据此判断胡某为嫌犯的吧?宁吉眼皮底下碰到这么大的盗窃案,当然不开心,当然思绪纷乱。谢安苦笑:可把兄妹俩给想歪了,把宁吉想错了。回想那一日,谢安无限痛悔。

刘院长常常不在,即使在也难得有合适的条件能视频。"谢安,我在忙,宁吉还在 ICU 中,别担心""谢安,我手上这个事很急,你放心,医疗中心那边在尽全力"……刘院长常忙得连抬头的时间都没有。有次他突然叫住谢安,谢安心中一喜,以为能看到宁吉,没想到刘院长却是和他商量,说是市里在推进垃圾分类,为制定最合理的法规,特意进行"体验式立法",即先试验垃圾分类,再按照最佳方案制定相应法规,问王谢堂是否愿意作为餐饮服务类的试点,参与试验,提供经验和意见。谢安连忙答应,禁不住有些感动,垃圾分类说难不难说易不易,难得南都想得周到,先试验再立法推广。刘院长十分感慨,这一场新冠疫情,应该引起全球广泛的反思:与大自然该如何相处?人类制造的垃圾铺天盖地,不容忽视啊!垃圾分类,要有人类与自然和谐生存的大保护观和大安全观。谢安想起以往每天客满时酒楼送出去的垃圾足有一卡车,全要运走掩埋,中国就这么大,地球就这么大,分类处理节省有限空间,是每个人义不容辞的职责。

所以在刘院长如此忙碌的状态下,好几天了,谢安只通过视频看到宁吉一次。她还是趴着,一动不动,看不见脸,白色床单下的身形纤细瘦小,在病床上只占着小小的一角。谢安疑惑她瘦了很多,仔细回想,却只想得起她臃肿的红马甲,这个冬天晃悠在社区各个角落。

出了院长办公室,谢安失魂落魄地往回走。门诊还没有全部开放,医院里不似以往拥挤,但这时来的不少是危急重病患者,家属或惊慌或茫然,谢安见了只觉不忍,加快了脚步。忽然听到有人叫:"谢老板!"谢安没在意,继续快步离开,那个喊声没停:"谢老板!阿是谢安老板?"谢安反应过来是喊自己,停下脚步回头望去,是老桓,扶着等候椅的椅子背,站在大厅正中,脊背佝偻着,神色痛楚,额头上全是大颗大颗的汗珠。

谢安与老桓不熟悉,约莫知道他是玄衣巷社区的拾荒者,酒楼里以前每天都有空酒瓶、易拉罐、废纸箱、旧报纸杂志,他按时来收,很自觉地取走后打扫干净,将其他物件摆放整齐,所以酒楼员工对他印象不坏。谢安不止一次听到几个人议论,说疫情期间无法收废品,老桓低保加小卖部的三百块够不够?但后来社区为湖北发动捐款的时候,他居然捐了三万三千六百块!他的全部家底!还不让说,是王主任后来告诉大家的,令所有玄衣巷的居民肃然起敬。而现在这样,显然是生病了。

老桓讪讪的,没开口先红了老脸,一道道皱纹中全是赧然,说:"早上搬货的时候不该使蛮力，腰'炸'了，刚才在急诊看了，开了膏药和红花油，还没拿，动不了，阿能麻烦谢老板帮取一下？要是有便车，顺路带一截阿行？不远不远真不远，就在侍郎里门口。"老桓一边说，一边疼得皱眉，额头的汗滴下来，他两手紧攥着椅子背，竟然没法擦。

腰"炸"了，就是腰椎间盘突出症发了。谢安知道这个病的痛苦，除非做手术，这时只能平躺静养等待恢复，像老桓这样跑来跑去自己拿药还准备走回去，不现实。"老桓你别客气，我们是邻居。"谢安向来寡言少语，很罕见地说了一句话，接过单子去取药。有医保卡，谢安付费排队取药，回来掀开老桓的衣襟，擦油贴膏药。老桓的老脸红得像门口的灯笼，一个劲地说："哎呀谢老板，这哪里敢当。"过了一会儿，见老桓紧攥的手总算松弛了一些，谢安到服务台借了把轮椅，想了想，又问护工祝嬢嬢是否在。运气不错，祝嬢嬢闻讯赶来，见是谢安，连说："有空有空，张老师家是每周去两次。"两人推着轮椅，好歹将老桓送回了小卖部。

老桓千恩万谢，躺在狼皮垫子上却操心这小卖部怎么办，开口和祝嬢嬢商量，原来住店里看门是三百块一个月，为了开门营业，暂时回不来的小尹夫妇另外给他一千三一个月，早上七点半开门到晚上九点。老桓与祝嬢嬢商量："这一千六全给你，你帮着开门营业如何？一是小尹夫妇要付房租水电，不营业吃不消；二是小店要是关门了，附近居民临时要个油盐酱醋、鸡蛋、饮料、卫生纸什么的就不方便了，送货收款都是小尹夫妇遥控，他们直接进货，售货付款扫码的微信码是小尹的，所以不用经手钱财。"祝嬢嬢颇为心动，起身看小卖部的货架，对老桓说周末要去张老师家，一星期两次。老桓忙说就那一会儿工夫没关系，都是附近侍郎里的熟客，哪怕客人自己取东西都没问题。谢安见两人有商有量，便转身告辞，留了个电话放在老桓身边，嘱咐他有事打电话。老桓叹气，原来有事都是找宁吉，不找她她也会上门看，笑嘻嘻地喊一句"老桓，怎么样"，他嘀咕，平常倒不觉得有什么，她咋就进传染病医院了呢？

谢安已经走到门口，听到老桓的话停住了脚步。想到趴伏朝下一动不动的那个纤小的身影,他心如刀割。

你快点醒过来啊,梅花开了呢。

谢安送餐时看到景点已经开放,梅花山上云蒸霞蔚,五颜六色的花朵绽放在蓝天下;游览的人群同样花枝招展,不少大妈戴了数条围巾,迎风展开,与梅花争奇斗艳,大呼小叫地拍着美照。龙脖子路两侧的山路上,也出现了三三两两的人群,在家中闷了一个多月的市民们兴高采烈地在野外踏青,美中不足的是都还自觉地戴着口罩,不能让面孔恣意享受春风和阳光。

不止一次,谢安停好车,沿小径走到幽深无人处,坐在山石上发愣。清冷幽静中,他感受到真切的寒冷和恐惧。如果她永远不醒来,如果永远看不到她,会怎么样?春寒料峭,谢安拉了拉外套,埋头膝上,呜咽失声。

脚下一阵窸窸窣窣,一团热乎乎的东西拱到了脚踝边。谢安睁开眼,惊讶地看到两只刺猬偎在腿旁,小眼睛骨碌碌地仰头看着。谢安想起口袋中有一小包瓜子仁,取出撒在地上,刺猬凑到果仁旁,吃得脖颈一伸一伸的。谢安静静地望着,抹去眼角的泪水,渐渐舒展了眉头。虽然并不确定这是否是那日与宁吉一起放生在此处的刺猬,但眼前,仿佛出现了她的身影,她的笑容,她灵动的双眼。怎么彼时,笨到不知道那就是幸福?

两只刺猬吃完了地上的瓜子仁,四处嗅嗅确定没有了,仰头看看谢安,慢腾腾地继续往前爬走觅食去了。谢安望着它们渐渐远去,想起上一次目送它们时宁吉站在身边,只觉得心如刀绞般疼痛。风一阵阵拂在脸上,吹干了他眼角的泪滴。

"堂主,平台上不少人问,厨师预约怎么没有堂主?您,您愿意把名字挂上去吗?"小鲁走进办公室,轻声问。社群服务平台的应用程序推广顺利,短短十几天在整个上元区就已经站稳了脚,商品和服务的订单都不少。大厨们常接到预约,最贵的总厨老王和老姜一小时高达七百元也有人约,还说价格比家教便宜,英语辅导贵的有一个小时两三千的呢!小鲁咂嘴,这又不是同类项,怎么比啊?不过大概鉴于最贵家教的经验,有些居民大胆地问:"王谢堂主谢安,能约吗?""王谢堂前燕"的烹饪课直播改为仅周日中午一次了,他有时间的吧？

能约吗？谢安凝视着手机，踌躇难决。倒不是放不下架子，也不是嫌麻烦，小鲁讲得对，靠这个挣多少钱不是目的，主要是维持王谢堂的品牌热度，保持与客户的互动，稳定一批老客户。但是现在他哪里有心情。上门帮人烧菜，免不了要说话客套吧？谢安知道，直播改为周日一次，"让顾客安心上班"是原因，但不是所有原因；即使仅周日一次直播，谢安也知道自己面无表情、垂头丧气。

应用程序做得简单易用，按小区、职业、性别、年龄段都可将客人分类，谢安一个个看过去，视线落在了侍郎里朱静的名字上，久久未动。

"可以约。不过第一批，只面对赴湖北医务人员的家属，全市范围，免费。"谢安缓缓说道，"第一个先打电话问朱静，看她何时需要。"

"堂主，那可有不少户人家，全南都有一千一百多个医护人员去湖北支援抗疫呢！"小鲁惊讶地说。谢安看着她，淡淡地："那又如何？若他们想吃，我愿意上门做。"

谢安记得，宁吉一趟一趟去朱静家里，有时候是送物品药物，有时候是带孙敏去帮助解决母子俩的小毛小病，有时候是去宣讲政策——譬如"为赴湖北医务人员办好十件实事"，政策的本意是"为前方人员解除后顾之忧"，宁吉并不仅仅照本宣读，她是真的去探望，去陪伴，去聊天，去关心，将这一善意周到的政策做到了极致。朱静怕程医生担心，每次通话时间确实也极短极仓促，很多事都独自闷在心里，宁吉总是听她细细诉说，陪她度过一个又一个孤单担心的日子。这一阵宁吉不在，谢安看到孙敏坚持去，有时候忙不过来就是王主任去。所以，帮她，帮她家烧个菜，不是应该的吗？

门口突然一阵喧嚷，杜明像是故意提高了声音："王主任！您怎么亲自来了！有什么事您吩咐一声，我们过去就是！"谢安、小鲁迎出去，原来是王主任领着几个社区工作人员上门了。虽然经过这一个半月的紧张忙碌，老太太疲惫中倒更精神了些，与小鲁聊到宁吉，只说："没事没事，公共卫生中心全力救治，前面最小的十个月、最老的九十七岁都治好了，宁吉年轻力壮底子好,肯定没事!当然,肯定要受一番罪,吃一番苦!"谢安跟在后面静静地听着,一阵阵揪心,又一阵阵期盼。

王主任说,全省的疫情防控应急响应,已经由突发公共卫生事件一级调整到了二级,具备了恢复餐饮单位有序经营的基本条件,区里准备逐步开放餐饮行业的经营。王谢堂作为老字号大型餐饮,孔夫子庙步行街的重点企业,又是防疫有功单位,被放在第一批。几个人询问员工到岗状况,检查防疫物资,查看体温检测点、隔离场所、卫生消杀、用餐制度等等。说若是合格了,挂在公示名单中,几天后若无异议,就能开堂食了。

杜明一个劲地保证,都是按复工复产流程操作,按疫情防控要求严格准备的;不明白的问题在市场监管局的微信群里问过,当时就得到了解答,所以很清楚要求。然而王主任还是不厌其烦地细细察看,提了很多问题并当场检查:如何定期消毒,如何保持通风,是否采购了不明来源的食材,有无现场饲养宰杀活禽,有无加工野生动物,食品质量是否达标,堂食开放后如何进行体温检测,如何保持客人间距等等。王主任一边检查一边说:"这是为大家好,让客人吃得放心,你们餐馆也能做得安心;不然万一出了问题,害人害己,后果很严重。"杜明连声称是,详细讲解王谢堂所下的功夫,并再三保证会长期严格执行。谢安负手走在人群最后,听杜明、赵晨一一回答展示,又有些恍惚:堂食就要开放了吗?但是宁吉,她还没有醒啊。

这个念头一浮上来,谢安就恨不得放声痛哭。

三月的一天,春光明媚,莺飞草长。"及时雨"的山东好汉们送回了乌木嵌银的招牌楹联,向谢安拱手施礼,连道"得罪了"。谢安含笑还礼,只说"无妨",目送好汉们远去,取出白丝巾,细细擦拭招牌。两只燕子掠过垂柳碧波,停在门楼上,歪着脑袋看。看谢安擦得极细致极认真,擦得乌木越来越黑,擦得银丝越来越亮,一直擦到日影西斜,夕阳满天。

"好,挂上!"谢安亲自站上梯子,将招牌小心地挂回门楣,将楹联仔细悬于两侧,身后员工们拥在门前,有的喊"左边再高一点",有的喊"好了好了",有的吹口哨,有的鼓掌欢呼,一片喜气洋洋。杜明、赵晨在旁边挂宫灯,一盏一盏又一盏。"上元灯会今晚重开,怎可少了我们王谢堂?"两人振振有词,挺胸凸肚,意气风发。

谢安下了梯子,负手在楼前端详。"王谢堂"的招牌和左右楹联都安然无恙,依旧筋力老健,风骨洒脱。也许相对于它们经历过的两百年沧桑,这两个月实在微不足道吧?灯彩重新勾勒出酒楼的轮廓,飞檐翘角,轩峻高耸。谢安静静地望着,长长地叹了口气。

不远处的孔夫子庙忽然传来一声洪亮的吆喝:"上——灯——喽——"千千万万个声音附和着:"上灯喽!""上灯喽!""上灯喽!"刹那间,前后左右四面八方各种彩灯亮起,照耀得天空如白昼,大地如春回。万象森罗中,王谢堂位于其中,像满天繁星中的一颗,渺小但是执着地闪亮着。

"和除夕一样好看呢!""对啊,像时光倒流!""这一个多月要是没有疫情多好啊!"不知是谁在议论。谢安眯了眯眼睛,是除夕吗?看起来差不多,实际上完全不一样,那时候最好的宝贝就在眼前,自己却浑然不觉;而此刻心中明了,她却在医院里。

"上——客——喽——"老姜粗豪热情的一声高喊,喊出了老字号的气势;"上客喽!"员工们一起高喊,喊出了各种"大萝卜"的风采。谢安第一次发现,这三个字是如此喜气。

三三两两的客人缓步而来。张师母拄着拐棍,与张老师、李伟和小雨有说有笑;冯佳佳、韩征南提着灯笼,身后宁雅娟和冯慧两人交头接耳;韩肃和钱红、叶晓东走在一旁,三人聊得很投机;难得看到朱静晃着两手没抱孩子,原来是程医生抱着呢!他作为第一批援鄂医护人员刚撤回来,受到武汉人民的欢送和南都人民的欢迎,两地都是隆重庄严中洋溢着感恩感激,视频看得人热泪盈眶。姚国庆带着妻子女儿,看到众人后神情赧然,张倩倩拱手道歉:"各位邻居乡亲,前次不好意思。"而"大萝卜"邻居乡亲们大度地摆摆手:"哎,没事就好。""算了算了。""你们华侨也不容易。"不少人议论,意大利这一阵疫情严重,每天都有几千人确诊,还好张倩倩母女回来了,要不真危险呢。

谢安一直静立在门前,含笑迎接:"欢迎!""您老好!""请随意!"莫名地一阵阵感慨。欢声笑语中,谢安突然怔住了,呆呆地站着,一动也不动。

　　她还是穿着红马甲,戴着口罩,蹦蹦跳跳到了面前,笑嘻嘻的神情,双眸灵动慧黠。

　　"你回来了。"谢安喃喃道。这么多天度日如年苦苦等候,她终于回来了。

　　宁吉嫣然一笑,并不摘口罩,眨眨眼道:"我是个丑八怪。你不怕吗?"

　　"我不管。我才不管!"谢安伸出双臂,紧紧拥住"红马甲",像是拥住世间最珍贵的宝物。春风轻轻吹拂,头顶上灯彩璀璨绚烂,照得一玄一红两个身影如被明月相逐。谢安满足地长舒一口气,这一刻,就是永恒。

第十五章　否极泰来

"哎,你这傻孩子,定了就要抓紧!"庾丽追在宁吉后面,拎着个小礼品袋,"我都帮你买好了,你送给他,阿行?"

宁吉已经走到了门口,被母亲拉得无奈驻足,接过礼品袋,跺脚急吼道:"我要迟到了啊!什么东西啊?"

"我看谢安平日喜欢穿衬衣,买了一对袖扣。特意跑到市中心,九品中正广场的名牌!"庾丽笑眯眯地说,"你可别实心眼儿说是我买的!他生日嘛,你就说你自己想到的。顺便时谈谈何时领结婚证,何时办婚礼,还有新房装修,家具家电,别忘了,啊?"

"我还谈谈什么时候生孩子呢!"宁吉赌气道,转身快步出门。身后庾丽喜出望外地追问:"生孩子?当然可以谈,好好说啊!告诉谢安,不要烦,我帮你们带!"

"妈!"宁吉哭笑不得,加快脚步,找到电动车,一边推车一边忍不住叹气。不谈恋爱的时候,母亲着急,天天催,还悄悄安排过几次相亲;这谈了恋爱,而且是她最中意的谢安,怎么她更着急了呢?天天絮叨,什么你二十五了!结婚安家要个一两年吧?非要到三十再生孩子吗?什么大龄产妇可危险了!什么谢安是出名的慢性子,你要催他!什么可惜他父母不在了,又没有单位组织,这找谁沟通呢?

万幸啊,谢安没有父母没有领导,我看你找谁沟通!宁吉笑得幸灾乐祸。低头看到小礼品袋,又是一阵郁闷,九品中正广场是南都最高档的商场,春节防疫期间唯一一家没有歇业的大型商场,母亲不惜大老远跑过去,挑个一辈子没用过的袖扣,岂止煞费苦心,简直是居心叵测啊!两个人相爱,这么麻烦吗?谢安属于闲雅明达的性格,宁吉自问也是洒脱不羁的,怎么到父母这里就这么婆婆妈妈?一个二十六岁的闲生日,要吃饭要送礼物?当然,"女朋友"——宁吉还不习惯这个称呼——是有责任有义务的,宁吉极享受早思念晚问候的缠绵不舍,也极愿意对谢安更好些;但是送礼物,多庸俗啊!谢安会笑的吧?

心中腹诽着,电动车一路飞驰。三月的晨风已经带着温暖的春意,吹在额头痒痒的,宁吉忍不住,看看左右没什么人,将口罩摘下了一侧,让整张脸沐浴在春风和阳光下。原来吓人的疹子不知不觉中都已经褪去,新长出的皮肤按谢安形容的,"娇嫩得像路边蒙着薄翠的柳芽"。唉,这个雅人,真会打比方,一般不都是比作剥了壳的鸡蛋吗?

晨曦中,王谢堂遥遥在望,乌木嵌银的招牌后,一缕缕炊烟在袅袅升腾。又在忙碌地送早餐吧?不过不止王谢堂,这条义之路上的百姓之家、金陵大肉包、上元汤包、顾家蟹黄包、青露等等大餐馆小饭店,都热气腾腾地开着门呢!和善园门口排着队,自觉隔着两米间距的食客,有的低头玩手机,有的翘首看店里,有的侧头点餐,有的拎出一袋香喷喷的包子、烧卖。

经过一个半月的空城,这一刻的烟火气,这一刻的早点香,宁吉觉得真是好闻。正在使劲嗅的时候,忽然听到有人喊:"宁吉!宁吉!"停车侧头一看,是老桓。他慢悠悠艰难地走到近前,非要塞个金陵大肉包给宁吉,理由是:"你好久没吃到了吧?"

宁吉关切地问他腰怎么样了,老桓伸开双臂晃晃身体,说已经能走能动,比前一阵只能躺着干着急好多了,再过一阵应该就能去拾荒了。那段时间亏了祝嬢嬢帮忙,小卖部撑下来了,小尹夫妇前天回来,对两人感激不尽,每人送了件羊绒衫,说这个天正好穿。老桓掀开夹克,拽里面的羊绒衫衣襟给宁吉看,一个劲地说:"你摸摸,真软,真舒服。"

"宁吉,你知道湖北的路什么时候通啊?"老桓又问,看起来心事重重。宁吉诧异,他问这个做什么,老桓便把祝嬢嬢裹粽子的事说了,"武汉米粑"的店主没回来,店不开门,医院护工的活儿,只偶尔接得到,毕竟请护工的多

123

数是重病号,要搀扶要抬要抱,祝嬢嬢力气不够,想着还是能卖粽子就好了。"祝嬢嬢裹的粽子真是好吃,这么好的手艺可惜了。"老桓很沮丧。宁吉安慰他,说可以先让祝嬢嬢到街道的家政服务中心登记,请钟点工和保姆的都很多,只要肯干活能吃苦,不怕找不到事做,包粽子卖的途径嘛,大家一起留意看看。老桓听听觉得不错,忙说这就去告诉祝嬢嬢,晃晃悠悠地走了。宁吉看着他的背影,想着老南都人的热心,嘴角噙上了笑意。

进了社区服务中心,停车的时候碰到孙敏,笑眯眯地喊"科长"。宁吉愣了愣,条件反射地回头看看以为喊别人,见孙敏笑才醒悟起来,连忙摆手道:"别这么叫我,怪别扭的。"

"我偏这么叫。科长!宁科长!"孙敏一本正经地说,"你是正大光明升的科长,大家说这是你用命换来的呢,怎么不能叫?"

宁吉伸舌头做个鬼脸,嗔道:"什么'用命换来的',讲得我像个官迷。我宁可就是网格员。"

"那可不行。奖罚分明,你这次火速升职,大家都服气得很。"孙敏不依不饶,宁吉只好闭嘴。讲起来意外得很,省里将突发事件降为二级响应,新冠防疫阻击战算是取得了阶段性胜利,市里破格升了一批防疫中贡献巨大的基层工作人员。宁吉因表现突出,升为孔夫子庙街道经济科的科长,玄衣巷社区的工作仍旧兼管,不过身份变为第一书记。宁吉实在不觉得自己像"宁科长",这事甚至没敢回家说,更没敢告诉谢安,怕他嫌弃。

不过,她现在有了一小间独立的办公室,能关门,能开窗户,角落有个挂衣架,桌上摆了电脑之后还有空余的地方。宁吉环视着小屋,搓搓手,喜滋滋的。

"宁吉,走吧!"王主任在外吩咐。宁吉想起今天是和王主任一起去看广惠家居商城复业,连忙奔出去,老规矩,宁吉骑电动车带王主任,一老一少直奔文魁路。宁吉下厂接触企业并不是第一次,不过以街道科长的身份去是头一回,多少有些忐忑,电动车骑得忽快忽慢。王主任说:"今天这路颠嘛!"

广惠家居商城是孔夫子庙街道的重点企业,名称的由来是风流宰相谢安被民间尊奉为"广惠王",区里规划将其与玄衣巷、朱雀桥、来燕屋、咏絮园和王谢堂等一起打造成东晋风格,所以也是白墙黑瓦高屋脊甍的建筑。据王主任说,为今天复业,广惠家居已经精心准备了多日。时间定得和以往营业时间一样,十点开门。她们特意早到一个多小时去看看,万一有什么不足之处好及时弥补。

"前面来过三趟了,应该没大问题。"王主任下了电动车,安慰神色紧张的宁吉。王主任自己当了几十年老主任,但这是"宁科长"的首秀,所以她不免有些紧张。

商场经理迎出来,宁吉愣了愣,居然是钱红。"调过来大半个月了!我也没想到。"钱红含笑解释。广惠家居商城是南都商场的分公司,钱红在南都商场的家居部工作了快三十年,这次南都商场是全市第一批复业的大型综合商场,家居部被公认准备得最完善,最井井有条。广惠家居商城作为家居类商场,放在全市第三批复工,老经理刚退休了,总公司大胆启用钱红,调她任了这里的经理。

"离家更近,工作也都熟悉。"钱红讲得轻描淡写。

宁吉想起来,南都商场复业的那几天,正是叶同裳、叶彦超姐弟俩同在公共卫生中心的时候,钱红担心一双儿女却无法探视,更被叶同裳的勇气感动,所以对工作更加投入,兢兢业业,三十年的老员工放出了新光芒,疫情中完美的应对措施大家看在眼里,所以被调任大型商场的经理。他们家可说是连续喜事临门,钱红升职,叶晓东因疫情期间工作突出被评为南都石化的劳动模范,叶同裳得到卫生系统的表彰,而叶彦超恢复得很好,日日能看到小伙子在上元河边晨跑,甚至钱益方志愿者的身份也得到了社区和居民的一致认可,大家有事没事都喜欢喊"老钱",和他有商有量的。按钱红的话说,一家子总算是否极泰来了。

是啊,这一次疫情,激发了多少人的潜能,改变了多少安享太平的浑浑噩噩?宁吉觉得自己以前就是无忧无虑地吃了睡睡了吃,上班循规蹈矩按部就班,一场突如其来的疫情,怎么成了"表现突出""抗疫先进"?防疫一个半月,社区员工个个辛苦,志愿者都废寝忘食早出晚归,指挥部总结经验为"大数据＋网格化＋铁脚板",这中间的"铁脚板",可不是一两个人,更绝对不止她宁吉一个人。而拼命拦住张倩倩,也只是急中生智——宁恺开玩笑说是狗急跳墙,为了工作嘛! 宁吉觉得这份荣誉,沉甸甸的。

对了,那天在王谢堂中看到姚国庆一家三口在点菜,张倩倩瞥见宁吉就变了脸色,举菜单遮脸,倒是姚国庆、姚韬元父女俩主动打招呼,宁吉和谢安正处在重逢的极度欢喜中,笑笑就过去了。后来与赵勇讲起,让他把当日的视频从网上撤下来,何必呢。谢安讲得对,这个庚子年,大家平安就好。这个"大家",当然也包括张倩倩、姚韬元这些从海外归来的邻里乡亲。

钱红带路,几个人自商场入口到营业区到出口,按设置好的导流路线,全程模拟走了一遍。果然一切有条不紊:物理空间的隔离,安全距离的提示,清洁卫生的严格消杀,几种垃圾筒特别是口罩手套类垃圾的分类,还有大小显示屏中不厌其烦地循环播放防疫注意事项,都让宁吉佩服,王主任也不住地点头表示满意。广惠家居商城的经营风格比较近似北欧品牌宜家,除了销售大型家具,也销售家居小物件,靠出口处有一个中型餐厅和南都土产超市,包括日用品和新鲜瓜果,都走的平民低价路线,实用实惠。印象里,往日顾客极多,大部分是工薪阶层。

王主任与钱红一路走一路聊,口罩、消毒液、测温枪等防控物资要准备富余,四百八十三名员工核查要继续坚持,所有人员的活动轨迹要有据可循更要心中有数,特别是外地返回人员要注意严格管理,对员工负责,对客人负责。钱红一一答应,随口报出的数据翔实确切,宁吉翻着手中的资料,都是对的,钱红显然下了不少功夫。据王主任讲,人员排查方面,街道与商城一起进行了多轮梳理,每个员工都做了健康信息登记,都有健康码,统一登录在"南都码"系统中。

这一场复工复业,来之不易。

"钱经理,外面排起长队了!"穿制服的迎宾急急忙忙地跑来报告。"哦?"几个人都有些意外,忙走到门前张望。真的,九点三十五分,急着入场的顾客就开始在门外等候了。宁吉看到不少熟悉的面孔，侍郎里的老纪，琅玡苑的杨老太，咏絮花园的李家父子，戴着口罩也一眼认得出。她猜想，好多人是从早点铺、菜场，或者在公园早锻炼后直接过来的吧？

"大家都憋得太久了！"王主任乐呵呵地说，"顾客盈门是好事情啊！一开业就这么好的生意，争取把前面一个半月的损失弥补回来！"

"是啊。我们货源准备得很充分，这次除了老的供货渠道，还进了不少欧洲货。"钱红很自信，指着琳琅满目的货架笑道，"家居产品是百姓刚需，厨房用品、卫生间用具、客厅摆设、节省空间的储物箱，这些产品会使生活便利很多。我相信顾客只要来过一次，肯定会再来的。"

宁吉顺着她手指的方向望过去，满满当当的货物让人眼花缭乱。不过对于不喜家务一直住在父母家的懒虫来说，宁吉不知道许多物品的名称，猜想着总是有用的吧？她随手拿起一个三折板研究起来。

"那是折叠砧板，平常收起不占地方，切完菜正好抓着尾部直接倒进锅里，不会溅出来。"钱红笑说，"你们年轻人不做饭，不知道它的妙处。我们家两个孩子也是，猜半天没猜出来。"

"砧板啊？"宁吉红了脸，讪讪地放下，有些走神——叶同裳也不做饭呢。她当然不做饭，她看起来就是大义凛然不食人间烟火的。硬要打比方的话，她是戏剧影视里的正旦；而自己呢，最多是个逗乐花旦，搞不好就是小丑。

宁吉自嘲地耸耸肩，视线望向门外排队的人群，队伍越来越长，一眼望不到头。宁吉侧身踮脚望望，队伍已经排过地铁站了。宁吉的神情渐渐变得严肃，转身对钱红说："提前开门吧！人太多了！"

钱红愣住了，看看墙上的挂钟，九点四十分。

宁吉又说："赶紧的，出口处改两个门为进口，分别通往餐厅和超市，人员分流！"见钱红还愣着，她又催促道，"快啊！你去进口处宣布，我去出口处，三分钟可以搞定！九点四十三分开门！"说着率先往出口处急奔。钱红这时反应过来，看看外面排着的长龙，连忙吩咐几个员工跟着宁吉，然后对王主任伸手相邀，又整整衣服清清喉咙，打开角门，拉王主任一起站到了门前。

阳光耀眼,两人不约而同地眯了眯眼睛。看看眼前,人群在阳光中已经等得有些不耐烦,不少人额头上冒着汗珠,显得有些焦躁;长龙继续在延长,远远望去,已经在地铁站出口拐了个弯;人与人之间的间距也在不停缩短。王主任连忙爽快地笑笑,高声道:"各位乡亲,等急了吧?有个好消息!"

"快开门吧!我们都等半天了!"

"是啊!这么长的队!"

王主任笑容不变,瞥一眼出口处的几个门,还没有动静,继续高声笑道:"什么好消息呢?一个是商场决定提前开门!另外一个呢……"门后影影绰绰的几个人在晃动,宁吉的红马甲很显眼,弯腰是在调整地上的箭头方向吧?踮脚是在看测温的位置吧?

"另外一个呢,我猜啊,你们今天来广惠,不全是为了买东西,"王主任慢条斯理地拉着家常,像平日在社区中与居民聊天一样,热忱温暖,骚动的人群渐渐安静下来,"不少是来吃东西的吧?想念广惠的鸡汁汤包,辣油小馄饨,还有卤鸭翅,对吧?超市也很久没逛了,里面的广惠礼物和广惠良品都想看看吧?所以呢,我们决定,今天进场分三个入口,逛家居的还是这个门,去餐厅的走中间这个门,逛超市的走最右边的门。我们把队伍分开,好不好?"

钱红连忙举手示意:"去餐厅的排这里!"穿制服的迎宾叫唐军,小伙子很机灵,立刻在距离钱红三米处举手:"去超市的来这边排队!"

长龙动起来,有的不假思索,有的想了一想,有的老夫妻商量了几句。很快,不少人站到钱红和唐军的队伍里,长龙一分为三,集中到了广惠商城门前的空地上,地铁出口处的人群渐渐消失。王主任松了一口气,侧头望见餐厅和超市处的玻璃门已经打开,各站了一个测温员和两个登记员,忙提高声音笑道:"好!开门!"

前门大开,人群井然有序地分三队缓步入场。王主任低头看看表,九点四十三分。

"王主任在忙啊?"

"王主任什么时候去我们小区?我家老太念叨你呢!"

不时有人和王主任打招呼。王主任一边含笑回答,一边耳听六路,眼观八方。商场开门火热当然是好事情,但在疫情之下,看到这么多人聚集,又不由自主地担心。

"宁吉你在这里啊!"

"宁吉,你怎么不多歇几天?"

"对啊,你那病不轻呢,听说有后遗症什么的。"

"别太拼了,多休息,养好身体!"

远远的,只见宁吉身前身后围了不少人,她却不着急,笑嘻嘻地答应着"没事""我休息不少天了""谢谢您老关心,您都好啊""是啊,都要保重啊"等等。宁吉从容不迫地引导人流陆续进入餐厅,有的人被安排在屏风后坐下,她又教一些人如何二维码点单,还随手斟上热茶,丝毫不乱。

"人才啊,还年轻呢,真是人才!"钱红忽然感叹道,"也只有这么满身灵气的女孩子,才配得上王谢堂主吧?我们家同裳,老实得话都不会说,见人就脸红。"

王主任笑着安慰:"宁吉性格活泼、待人热心,适合社区工作;同裳那孩子稳重大方,当医生不苟言笑也是对的。两人都是工作中的佼佼者,行行出状元,不用硬比。"

"唉,当父母的,哪敢指望什么'状元'?同裳二十六了,我着急啊!"钱红忍不住吐露心声,"王主任帮我留心着,有合适的介绍介绍。"王主任含笑答应没问题,望着远处忙碌的宁吉,想起几年前她刚到社区的时候,大家都吃不消她整天又笑又大声讲话,不止一个人嫌她吵;然而越是相处,越觉得她热心诚恳。叶同裳外表与宁吉恰好相反,冷静寡言,但对患者认真负责,对弱小慨然相助,其实内心的热忱是与宁吉一样的。

一直忙到快下午一点,客人才渐渐少下来。顾客们有的拎着采购的家居用品,有的提着打包的食物,还有的捧着新鲜水果,满意地离开。钱红招呼王主任和宁吉吃点东西,两人却不肯,说这就回社区上班,带了饭。钱红一直把她们送到停车场,在路上边走边聊。宁吉迟疑地看看王主任,说:"主任,我观察今天商场入口的情况,测体温很占时间,造成不断有排队等候现象。其实,大部分顾客都是出小区才测过的,尤其附近的居民,走过来没几步路,是否能考虑不测体温啊?"

"不测体温?"王主任皱眉道,"这是防疫办对复工复业统一的要求,目前必须执行。"看看宁吉不服气的表情,她又说,"不过你如果有好的提议,可以写个报告,具体、完整些,交防疫办讨论。"

钱红没插话,看两人上车,认认真真地说:"真谢谢你们。今天要不是你们反应快,说不定就出娄子了。""钱经理你别客气。"宁吉笑嘻嘻地说,口罩上方的大眼睛乌溜溜的,慧黠灵动,"我们能帮上忙,也挺开心呢!我讲得对吧,王主任?"

"以后,就固定宁科长负责你这里,"王主任说,"复业中遇到任何问题,无论大小,第一时间响应诉求,推动解决。你别小看她,聪明肯干,人小能量大!"

"那太好了!这么大的商场,这么多顾客,我也担心呢。有宁科长撑腰,我放心多了!"钱红笑着说,但"宁科长"三个字听着只觉僵硬别扭。那个在小区门口举着喇叭宣传,拎着大包小包购物袋送到隔离户门口,趴在简陋木桌上登记信息的小小网格员,转眼成了"宁科长",并找到了如意郎君;自家女儿呢,仍在郊外的公共卫生中心与病毒战斗,无暇考虑恋爱成家。唉,她已经二十六了,大龄青年了啊。王主任答应帮留神,会不会有合适的青年?

"主任又夸我了。钱经理,那我们保持联系!"宁吉发动了车,电动车嘟嘟嘟嘟地绝尘而去。

"保持联系。"钱红含笑挥手。想到宁吉刚才建议不测体温,她对这个"人小能量大"的宁科长突然充满了期待。有几个人,会多这个嘴,会这样即使事不关己也不怕担责任呢?

第十六章　烟火上元

回单位倒觉得快,路上车辆还是不多,行人也远不如从前熙攘,又碰上一路绿灯,一点钟就到了社区。宁吉把车子停在大门口,笑嘻嘻地等王主任下了车,说:"主任,您先进去吧。吃完饭中午稍微休息一会儿。"

王主任看看她:"去王谢堂?"宁吉腾地飞红了脸,难得地显出几分忸怩,慌慌张张地解释:"我忘了带饭。""他生日。""我去去就来。"见王主任笑得温和,忙骑上车子,喊着:"我两点前回来! 不耽误上班!"一颗心慌得怦怦直跳。

谈恋爱啊,怎么像做贼?

宁吉将车停在步行街入口处的停车场,踮脚张望。王谢堂门口,杜明正亲自领着员工迎宾,不过人不多,稀稀拉拉的。疫情到底还没结束,大吃大喝的人有,但谨慎留在家里的更多;而且堂食又要注意间距又要小心防疫,所以这一阵王谢堂的生意并不算好,杜明说只有原来的三分之一。幸亏一条龙服务的应用程序开发得及时,代购、代加工、出租厨具厨师服务员等都开展得顺利,外卖和企业送餐也在稳步增长,按罗会计的计算,勉强持平。不过这一段时间是有免房租、减税收、电费打折等一系列优惠政策支持的,后面会怎样呢?

"站这里做什么? 怎么不进去?"谢安接到电话出来,看了半天才看到马路对面香樟树下的宁吉,走过来含笑问。

"我怕你在上班啊。"宁吉脱口而出,说完不禁脸红:想起过去无数个白天黑夜,自己大大咧咧地登堂入室,别说王谢堂大厅和谢安的坐隐庐了,去厨房拢东西吃都很平常。唉,变成"女朋友"了,就是不自由。

谢安看出她的局促,问明她还没吃午饭,回头看看附近的餐厅都开着门,便提议随便吃点。宁吉努力恢复正常,咳嗽一声,挑了间南都传统小吃的店铺"上元人家"。谢安拉起宁吉的手,宁吉又红了脸,不过心里满是甜蜜愉悦,任他牵着进了餐馆。

王谢堂所在的羲之路这一块,荟萃了各种美食,所以以"烟火上元"为其主题特色,与以大成庙为中心的"千年庙市",以上元河为主打的"桨声灯影",三足鼎立,牢牢支撑起孔夫子庙步行街的版图。谢安、宁吉从小在这里长大,对每一寸土地都如掌纹般熟悉,本来记忆中的孔夫子庙,拥挤、吵闹、脏乱,属于南都城中落后的老城区;近年来大力改造,入选全国首批步行街改造提升试点单位,布局规划大胆,细节精雕细琢,孔夫子庙变得越来越干净整洁,随意走来,每一步都是风景,而且都与南都的历史文化紧密相连。王谢堂是其中一例,佳肴并不只限于食物的色香味俱全,更在于其中包含的东晋风骨和贵胄气度。千年古都的深厚底蕴,在烟火气、庙市景和桨声灯影中美丽绽放。

"上元人家"也是百年老字号,不过主打小吃,品种繁多,超过百种,相对于王谢堂公侯贵族的精致讲究,这里更近似南都布衣百姓的淳朴憨厚:食材杂,分量足,口味重。宁吉是这里的常客,单位同事们聚餐一般都在这里,消费得起,味道不赖,店堂里热闹拥挤。

不过防疫期间的"上元人家"整个变了样,自入口处就贴了箭头单向行走,避免顾客和店员碰面,桌间的间距很大,两面挡上透明屏风,点单付款都是直接扫码。这样确保唯一见到店员的时刻仅有上菜的一瞬间,与往日笑脸环绕嘘寒问暖的热闹景象大不相同。宁吉奔波一上午真饿了,急急忙忙点了几样:鸭血粉丝汤、鸡汁汤包、炸春卷。一端上来,没等服务员转身走远,她已经抓了筷子狼吞虎咽起来。

谢安忍不住觉得好笑,静静地看着她吃。宁吉感觉到谢安的目光,依依不舍地从汤包上抬起头,鼓着腮帮子示意:"你也吃啊!"谢安含笑摇头,抓起宁吉的左手,温柔地贴在脸上。宁吉怔了怔,挣扎着看看碟子里的汤包,神情矛盾又苦恼，居然是舍不得包子！谢安无奈松手，往后靠在了椅子背上。

宁吉看他着恼，忙道："我不是故意的，饿了嘛，一大早就去广惠商城了。哎，你知道吗，钱红，就是叶同裳的母亲，调到那里做经理了。今天复业，好多人！看起来居民都开始出门了，后面王谢堂的生意应该会好起来的。"谢安温和地随意接茬，顾客什么年龄层为主？多数人买的什么？宁吉想了想，不少熟人，老纪、老李、老常……哎，好像都是退休的老年人居多。买的东西嘛，小件日用品、水果、打包的饭菜……哎呀，都是拿退休金有固定收入的，消费水平不高，能买什么大件呢？这是第一天，以后会好的吧？

羲之路紧靠着上元河，店里的门窗都开着，春风习习吹拂，带着河水的润湿。宁吉的短发毛茸茸的，不甚齐整，这时垂了一缕在眉尖，被风摇来摇去，和她唠里唠叨的话语相映成趣。春光明媚，面容和声音渐渐模糊不清，谢安知道自己没在听甚至也没在看，只要她在这里，在身边就好。

谢天谢地，你回来了，你在这里。

门口突然一声惊呼："天哪！魏主任！你是，你是魏主任！"谢安诧异地抬头望去，只见一个两鬓微星的中年女子出示绿色健康码，测体温之后含笑缓步走进，依序坐在一张空桌前；又按照贴着的指示，取出手机扫码点单。面容依稀熟悉，从容的步履和温和的笑容也都似曾相识。

"天哪！"宁吉张大了嘴，目瞪口呆地望着，手中的包子也忘了放下，"魏主任！"谢安想起来，电视里看见过，是省里的领导，她怎么会出现在这个小吃馆中？看看服务员端上的，也不过是一碗鸭血粉丝汤，一笼鸡汁汤包。谢安狐疑地撖起一个包子，又喝了一口汤，味道还不错，但在王谢堂嫡系传人看来，仅仅是小食而已，不值得特意跑一趟。莫非她也像宁吉一样，饿了？

"咔嚓咔嚓"，门口有闪光灯闪烁，两名记者模样的年轻人在拍照。宁吉拍拍脑袋："我知道了！都为了大家啊！"

谢安向来反应迟缓，还是没明白。宁吉连忙解释："以身示范啊。疫情还没结束，不少市民还有顾虑，宁可守在家里，所以连你们王谢堂都生意不佳。这个时候出来消费，表示省里对南都防疫的信心，以'管得住'保障'放得开'，现在就是防疫加经济发展两手抓的时候了。"

谢安似懂非懂，听宁吉讲得激动，回头看看魏主任桌上的食物，转身又吃了个汤包，细嚼慢咽，像是在琢磨馅料有何独特之处。宁吉不禁暗暗叹气：他一个酒楼老板生意人，偏偏不通俗务，清逸出尘得像世外高人，一心认为能吸引人大老远跑过来吃，肯定是因为汤包味道好！

不过喜欢他，就喜欢他的一切，不通就不通吧！宁吉低头看见挎包里的小礼品袋，使劲往里塞了塞。当然，随礼品袋一起，母亲嘱托的领证、新房、婚礼、家具，全被塞进了包底，一个字也没提。吃完饭跨上电动车，宁吉才轻描淡写，假装随意地说了一句："生日快乐。"没等谢安反应过来，就一溜烟驶走了。

第二天的省报上，果然登出了当时的照片，说的内容和宁吉的猜想居然差不多，不过境界更高些："我省疫情防控形势持续向好，要引导广大群众在做好防护的前提下，逐步恢复正常秩序，享受城市美好生活。商贸、旅游、餐饮等服务业，都是经济增长的支撑行业，是城市活力的体现。"

谢安凝视着新闻，想到上元人家小馆子中的中年妇女，两鬓斑白，笑容温和，不觉出神良久。杜明、赵晨等几个年轻人又是欢呼又是鼓掌又是吹口哨，小吴出门看热闹跑了一圈回来，兴奋地说上元人家、郁芳阁、永旺、金陵大肉包等等大大小小的餐馆都在激动呢！老姜、老陆不以为然，这有啥好激动的？小周捶捶几位大厨师埋怨道："你们大厨当然不觉得！"年轻人选择餐饮行业为职业，大都遭到亲朋好友的反对质疑：又苦又累又脏，社会地位不高，没有前途等等，哪里比得上IT、新能源、电脑网络、动漫游戏那些又干净又神气？而今天，世人眼中渺小辛苦的一份工作，被称为"经济增长的支撑行业，城市活力的体现"！谢安发现，连迎宾的玄衣子弟都昂首挺胸，站得分外笔直。

生意明显好了些，尤其周五周六的晚餐，有几分以往的盛况。因座席间隔加大，原来一百六十桌降为了一百一十五桌，十五人的包间限九人以内，二十人的控制在十二人。有两个晚上居然满座。小鲁兴奋地跳进坐隐庐，喊:"堂主!有十桌等翻台!"右手比画了个 V 字。谢安含笑摇头,看看窗外的莺飞草长,回想细雨绵绵的寒冷冬日,恍如梦中。

然而晚上算账,小鲁和罗会计埋头在财务室闷了半天,谢安已经取了钥匙准备回家,听到两人压低了声音争执,想想又转身推门进去,问怎么了。小鲁憋红了脸,道:"堂主!罗会计不让我说!"罗会计忙笑:"没有把握,仅仅是猜测,再观察几天看看不好吗?"

谢安皱眉问到底什么事。小鲁摊开账簿,指给他看:没错,这两天都是满座而且有翻台,但是入账并不高。春节前满座的话,大多六七十万元,节假日酒水多的时候能过八十万;这两天呢,昨天是三十万,今天只有二十八万。看起来是热热闹闹好多人,不喝酒不喝饮料——就是喝点红酒黄酒也是自己带的多,最主要的是点大菜的少,"东山再起"两天只售出五份,"桓伊吹笛"只有十份;反而是"小草远志"超过三百份,几乎每桌都点了。还有麻油干丝、长鱼银丝面这些和新上市的菊花脑、香椿头这些野菜卖得多。简单地说,就是客人虽多,花钱却少。

"哦?"谢安皱了皱眉,随意坐下,翻看电脑中的记录。这次新冠疫情,让南都人更注重身体健康,很多人由大吃大喝无所不吃向清淡饮食转变,甲鱼、长鱼这一类大荤不再受追捧,是个好事情吧?酒水呢,不喝烈酒是个趋势吧?

"堂主,你总把人想得太简单。我觉得不仅是饮食习惯改变的原因。"小鲁道,"最主要的原因,是很多人在省钱!大部分人没那么宽裕了!王谢堂以前聚餐一顿人均三四百消费,凭良心说,是贵!疫情还没结束,各行各业都面临困难,不少单位暂缓发工资或者打折发工资,谁还经得起一顿饭三四百呢?我看客人点单的时候,以前是问'哪几个名菜',随我们推荐的多;现在都是捧着菜单看价格,碰到贵的河鲜大菜,手指头一滑就翻过去了。反而呀,对面上元人家、百姓之友、永香园那些小食铺,人多,点的菜也多!人均消费一百,也是一桌像样的酒席嘛。"

"小鲁,你别那么绝对。"罗会计不急不忙地拦住她,笑道,"光这两天不能说明问题，我们再看看吧！复工复产复业都还不到一个月，很多单位没恢复正常呢。"

"也是。而且南都算恢复得很早的，我老家那边刚开始动哩。可能下周会好的，明天和周日的预定差不多也满了，再看看情况。"小鲁看罗会计一个劲地使眼色，也觉得自己过于激动，忙笑笑解释，然而神色间难掩担心。罗会计安慰地拍拍她："前面那么难的时刻都过来了，肯定越来越好的，别焦虑。"

等两人走了，谢安想了想，继续浏览电脑中的数据。小鲁讲的不无道理，重新开张堂食之后，确实只有刚开始的三四天人均花费高，像是憋闷已久之后的补偿性消费，谢安清楚地记得每桌都在点名菜，"东山再起"甚至一度售罄。之后很明显，人均花费一路下滑，一直到今天降到了最低点。谢安翻翻日期，甲鱼最近一次从养殖场进货，已经是七天前的事。

真的是大家在省钱？谢安凝视屏幕，思绪纷乱。宁吉讲广惠商城时不也看出来了，去的都是拿固定退休金的老人，消费水平不高。

"你还没走啊！"门口突然伸进宁吉笑嘻嘻的脸，"我看灯亮着，就进来看看，真在啊。"谢安又惊又喜，忙唤她进来。墙上挂钟嘀嗒嘀嗒已经快十点了，她居然也是才下班。忙什么呢？宁吉有些不好意思，挣扎半天，告诉谢安她升职了，经济科科长，分管经济："不懂啊，都在学，所以时间不够用呢！"谢安含笑聆听，斟杯清茶，取出盘点心，王谢堂的招牌——蟹壳黄酥饼，因表皮酥脆像蟹壳而得名，一向是吃货女友的最爱。

尤其今天，是重点项目"云签约"仪式，就是屏对屏视频会议签约。想想都觉得难，又要防控疫情，又要恢复经济。好多项目因疫情还没法实地考察，王主任说，就靠一遍遍提供视频资料，一通通在电话里苦口婆心地表诚意，落实项目。今年初本来定了招商目标，而且本年为企业服务年，每个人压力都不小，碰到疫情，目标估计难实现了。还好今天签了不少大项目，物联网、现代金融、科技研发、商务商贸都有。不见面怎么签？是啊，没法弄仪式，没法请宾客，使用网络，主管部门和签约客商"云参加"，很便捷。街道主要是摇旗呐喊，做好服务，以后继续跟踪。宁吉大大咧咧伸手画了个半圈："像我对你们王谢堂一样，做店小二，主动了解企业需求，协调解决困难。所有意见和诉求，第一时间了解，第一时间回应，所谓'有求必应，无事不扰'，二十四小时不掉线服务，要处处体现对企业对项目的重视和尊重呢。"

宁吉的嘴角挂了两粒芝麻，随着她笑盈盈的话语一闪一闪，颇为俏皮。谢安含笑而视，并没仔细听她说什么。网格员也好，经济科长也罢，都是她喜欢的工作，支持她就好。若不是这一场突如其来的新冠肺炎疫情，谢安恐怕并不会明白她的好。

"不少大项目呢，数字基地产业，量子加密技术，低碳生态科技创新总部，物联网产业聚集中心，都是我不懂的高科技，说是能带动产业升级……"宁吉说着说着，发现谢安并没在听，而是笑得飘忽，忙心虚地住口，喝口茶讪讪道，"瞧我，尽唧唧呱呱没完没了。"

"我喜欢听你说。"谢安含笑抓起她的手，双眸中深情如潭水，"以前还不觉得。直到那几天你在公共卫生中心，我看不到，听不到，整个世界都像是空洞。那时候我就想，只要你还在面前，在身边，说说笑笑，闲话也好，废话也好，都是最美的声音，都是最幸福的时光。"宁吉听他讲得诚恳，心中感动，一时说不出话来，两人静静偎依，听墙上挂钟嘀嗒嘀嗒，窗外灯彩闪烁明灭，恍惚而令人沉醉。

"对了，你们餐厅现在入场也是都要测体温的吧？"静谧之中，宁吉突然问。谢安点点头道："是啊，这是防疫办的规定。"声音中不无遗憾，不知道是为不得不测体温，还是为女朋友的大煞风景。

"我觉得啊，发烧不是新冠肺炎的必有症状，即使是发烧的人，热度也是时高时低，不见得正好在被测体温的时候发烧。与其测量体温，不如看到咳嗽的人禁止入内，测量体温并非必要。"宁吉起身道，"我想明天向防疫办提出书面建议，是否可以取消商场、餐厅、旅游景点量体温的规定。"

"没那么简单吧，很多老百姓认，给人安全感。比如王谢堂不测体温，但上元人家测，大家会觉得，哎，上元人家更安全。"谢安笑笑，"所以何必和顾客过不去，或者说何必冒这个风险？只要有一家测，大家都只好测。除非，你能说动所有商家都不测。"

见宁吉皱眉思索，谢安笑道："比起省那点事不测体温，更要紧的，还是设法让生活恢复正常吧。你看这些数据，不乐观呢！"说着拉她到电脑前，将小鲁的担心，实际的人均消费下降情况告诉了她，猜测不是王谢堂一家的事，很多商家应该都有这个问题吧？

宁吉仔细看着数字，叹了口气。并不是杞人忧天，近两个月的防疫，经济停摆，多少企业受到冲击！王谢堂算正常营业了，餐饮零售关门的有，还有电影院、卡拉OK、酒吧、歌舞厅那些都歇着呢！上周王主任走访一家车企公司，发现拖欠工资两个多月，社保也没交，总额将近一千万，企业已经被法院列为失信被执行企业，法人被限制高消费。几百名员工，就是几百个家庭啊，王主任和那法人谈，他说真不是故意的，一旦融到资金就发工资，说哪怕最后依照劳动保障监察程序依法处理，也要还清拖欠员工的部分。王主任这几天一直陪他东跑西跑想办法，看能不能解决业务难题，找到资金渠道。所以这个时候，吃吃喝喝一顿花几百块是太奢侈了。恢复堂食那会儿，以为一切都回归正常从此高枕无忧，一日日下来，发现马拉松才跑出起点，防疫常态化之下，不能松懈。

两人出了门，正看到赵晨带着员工在处理垃圾，按人大对试点单位的规定，分门别类放进不同的垃圾容器，特别是以往混在一起的厨余垃圾单独有个垃圾箱。宁吉看了一会儿，得知之后收运垃圾也是分别定时定点，不禁陷入了沉思。垃圾分类是"关键小事"，与居民的生活密切相关，正在防疫期间，实际推行恐怕会增添很多难度吧？所以刘院长来看过不止一次，希望在立法的过程中，通过试点发现问题、梳理问题、解决问题。不过宁吉有些诧异，空酒瓶、易拉罐分开处理是对的，为什么整整齐齐装袋码在过道里？赵晨解释，是堂主吩咐的，等老桓腰好了来的时候给他。宁吉惊讶地看向谢安，谢安笑笑，牵着她的手往外走，一点小小善意，何须多提。

携手走过朱雀桥，眺望上元河上波光潋滟，灯彩璀璨，然而人迹稀少，不似往日灯会盛况，两人心情都有些感慨。新冠疫情的严峻考验，远远没有结束啊。

"明天你有空吗？"宁吉打破沉默，问道，"我们去梅花山看看花儿？"谢安迟疑不语，宁吉反应过来，"星期天你最忙啊！"直播现在改为周日下午，谢安又主动自我免费出租，为援鄂医护人员家庭烧菜，大多也都是约在周日，所以周日绝无可能走得开。以前不觉得有何不妥，恋爱了才发现问题，宁吉街道的工作是所谓"周六一定不休息，周日不一定休息"，两人如何凑到一起呢？

看着宁吉失望的神情，谢安想了想，道："明天中午是朱静、程医生约的上门烹饪，下午是直播，你过来帮我？韩征南回去上学了，我缺个助手。"

宁吉却犹豫着不吭声。谢安不解地看着她，等了半天，宁吉忸怩道："我不会做菜，你别嫌我笨。"谢安禁不住大笑，一边忍笑一边认真地说："放心，你这辈子都不用做菜，有我这个'王谢堂主'心甘情愿做给你吃。"

笑声惊醒了枝头的麻雀，扑棱棱盘旋在头顶。宁吉埋首谢安怀中，作为无敌吃货，她真心觉得这是世界上最动听的海誓山盟。

第十七章　术业专攻

谢安算着时间,早上十一点准时到了侍郎里。厨师出租本来是一小时至四小时不等,但谢安这么做纯属公益,不收费,大部分又都带的预制半成品,所以安排的都是一小时。经验上,家家户户都是将菜洗剥干净等候厨师上门,谢安最多从切菜开始,煎炒煮炸,一般一个小时够了。有几次碰上客户家想吃烧菜没有预先准备的,谢安也只默默延长时间,并不多说什么。

出乎意料,朱静已经抱着孩子等在楼下,见到谢安老远迎上来,让刚会说话的娃娃叫"谢叔叔",郑重中显出十二分的感谢。谢安拎着预制品,体积颇为庞大,朱静殷勤地带路,狭窄的楼梯过道中一个劲地让谢安先走,谢安却怕她抱不动孩子——小胖子足有四十多斤,两人你谦我让,最后到底是朱静带头领路,侧着身体说"七楼"。远远的,听见人声喧嚷,家中极热闹,朱静解释说是客人都到了,都盼着看"王谢堂主"的烹饪表演呢!谢安性格温和,并不在意"表演"二字,朱静却觉得说漏了口,讪讪地想找话弥补,说:"这些天上班了,我婆婆从老家过来帮着带孩子,所以家里很挤,您别介意。"谢安含笑听着,不觉已经到了七楼。

一屋子的人正在高谈阔论,都是医院这边的熟人:程振宇医生、刘清夫院长、葛处长、李伟带着小雨、叶同裳。另一位年轻医生自我介绍姓丁名洋,谢安看着面善,丁医生笑说原来见过,当日和程医生一同出发去武汉时在医院里碰到过。谢安才想来,就是大年初一早上碰到的。刘院长又解释公共卫生中心那边现在新冠病例清零了,而医院恢复了普通门诊,虽然采用预约制,但人流量大,防疫工作多,就把叶同裳要回来了,医院防治指挥部原来是许辉负责,现在是马院长分管,叶同裳任马院长的助手。众人听到许辉的名字都神色黯然，小雨快要哭出来，叶同裳拉着她轻声安慰，朱静也忙上前一起劝，谢安微微颔首，自己进了厨房。

老式的公寓房厨房极狭小，程医生的母亲正坐在墙角剥毛豆，看见谢安进来，忙局促不安地起身，说："俺出去剥，俺出去剥。"谢安含笑拦住她，说："没关系。"穿上制服戴上帽子口罩，便开始做菜。

小鲁每次会列出主人家预定的菜单，哪些用自家原料，哪些用酒楼的预制品，有无忌口等等，谢安照旧将之粘在墙上，一边看，一边取出预制品。朱静跑进来，抱歉婆婆在这里碍事，老人被说得忙不迭地往外搬，结果毛豆撒了一地，婆媳二人又忙着捡拾。孩子在一旁咿咿呀呀地爬，捡起豆子往嘴里塞，朱静劈手打落，斥责几句，孩子便哭，老人便急，顿时一阵兵荒马乱。

程医生闻声过来，好脾气地帮忙，将母亲搀扶至门外，又对谢安连连致歉。谢安含笑只说"无妨"，照着菜单迅速配出六道冷盘，示意朱静可以端去客厅。朱静忙去铺台布摆碗筷酒杯，端走六样菜再回到厨房，四个热炒已经好了。朱静佩服不已，说，预定的时候担心一个小时怎么够，餐厅接待的鲁小姐一个劲地说没问题，果然是没问题啊。

"谢安是大厨中的大厨，所谓'术业有专攻''行行出状元'，能被称为'王谢堂主'，可不是开玩笑的！"厨房门口站着刘院长，以自豪的口吻称赞道，"最难得啊，手艺高、人品好，这场疫情中，我们医院的医护病患伙食最好，亏了谢安想得周到！"

"是啊是啊，我这吃惯了王谢堂的饭菜，真是百吃不厌，那个讲究的味道就是不一样！"葛处长笑道，"像今天休息在家，买的外面早点，也有油条汤包，可味道差远了。我吃着就想，还好啊，中午有口福能享受到谢安的大菜！"

众人都笑了，连叶同裳也难得地绽放了笑颜。门铃响，居然是张老师和张师母。原来程医生邀请李伟，客气地说"请你们一家"，李伟想起许辉在时最惦记这老两口，就一起叫上了。老人极客气，坚决不要李伟接，自己打的来的，按门牌找，虽然张师母的腿还不利索，也顺利到达了。老两口看起来精神不错,按老南都第一次上门的规矩,带了四样礼物,还给孩子封了两百元的红包。程医生和朱静连声婉谢,十二分的过意不去,张老师开玩笑道:"放心,放心!别看我们年纪一把,可我们有战斗力,回头啊,一定吃回去!"

谢安起了油锅,要做"桓伊吹笛",刘院长便忙让大家入席,不要干扰谢安,而且菜要趁热吃,这可是千载难逢的"王谢堂主"大菜!一群人扰攘着坐下,纷乱中,刘院长还招呼谢安忙完了赶紧过来一起吃。烹饪中的谢安却没在意,聚精会神地看着烈火熊熊的油锅,长臂不时抖动,面色沉静。朱静本来牵着孩子在门口玩耍,老母亲本来不肯上桌吃饭在门边继续剥毛豆,结果三个人都看得出神,小娃娃指着喊:"火!火!"朱静突然拍拍脑袋,匆忙找手机拍视频,说是谢安此时与往日直播中看到的不一样,空间小,感觉更有气魄。

谢安专心致志地爆炒完毕,关火装盘,一转身看到门口朱静老少三人和叶同裳一起呆立着,不禁怔了怔。朱静兴奋地举起手机,展示视频。叶同裳问有没有多的勺子筷子,说刚才刘院长建议菜肴里放置公筷公勺,像西餐那样,需要的人轮流自取。朱静还没反应过来,谢安指指门边的一个纸袋,笑说:"里面都有。"叶同裳诧异地打开,真的是各种一次性餐具,而且除了竹筷,其他都是纸质的,雪白的再生纸,勺子盘子皆轧了暗花,符合王谢堂一贯的风格:含蓄讲究。叶同裳仔细在每人面前放了个菜盘,所有菜肴不分冷热全放了公勺公筷,大家很自然地用起来,极方便。

刘院长又感慨起来,说这次新冠疫情,让大家都更加注重身体健康,比如这个混食的习惯,就在往分食分餐改变。有科学家做过测试,混吃情况下,幽门螺旋杆菌感染高过分食的好几倍,且不良预后是胃炎、溃疡,甚至胃癌。"我准备在人大会上提出议案'一菜一筷,一汤一勺',改变不良的饮食习惯,还有帮客人搛菜的所谓礼仪。那不是待客之道,是在传播病菌。"

葛处长正搛了一块鸭子想给旁边的张老师,听到这里,讪讪地放回自己盘子里。张老师过意不去,主动搛过来,两人客气了好一会儿。丁医生笑道:"其实中国历史上最早是分食的,陕西西安半坡村出土的很多文物证明,远在新石器时代,中国人就是各吃各的。之后春秋战国、汉代至隋朝,也是每人面前放自己的食案和食物。一直到唐朝中期,椅子和胡床这些家具传进来,加上民族大融合的时代背景,分食才渐渐转变为合食。"

"那就对了。"刘院长道,"我就说嘛,我们老祖宗是有智慧的,分食分餐挺好嘛!哎,谢安,你这些一次性餐具,实用方便,还做得讲究,家庭聚餐也很适合!"

"他听不见,还有两道大菜呢。"叶同裳伸头看看厨房,解释道。葛处长看了看叶同裳,笑得意味深长。叶同裳也意识到这个"他"说得过于亲密,脱口而出的"还有两道菜"也颇值得推敲:是早已知道,还是留神观察的?于是连忙改口说防疫办已经要求了所有餐饮企业根据用餐人数和菜品数量配备相应的公筷公勺,为客人提供分餐分食。医院的食堂本来就是盒饭,不过为了照顾外地病人,尤其是农村来的,特意准备了一次性筷子和饭盒。

"俺们农村来的怎么了?这话说得俺不爱听。"程振宇的母亲剥完了毛豆,正起身扫地收拾,突然开口了。身材矮小的老太太声音洪亮,硬邦邦的北方口音像吵架,"俺们喜欢一道吃一道喝,咋啦?一家人还要分这分那的?咋不嫌这一锅烧的菜哩?"

老太太像被引爆的鞭炮,噼里啪啦一顿数落,诸如农村人的和气厚道,城里人的歧视不公,到城里医院看病的艰难,医生护士不耐烦的脸色,甚至火车上汽车上碰到的嫌弃……众人都呆住了,没经过这场面,叶同裳的脸一阵红一阵白,咬着嘴唇不吭声。程振宇和朱静双双上前劝阻,都被骂回来,什么农村的娃娃忘了本,一桌子人吃饭要分什么餐等等,讲得刘院长也坐不住,哭笑不得地拿起筷子又放下。

谢安突然从厨房中探出头,含笑喊老太太帮忙,说"东山再起"这个清蒸的菜讲究火候,一人看不过来。程老太太迟疑了一下,看着谢安的笑容,转身跟进了厨房。旋即传来灶头点火和锅铲翻炒的声音,还夹杂着老太太的笑声。

"我想起了王熙凤。"丁医生叹道。熟读红楼梦的当然都知道,贾宝玉的乳母唠叨的时候，王熙凤赶过来，一阵风似的把她带走了。张师母笑笑说："谢安那孩子心眼儿好，半点不精明的。"程振宇赞成："是啊，他这上援鄂医护人员家中做菜，都是免费的，全城一千多户呢，花多少时间啊。"

丁医生自觉失言，急于补救，说道："那是，俗语说得好，'仗义每多屠狗辈'嘛。"这次是张老师笑眯眯地说："那孩子极清极雅的，南大毕业，琴棋书画样样皆能，而且难得样样精通，下棋让我九个子，我也不是对手。"丁洋瞬间尴尬红脸，不明白怎么一桌人都护着这个"王谢堂主"。

还是刘院长解围，岔开话题道："小丁，你怎么看这个疫情？"

丁洋是留学美国的海归，医疗实践经验不算多，但见多识广，理论知识丰富，当即清了清嗓子，说："2018年霍普金斯公共卫生学院曾以一篇《大流行病病原体的特征》报告发出警告，某种呼吸道传播的病毒可能引发下一场全球大流行，足以改变我们的文明。当时讲的病原体特征：通过呼吸道传播，潜伏期内未见症状便具有传播性，多数人没有免疫力，没有现成的治疗办法，病死率不高但感染规模大，都像极了今天的新冠病毒。很可惜，这一报告没有引起足够的重视。"

"是啊，新冠病毒最狡猾之处就是病死率不高，不会造成短时间内大量死亡，这样它就能有一步步传播的宿主，而且让人类掉以轻心。"程医生叹气，"中国是第一个面对病毒大规模侵袭的国家，猝不及防，武汉吃了个大亏；但意大利、伊朗等国家还是步上后尘，主要就是不拿病毒当回事。我看哪，全世界恐怕都会蔓延开。"

"没错。英国群体免疫策略肯定会栽大跟头，而美国的病死率那么高，很可能存在大量未被确诊的病人，恐怕很多人没得到测试。"刘院长赞同地说，"中国现在是暂时取得了阶段性胜利，但是其他国家的情况越来越严重，没有特效药，疫苗尚需时日，今年的日子，难过喽！小叶，你后面的担子可不轻！"

"那总会结束吧？总不会一直流行吧？"叶同裳忧心忡忡地问，双眼一眨不眨，澄澈得像雨后的青山。

"本来,如果全世界所有国家都能像中国这样,牺牲两个月的经济,彻底阻断病毒,可以全球同步成功。"丁洋认真地分析,"但现在看来不可能。如果只有少数国家控制住,全球结束就无从谈起。这个病毒完全不受时间和空间限制,最理想的结局,经过一场与全世界的较量,人类用疫苗和特效药在一定程度上战胜它。我估计这至少需要一年时间,很可能更久。"

"你的意思,现在这种防疫,将是一种常态?"叶同裳皱眉询问,焦急而且担心。

丁洋肯定地点点头:"没错,在疫苗和特效药出来之前,就是这样的状况。像防疫指挥部这一阵每天都说的:外防输入,内防反弹。这个时间,绝对不会短。"

叶同裳的手握着筷子,下意识地扒拉着碗中的菜肴,目光却情不自禁地望向厨房。谢安端了一盘菜,静静地站在门口,正在听丁医生的高论:防疫常态化,至少一年,很可能更久。

照这种说法,王谢堂现在的困难处境也将是长期的了。不过叶同裳是医生,又是新上任的防治指挥部副组长助理,防疫常态化对于她在工作上甚至不算坏事,她担心什么,焦急什么? 谢安觉得,那正是叶同裳的仁心和职业操守:她同情弱小,怜悯病患,她甚至想到了海外的患者,全球被新冠病毒袭击的老弱,所以她会与许辉投缘,会奔去公共卫生中心,会出任这个辛苦劳累的防治副组长助理职务。谢安相信,将来,她一定会成为国手级的名医。

朱静接过菜肴上桌,刘院长带头,热情地邀请谢安一起坐坐。谢安温和婉谢,说下午有一场直播烹饪课,要赶回去准备,一群人便热忱地挥别,相约以后到王谢堂再见。丁洋问他可否也预定一次,谢安客气地放了张酒楼的名片,说正常预约就好。丁洋看着名片吃惊,刘院长好意解释,南都本地人都晓得的,两百年的王谢堂啊! 张老师拉着谢安的手不松,执意要送下楼,又拉上刘院长一起,两人看出有事,一左一右携着老人的手缓缓而行。

到了楼下,张老师看看四下无人,悄声问谢安,是否认得法院或检察院的领导,或者市里、省里、北京的大官也行。谢安迟疑着摇头:王谢堂是南都老字号,两百年来达官贵人往来不绝,祖父、父亲在时也曾结交过一些,但都无深交且早已时过境迁;谢安本性疏懒,在这方面毫无兴趣,对顾客向来一视同仁,认识的人还不如前台多。张老师又期待地看向刘院长,刘院长显然也很意外,缓缓摇头。

张老师叹气,小丽那个案子,凶手好不容易在二十八年后被抓到了,但听人说,主要是刑法第八十八条有关追诉期限延长的规定不是百分之百明确,对方辩护律师很可能拿这个做文章,而且刑事政策是"少杀慎杀""宽严相济",这个案子有可能会判个无期或者死缓,凶手表现好减减刑,恐怕以后还能出来!小丽怎么能瞑目呢?她爷爷奶奶在地下也不得超生啊!难不成凶手逃跑二十八年,逃避制裁,他还有理了?讲着讲着,老人眼眶红了,就要掉泪,拼命忍着,眼睛不停地眨巴。

谢安最见不得老人受苦,想了想建议道,要不问问宁恺?这个案子是他们队破的,应该和法院那边有些联系吧?张老师想想有道理,琢磨着回头就给宁恺打电话,还有,也跟他爷爷宁向云联系一下,他是二十八年的办案刑警,从头到尾他最清楚,当年的恶劣影响他肯定记得!看看他们能不能帮说几句。谢安不知如何回答,刘院长劝道:"张老师,你别担心,你的心情我们理解,但你要相信,南都法院会依法判案。"张老师叹口气,扶着刘院长,重新缓缓上楼去了。

望着老人蹒跚沉重的步履,谢安心里很不好受。沿羲之路缓缓往回走,想着这事不知会怎么样。转弯过了朱雀桥,远远地听见王谢堂门口一阵阵喧嚷,一群人吵得惊天动地。谢安不禁皱眉,又出什么事了?

第十八章　名家风范

正是午餐时间，步行街道两旁的饮食店人来人往，特别是上元人家门口，还排着队，而且队伍不短。王谢堂呢，昨天小鲁说周日预定基本满座，想着今天再看看人均消费水平的，此时门口聚了一堆人，吵吵闹闹的。谢安停下脚步，静静远望。

最里圈的是小周、小赵两人，面对的是老顾客姚国庆；中间一圈的杜明、赵晨显然是听到动静赶出来的，旁边除了张倩倩和姚韬元，还有几个像是姚国庆的同事或朋友；最外面一圈是看热闹的，看样子，顾客和行人都有，戴着口罩也丝毫不妨碍他们围观的热情，一边看一边议论。

姚国庆很激动，呼天抢地般地叫屈："我早上看还是绿色的！为什么变色？我怎么知道？我过年前回到南都，这两个月动都没动，我没有病毒！"

张倩倩跟着不服气，语调也是不客气到呛人："我们防病毒工作做得最到家！快递都放在车库先通风！办公室、家里到处是消毒水的味道，他又没出过远门，怎么会染上病毒？"旁边几个人跟着帮腔，七嘴八舌地说着"你开饭店的，我们预定好了，还不赶紧让我们进去""闹了二十多分钟了，真急人""这个健康码是谁想出的主意，折腾人""是啊，快让我们进去，你们生意不做啦"等等。

小周脸涨得通红，伸臂拦住几人，坚持不让他们进；小赵快要哭出来了，显然这二十多分钟吵得不轻。杜明提高嗓门儿，道："姚老板，你是我们店的老客户，又定的天字号包厢，大主顾，我们肯定欢迎啊！不过，'绿码通行、黄码隔离'是防疫办的指令，我们不敢违规啊！"赵晨跟着附和："这是全国统一规定，市里区里都再三强调的，黄码属于危险人群，肯定不能进店，否则一店

147

的人都要受牵连；而且啊，按规定，黄码要居家隔离，姚总，你还是赶紧回家吧！"

姚国庆一听炸了锅，怒道："一个餐馆，不但不欢迎客人，还对客人指手画脚，什么回家隔离！把客户当传染源吗？那是歧视！好，现在不是进不进王谢堂的问题，而是你们需要赔偿我的名誉损失！"

一时之间，双方吵翻了天。张倩倩是个能吵的，得过一次新冠肺炎更增其勇，口口声声"王谢堂欺负人""王谢堂店大欺客"，越讲越理直气壮；姚国庆和身边几个人嗓门儿也不小，"预定了包间不让人进""饭店凭什么让我回家隔离"，说得像是受了莫大的委屈，步行街上来来往往的行人都好奇地停下来观看。杜明等虽然奋力反驳，无奈服务行业是低眉顺眼客气惯了的，半点威力没有，倒真的像理亏。围观的人群指指点点，舆论渐渐倒向姚方。不知谁叫了赵勇来，加入辩论战团，可是姚国庆几人气势汹汹，根本不把一个民警放在眼里。姚韬元看得目瞪口呆，对中国警察的好脾气只觉得震惊，侧头望见谢安，他皱着眉头也是束手无策。王谢堂主会烹饪，精通琴棋书画，可惜不会辩论吵架。

"出什么事了？"忽然，一个清脆的声音响起。谢安心中一喜，想起宁吉说来看直播的，恰好到了。果然，杜明、赵晨等像盼到救星一样，连忙转身高喊："宁吉来了！宁吉来了！"

像"急急如律令"一样灵光，以张倩倩为首，人群立刻安静下来，望向来路。电动车嘟嘟嘟嘟，口罩上方的双眼慧黠灵动，带着笑意，宁吉一如既往地笑嘻嘻如风而至。然而就是这张笑嘻嘻的面容，在张倩倩刚从意大利回来时挺身而上，为了不让她进小区，不惜摘下口罩被近距离感染，严峻刚硬，大义凛然，简直像抗战片中的女战士，时隔一个多月，依旧让张倩倩难以忘怀。张倩倩不由自主地往后退了一步，正踩在一个看客的脚上，"哎哟！"一声惨叫，张倩倩连忙回身说对不起，趁机又往外圈退了几步。

宁吉却没在意张倩倩，把电动车停在步行街尽头的停车场，走至人群中问明情况，便伸手问姚国庆要过手机，仔细看"南都码"的情况，果然是黄码，上午才变的。姚国庆很委屈,说这些天先是老老实实在家隔离,之后老老实实上班,遵守一切防疫制度,戴口罩勤洗手常消毒,怎么就成黄码,又要被隔离了?"宁吉你最清楚的,我除夕前后那些天隔离,多不容易!"姚国庆诚恳地说。

但绿码变黄码,肯定是有原因的;南都从来没有过健康码因故障乱变色的问题。宁吉笑了笑,帮姚国庆回忆,这两天都做了什么?今天早上变色的话,应该就是最近的事。

"上班啊,能做什么?又不敢出远门,防疫嘛,到处交通还是不方便,我们连无锡、苏州都不敢去!好不容易开工了,好多面料在做,都只能遥控!颜色看得准吧?手感摸得出吧?上了几台织布机?染色计划怎么排?还有缝制那边,工艺正确吧?尺寸有无问题?产量跟得上不?全都靠打电话!我都不知道真假!"姚国庆抱怨不迭。

宁吉约莫知道,姚国庆是做纺织品贸易的,二十世纪末下海,赶上了出口贸易的黄金时光,二十年来发展得很快。苏南的面料运到苏北、安徽缝制,成衣出口以欧美为主,年销售几千万美元,算是出口大户。他抱怨的这些问题,想必是现在工作中的难处,但在防疫常态下,只能克服,不可能像以前那样跑来跑去出差。姚国庆叫苦到最后,介绍身后几个人是柯亭面料厂过来的,几十万米的面料投下去,都是钱啊!靠电话、视频做生意,可以,但这么大的订单,谁敢光靠电话接?当然要面谈,要签合同,要看实际棉纱,最好跟踪整个生产过程!没忽视防疫,大家都有省里的健康码,都是绿色的!几个人倒也自觉配合,纷纷举起手机给宁吉看。宁吉笑笑,请姚国庆继续回忆:昨天呢,昨天干什么了?

几句话聊下来,宁吉敏锐地感觉到姚国庆吞吞吐吐,不时望一下张倩倩;可张倩倩自看到宁吉就越退越远,不知何时已经到了最外围,目光更是闪躲着,恨不得转身离开的样子。宁吉索性板了面孔,严肃地请姚国庆说实话:"防疫期间如果故意隐瞒导致严重后果,要承担刑事责任的!"

姚国庆艰难地开口了,其实也没什么,就是润州的工厂开工一段时间了,不少货在做,五一前后要出三百多万美金的成衣。姚国庆实在不放心,昨天开车跑了一趟,就和司机小史两个人到厂里核对生产计划,下车间转转核实,几个小时就回来了。

"小史的健康码没变色啊! 小史,拿出来给宁科长看看!"

宁吉扫一眼小史的手机,果然是绿色的。"你们什么时候分开过? 比如开会? 下车间?"宁吉继续追问,两个人都一直摇头。宁吉想了想,打电话问防疫指挥部润州那边今天的情况,说一切正常,并没发现什么确诊或疑似病例。

"那就奇怪了。我这里有个市民的健康码变色,问下来就昨天去过一趟润州。"宁吉紧追不舍。

"你等等!"防疫指挥部很重视,电话中传来一阵交谈声和键盘敲击声。

"是不是昨天下午三点多钟回南都城,路过泉山收费站,下车休息的?"宁吉握着手机,凝视着姚国庆,重复了一遍问题,顺手打开了免提。小史口快,抢着说:"没错! 你怎么知道?"

"那就对了。今天广安市发现了一例疑似病例,已经就地隔离。这个病例昨天经过泉山收费站,自述曾下车上洗手间,在超市买了包香烟并吸了一根,你报告的这个健康码变色的,应该当时与这个病例有过密切接触。请按黄码要求,立刻隔离。"

"我就抽了根香烟!"姚国庆喊得惊天动地,"还让不让人活了? 动不动就隔离! 我又要隔离? 又是我隔离? 我要上班的啊! 我有几百号员工要养活啊! 这个倒霉新冠病毒,非要我关门啊?"

然而,并没有预想中的共鸣,围观的人群听到这里没人附和,都迅速后退,不少人转身离开,脚步匆匆,传来隐约的议论声:"当心! 和他靠近健康码也会变色。""变色就是有感染风险啊!""抽烟多容易吸进病毒啊!""快走快走!"逃跑一样,不一会儿就散了个干干净净。连姚国庆身边的几个人都退得远远的,还有人取出手机,担心地查看健康码。宁吉看着姚国庆,指了指他周围:姚韬元也被张倩倩拉到了后面;小史虽一脸忠勇,可明显惊慌失措,毕竟昨天回来的路上,车上就姚国庆和他两个人。

姚国庆叹了口气,举双手投降:"好。我隔离! 我这就回家隔离!"宁吉使了个眼色,赵勇忙上前说:"姚总,我陪您回去。"姚国庆明知他讲得客气用个"陪"字,实际上是监督,冷哼了一声,只好服从,快快转身。没想到张倩倩走上来,清清嗓子——显然是鼓足了勇气,道:"我得过新冠肺炎,有抗体,我不怕。我送他回家。你们放心,我们不会乱跑。"

"不,倩倩,你帮我招呼几位客人。人家冒着风险来谈单子的,别怠慢了。早上谈的你听明白了? 没什么问题的话,按合同付两成预付款,尽快投产即可。我要隔离,就辛苦你了。"姚国庆讲到这里,颇有些伤感,看看谢安负手一旁等待,自己也觉得不好意思:在门口吵吵闹闹四十多分钟,王谢堂算是负责任的,为这点事好言好语地劝说、解释、建议。"哎,健康码是科学,不信不行啊!"姚国庆叹口气,回家隔离去了。赵勇隔着两三米远,尽职尽责地"陪"着他。

"我们还是去天字号包间,好吧?"张倩倩难得地放低了身段,轻声询问。谢安笑笑,杜明道:"欢迎欢迎。"让小周领他们上去。难得小周年纪轻轻,经过这一番争吵并不闹情绪,客客气气地领着几个人上楼,还向柯亭来宾介绍楼梯侧墙上的书法。宾客中还真有位姓卞的厂长识货,啧啧赞叹"名家风范""难得一见"等等,与小周聊得投机,气氛顿时热闹了许多。

赵晨提醒直播的时间快到了,谢安牵起宁吉的手,缓步往厨房走去。宁吉红了脸,但看看谢安理所当然的样子,王谢堂员工们也都若无其事地视而不见,渐渐也平静下来。是啊,牵手而已,有什么好脸红紧张的? 尤其,这是她多年的梦想!

宁吉记得,清楚地记得,第一次见到谢安是在五岁的时候。一家人来王谢堂吃饭,宁吉坐不住,悄悄溜到门前的朱雀桥上玩耍。见到一个极清秀的男孩,正摘了翠绿的柳条,悠闲自在地坐在桥栏上编柳帽,十指修长,可动作缓慢,半天才绕一圈。宁吉看得着急,想上前帮忙时被母亲自后拉住,抱怨她怎么自己跑出来了。后来又去过几次王谢堂,可惜再没见到。一直到七岁上小学一年级,报名、分班、买书包、试校服,好一阵忙活,第一天在教室里坐下,又看到了他,听到老师点名"谢安",他慢悠悠地答了一声"到"。

谢安,这两个字从那时起就镌刻在了宁吉的心底。

今天的直播,谢安换了道新菜,叫"围棋赌墅"。宁吉猜了几次都错,还是小鲁笑着揭开了谜底:就是虾仁炒地豆皮。王谢堂的名菜以河鲜居多,这个季节正是河虾最鲜的时候,地豆皮则是南都土产,像木耳,其实是野菜,脆崩崩更有嚼头,两样时鲜配在一起,黑白分明,真像棋盘上两个颜色的棋子对弈混战。这道菜的难点在于火候,火弱则咬不动,火大则成糊糊,谢安从点火开始精确教授时间,连灶头的火打到几分都一一讲明,细致而耐心。宁吉在外面看,只觉得不可思议,说不会做菜绝不是谦虚,大大咧咧的性格让她搞不懂:何以水少了一点饭就硬甚至夹生,火大了一点煮鸡蛋就炸,差一点都不行呢? 看着屏幕中的谢安,宁吉只觉得庆幸,他说,以后都是他做,谢天谢地。

直播现场在小灶间,小鲁把这里布置得紧凑精巧,自称自赞为"最上镜厨房";谢安三十三公分的高帽子同样上镜,人和菜同样赏心悦目,是另一种名家风范。宁吉站在走廊中,隔着玻璃门看得津津有味。那专注的神情,那旁若无人的舒徐,仿佛记忆中初见的小男孩,十指慢慢编着柳枝,双腿随意荡着,像脚下缓缓流淌的上元河水一样,自在踱步,万般闲雅。

看着看着,宁吉渐渐出神了。其实,谢安是胸无大志随遇而安的性格,他自小温和知足,不求上进,烹饪、读书、琴棋书画,都是随意而为,在这些一点一滴的沉浸中,享受他的天地、他的自由。直到这次新冠疫情,他不得不从闲情逸致中走出,不得不操心资金、利润、现金流,他就像个谪仙。然而谢天谢地,即使在极度窘迫中,他仍旧关怀邻里、心存慈悲,他看不得任何人受苦,他愿意为帮助别人变得实际庸俗,愿意为心底的善良,自世外纵身跃入红尘。看那走廊角落码得整整齐齐的玻璃瓶易拉罐,难怪老桓感叹:"谢老板,好人呐!"

身后的人越聚越多,不少顾客听说"王谢堂主"在直播烹饪课,都跑来看热闹。赞叹的,好奇的,评头论足的,声音低低地漫开来。大多数人夸奖谢安手艺高形象好,也有的说太贵了,半成品就要一百四十八,南都哪儿有那么多有钱人? 宁吉并不在意,大千世界,不可能要求所有人喜欢,就像不可能喜欢所有人一样。

姚韬元怯生生地问:"宁姐姐,我能拍照吗?"宁吉回过头,含笑颔首。姚韬元开心地举起手机,对着小灶间干脆拍起了视频。宁吉好意提醒她,可以进网上直播间,一样看得到,姚韬元大感兴趣,到底是年轻人,几下就学会了。旁边许多人围上来问方法,张倩倩和几位柯亭宾客也不懂,好奇地张望,终于也有两人边取出手机边感叹:"还能这样卖东西!""我们的面料要是也能这样卖就好了!"

一道菜的制作方法直播完毕,小鲁宣布成绩:"围棋赌塾"的预制品卖出了一千一百二十五份,不差但也不算好,还不如二月份直播刚推出时不断上升阶段的数字。小鲁故意扮可怜,苦着脸恳求网友:"我知道很多人现在日子不好过,一天比一天存款少了,这时候更要鼓励自己,吃顿好的啊! 展示厨艺,邀请家人分享,好吃又有品味的'围棋赌塾'更能为大家打气! 政府一口气出了那么多减负纾困政策,相信未来,相信一切都会好的!"

大力吆喝之下,又卖出去一百七十一份。最后是谢安烹饪的这道菜竞拍,底价按堂食两百一十八起拍,直播间里价格噌噌往上跳,瞬间过了三百,三百五。走廊中看热闹的人议论纷纷,有的想竞拍,有的说"不合算,我们人在王谢堂,点一份才两百一十八啊",立刻遭到了反驳:"两百一十八是厨师做的菜,这是'王谢堂主'的演示品,能比吗?"

"一千!"直播间中突然跳出一个数字,小鲁大喜,连忙喊:"最高价,一千元! 一次,两次,三次,成交!"

"耶!"王谢堂的员工们疯狂地鼓掌喝彩,一道炒菜啊,拍出一千块! 宁吉看到竞拍人叫 Penny,愣了愣,回头望向姚韬元,少女满面红光,双眸晶晶闪亮,右手高举手机,兴奋得说不出话来。宁吉见直播已经结束,忙唤出小鲁。小鲁惊讶地得知竟然是姚韬元拍的,连忙安排送去天字号包间。谢安正好走出小灶间，看见这么多人，客气地笑笑，看着姚韬元说了声"谢谢"。姚韬元轻声问能不能拍张合影，谢安反应慢，尚未回答，宁吉笑着说当然可以，接过姚韬元的手机"咔嚓咔嚓"按了几张。

回到办公室，宁吉讲起走廊中观众的议论，菜价是否偏高了？谢安怔了怔，正好杜明进来，笑着说，哪里高，一份"围棋赌墅"的河虾仁七两，全是新鲜的、手工剥的，地豆皮是真的野菜，一点点自农村收来的，这两样原料就差不多一百了，还有配料，还有包装，还有运费，还有人工，毛利最多百分之二十，以往啊，餐饮行业的毛利都说保底百分之四十啊。

讲得宁吉不好再吭声，杜明接着说把祝嬢嬢招进来了，跟她讲好了就负责包粽子，菜单上也添了点心"祝嬢嬢粽子"，不过目前还没有人下单。祝嬢嬢倒是很认真地在包，但因粽子是王谢堂的新品，恐怕打开销路尚需时日。宁吉点点头，这是上次向谢安提到的，作为社区，对于遇到的每一个有困难的居民都要竭力帮助，将祝嬢嬢牵线王谢堂并非做慈善，而是希望一举多得：包粽子的有地方包，卖粽子的有好粽子可卖，想吃粽子的能买得到；等着看看吧，粽子的实际销量会怎么样。杜明又报告中午的收入，堂食上座率约八成，人均消费两百二十，还是比往日低。这样就会使现金流不够，并且原材料特别是河鲜那些食材又将出现库存，田螺和甲鱼养殖场催了几次了，让赶紧去提货。

小鲁忽然兴奋地跑进来，说中午数字要改一下，刚才天字号包间结账了，一桌就吃了一万两千块！还有旁边人字号包间也结了八千！杜明高兴地站起来，快速改数字，按按计算器，说这样人均过两百六，达到平均线了。

"还是要顾客有钱啊，看那两桌，点单多爽气！"小鲁感叹道，"天字号是姚总的江左纺织公司与一帮柯亭面料大佬签合同，说是七十多万米面料，一千多万的合同，两边抢着埋单，最后是柯亭客人卞总抢赢了，说是今年不多想赚钱，保住厂子是第一步，刚复工有这张大单子，工人稳住了，感谢姚总、张总关照什么的。唉，要是顿顿都有几桌这样的顾客，我们王谢堂的日子就好过了！"杜明连声赞同，说一千，道一万，王谢堂酒楼依仗的，其实是南都的经济环境。

"你有没有听见,他们说这订单产品出口到哪里?"谢安忽然问。自在酒楼门前听吵架,谢安就觉得不安,反应慢又想不起什么事,是什么呢?

"没有细说,好像是欧美什么的。"小鲁不经意地回答,兴高采烈地捧着账本出去了。宁吉敏感地看看谢安,他想到了什么?

"外防输入,内防反弹。至少一年,恐怕更久。"丁医生这么估计,刘院长赞成并猜测美国有大量未发现的病人,道理很简单,新冠病毒可不认国界和边境线。谢安相信刘院长的判断,欧美的疫情暴发是迟早的事。那么中国人,而且是相对富裕发达的南都地区,经过这次疫情之后,吃饭点餐都开始省钱了,欧美人倒有心情有钱在疫情中继续买衣服?

谢安摇了摇头,说:"没什么。希望大家都顺利吧。"接着和宁吉说到中午在朱静家烹饪的事,说去了好多人,刘院长、程医生、叶同裳、李伟都在,张老师和张师母也去了,他把张老师的担心告诉了宁吉。

宁吉听了也很关心:张老师担心罪犯逍遥法外二十八年,反而能逃脱死刑的惩罚?哥哥和爷爷都是好警察,为这个案子忙了多少年,张老师和张师母的心情他们一定理解,但能帮上什么呢?判案,法院肯定得依法判决吧?他们两个警察,能干什么呢?

第十九章　似我情怀

到处都在复工复产复业,防疫常态化下,企业经常碰到各种状况。宁吉骑着电动车,一会儿这边核对复工人员状况,一会儿那边检查防疫物资,或者排查消防设施、安全通道、电气设备,从早到晚不得一刻空闲。社区户外电子大屏和室内电子广告都在滚动播放防疫宣传,但内容换了,变成了"居安思危,消除隐患""预防为主,保证安全"这一类。

忙到中午好不容易喘口气,王主任让紧急开会。大家倒也习惯了,有的匆匆扒两口盒饭,有的抓起包子啃,有的干脆端着茶杯直接去会议室。王主任看看人到齐了,也不多说废话,直接布置任务。

什么事呢?防疫之后经济困难是实际情况,为响应"积极扩大有效需求,促进消费回补和潜力释放"的指示精神,激发百姓的生活热情,加快城市经济复苏,南都市面向全市市民发放消费券,总额超过三亿元。领取方式是自愿申领,随机摇号,第一批七千万已经发放完毕,相信这将大大促进全市的消费,毕竟有这么大金额涌入市场。

众人纷纷举手"我领到了""我抽到六百""我有五百多",宁吉快快不乐:"我手气不好,只领到一百,还没舍得用。"王主任笑着说:"还有机会,大家加油。今天开会呢,是说区里贯彻执行市里这个促消费的精神,除了延长上元灯会的时间之外,正式启动'惠民消费月'。具体措施主要有六项:千店大促销,千万大礼包,两人同行一人免单,奖励消费达人,搞一个找锦鲤的活动,并推行小额消费先行赔付制度。"

"那还不乱套了?"宁吉第一个担心。现在商家本来就处于弱势地位,消费者维权意识极强,稍不如意就吵闹退货退款什么的。再搞先行赔付,肯定冒出一堆索赔的,商家恐怕天天忙着退款。疫情后各种促销使得利润本来就极微薄,这样一来,可能会倒闭一批吧?

会议室中顿时分为了两派,大部分支持宁吉,说这种小额消费的索赔十个有八个是过于计较,不能由着他们;而且商家经受不起,做生意难上加难,还有心理负担,总不可能由政府承担赔付。另一派不同意,说关键是促进消费,让大家去花钱,即使有一部分赔付,也还是收入多,肯定比没生意好。宁吉不服气:大家花不花钱,与赔付制度的关系并不大。

王主任咳嗽一声,众人停止了议论。"今天开会的议题不是讨论,是如何执行。经济发展的启动键已经按下,我们每一个人都有责任让这座城市忙起来、活起来,要有信心、有决心。部分同志的顾虑有道理,但这个时候不能缩手缩脚,只能冲锋向前。多想些好点子,多考虑企业的实际需要。"

王主任接着布置任务:"各人分管的企业,要将这些惠民政策落实到位,消费券的使用要大力提倡鼓励。"另外交给宁吉新任务,"你最年轻,想想多用网络这些新科技手段,把上元区的美景美物和美食结合,向年轻人推广,促进消费。特别是步行街这一块,是全国首批改造提升试点单位,尤其重要。"

宁吉很头大。这些天转下来,她觉得形势并不乐观。王谢堂就是个典型的例子:防疫时所有市民宅在家里,花一两百元订预制品的人都比现在多,因为那时大家都以为防疫是个特殊时期,很快就会过去;结果现在发现是马拉松,企业状况没有随复工一下子变好,很多人都开始捂紧钱包省着花。社区不也说了,要习惯过紧日子,号召大家勤俭节约?举个小例子,原来打印纸是正反两面用,现在两面用完了还要将空白的部分剪成小卡片,钉在一起当小记事簿。

这个时候促进消费,喊人花钱啊,怎么可能呢?疫情中,医护人员被称为"最美逆行者",那我这个,算"最难逆行者"了吧?

一路带着疑虑腹诽,宁吉嘟嘟嘟嘟地骑着电动车,跑到了广惠家居商城。也没预先和钱红说,想自己先看看消费券的使用情况。手握一百元的消费券,宁吉理直气壮地进了餐厅。此刻正值下午上班时间,店里人不多,与上周刚开业时的热闹相比又是一番景象。谢安讲得对,刚复业的前几天是补偿性消费反弹,之后归于平淡,在经济普遍尚在恢复的大环境中,个体商家很难独自繁荣。

宁吉思索着刚站稳,就听见一个欣喜的声音喊"宁姐姐",回头一看,居然是姚韬元。她红着脸说是想吃西式简餐跑过来的,这么巧,能不能一起坐?宁吉性子随和,对姚韬元印象不坏,便笑嘻嘻地坐在了她对面。

姚韬元是个典型的香蕉人,面孔虽是南都姑娘,习惯和性格却都欧化了。优点是毫无心机,简单直接;缺点也是这一点:说话做事幼稚笨拙,显得"缺心眼儿"或者"少根筋"。比如这会儿点单,宁吉觉得两个人可以合点,来一份比萨饼和色拉,最多再加份鸡翅就够了;姚韬元却自顾自地点了蘑菇汤和肉酱意面,并且扫码付了款。宁吉只好努力习惯她这种西方思维,AA就AA吧,那又何必邀请我一起坐?看看姚韬元,浑然不知已经得罪了人,仍旧按西方习惯,别人点单的时候特意避开了眼神接触。

宁吉看了会儿菜单,点了份铁板牛扒,一块提拉米苏和一杯饮料,共一百零九元,结账页面上跳出了"是否有消费券,可全额使用"的字样,宁吉连忙点"是",输入消费券,只付了九元!顿时心情大好,看姚韬元的目光也变得温柔了。姚韬元感觉到,冲宁吉讨好地笑笑,没话找话地问:"这个餐厅宁姐姐常来吗?"宁吉想了想,把结账抵了一百消费券的页面给她看,解释这一阵市里在想方设法促进消费,问她怎么看。果然和预想的一样,姚韬元瞠目不知所对,半天才问:"这个能让人消费啊?"

"能,真的能。"宁吉听到声音,觉得有些耳熟,看看送饮料的服务员,居然是熟人。"叶彦超,你怎么在这里?"

"宁姐姐,我在这儿打工啊。"叶彦超笑道,"我们是这样的,就是要领了消费券再盘算怎么花。"

说穿了不稀奇。武大一直没开学,叶彦超闲不住,吵着要勤工俭学挣点学费,外面的工作不好找,叶晓东在厂里问了一圈也没适合叶彦超的活儿,但是餐厅的服务员不好招,钱红想来想去,同意儿子到广惠餐厅打工,工资挺高,一天八小时两百二十元,和公务员差不多。当然,服务员和公务员都不轻松。宁吉确信自己的工作强度更高,工作时间更长。宁吉低头吸了口饮料,冰冰凉凉的,真甜真爽。

讲起消费券,服务员当然最有发言权:"你看那点单爽快的,都是不用券,甚至根本不知道有这回事的;进门就犹豫,点单时看了又看,往前翻几页又往后翻几页,口中念念有词,眼神恍惚在算账的,都是用券的,这种客人一般点得不多,都是正好把券用完。"叶彦超还没说完,已经被宁吉狠狠地捶了一记:"你是故意的吧?就说我呢。"

叶彦超哈哈大笑,连忙讨饶:"宁姐姐莫怪!刚复业那两天人狂多,生意狂好,现在不乐观呢。"瞥了眼姚韬元道,"像她这样花钱爽快的有,不过很少。"

姚韬元红了脸,仍旧不太清楚两人在说笑什么,只憨憨地陪着笑。宁吉看着一阵心软,介绍说都是琅琊苑的邻居,一个在1栋,一个在2栋。叶彦超听说姚韬元是从意大利回来的,大感兴味,急忙问起欧洲大学的情况;而姚韬元听说他是武汉大学的也颇为好奇,两人聊了几句,极投机。不过叶彦超正在上班,依依不舍地说句"不好意思,回头再聊",端着盘子转身离开了。

宁吉望着叶彦超匆匆而去的背影,有些出神,叶家人真的优秀呢。昨天听谢安说见到叶同裳了,不避讳也不刻意,这种平淡无奇可有可无的叙述让宁吉窃喜。宁吉知道,谢安曾被叶同裳吸引,她本来就美丽善良,疫情中忘我奋战的医生更有无可比拟的光辉,让人敬佩,让人仰视,让人心动。别说谢安这样本就清逸出尘的,很多平日庸庸碌碌的俗人,在疫情中也都变得心胸宽广,令人刮目相看。

反而是现在,大疫过去,人人都回到红尘俗世,再次日日面对柴米油盐酱醋茶的问题,因经济恢复期间的收入下降,很多人锱铢必较。人们期待的"补偿性消费"只是昙花一现,疫情防控的常态化阶段,消费受到冲击的长尾效应正在显现,顾客们在捂紧钱包,削减开支。包括宁吉自己,若不是有这一百元消费券,她肯定不会来享用百元西餐,上元人家的鸡汁汤包和鸭血粉丝汤那些,三四十块就能吃饱吃撑,味道也很好。

而自己接到的任务,偏偏是设法促进消费,让城市忙起来。宁吉自嘲地笑了笑。叶同裳去公共卫生医疗中心这样的"最美逆行者",美到连谢安也会对其怦然心动;此时她这"最难逆行者"呢,没有鲜花掌声,没有致敬感谢,恐怕会被说庸俗市侩。

管他呢,反正我本来就是孔夫子庙土生土长的南都"大萝卜"。宁吉想,为了和我一样的这么多"大萝卜"乡邻,一切困难都要迎难而上,庸俗就庸俗吧!

"你爸爸在家隔离还好吧?"见姚韬元发呆,宁吉含笑问道。"不大好呢!"姚韬元难得地皱眉,满脸担心。

虽说姚家房子大,是个顶楼的跃层,姚国庆为不影响妻子女儿,将自己关在楼上,但总归不方便;最主要的,是担心公司。过年前接了很多订单,二月份因为防疫不开工,好多货交不出来,不得不推迟交货日期,为此费尽口舌。很多欧美客户那时候不理解,"新型冠状病毒"是什么,如此严重吗?总算又讲又说又发新闻照片,客户一个个谈得同意延期交货了;又好不容易复了工,外地员工千辛万苦地回到厂里,各地都在生产了,但是因防疫经常发生状况。首先是产量不如从前,消杀、防疫、管理员工需要很大精力和人力;员工到得参差不齐,不同省、市来的有的早有的晚,特别是湖北的还有不少没到,管理层不得不下大功夫编排岗位;还有不少工厂因疫情暂缓开工或者不定期开工,偏偏服装这个行业面料厂、辅料厂、服装厂、水洗厂、绣花厂、印花厂等等这些环节缺一不可,比如上周印花厂休息,服装厂这边坐等印花片等不及,临时再将裁片调到别的印花厂,重新开印花版又费钱又耗时……

"宁姐姐,你听我说这些,烦吧?"姚韬元问,见宁吉示意她继续说,才接着讲下去,说国内生产这些问题都能想办法,各种扶持政策多,相关部门也都热情帮助解决;最大的问题,是出现了不好的苗头,意大利的客户有的开始取消订单!虽然有合同有信用证,但因合同上有不可抗力豁免条款,客户变得理直气壮：当初姚国庆推迟交货期的时候，讲过疫情是不可抗力，现在意大利全国封锁，商店都不开门，还要货吗？即使货到港口，港口现在基本停滞，报关卸货都成问题，白花仓储费啊。服装这个东西是有季节性的，春夏秋冬四季订单按顺序做，颜色、款式每年每季不同，这一季的不可能换到下一季销售，所以只有取消订单一条路。但我们这边，面料辅料都已完成，不少衣服都做出来了，又该怎么处理？姚国庆怕影响单位的军心，更怕下游供货链厂家知道后担心资金上门挤兑，那样江左纺织会立刻倒闭，所以都自己闷在心里，对张倩倩都不敢多抱怨，只好在女儿这里诉诉苦。被取消的订单是纯亏损，而且因为没出口拿不到退税，实际损失很大。

"所以爸爸那天烦闷，下车抽烟，就是又接到一个取消订单的电邮。"姚韬元皱眉道，"晚上到家，他自己喝闷酒，把我和妈妈都吓着了。"

姚国庆喝醉了酒，一个劲地发牢骚。纺织品出口被看作"夕阳产业"，前些年——二十世纪末，真是纺织品出口的黄金年代，那时候工人工资低又好招好管，原材料便宜，基本上同行都做得不赖，不少人赚钱后退出了，小富即安的心态吧，有的改行炒股，有的移民，有的买些房子做包租公、包租婆……姚国庆也曾经一年赚两三千万，但他想着继续"做大做强"，利润和积蓄都投入再生产：买机器，换设备，盖厂房。那时候一台好的德国锁眼机三十多万，能买梅花山庄门对门的两个小套！要说一点不后悔是假的，但一百多号员工一路相伴，下游各家企业长年合作，姚国庆实在不想扔下他们，自己去做房东。大千世界，尤其中国还是发展中国家，并非每个人都能做高科技，都懂新能源，都能进金融、房地产、区块链、生物医药行业。新闻上说，基础产业出口，像纺织品、玩具、鞋帽、箱包这些，带动全国近两亿人的就业呢，姚国庆一直觉得自己是对国家有贡献的。这十来年，因国内生产成本上升，有不少订单被客户转去了东南亚，姚国庆的客户现在是分两边下单：订单大、时间长、价格低的放在柬埔寨、老挝、缅甸；订单小、货期紧、价格稍高的下在中国。这样整体的利润下降不少，让姚国庆郁闷之余也有些担心，会不会有一天，中国人自己的衣服鞋帽也转去东南亚生产？十四亿人的市场，大家拱手相让给东南亚吗？美国现在喊"制造业回归"呢，我们纺织行业的也在努力进步，也在产业升级，也渐渐有科技含量，如果资金雄厚也能更新换代，比如上马工业机器人的智能化生产车间啊。借着酒劲，姚国庆狠狠地发泄了一通心中的郁闷：谁说我们商人唯利是图？选择坚持做实业，是爱国行为，有情怀，有抱负！结果呢，好，意大利订单取消，全是我自己赔！

"这部分影响大吗？"宁吉关心地问。姚国庆说得对，江左纺织算是区里的出口大户，一年缴税过百万，公司加相关下游合资企业有几百名员工。姚韬元叹了口气，说好在意大利的订单占比小，现在公司就指望手上的美国订单，四五月要出很多货，等这部分陆续出货回款，应该就好了。偏偏这时候姚国庆被隔离，难以管理生产，他怎么能不急？

美国订单……四五月出货……陆续收汇……宁吉思索着，忽然想起谢安昨天欲言又止，不由得一个激灵：他是担心，担心美国那边的订单会出问题！

没错，病毒不认人不分国界，绝不会像美国政客所说的"奇迹般消失"，美国现在确诊病例已经过万，据说卫生纸都被抢购，真的会"奇迹般消失"吗？全球已经有三十五个国家宣布进入紧急状态了！但对于这个现实，很多人不愿意去面对，美国政客拒不承认，姚国庆也绝口不提。做了几十年的外贸生意，他难道不知道这时候美国的订单有巨大的风险？他只是骑虎难下，硬着头皮走下去而已。

所以，担心美国方面出问题，才是姚国庆抽香烟、喝闷酒、大发感慨的真正原因。但那是远在太平洋对面的美国，南都人又能怎么办呢？宁吉不由得想到谢安的反应，这种情况，也只能祝福祈祷，"希望大家一切顺利"吧？宁吉皱眉思索。

餐厅角落的屏幕上正在播报新闻，中国抗疫医疗专家组进入了意大利疫情严重地区，画面中的城市空空荡荡，医院门口搭着预检和分诊帐篷，医护人员正紧张忙碌地救治病人。最惊悚的，是一辆辆军车运着棺材出城，死亡人数已经远远超过了城市的负荷。

姚韬元呆呆地看着，不出声，双眸中蕴满泪水，面前的饮料小食碰都没碰。宁吉满心同情，为悲惨的意大利，为面前的香蕉人。小小年纪就已移居彼处的姚韬元，对她而言，意大利和中国在她心中都是家吧？含着金钥匙出生、一路一帆风顺的她，脑海里根本没有仇恨、隔阂、歧视等概念；然而这场新冠肺炎疫情，已经将世界卷入了矛盾和分裂中。她，后面的路会怎么走？能怎么走？

"肉酱意面，一份！""铁板牛扒，一份！"叶彦超端上餐食，满面笑容地招呼二人，"趁热吃！这会儿味道最好！"一边顺势在旁边的椅子上坐下，笑道，"哎呀，新冠病毒呢是太厉害，今年就别多想了，既来之，则安之。再惨还能比我惨吗？武汉大学电子工程专业，变成了广惠餐厅的服务员！但是得过新冠肺炎能活下来，还能像个无敌金刚一样转来转去，已经不错啦！"

"扑哧"一声，姚韬元硬是被他逗笑了，无意识地转着银叉，视线自屏幕上收了回来，随手擦了擦眼泪。宁吉也劝她，意大利现在是最严重的时候，等等看，你们反正已经回来了，就在这里帮帮你爸爸。

"是啊！我也这么想。"姚韬元连连点头，说母亲张倩倩是公司驻欧洲的总经理，外销这块是她负责，姚韬元很小的时候就开始学着帮忙，意大利人工贵，请的助手到点就下班，节假日不加班，很多活儿都是母女俩自己做。所以两人对公司业务很熟悉，甚至美国客户中也有一些是通过欧洲客户认识的。不过因为回国少，对国内情况不了解，前一阵姚韬元天天陪着父母上班，看看生产那一块完全帮不上忙，觉得自己的强项还是在销售上。意大利取消的那些订单有十一单这边已经完成，衣服都是欧洲当季新款，品质极好，价格也不贵。昨天看到王谢堂直播卖半成品，她就想着能不能试试直播卖成衣。

"好主意！"叶彦超立刻拍手叫好，接着毛遂自荐，"我帮你！我网络电子信息这些都玩得溜，国内的事也比你懂。"姚韬元大为感动，连忙和他商量怎么申请，怎么录制，怎么播放，怎么销售。两个人凑在一起，你一言，我一语，兴冲冲地开始筹划这个新的"贸易"——business，对这个词的翻译两个人讨论了一番,译成"生意""买卖""业务"都觉得不妥,最后定为"贸易"。

宁吉在一旁笑嘻嘻地看着,忽然想起王主任布置的任务,"用网络这些新科技手段,把上元区的美景美物和美食结合",谢安做的美食在直播销售,这两个年轻人在合计直播卖美物衣服,还要介绍美景呢,还要将这几者都结合起来,有难度哟。

宁吉皱眉思索,忽然看见餐厅外钱红正大步走过,忙起身告别两个年轻人,说:"你们慢慢聊,我上班去了。"

出餐厅,环顾商城,复业那天的热闹盛况不复存在,稀稀拉拉的顾客也是看的多买的少,大部分店铺面前根本没有顾客。远处,钱红看到宁吉,满面欣喜地迎上来。她是以为有什么好消息吧?对,消费券,消费券是个大好消息,还有惠民消费月,也是市里为促消费稳企业而竭尽全力推出的措施。还有什么新办法,能让消费者喜欢,让大家花钱呢?

宁吉不由得叹气,王主任交代的这个任务,太难了!

第二十章　因果相继

　　这天回到家已经很晚。宁吉蹑手蹑脚地想溜进自己房间，"啪"，电灯亮了，庾丽气呼呼地站在面前，手中拎着个袋子，那个九品中正广场的、精致的、昂贵的礼品袋。

　　宁吉暗叫"糟糕"，悄悄打了自己一巴掌。怎么能又带回家呢？留在办公室啊，塞在柜子里啊，怎么能留在背包里，换包又不取出来呢？不出所料，庾丽开始数落起来，如何走了几家商场，如何看了十几个柜台，如何千挑万选，如何找了男售货员帮着试戴，还特意找个身材与谢安差不多的……"我煞费苦心，两千多块钱买回来的生日礼物，你给塞包里，忘记了！那其他的事情，谈了吗？什么事？领证，结婚，新房装潢，买家具，办婚礼，要孩子！什么都没谈？你什么态度？你二十五了！很快就是高龄产妇了，而且很难怀孕！"

　　庾丽越讲越气，将礼品袋举到宁吉眼前，喋喋不休滔滔不绝，内容很快变成抱怨一双儿女如何不体谅父母，一个也不孝顺：女儿二十五了不结婚；儿子更糟糕，二十八了连女朋友都没有，讲多了，干脆搬到宿舍去住！回家就带一堆脏衣服来，被子枕头干脆不换，恐怕老早臭了！

　　宁吉懊恼不已，谁想到呢，忘了个礼品袋而已，就被骂得狗血喷头，还连累了宁恺。他这会儿肯定耳朵烧得滚烫吧？

　　不过渐渐地，宁吉发现不对劲，母亲今日的愤怒伤心颇不同于往常，更激烈、更感慨、更沮丧，甚至带着绝望。不，这不仅仅是礼品袋的问题。"妈，你没事吧？"宁吉收敛了嬉皮笑脸，关心地问道。不知怎么的，庾丽一下子泄了气，呆呆地盯着女儿，神情恍惚，半天叹了口气，偃旗息鼓地回房去了。

宁吉摸不着头脑，犹豫着是不是要跟上去问问。这时，宁国华擦着头发从卫生间洗澡出来，乐呵呵地和女儿打招呼。宁吉冲主卧努了努嘴，无声地询问："怎么了？"宁国华伸头看看，小声说："美股又熔断了。"

美股又熔断了！宁吉哭笑不得，难怪！难怪母亲这个状态？3月9日、3月12日、3月16日已经熔断过三次。宁吉之所以记得这么清楚，是因为这三天母亲跺脚发狠、抱怨咒骂，就差捶胸顿足了，听她抱怨的意思，是多少天的涨幅全跌回去了，亏损大了。当时一家人都安慰她，股市嘛，有涨有跌，放着等等好了。谁知道，今天又熔断了，十天内四次！难怪网上都说，今年净见证历史了。

宁家是普通的工薪阶层，普通得和玄衣巷社区的大部分人家一样：有房贷按揭要还，有两个未婚青年的婚姻大事要应对，宁国华是艺术学院的教授，收入一般；两个孩子的工资还不够他们自己花的；庾丽以前在银行工作时有奖金和工资，然而她三年前退休，奖金这一块没了，顿时就觉得捉襟见肘，每月存不下钱，想到儿女的婚事还没办，那可是到处都要花钱的大事，庾丽就忧心如焚。想来想去，她就悄悄开了个美股账户，开始没敢多投，换了一万美元，每晚认真盯盘，真赚了些。美股势头确实是好，道琼斯指数一路涨到了两万九千点，美国总统将这个视为他最大的政绩之一；而普遍的看法是，总统将连任，美股还能再涨一波。于是庾丽大胆地加大投入，将家中几十万存款全换成美元放了进去，每天最大的乐趣就是看收益，盘算着，贷款为宁恺买的期房明年拿钥匙，正好有钱装修，最好啊，家具家电也有钱买了。

"妈，别难过了。股票嘛，总归有涨有跌的。等一等，说不定会涨回来。"宁吉蹩进屋中，见母亲正靠在床头发呆，连忙安慰，还是同样的话。宁国华道："我也是这么说。劝了她一晚上了。钱财乃身外之物，家里又不是过不下去，为这事烦恼，何必呢？"

"你讲得轻巧！身外之物！结婚不要钱？买房子不要钱？两个大龄青年还在家呢！"庾丽终于忍不住掉了眼泪，"这个新冠病毒太可恨了！怎么也没想到会影响到美股！从两万九跌到两万三！家里这点钱都是算好用处的,这一亏,哪里还够用呢?"

"妈,我和哥都讲过多少次了,您就管好你们老两口,我们俩的事你们不用烦。"宁吉想安慰母亲,却忘了这是母亲的头桩心事。庾丽索性哭起来:"怎么不用烦? 哪一样不要我烦? 你们可有一个省心的? 你们都不小了,难道一辈子不结婚,一个当老警察,一个当老姑娘?"宁国华想要劝,却被兜头好一顿抱怨,"我没你那么好心态""我就是要脸要面子""你但凡有点用,我何至于"之类,宁国华无奈,捧本书自己去书房了。

宁吉还是第一次见母亲大哭,早就惊蒙了,看到父亲离开,她更加手足无措,情急之下不假思索地说:"妈! 我还没来得及告诉你,谢安求婚啦! 我们讲好了今年办事!"

一片寂静。庾丽吸溜着鼻子,慢慢擦干了眼泪,问:"真的?"此时此刻,宁吉只好硬着头皮说:"真的! 真的!"面对母亲热切期待的目光,宁吉绘声绘色地开编:"谢安很诚恳,说全部由他那边安排。他有一帮人嘛,不用我们家烦一点神! 房子你知道的,谢家的老宅子在上元河边上,独幢的,有院子! 谢安说新房总归要喜庆一点,他认识搞装潢的,帮王谢堂做过,又快又好! 正好今年事情不多可以做这些,家具家电都是现成的,去年刚换,全套新崭崭的! 我们家要准备什么? 真的什么都不要,哦,对了,就床上用品吧。八套新被褥,谢安喜欢蚕丝被! 妈妈你挑些雅淡一点的,不要那些大红大绿的。酒席? 肯定就在王谢堂啦,等疫情结束吧。现在这个隔桌就餐、人流限制的防疫状态,不热闹,对不对? 那当然,你想请多少客人就请多少! 到时候啊,一百六十桌,两千多号位置呢,总够了吧? 孩子? 哎呀,妈,一步步来吧。谢安喜欢小孩的,我肯定! 现在政策放开了,两个,我们生两个! 全给你带!"

直到夜深人静终于躺回自己的小床上,宁吉才意识到这个谎言的可怕。天哪,要是谢安知道了,还不当自己想嫁人想疯了! 他可没求婚,没讲到任何新房和婚礼,更别提要啥两个孩子了! 而以母亲的性格,是一定会热切地跟踪她,盯着不放的! 这可怎么办? 愁死人了!

还好，并没愁死人。愁不到一分钟，宁吉就睡着了。

第二天早上，宁吉心虚地六点钟就爬起来，指望在碰到母亲前偷偷溜出家门。结果，庾丽不但已经起床，而且已做了丰盛的早餐，包括宁吉最爱吃的小馄饨，还换上了一副故作轻松的笑容，主动说想开了，股票割肉清仓，以后再不赌了，听老同事建议，换成了南都的公募基金放着。今年这么大一场疫灾，庆幸一家人平平安安，女儿得了肺炎痊愈，找到了如意郎君，就要结婚生子，开始人生的新阶段……

宁吉听得直冒汗——小馄饨也确实烫。还好救命一样，手机响了，宁吉连忙一边接电话，一边抓起包往外跑。到门口被庾丽拽住，礼品袋又被塞过来："好好送给谢安，啊？"望着母亲近乎恳求的神情，宁吉无奈地答应了："好，我给他。"

"什么？你说什么？什么给他？"手机那头问。

"不不不，你说什么？"宁吉连忙定定神，笑嘻嘻地挥别母亲，集中注意力接防疫办的电话，"广安抽烟的那个疑似解除了？三次核酸测试都是阴性？太好了！那我们这边这个可以不用隔离了？太好了！谢谢你！"宁吉千恩万谢，连忙拨打姚国庆的手机，却一直占线，死活打不通。宁吉想起姚韬元的担心，干脆直接奔往琅玡苑。

南都这个季节的天气，反复无常忽冷忽热，昨天热得穿衬衣，宁吉今天便也就套了个薄外套，结果今天是个阴天，冷飕飕的，还飘着细雨，宁吉暗呼"上当"，缩着脖子一路飞驰，冷得直打哆嗦。到小区门口，小沈同情地询问宁吉要不要喝杯热茶，宁吉搓搓手说不用，去2栋607说几句话就出来。小沈好意递上把雨伞，宁吉瞄瞄仍旧绵绵不绝的雨丝，笑着接过。

停好电动车，宁吉撑起雨伞闷头往里走。迎面也是把雨伞，互相看着对方的双脚挪动，你往左我也往左，你往右我正巧也往右，眼看要撞上，只好同时停下了脚步，抬高雨伞，"叶医生！"宁吉脱口而出。叶同裳也愣了愣，含笑说是上早班，脚步匆匆地去了。宁吉看看手机，还不到七点，不由得感叹医生真是不好当。当然，社区网格员也一样。

到楼梯口按门铃，就听见姚家热闹得很，张倩倩接的对讲机，没听清是谁就按开了门。宁吉快步走上六楼，还是冷得发抖。张倩倩开门见是宁吉，条件反射地往后退了一步，问："你，你找谁？"姚韬元闻声出来，看见宁吉浑身湿漉漉的，忙请她进去。宁吉并不推辞，进屋接过姚韬元递上的干毛巾，随手擦拭。江南的细雨最是浸人，短短十几分钟，头发面颊上都是一层水珠。

"这么一大早，没事吧？"母女俩担心地问。宁吉忙笑道："好事情！姚国庆在吧？他手机一直占线。我是来告诉他，防疫办通知，他接触过的那个疑似病例已经排除了，他不用隔离了。"

"真的？太好了！"姚韬元欢喜地跳起来，"宁姐姐你坐会儿，我去告诉爸爸！马上下来！"说着，噔噔噔噔跑上楼去了。

客厅里只剩下张倩倩和宁吉，气氛瞬时有些尴尬。宁吉笑笑问："你这几天在帮姚总的忙？公司还好吧？"

"哎呀，做纺织品出口的，要说有事，天天有事。工厂、工人总有意想不到的事情！前天有个工人去厂里上班路上，不小心被公交车蹭了，头破血流，我安排办公室主任去看他，算工伤，休假拿双倍工资，叮嘱他安心休息；昨天水洗厂环保检查，我正好在那里等货水洗，环保局的同志一边检查，一边教育我们'青山绿水就是金山银山'，讲到我心里去了，这次回来看到南都的天真蓝，和欧洲的天差不多！头疼事也不少，那个国际快递，现在航班少了嘛，要好几天才能到客户手上，只好提高样品速度，早点寄出……"张倩倩很高兴找到话题，大概上了几天班也颇有倾诉的欲望，唧唧呱呱讲个不停。宁吉听得有趣，纺织品出口原来如此烦琐，倒和街道每天应对的社区工作差不多，小而细，微而烦。

姚韬元木着脸走下来，张倩倩没在意，宁吉已经反应过来："姚国庆不在家？他跑出去了？唉，他这是违反隔离规定！"见母女俩脸色灰白，宁吉又惊道，"他不顾一切跑出去，为什么？出什么事了？他手机一直占线，是在和谁通话？"

张倩倩抓起背包就往外冲。姚韬元追上去："妈！我跟你一起去！"宁吉忙跟上喊："先打电话，看他在哪里！有情况打给我，不行就报警！"

"知道了！宁姐姐！"姚韬元焦灼的声音远远地传来，"谢谢你！"

宁吉闷闷地跨上车去上班。马路上的人流已渐渐增多，慢车道上都是赶着上班的电动车和自行车，大多数人按着铃铛甚至口中吆喝着，疾速甚至有点莽撞。宁吉不得不集中注意力，小心行驶，然而回想起春节时空旷的马路，她立刻又觉得，挤就挤吧，吵就吵吧，能有今天，不容易呢。尤其看到新闻中意大利的街头，更觉得应该珍惜。新冠肺炎疫情在世界各地到底蔓延开来，欧洲全面告急，美洲日益严重，估计印度、印尼、南非等人口大国情况也不容乐观。

路过步行街，宁吉有意放慢了车速，望见王谢堂前小鲁正在擦拭门前的楹联，小周正在扫青石板的台阶，杜明推出早餐车准备送餐。谢安呢？怎么不见他？宁吉怅怅地随着车流淌过，发现自己竟如此想念他。然而母亲那里怎么办？婚礼，新房，家具家电，要两个孩子……宁吉使劲转转车子手柄，加速逃离。

"广惠也不例外？"王主任看着宁吉手机中的视频，皱眉问。

宁吉点点头，说在广惠转了两圈，很沮丧，简单地说就是顾客少，消费的更少。钱红说她已经想了各种招数，各个店铺都布置得美轮美奂，推出了不少促销活动，除了市里的消费券、区里的惠民政策之外，商品基本上都打折扣，最高的甚至打对折；还有买一赠一的，买大送小的，无理由退换货也早都开始实行了，为此还特意增加了人手。然而小件商品和超市餐厅的销售大约是以前的三四成，大件商品基本上卖不动。钱红唉声叹气，刚过来任职就碰到这种局面，理解的说是全球大环境，这么大的疫情百年没见啊；但不理解的还以为是她的能力有问题呢。怎么交代呢？还有什么办法呢？

"对啊，宁吉你点子多，想到什么没有？"王主任反问道。

"没有。"宁吉老老实实地回答。宁吉与钱红的观点一致，说："疫情下的经济大环境如此啊，刚刚重启嘛，不止一家企业内部口号是'活下来'，可见

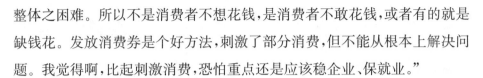

整体之困难。所以不是消费者不想花钱,是消费者不敢花钱,或者有的就是缺钱花。发放消费券是个好方法,刺激了部分消费,但不能从根本上解决问题。我觉得啊,比起刺激消费,恐怕重点还是应该稳企业、保就业。"

王主任看着宁吉,点点头道:"你讲得不算错。2020 年的这场疫情天灾,前所未知、突如其来、来势汹汹,中央果断打响这场疫情防控阻击战,把人民生命安全和身体健康放在第一位,宁可一段时间内经济下滑甚至短期'停摆'。不容易啊!"

宁吉立刻赞同:"没错,王主任! 我在网上看到,英国《柳叶刀》社论认为,'中国的成功也伴随着巨大的社会和经济代价,中国必须做出艰难的决定,从而在国民健康与经济保护之间获得最佳平衡'。在人民生命和经济利益之间,党和政府果断抉择生命至上,所以经济暂时受影响是必然的。咱们南都算好的呢! 2020 年一季度,这么严密防控,经济取得正增长,在全国万亿级大城市中都算难得的吧?"

"是啊,这中间有你们大家的功劳。疫情控制得力,'管得住',才能'放得开'嘛!"王主任说,"从经济结构上讲的话,南都有一百三十多家以国有企业为主的工业企业,像南都石化那些一直坚持生产;而在疫情很快被遏制住之后,地铁八号线、艺博园等十几个重大项目连续施工;中兴通信、LG 滨江工厂等百亿级产业项目相继投产;还有一批新兴产业,如电子信息、高技术制造业、工业机器人、电子元件、集成电路、软件信息服务等在逆势增长,医药行业在疫情中更是成绩亮眼;其他如金融业、房地产业、新型研发机构、独角兽企业等都还不错。所有这些,都像一根根支柱,支撑着南都的经济,使我们的城市即使在如此严峻的疫情防控阻击战中仍然稳步向前。"

"但是我们孔夫子庙……"宁吉脱口而出,讲了一半乖乖闭嘴。要多讲吗? 老主任心知肚明啊!

身为老街道主任,生在孔夫子庙,长在孔夫子庙,王主任知道,身边老城区的大部分居民离这些光鲜高大上的行业很远。他们是老南都人,赖以生存的基础性行业,如餐饮、商贸、旅游、低端制造业等等,都因防疫受到重创,不少人歇业在家,不少人虽在上班但收入锐减甚至没有收入。党和政府注意到了这一点,想到了他们,密集制定出台的多项政策,重点就是为中小企业和个体工商户减负纾困;街道作为基层组织,就是要为这些邻里乡亲落实党和政府的关怀。

"所以,促消费并不是为了从百姓口袋里掏钱,而是为了把经济整体搞活,让支柱产业的增长转化为消费,从而帮助这些经营困难的文旅商企业,进一步惠及千家万户。"王主任缓缓说道,"譬如王谢堂,为什么区里提供一系列优惠政策:免三个月房租,发放稳岗补贴,减免社保费,电费打折,还帮他联系贷款?是为了谢安一个人吗?当然不是,是为了王谢堂中的一百多号员工,像小鲁、小周、小赵、老王、老姜、老陆他们。一百多号员工,涉及一百多个家庭,王谢堂稳住了,这一百多家人早上会去买金陵大肉包、鸭血粉丝汤、老汤家的盐水鸭、老李家的梅花糕,那么老汤、老李也就能保住了。所以宁吉,让你想办法促消费,你要先自己搞明白,主要目的是什么,不是让你从百姓口袋里掏钱,而是让你帮助他们的企业不仅'活下来',更要活得好!大家都拿到工资和奖金,有收入养家、有钱消费。广惠家居商城有四百多个员工,你忍心让这些人下岗回家吗?那是四百多户人家!"

宁吉红了脸,坐回自己桌前,呆呆地出神。王主任批评得对,是自己想歪了,觉得稳企业、保就业是促消费的前因,其实,两者互为因果关系,因果相继啊。春节期间,她曾目睹社区中的文旅商企业陷入困境,谢安那么一个清逸出尘的性格也不得不为之痛苦挣扎;眼前这一家家商户一个个微小企业,大部分都在发愁苦恼,促消费,是为了让他们能够度过困境啊。好在党和政府注意到了大家的困难,王主任每次开会都会宣布些好消息,作为社区工作人员,首先要把这些好政策落实执行,为这些企业争取最大的扶持帮助;另外,危机中也孕育着新机,比如姚韬元正在考虑的意大利时装直播销售,就是在绝境中求生创新,这种敢于创新的勇气永远是发展的动能。

思绪纷乱中,手机响起,姚韬元急急忙忙地报告找到姚国庆了,他在小史的车上,准备开车去上海。因为最担心的事情终于发生了,一个美国客户取消了订单！客人说所在地的加州封城了,没有商店开门,还卖什么衣服？和当初意大利客户说的一样,就算货到港,也没人通关卸货。令姚国庆痛苦的是,这部分订单远比意大利订单大,涉及已经在上海码头的成品,在后道车间钉扣包装的成衣,在水洗厂水洗中的半成品,在缝制流水线上的半成品,在印花厂的印花片,在裁剪房中的裁片,在面料厂的面料,在辅料厂如拉链厂、扣子厂、标牌厂的辅料……金额庞大,涉及十几个环节,对应了十几个货源企业。姚国庆急得发疯,打客户的电话再没人接,邮件发了几十封,半天只收到冷淡的回复,说这是"不可抗力",谁让姚国庆当初推迟交货期的时候用了这个词呢？姚国庆想起客户在上海有办事处,索性直接杀去上海。

"但是上海办事处只是办事处,几个本地员工平日看看货跑跑厂家,美国总部来人时,接待做向导,没有任何对合同和业务的决定权。而且总部这一出事,他们肯定都躲起来了,爸爸说手机座机一直都打不通,所以亲自跑去的。"姚韬元讲得焦灼,焦虑的情绪隔着手机都能感受得到,"我劝他,去上海,肯定找不到人,在办事处门口等吗？没用啊！而且'不可抗力'条款受国际法保护,就算客户接电话,就算跑到美国去吵闹去打官司,也赢不了。还不如赶紧回来,看看怎么办。我和妈妈都觉得,要不赶紧停产止损,要不就赶紧找新的销售渠道。"

"你和叶彦超商量的那个网络直播开始了吗？"宁吉想了想,问道。

"还没有。"姚韬元愣了愣,"申报审批要三个工作日,我们的平台也还没准备好。而且,我妈妈说网络上直播卖衣服的其实不少,像我们这样凭空冒出的新直播,有没有观众呢？叶彦超也说关键是这个问题,我们在挖空心思想,怎么吸引第一批观众呢。"

"要不,你们用王谢堂的直播间先试试吧？"宁吉说,"他们这两天工作日正好不开,平台手续只是一方面,最主要的,他们有现成的客户群,覆盖整个孔夫子庙,远到南都东西南北各个角落,有不少人呢。'王谢堂前燕'一次能卖出一两千,你那个意大利时装以成本价销售,说不定效果更好呢。直播次数又没有限制,你就多播几次呗！"

"宁姐姐，你太好了！关键是客户群啊，喜欢吃王谢堂菜肴的，肯定是有实力的消费者，买得起衣服的！"姚韬元激动起来，"我收拾整理一下，中午去找你，好吧？"

两人谈了谈细节，约好中午十二点半在王谢堂门口碰头。放下电话，宁吉才想起来，没和谢安申请就贸然做主，他会不会不高兴？不会的，谢安其实外冷内热，姚家是孔夫子庙的邻居，他一定会乐意帮忙。

外冷内热……宁吉想到自己对母亲扯的弥天大谎，不禁发愁。以谢安这种性格，怎么才能让他求婚呢？

第二十一章 和衷共济

办公室里忙忙碌碌,很快到了中午,宁吉早上出来得匆忙,没带饭,又不能特意饿着肚子去王谢堂蹭吃,便约孙敏去附近吃鸭血粉丝汤。那是南都的传统小吃,嫩得晃动的鸭血,韧性十足的粉丝,星星点点漂在汤上的红色辣油,都让人垂涎欲滴回味无穷。可惜在谢安面前,宁吉不敢要求一起去吃路边小吃,提都没提过。鸭血粉丝汤、毛鸡蛋、麻辣烫、小龙虾、鸡汁汤包等等,这些似乎与谢安的清逸格格不入。而且印象里,吃东西的时候,即使在王谢堂,他都是含笑在一旁远观。

谪仙,就该不食五谷、吸风饮露吧?

宁吉怅怅地想着与男朋友的不合,埋头狠狠吃了两碗鸭血粉丝汤。偏偏孙敏关心地问她婚姻大事怎么样了,这一阵家具家电都在打折,好多优惠,现在买划算啊。宁吉不知所对,只好又点了一份汤包,塞满了嘴巴说不出话,尽显吃货本色。孙敏没在意——宁吉一向能吃——继续聊着家常:"婚纱照也该拍了吧,都在搞活动。还有金银首饰钻石戒指,不少都买一送一。一辈子一次的大事,可不能马虎,好好挑些中意的,以后能传给儿媳妇呢。"

孙敏说着,悄悄拉开长衣袖,展示腕上的一个翡翠镯子,说,这是结婚前婆婆给的,当时买六千六,短短三四年工夫,像这个水头这个颜色的,商场里都涨到几万了。这个啊,比钻石保值。你要是选结婚首饰,小钻石不如大翡翠,记住啊。

翡翠……宁吉伸头看看,自然是啧啧夸赞。不过宁家没这些东西,宁吉向来是大大咧咧地戴一块卡西欧电子表,是某年宁国华随学校去日本访问,为儿子女儿各带了一块回来,当时还算稀奇,现在当然早就过时了。但好处是一直奇准,多年不用校对时间。不过翡翠嘛,有次在王谢堂听谢安讲案上的摆设时讲到过,记得是透的好,润的好。宁吉看着孙敏手腕上的镯子,随口胡编,孙敏被夸得笑个不停,捶着宁吉连说:"要死!你这张嘴!"两人笑成一团。

"哎呀,我要迟到了!"宁吉想起来与姚韬元的约定,王谢堂那边也请谢安等着呢,看看时间,已经十二点一刻,连忙起身往外走。突然,一个声音怯怯地问:"请问,你是宁科长?"

宁吉转身一看,是一个瘦削精干的中年妇女,似曾相识。宁吉想了想,兴奋地握住她的双手:"你是郗厂长!进城来玩吗?"

看得出,郗晓琴很高兴看到宁吉的热情,大大松了口气,迟疑着说找她有点事,到街道办公室看她和王主任都不在,门卫说宁科长可能在这里吃午饭,就追过来了。宁吉为难地又看看表,想了想说:"郗厂长,你还没吃饭吧?上次我说过,你要是进城,我请你吃大餐的。走,跟我去吃午饭好吧,我们边吃边说。"

郗晓琴听到最后一句便不再迟疑,上了宁吉的电动车,挥别孙敏,直奔王谢堂。到步行街停车场停下车,郗晓琴看看王谢堂轩昂的门楼,青石阶上气派俨然的玄衣子弟,不安地道:"这太破费了,不好不好,我就自己找个小店吃碗面条就行,你要是有事你先忙。"

宁吉连说没事,拉着她往大门里走。姚韬元和叶彦超都已经到了,两人各拖着一个大号三十寸行李箱,看见宁吉,连忙迎上来,亲亲热热地叫"宁姐姐"。宁吉笑嘻嘻地答应,见谢安负手立在门前含笑而视,忙上前轻声说明情况。

谢安微笑聆听,招手唤杜明领郗晓琴去玄字号包间坐下,安排好茶水菜点;又吩咐小鲁领姚韬元和叶彦超去小灶间,商议如何直播,说完冲几人微微颔首致意,缓步自去了。宁吉这时也顾不上多想,先跟到小灶间,看小鲁在热心地介绍布局背景、拍摄要点、发布重心、直播窍门等,忙交代三个年轻人好好沟通交流。忙碌中问了问姚国庆的情况，姚韬元皱眉说早上公司开了个紧急会议，决定能停产的还是立刻停，及时止损，所以公司管货源的和管生产的都在忙着和各工厂协商，但所有工厂都是有生产计划的，这一停产，干扰极大，有几家小厂不得不放假，其实工人都是才招来的……宁吉皱眉听着，一句问话哽在喉咙间，极力忍住了没问：其他美国客户会不会也取消订单？最后叹气安慰姚韬元几句，匆匆赶去了包间。

玄字号包间是王谢堂中仅有的一个小包间，餐桌设计为四人座，以往有预定门槛，最低消费不含酒水一千六；现在因疫情取消了最低消费，变成先到先得，但大多时候还是空着。郗晓琴好奇地看着室内精致的硬木家具、粉彩的瓷器和工笔花鸟，像刘姥姥进大观园般啧啧称赞。宁吉笑嘻嘻地致歉，招呼她随意用些凉菜，盐水鸭、桂花藕都是南都名产，王谢堂两百年的手艺尤其做得好吃。郗晓琴看起来是真饿了，大口吃着，称赞宁吉是个好心人，跟王主任一样，所以好人有好报，找了这么好的对象！

对象……宁吉正在喝汤，一口呛住，咳嗽个不停。她好不容易止住了，深吸一口气，问郗晓琴进城为什么事情。郗晓琴啃着鸭腿，告诉宁吉就是口罩的事：本来工厂是个小厂，连名字都懒得起，就叫"肥水镇口罩厂"，以前是定点供应市里两家医药公司，订单不大，因口罩这个东西放不住，都是要用多少他们下多少。这次因新冠肺炎疫情，市里指示早日开工，年三十把工人都叫回来了，连天加夜地干，为了赶货还特意支持我们加了设备，口罩机二十几万一台呢。现在一个星期的产量就能有四五十万只。

"那真厉害。"宁吉称赞，"你们一个小厂，帮了多少人。"回想那一夜在口罩厂，亲眼看到以郗晓琴为首，工人们辛苦加班，为防疫放弃春节假期，赶出一箱箱口罩，保护了全体市民。这一场防疫，中国取得了骄人的成绩，以南都和所在的江南省为例，这么气势汹汹的病毒，死亡数为零！靠的是什么？当机立断的决策和指挥，还有所有居民坚韧团结，和衷共济。

"谁说不是呢？"郗晓琴很高兴宁吉讲到了她心里，"工人大过年的上班，是为了帮大家啊！我那天和高经理讲起来，其实蛮意外的：平常偶尔星期天要加个班,有工人问加班费;这次好,没有一个人提!真是患难见真情啊。"宁吉笑嘻嘻地听着,连连赞同。

说着说着,郗晓琴讲到了正题,现在因为设备多了,产量高,满足原来两家医药公司的订单绰绰有余,在电视上看到国外缺口罩,就想着做些外销单,出口那些疫情严重的国家。"我们厂有一次性非医用口罩,有 N95 医用口罩,产能最大的是非医用口罩。我看到电视里那些外国人,可怜啊,口罩要反复用!那样有什么防护效果!我急得恨不能把手上的口罩给他们!这一阵找上门的外贸公司蛮多的,口气都很大,有的说一单就是一百万个,有的说全部包销,有多少货收多少货。不过都不熟悉,价格也不知道怎么谈。所以今天进城,先到几家公司实地看了看,但心里还是没底,看不出好坏。宁科长,你有没有靠得住的办法?另外,听说出口要好几种资质证书。肥水口罩厂是个经营多年的老厂,质量绝对过硬的,这些证书怎么办理,阿能帮我问问?"

宁吉认真聆听,再一次赞同郗晓琴。前天区里开会中有一条说,国内的医用物资现在已经是动态足额供应,在满足国内疫情防控需要的基础上,有序开展防疫物资出口,保质保量向国际社会提供急需的防疫物资。没想到一个小小肥水镇的口罩厂,倒和国家想到一起了。宁吉当即接过几家公司的名单,说帮着去做资信调查。"资质证明呢,我没办过,立刻就去了解一下。不过这个应该与外销单挂钩的,外销单嘛……"宁吉拍了下额头,"正好有个外贸行家在这里,吃好了我们去找她。"

郗晓琴是个做事的人,闻言擦擦嘴说:"吃饱了,走吧。"宁吉理解地站起身,领着郗晓琴往外走。正碰到谢安亲自端着盘菜肴走进来,看两人不吃了,极有风度地让女士先行,然后缓步跟在后面,仍旧举着菜盘子,"桓伊吹笛"的香味飘送十里,引得餐厅里的食客们都好奇地观望。

宁吉回头瞪他:"干吗不放下?"谢安笑笑说:"我做的。凉了不好吃。"郗晓琴称赞道:"你这对象,真体贴!"宁吉腾地红了脸,心虚地看看身后,还好,谢安淡淡地笑着,丝毫没有对一盘长鱼和"对象"的称呼产生不良反应。

到了小灶间，看看三人正在排练如何拍摄，小赵、小周也被叫过来帮忙，背景已经由原来的垂柳飞燕换成了蔚蓝的地中海衬着高耸的比萨斜塔，意大利的浪漫气息扑面而来。郗晓琴惊喜地说："对对对，电视里就是意大利，一个个都没口罩戴，看得人着急！"

宁吉忙问三人忙得如何，要咨询个事。小鲁笑说直播预告发出去了，晚上七点开始，计划一个半小时，第一次先试试水，这会儿正在这里演习，看怎么拍吸引人。宁吉见这会儿直播不着急，便将郗晓琴介绍给姚韬元，说她想出口口罩、帮助疫情下的外国人。没想到姚韬元大喜道："太好了！好多欧洲人问口罩，大部分是自用或者帮家人朋友要，我刚在淘宝买了两千个发过去。"

郗晓琴好奇地问淘宝多少钱，姚韬元不记得，摸出手机查看，买的是299元一百个，两千个非医用口罩花了六千元。郗晓琴惊得脱口而出："这个价格是我们出厂价的十几倍！姚姑娘，你真阔气！"

姚韬元有些急：这几天常被人说富家小姐不知疾苦不算账，尤其是叶彦超，见她点单不看价格说，打车用专车说，喝矿泉水选进口牌子说……没完没了。明明很正常的事，怎么就快变成阶级斗争了呢？这会儿听到郗晓琴的话，看叶彦超笑疯了的坏样！

情急之下，姚韬元连忙分辩，口罩在意大利要一欧元一个，关键买不到！淘宝这个价格含国际空运运费和意大利的清关费送货费，保证口罩到客户手上，不算贵。更何况，就是价格再高点也得买，供求关系决定市场价格，是不是？而且一月下旬到二月初中国疫情防控最艰难的时候，欧美还没意识到新冠病毒的严重性，口罩基本上是随意买，很多海外华人和国际友人积极捐赠。比如她这次寄口罩去的那个意大利客人，一月底时主动联系了牙医诊所，匀了四百个口罩，姚韬元连同其他买到的口罩一起托运回国的。所以现在她急着寄口罩回意大利，中国人习惯投桃报李，对不对？

"是，那是，姚姑娘你讲得对。"郗晓琴意识到说错了话，连忙弥补，"我看到电视上，国家派出好多医疗专家组，帮助外国抗疫。这么凶的病毒，不管中国外国,要一起对付它!"姚韬元问:"你是口罩厂的啊? 意大利这边急需口罩的,你有多少啊?"郗晓琴解释:"厂里口罩的产量现在很高,最好是个连续的外销订单;结算嘛,同市医药公司一样,出完货开发票,票到半个月内付款就行。"

两人凑在一起商量,姚韬元说出口去意大利的口罩并没有额外要求,就按出口欧洲的规定,如提供营业执照、医疗器械销售备案、进出口经营相关资料、CE认证就是欧洲合格认证等,江左纺织公司多年的老外贸,一套都是现成的,而且营业执照的经营范围内原来有医疗器械产品和劳保用品,只要到省里办个医疗器械产品注册证就可以了。"关键是要有产品,好产品。"姚韬元看看郗晓琴,又看向宁吉。宁吉连忙作保:"肥水口罩厂我去过的,就是刚复工时,姚国庆要口罩的时候。那个口罩韬元你自己也戴过,质量很好,是不是?"姚韬元缓缓点头。

于是几人迅速达成共识,郗厂长这就回厂把厂里的医疗器械产品注册证、口罩样品、产品合格证等资料发过来;姚韬元负责联系客户,拿订单。"订单最好大一点,整一点,我们产量高啊!"郗晓琴一再说。

姚韬元笑着答应说没问题,几个客户都说"越多越好"呢!见郗晓琴不放心,她索性取出手机,当着她的面发邮件给客户,一口气发了九家。发完邮件,姚韬元有些担心,拜托郗晓琴一定要有货,接了单就一定要交货的,现在整个欧洲口罩供不应求,到时交不出货,就难交代了。

宁吉在一旁看得感慨:出口贸易真不容易,上下游多少个环节,稍微一个地方出问题,结果就是不但赚不到利润,还会贴本。江左纺织这次是客户方面,包括意大利的和美国的,客户取消订单;但按张倩倩说的,日常其实是生产方面出事的多,每天的工作大部分是在处理突发事件,劳动密集型产业靠人工,人会生病会闹情绪会犯错误,所以想不到的纰漏层出不穷。不过郗晓琴显然是个靠得住的供应商,宁吉回想在厂里的那一夜,她精干务实,说一不二,正适合姚韬元这种毫无心机、对人百分百信任的客户,相信她们能成为很好的合作伙伴。

"桓伊吹笛"的香味悠悠荡荡,宁吉招呼几个人都来吃点,杜明细心地送来了餐具,几个人吃得好不香甜。郗晓琴又赞:"你这对象,心善!"姚韬元不懂什么是"对象",叶彦超悄悄告诉她,她笑得打跌。宁吉装作没听见,再看谢安,不知何时已经离开了。

下午王主任听了宁吉的汇报,很赞成口罩出口的事情,正符合前日区里开会的精神,要力所能及地支持各国防疫。不过她也同样担心江左纺织公司,美国加州客户取消订单了,其他州的呢?出口企业出现这种情况,现在不是一家两家,而是好多家。富士康算厉害的吧?这场疫情让工人返岗难开工难,二月时,富士康为了招揽工人,开出了有史以来最高的入职奖金:入职满两个月四千,满三个月六千;并动员内部主管加入"拉人头"大赛,招聘一个新工人也能有上千元的奖励。结果这才上班一个多月,富士康为生产配套产品的苹果手机因疫情需求量锐减,订单减少,而且关键是元器件进不来,于是人力变得饱和过剩,现在好几个车间不得不休假,工人只拿底薪。

"全球疫情冲击下,消费端疲软,已经冲击到了富士康的生产线,其他企业可想而知。"王主任叹气。江左纺织公司看起来是个民企,就一家三口当老板,办公室员工几十个,所属工厂几百人。但这个公司一年生产近两千万件衣服,它的订单出了问题,那么多供应商、加工服务商,甚至快递公司、货运公司等都会受影响。最受影响的是工人,很多都是从农村出来打工的,除了养活自己之外,还要寄钱回老家养家中老小,家中办事盖房子都等着他们寄钱呢;就是城里的工人,也多半要靠工资生活。就业,是最大的民生。

"王主任,我明白。"宁吉听着王主任的话,说保证为了工人们继续跟踪江左纺织的事情,积极对待。目前这种状况,还是要找到新的销售渠道,所以今天的直播卖库存很重要。王主任想了想说,线上推销是一方面,线下看看有无可能进行销售。市中心那些百货商场?对了,广惠嘛,服装与家居一起销售,是不是能吸引些顾客?

服装与家居……宁吉笑得僵硬,虽没有直接驳斥王主任"异想天开",脸上却显出不以为然的神情。广惠目前自身难保,那天和钱红谈了半天,共识是一方面深耕细作,继续推出精品新品;另一方面加大促销力度,除打折送礼之外,再与社区联手开展些活动,王主任的意思,现在倒要广惠去帮助江左纺织?两个风马牛不相及的行业啊!谁买家具的时候,会同时想买衣服啊?

"宁科长!宁科长!"门卫突然急急忙忙奔进来,说前面步行街的道韫街上一家美甲店店主和顾客发生纠纷,吵得很厉害,后来顾客打了110,警察已经到了,两边都不肯让步,店主点名要宁吉去调解,顾客一听也赞成。

"美甲店?"宁吉想想没什么印象,长这么大也难得去啥美甲美容店,头发一般都是在小区门口的理发店十块八块剪短,烫发染色护理保养等任店主推销从不动心,所以是个不受待见的顾客,远不如在饮食店受欢迎。美甲店店主何方神圣,居然点名要求她去调解?

门卫不知道店主的姓名,也不知道顾客是谁,说就是110刚才匆忙通知的。宁吉只好拿了包快步出门,反正道韫街就在前面不远处,110警车又扎眼,到那里不愁找不到。出了大门,身后门卫又想起来,追着喊:叫什么"令姜美甲"!

宁吉不禁笑了:难怪找我调解,老熟人嘛!

第二十二章　江南草长

　　要说孔夫子庙街道玄衣巷社区居民们最自豪什么，一是此地为南都历史最悠久的地方，远在三国孙吴时，上元河就是南都的中心；更因几千年一脉相承的风神气韵，此地的人被公认为最地道的老南都人。地道在什么地方呢？首先是一口醇厚的南都老城南话，如"来事""潘西"之类外地人听不懂的词，"干么事""么的事""多大事"等等只可意会的言语；更重要的，是老南都人的那种厚道，即俗语的"南都大萝卜"性格。郑令姜生在玄衣巷，长在玄衣巷，是个典型的"南都大萝卜"。

　　有"南都大萝卜"性格的人一般都待人极好，容易相处，但有时一根筋，认死理，不会转弯变通，尤其是觉得自己没错的时候，犟得惊人。像此时，虽然是面对顾客上帝，金额又不大，但就是不肯通融，更不肯认错，不肯小事化了。宁吉很了解这种"大萝卜"的脾气，在社区工作几年，几乎每天都能碰到，深知只可智取绝不能用蛮力。不过一进美甲店的门，宁吉就笑了：令姜希望宁吉来调解，自然是因为经过上次刺猬的事，对宁吉颇为信赖；而顾客之所以赞成，是因为她是宁雅娟。

　　"小姑，你和朋友做美甲呀？坐下歇歇，来，歇歇，喝杯果汁，别站着呀，怪累的！"宁吉连哄带劝，拉宁雅娟和与她同行的朋友坐下，将令姜按在对面，又冲110民警笑说这都是玄衣巷的邻里街坊，没事没事。民警看看双方都已坐下，不像会再吵架的样子，便好言劝慰两句，离开了。

　　讲起来真是极小的事，然而，令姜气得脸通红，宁雅娟也是满面怒色，各自让宁吉评理。宁吉发挥网格员的特长，本着"智取"的策略，当下不动声色笑嘻嘻地听着，先让她们说了个够，把气撒个够。

183

这条"道韫街"的名称来自东晋大才女谢道韫的名字,是孔夫子庙有名的美发美甲美容一条街,店铺云集,女人需要的服务应有尽有。隔壁一条街叫"献之巷",名字来自大才子王献之,则是足道按摩棋牌网吧,面向男士服务。两条街都在步行街范围内,因为步行街的提升改造,早年脏乱拥挤的环境不复得见,除干净整洁通畅便捷之外,文化气息浓厚。道韫街的街头有个休闲驿站,献之巷的东首是个小剧场,两条街的生意都极好,客似云来,一般都要打电话预约。周末和假日常有情侣、夫妇结伴前来,各花两三个小时消遣,再同去孔夫子庙吃小吃,去小剧场看戏,或者在文化驿站逗留,欣赏琴棋书画,算是时下既轻松实惠又风雅逍遥的休闲方式。

当然,那是 2020 年庚子年之前的繁华,自新冠病毒来了之后,统统不一样了。

宁雅娟最早是国旅的员工,从导游一步步升到副经理,后来索性自己下来开了个小旅游公司,因位置在桃叶渡口,故取名为"桃叶渡旅游",主营孔夫子庙旅游,也代订机票车票等。一直生意极好,公司里十几个导游基本上没有闲下来的时候,2019 年过年时公司实在忙不过来,宁雅娟亲自上阵,五十岁的人像年轻导游般马不停蹄,一天甚至带过五个团。要知道,现在的旅行团并不是走马观花,除了看看大成殿、魁星阁、李香君故居,还要坐船游上元河,要看科举博物馆,要品尝上元小吃,要看昆曲、话剧、白局等各种上元河畔小剧场的演出,要逛东西市和老门东,要走城墙进聚宝门城堡……真细细逛的话,从早到晚、白天黑夜,都有得玩,有得吃,有得看。大家都说,孔夫子庙旅游是个摔不烂的金饭碗,宁雅娟这条路走对了。虽然新旅游公司不断冒出来,但是"桃叶渡旅游"资历老资源广,在业内响当当,是孔夫子庙旅游当仁不让的金字招牌,深得各地游客信赖。

谁知道,一场新冠肺炎疫情改变了一切,金饭碗不怕摔打,可是怕病毒。空城一个多月,原来预定的旅游团都取消了,该退订金的退订金,该赔偿的赔偿,作为顾客和各种商户之间的中间人,旅行社只能两头致歉两边化解,承担了最大的损失。宁雅娟那一阵心情极不好,与儿子韩征南发生矛盾其实和当时的情绪很有关系。好容易盼到解封，景点开放，餐厅恢复堂食，商场开门复业，聚宝门城堡也能上了，但旅游业远远谈不上恢复。各个地方都限制人流，量体温、戴口罩、查健康码，红色标语到处都是，每天的防疫资讯占据大小媒体的头条，在这种紧张气氛下，谁会出来玩？谁又会参加旅游团？

从业三十年，宁雅娟的客户遍布全国东西南北各个角落，港澳台游客也很多，海外也有不少，韩国、日本、新加坡是大头。无奈自年三十拜年开始，就一直在祝福"多保重""平安顺利""宅家防疫""千万小心别出门"，这会儿又是"外防输入，内防反弹"的阶段，旅途道路艰辛，感染风险大，难道能喊人家出来玩？宁雅娟没那么黑心，何况，估计喊了也没用。

所以，这些天公司处于完全放假的状态，虽然导游的工资本来是提成制，但五险一金、房租水电等等也还是每月固定要支出近五万元，后来靠扶持政策减少到三万元，但也还是纯开销；最着急的，是不知什么时候能恢复。如果2020年一年都这样萧条，桃叶渡旅行社肯定撑不下去了。但看看周围，电影院、剧场都没开，征南这样要高考的高三学生还没开学，其他事情还不是更遥遥无期？宁雅娟每天看新闻，盼着能有好消息，然而一日日等下来，还是"外防输入，内防反弹""居安思危，消除隐患""预防为主，保证安全"。再看着韩征南天天跑出门，说是找老师同学复习功课，实际上是去江北找孟佳佳商量借高考远走高飞的计划，宁雅娟真是苦闷，但吸取上次儿子离家出走的教训，拼命忍住没敢多说。心里烦，就约朋友肖艺出来散散心，结果到了道辐街上，一片萧条，十个铺面有八个都关门。本来准备去做手部护理的那家"靓丽美甲"店门上贴了通知：因疫情本人无法回南都营业，所有预存款客户转到"令姜美甲"，享受同样服务。

宁雅娟觉得更郁闷了。肖艺劝着，两人走了一百多米找到令姜美甲，看看环境还不错，正有两位美甲师在忙碌，便说明来意。店长郑令姜问了姓名电话，查出来确有其事，宁雅娟在原来的美甲店充值一千元，卡里已消费五百元，还有五百元，可以做。宁雅娟听了便不乐意了，当时在"靓丽"充值的时候,充一千元送四百元,所以应该剩九百元,过年前的事,她记得很清楚。郑令姜说"靓丽"转让的时候没讲过这事,当即打电话向靓丽店主询问,无奈死活打不通。宁雅娟本来就心情不好,难得出来散心,偏碰到烦心事,忍不住责怪郑令姜接受转让的时候应该问清楚,至少核对一下消费记录,"靓丽"每次消费后顾客明明都签字的。

郑令姜不服气,说靓丽店主因疫情回不来南都,转让时发的是店铺资料的电子文档,没有顾客签字,但这是现金流水账,总不会错的。说着请宁雅娟自己看电脑。宁雅娟看也不看,认定余额应该是九百,金额若不对,什么电脑账也好流水账也罢,都是错账、坏账。

讲着讲着宁雅娟开始爆发,这日子太难了,没一样顺心的! 还能信谁? 充值是信任店家啊,这些人偏就不值得信任,回不来的回不来,赖账的赖账,啥也没干,四百块损失了! 郑令姜听到"赖账"两个字也不高兴了,接受预存款客户就怕这种事,所以接手"靓丽"时她再三小心地要了现金流水账明细,明明是充值一千消费了五百,剩五百怎么不对? 哪个存心赖账,哪个不得好死! 她是个倔强至极的人,与宁雅娟越吵越厉害,肖艺劝不住,便打了110。

宁吉第一次来"令姜美甲",趁着当听众的工夫,四下打量。小小的店面大概有三十几个平方,细心地隔成接待间加三小间,客人做美甲美睫或手护脚护化妆都在小间里,很注意隐私。四处窗明几净,除了使用的工具机器外,还放着女生喜欢的干花、毛绒玩具、流行杂志,很精致温馨的一个地方,看得出主人很用心。难怪郑令姜委屈,对于宁雅娟,美甲卡只不过是她众多消费卡中的一张,这间美甲店却是郑令姜耗费心血维护的全部家当。

这条街上美甲店有五家,过年前都好好的,忙到年二十九晚上,高高兴兴地关门放假。有的是初八开门,有的更早有客户约,郑令姜就是初七有个约单,当天要结婚的准新娘,说好了一大早六点上门,做全套,手脚要护理加二十个指头美甲,睫毛要种,要化妆,还叫了旁边美发店的来同时做发型,总之九点前要变身美女去做新娘。结果呢,初七没开门,十五没开门,一直到二月中旬南都开始复工,可是员工大都是外地的,有的是城市还没开始复工,有的是交通不便,有的是员工自己担心疫情,拖拖拉拉,拖到了二月底才陆续过来,又是半个月纯开销。好在区里及时推出一系列政策,免征增值税,减免社保费,缓缴公积金,用电用气都打折,房租也优惠,大家喘了口气,像郑令姜就因此撑了下来。但其他四家,有的是资金还是困难,有的是外地人不想再外出远赴南都,三家挂出了"转让"的牌子,还有一家店主不知什么原因索性失联了。三家转让的,都和令姜商量,将店中原来的预存款客户转给她,很简单的道理:如果账上余额一千,退还顾客的话要实打实退一千元;转给同行,因是转业务也转顾客,一般三到四折即三四百元就够了。对于令姜来说,正担心今年生意,能有现成的业务和客流当然求之不得,即使价格低也愿意做,所以统统接收下来。这样一下子多了不少客人,她跟手下两人每天忙忙碌碌,想着只要把这个月撑过去,一切走上正轨,这个小店就算活下来,而且活得算很好了。街道王主任来看过,还夸奖了呢。

偏偏今天碰到宁雅娟这个事。

从落地玻璃门中望出去,道韫街上冷冷清清,一块块"转让"的告示牌刺得眼睛疼。令姜说隔壁献之巷也差不多,疫情之下,男士出来休闲的更少。因为空店铺太多,晚上怕不安全,现在是营业到晚上九点就关门,夜里请袁柱表叔住在店里。

宁吉知道,袁柱因为其特有的开锁技能,那天救助孟家母女时被宁恺看到,惊为高人,经他牵线到孔夫子庙派出所上班,做了临时工编制的专业开锁匠。别说,袁柱能做的事情挺多的,南都人碰到问题习惯打110,钥匙找不到,进不了家,各种幺蛾子的求助电话着实不少;袁柱出马,总是轻松搞定。渐渐地,大家发现他会的杂活儿真多,修煤气灶,通水管,清下水道,修门窗,样样干得又快又好。传到市局,现在110碰到这一类报警,大都立刻传呼袁柱,每天"出警"好几趟,既惠民又大大节省了警力。派出所有宿舍,不过听说令姜的店要看,袁柱当然义不容辞,每晚九点准时赶到,第二天早上等令姜七点半到店才离开。

"不用这么小心吧?"宁吉笑道,"南都算全国治安最好的城市之一,南都公安是出了名的厉害。虽然暂时空店铺多一点,不会有事的。"令姜仍旧担心,说以前到晚上十一点十二点,街上也热热闹闹的,商户忙顾客也忙,现在天黑后基本上看不到人,空荡冷清得吓人,店里三个人都是女生,怎么能不怕?想着这几天再看看,要是晚上八点到九点时间段的客人也不多,就再调早到八点下班。

宁雅娟在一旁听着,触动了心事。像"桃叶渡旅游"对自己的意义一样,这个小小店面就是令姜的事业,是她的将来,是她的希望。她会故意赖几百元吗?老南都的憨厚并非是因为有个准则不让这么做,而是他们根本就不会有这个念头,不会有这个算计。

"我觉得啊,是前面靓丽美甲转让的时候没说清楚。"宁吉笑嘻嘻地开始调解。商家"买就送"活动,一般有两种记账方法:一种是宁雅娟说的,买一千送四百,消费按原价,体现出来是预存多消费高;另一种呢,也是买一千送四百,但账上只记录收到一千,消费时按六折收取,这样看起来是准确的现金流而且消费价格便宜。现在令姜拿到的是还剩五百的账目,宁雅娟记得还有九百,建议就按五百余额,但以后每次做,都给个六折的优惠如何?

"行,没问题。"令姜爽快地答应了。

"那怎么好意思?"宁雅娟倒过意不去了,忙道,"你小本生意不容易,而且转让时本来打了折扣吧?再打折你要亏本了。不要不要,就按原价好了。"

"没事,您满意,多光顾几趟就好啦。我们这行啊,最怕没顾客上门!"令姜老老实实地说。宁雅娟觉得不好意思,旁边的肖艺挺身而出,笑说那她也办个卡,充一千吧。令姜大喜,连忙领她到前台充值办卡,仔细记录姓名电话生日等。正好小间里一位客人做好了出来,令姜又忙让员工请宁雅娟进去,狭小的店铺中恢复了几分忙碌。

宁吉含笑起身,准备悄悄离去,前台等候的肖艺眼尖看到,笑着招呼:"宁科长等等!"递上了一张名片,自我介绍是做国际电商平台的,去年刚从香港回来，南都虽然是家乡，但离开了蛮多年，现在不太熟悉，以后有不懂的可否向宁吉请教。宁吉本是个热心人，看看名片上的地址是在市中心国贸中心，算是区里的企业，笑着答应，说有事尽管联系。肖艺介绍，自己与宁雅娟是中学同学，后来她去美国留学就业，前几年设法挪到了香港，感觉上近了很多，回家看到父母都已是耄耋之年，想想这些年未能尽孝，索性回来了。

"暮春三月，江南草长，杂花生树，群莺乱飞。真是很久未见了。"肖艺望着窗外，感慨地说，"在外的日日夜夜都想家想南都，现在总算回来了。"宁吉似懂非懂这些文绉绉的话，不过看得出肖艺的感慨是真心的。以前总以为出国留学、在海外工作都是高大上的出路，南都人羡慕为"洋气"；今年看来，未必尽然啊。

令姜办好了充值卡，便要领肖艺进内屋。匆匆挥别间，令姜笑道："宁姐姐，你有空尽管来做！不一定做美甲，手护脚护修眉都有哟！"宁吉低头看看两只手，手背粗糙手指皲裂，再摸摸额头，也干燥粗糙，不知是皮肤真干还是感觉的问题。其实也难怪啊，从年三十开始，天天在寒风阴雨中奔忙，没长冻疮已经是万幸了，还指望它们娇嫩白皙？

那么谢安不温不火的，和这有没有关系呢？

想到这里，又想到对母亲编的谎话，宁吉不禁烦恼。拐弯看到小剧场仍旧关着门，文化驿站里倒有不少老人在看书下棋，还有几个稚龄儿童在翻漫画，那种悠闲逍遥恰是驿站当初取名"转角遇见"的设想。宁吉望着，出神良久，嘴角噙上了笑意。这里才是老桓这样的孤寡老人应该待的地方，年轻的服务员应该更向往忙碌欢腾的前途吧？对，回去就写报告，为低保户的老年人安排在社区文化驿站的工作，当然不容易，要培训要担责任，但是想到老桓蹒跚的背影，宁吉觉得这是她该做的。

一口气写完报告，宁吉才打开橱门放包，看到那只小礼品袋还躺在橱底，又触动了心事。对着橱门后的小镜子照来照去，怎么看怎么不满意，两只眉毛长得蓬蓬勃勃的，简直有些张牙舞爪！宁吉低头在抽屉里翻了半天，找到一支生锈的眉钳,对着小镜子,在眉上狠狠一钳,疼得一个哆嗦。再一看,已在渗血珠子。宁吉颓然扔下钳子,不禁佩服母亲的智慧,她讲得对啊:谢安是温润的白玉,我只是粗糙的石头。

既然是石头,就好好干活吧!宁吉发愤图强——也不是刻意的,经济科长本就是个忙碌的职位,而且这一阵企业的情况因为防疫都很复杂,各种各样的情况都有。区里的要求是做好"金牌店小二",服务好对应好,有问必答,有求必应,所以逼得宁吉养成了今日事今日毕的习惯。但就出去这么一会儿,桌上又堆了厚厚一摞资料。翻开几页,宁吉心中一喜:电影院、网吧要开放了?那么小剧场也能开了?道辑街还有献之巷很快变样了?

从除夕之夜开始,线下文娱活动全部停止。电影院、KTV、网吧作为线下文娱的典型行业,停业状态已经持续了几个月,这些小微企业哪里扛得住几个月没收入?所以区里除了一系列房租、水电、社保、增值税的扶持政策,还组织银企融资对接活动,为两百多家企业办理银行融资,并且特意为文旅行业和餐饮行业设立了专门信用条款,贷款利率低,罗会计说是"前所未有的优惠"。但电影院、网吧若是一直不开放,没有收入,减税和贷款也解决不了问题,这下开放了,可都立刻解决了!

宁吉连忙兴冲冲地通知数家相关单位,大家都欢呼雀跃,立刻开始准备消杀、分流等工作,约好了明天检查,合格的话后天就能开门。献之巷热闹起来,道辑街肯定也能恢复不少客流,令姜晚上就不至于害怕了吧?

忙忙碌碌中,一眨眼天就黑了,宁吉忙拎包出门,赶到王谢堂时已经过了七点半,直播正在进行中。小灶间中,姚韬元套上了时装,香蕉人本就长得相对高大丰腴,又特意化了浓妆,墨镜一架,真有几分意大利女郎的风采。叶彦超呢,天生有几分亚平宁式的散漫不羁,大背头梳得像意甲球星,两人很般配而且很默契,对着镜头行走也都不怵,不时行走变换姿势展示时装。旁边张倩倩亲自上阵,解说款式、价格、尺码、面料特性等等,也颇为专业。小鲁架着手机正在拍摄,驾驶员小史在一旁帮忙,看见宁吉忙做手势打了个招呼。

直播间中观众不少,看看人数已经过两万,宁吉的一颗心怦怦直跳。真希望这下能打开销路,江左纺织公司就算有了新出路,不啻雪中送炭啊!

"下单了!感谢网友'我爱 C 罗'!"叶彦超看着屏幕笑道。

"感谢网友'AC 米兰'慧眼识货!这一款休闲装最适合看意甲时穿!"姚韬元很兴奋。

谢天谢地,有人买!宁吉只觉得心快要跳出来了。

第二十三章　儒商同道

订单一直在上涨，但是很慢，极慢。观看直播的观众已经有三万多，买衣服的不足四百。屏幕上不停地跳出网友讲话："咦，王谢堂不是做菜的吗？""对啊，王谢堂卖衣服了？""有吃有穿的意思？""这个不行吧？术业有专攻，吃穿又不是同行""王谢堂主呢？""对啊，谢安呢？""这几个别是鸠占鹊巢的骗子吧？"

呼声渐渐高起来："没谢安叫什么王谢堂？""我们要见谢安！""让谢安出来！""王谢堂主出来！""王谢堂主！""王谢堂主！"

解说的张倩倩有些慌，求援地望向外间。姚韬元和叶彦超都有些不知所措，连小鲁也不时地从手机上抬头张望。小史着急地问："这下怎么办？"宁吉忙上前冲几人做个手势，示意大家继续，自己转身急忙奔去找谢安。

晚餐时间，酒楼中玄衣子弟穿梭来去，上菜的迎宾的都在忙碌，不过看大厅中客人稀稀拉拉的，大约只有往日的三分之一。宁吉此时顾不上这些，四下环顾不见谢安人影，便飞步跑到"坐隐庐"。雕花木门虚掩着，宁吉毫不犹豫地直接推门进去，口中喊："谢安，请你帮个忙！"

室内点着檀香，青铜鹤昂首而立，口中吐出一缕缕青烟；案上放着两杯茶，"雨过天青"的茶杯清雅怡人，谢安与韩征南对面坐着，正在下棋。任外面宾客喧嚷，任酒楼来往嘈杂，这一个角落，安静得只听见落子的声音。宁吉呆立在门口，不禁懊恼：他这么闲雅的人，自己总为些俗事打扰他，自作主张地又是用直播间帮江左纺织直播卖货，又是拉郗晓琴来谈事情，简直把王谢堂当成自己的办公室了。就算他不介意，王谢堂那么多员工呢！

谢安指间正拈了枚棋子，听到宁吉的喊声，棋子悬在空中落不下去，看得出他的挣扎:是转身回头,还是继续坐隐?

没有恼怒,没有不悦,只是挣扎。

这种从内心自然流露的隐忍无奈,更让宁吉自责:他的本性是宁可一直琴棋书画喝茶发呆,也不愿意蝇营狗苟谋生求利;他勤勤恳恳工作,只因那是责任,是不得不尽的义务。他与自己这样天性喜欢多事爱好热闹的,是完全不同的两种人。王谢堂若不是祖传的基业,他恐怕宁可做个闲人吧? 他小心地拉开与俗世的距离,在缝隙中保留自己的一角桃源,为什么,总要打扰他呢?

"怎么了?"谢安缓缓起身,含笑问道,淡淡的笑容中有一丝恍惚,就像传说中的谪仙。宁吉心疼地笑笑道:"没事。你继续下棋吧! 征南吃过饭了吗?"

韩征南眼睛盯着棋枰,心不在焉地回答说:"吃过了,这盘棋正在紧张的时候呢。"宁吉又笑了笑,转身离开,随手轻轻带上了门。她脚步沉重,在游廊高悬的宫灯照耀下,留下一步步阴影,像是预示着两个相爱的人,因迥然不同的性格,以后将少不了磨合的艰难。

回到直播间,情形比刚才还要糟糕。网友们眼见着再三呼唤"王谢堂主"也不见踪影,开始鼓噪叫嚷,满屏都是:"谢安! 谢安出来!""骗子出去!骗子出去!""谢安快来!"张倩倩手上拎着件衣服杵在中央,脸上的表情说是笑,比哭还难看。姚韬元呆呆地愣在一旁,墨镜不知跑哪儿去了,妆也被汗淌糊掉了,颇有些放弃的意思。只有叶彦超还在努力挽救,指着身后的幕墙,扯起意大利的风光,罗马斗兽场,威尼斯水城,还有意甲联赛。结果网友们越发愤怒:"没看到意大利现在的惨状吗?""所有名胜都成空城了!""棺材都不够用!""这时候还利用意大利赚钱!""黑心钱!"

叶彦超说不下去了,挠着头,不知该怎么办。小鲁蒙了,手机还在录还在播,这个恶果可不仅是今天衣服卖不出去,王谢堂后面的直播呢,从此不做了?"王谢堂前燕"成绝响了? 宁吉这才意识到闯了大祸,一片好心但是用错了方法,既没帮上江左纺织,还害了王谢堂! 宁吉额头的汗哗哗地淌下来,像姚韬元一样,狼狈且不知所措。

但宁吉是勇敢无畏不认输、天生带几分莽撞的性格,当下一跺脚一咬牙,大步跨进了直播间。里面的三个人都愣住了,姚韬元轻声道:"宁姐姐,我们在直播……"

屏幕上有一阵空白,显然网友们搞不清楚,这又是谁?王谢堂今天的直播太奇葩了!

"大家好,我是宁吉!安宁的宁,大吉大利的吉!"宁吉不管不顾,高声开口,"刚才很多人在问,为什么王谢堂今天加一场直播,而且是卖衣服,和饮食毫不相干,和百年老字号更不相称?我想告诉各位这中间的关系。王谢堂在南都屹立两百年,是南都传统饮食的翘楚,也是古都人文习俗的代表。老南都人碰上家里有喜事,习惯到王谢堂摆几桌欢聚,答谢亲友,分享喜悦。这算是老南都的传统之一,尤其这些年日子宽裕了,都快成了不成文的规矩。不过为什么是王谢堂?这传统的原因,仅仅是因为王谢堂菜肴好吃、殿堂精致、服务周到吗?不,不要小看了南都人的水准。

"王谢堂虽是餐饮酒楼,但两百年来乐善好施,济贫利群,在一次次天灾战祸中,竭尽全力地帮助南都百姓。各位网友可以回去问问家里的老人,1960年,王谢堂怎样摆着巨大的粥桶,坚持每天发粥,一直到用光了所有存粮存款;十七年前SARS,王谢堂搜集所有的白醋酒精消毒液,放在店前任人取用,大锅熬了清瘟汤每天送到各个小区。"

宁吉的声音有些抖,但是神情昂扬,像亢奋的斗士:"今年这个庚子春,王谢堂自身遭遇到极大困难,一度因为资金问题,招牌都被拆了。但就是在这样的困境中,王谢堂依旧坚持为市立医院送餐,为隔离点送餐,不顾亏损不怕麻烦。王谢堂信奉一句祖传的格言,叫'做生意,就是做人',我想,这是我们江南工商业主的共同点,我们江南的文化一直有儒商同道、义利相融的精神,即使经商求富,也崇尚勤劳致富济贫救苦,绝不会唯利是图见利忘义;更有振兴实业,为国报效的博大胸怀,近代著名的状元实业家张謇,就是这种爱国企业家的典范。千年来,是这种一脉相承的仁厚,让我们南都成为最温暖最宜居的城市。在这个城市里,你永远不会孤单,不会孤立无援,你的邻居、你的同学同事,甚至不认识的路人,都会在你需要的时候伸出援助之手,毫不迟疑。"

她随手取过一件案上的时装抖开,开始讲述江左纺织的遭遇:"江左纺织多年做出口意大利生意,生产的时装时尚新颖,性价比极高,然而碰到意大利疫情,如各位所说,整个国家基本上是空城,哪儿还有商店开门?几个意大利老客户战战兢兢地在保命呢,不得不取消订单。江左纺织是怎么做的?接受取消,因为是不可抗力,也因为体谅意大利此时的难处,当初意大利客户帮他们找口罩发回中国,他们现在从中国买口罩寄过去。江左纺织和王谢堂一样,秉承儒商同道、义利相融的江南仁厚。但一个做服装出口的民企,因这场前所未有、来势汹汹的疫情已经面临诸多困难,哪里亏得起呢?

"所以王谢堂站出来,帮助江左纺织,帮助这个同在玄衣巷的邻里。之所以用这个直播间,是相信王谢堂的客户,都是老南都人,都一样善良热心、乐于助人。新冠病毒正在伤害全人类,在病毒面前,没有国界种族之分,恳请各位伸出援助之手,帮助江左纺织共渡难关。"

一口气说了半天,宁吉看着屏幕。网友们明显分成了两派:"应该这样""互相帮助""乡里乡亲的""将心比心,是不容易""投桃报李,这次国家支援意大利很多";另一派则是"卖东西就卖东西,上这高度""直播间不是慈善间""不要动不动就上纲上线""对啊,道德绑架""不买你的衣服还有罪了"等等。两派共同的疑问则是:"你是谁?""宁吉,没听过!""又一个骗子吗?"

张倩倩看得叹气,消费者维权意识强,存有戒备之心。叶彦超解释,不怪大家啊,不良商家确实有,尤其网络上有骗子,民警赵勇专门给大家上过课,怎么样提高警惕不要轻易上当。姚韬元看得呆住,在香蕉富二代的世界里,还以为"骗子"这个词是电影专用呢。

"我是宁吉,刚才说了,大吉大利的吉!我是孔夫子庙街道的工作人员,江左纺织和王谢堂都是我们街道的企业。"宁吉深吸一口气,"帮助他们,是我们的职责!"

网友们并不买账。"街道管这么多?""用王谢堂的直播,人家不愿意也不敢吭声吧?""地头蛇嘛,王谢堂只好闷声不响。""是啊,县官不如现管,这算强征吧?""中国的民企苦啊,尤其这些餐饮业,受层层剥削,连街道的都要雁过拔毛!"

宁吉看得头昏,瞥见张倩倩已经垂头丧气地在收拾东西,准备离开,姚韬元和叶彦超无奈地也准备放弃。三人这一走,关闭的不仅是今天的直播,恐怕是江左纺织今后的出路,更是他们奋力再搏的勇气。情急之下,宁吉脱口而出:"各位网友,我,我,我宁吉是'王谢堂主'的'对象'!"

室内室外都呆住了。几秒钟后,屏幕上炸了锅,眼花缭乱得根本看不过来,嘲笑的、谩骂的、同情的、安慰的、看热闹的,都有。张倩倩苦笑着,对宁吉颔首示意,是感谢感动,也是无奈放弃。姚韬元和叶彦超对望一眼,默默地继续收拾东西。

突然,眼前一亮,直播间的灯光陡然亮堂了好几度。宁吉揉了揉眼睛,是谢安!他一身米白长衫,照亮了整个直播间。意大利式的慵懒休闲,在他闲雅温和的步履中,在他风神秀彻的笑容中,发挥到了极致,像漫步在翡冷翠的街头,像荡舟在维琪奥桥之下。

张倩倩第一个反应过来,高叫道:"这是'王谢堂主',他身上的这款亚麻套装,是我们春夏季的主打款,名为'翡冷翠之夏'!全亚麻,防缩水,颜色只有这一个自然色!一等一的欧洲奢侈品,质量无可挑剔,原价两百三十欧元,现在只要三百八十元人民币。"

谢安走到宁吉身旁,伸出右臂揽住宁吉,含笑面对镜头,道:"各位网友,这是我的女朋友宁吉,她对于我的意义,胜过一切。"

这一次,屏幕上半天没动静。谢安笑了笑,侧过身,双手捧住宁吉的脸,深情凝视,缓缓俯身,深情一吻。宁吉吓得闭上眼睛,浑身颤抖,感受着口中的濡湿和唇上的温热,在数万观众的众目睽睽下,从"对象"被正名为"女朋友"。张倩倩在意大利看惯了恋人热吻,不失时机地插播广告:"'翡冷翠之夏'浪漫深情,祝愿南都的情侣们,上元河畔,报恩塔下,聚宝门上,浪漫拥吻！"

后来回想，宁吉一直很不甘心：偷袭嘛！初吻哎！

"'翡冷翠之夏'库存全部加上，抢完就结束！"随着张倩倩的吆喝，大约一分钟，七百套"翡冷翠之夏"售罄，是这次直播卖得最好的款，也是唯一销售量超过三位数的款。谢安含笑颔首，若无其事地缓步而去，并不过问其他。宁吉望着他的背影，刚才的一吻，像是做梦。

"还不错，宁姐姐。被取消的意大利订单一共三十一个款两万七千件，首次直播，解决了一千一百六十件。"姚韬元愁眉不展，总结得有气无力。

愁的是实情，直播总不能次次请谢安来站台，这毕竟是江左纺织的事情，况且产品大部分又都是女装。最主要的，意大利的订单量小，这样卖个上千件算不错的，美国订单都是大单，一万打的很常见。现在加州客人取消的那部分，总量二十三万件，尺码比意大利的更大，颜色、款式也都是北美那种粗犷型的，估计在国内很难有市场。宁吉看着数据，看着几个人撤下意大利背景墙，不知道该说什么。

"宁科长，真是谢谢你。"张倩倩极诚恳地表示感谢，"你这么帮我们，我们很感动。天灾啊，今年碰到这个新冠病毒全球肆虐，神仙也没办法，江左纺织只能认亏了。我们一家三口不至于生活困难，就是苦了那些员工，还有工厂……"张倩倩讲不下去了，眼眶红了，示意小史把大包拎去车上，姚韬元、叶彦超紧随其后，几个人都有些沮丧。宁吉心里也不好受，望着几人上车，又忙问姚韬元口罩的事怎么样了。

"宁姐姐放心，文件这两天都能办好。意大利的客户也都回复了，抢着要，感谢不迭呢！明天两头协调好具体条款，签内、外销合同。因为都是多年的老客户，为节省时间，结汇我们同意不开信用证，直接 TT 收款。这样的话，我们争取下周初就空运出货。"姚韬元又说，"这个订单我们公司不准备赚钱，平价进出，免费服务，算是与肥水镇口罩厂一起支援意大利抗疫。"顿了顿又补充道，"我爸爸妈妈都赞成。他们其实，其实是很好的人。"

宁吉没吭声，难得的沉默。庚子年的这一场天灾中，有几个是坏人呢？

至少在宁吉的视线中,没有看到。这个前所未知的病毒,狡猾凶猛来势汹汹,传染力强到防不胜防,居然还有不少无症状感染者,而且数量呈渐渐增长之态,在全世界渐渐蔓延开来。我国的境外输入病例从最早仅来自几个国家扩展为几乎所有国家,在中国取得阶段性防疫胜利之时,全球形势却越来越严峻。姚国庆、张倩倩夫妇当然不是坏人,江左纺织的意大利客户和美国加州客户也不是坏人,他们之所以取消订单,是因为销售渠道关闭;销售渠道之所以关闭,是因为整个城市因疫情停摆,连港口都几乎停滞。像江左纺织不得不面向各个工厂,分别取消所有环节的订单一样,大家都深陷在病毒的旋涡中,身不由己。郗晓琴身为党员,挺身而出;姚韬元这样的群众,在此时也在坚持释放内心的善良,竭尽全力。

宁吉望着远处缓缓驶走的面包车,沉重且无奈。

"宁吉,没事吧?"小鲁上前小心地问。王谢堂结束了营业正在打扫卫生,四下里又是一股消毒水的味道。宁吉摇摇头正要说话,手机突然响了,电话里的男声粗声大气地劈头就问:"你是宁科长? 快到江东医院!"

"你是谁? 怎么了?"宁吉做网格员几年,习惯了各种突发事件,半夜三更被叫到医院有过好几回,有居民突发疾病找不到家属的,有孕妇突然破水丈夫不在身边的,有醉汉讲不清楚身份只能找社区的……

"我是江东派出所民警,南芜铁路江东道口发生交通事故,驾驶员送医院了,中年妇女,她的手机显示事故时在通话,打给你宁科长的。你快过来,江东医院急诊室!"对方一口气讲了几句,不由分说地挂了。宁吉"喂! 喂"几声没人搭理,急得直跺脚。已经快十一点了,江东医院又远又偏,出聚宝门还要往南,骑电动车至少要四十分钟,铁道口要是碰上等火车通行,时间更无法预测。关键是,宁吉想不起认识什么中年女驾驶员,是小区的居民吗? 会开车的太多了,是谁开着车给她打电话?

"太晚了,我陪你去吧!"谢安忽然出现在面前,含笑道。宁吉下意识地回头看看,空无一人,才确定他是和自己说话。唉,这一场爱情来得太突然,又在疫情中,和其他好多见证历史的社会事件一样,都不像真的。宁吉摸摸嘴巴,回想起方才的热吻,点了点头。

　　小车行驶在宽阔的马路上,路上车和人都不多,出了聚宝门更是半天看不到一辆车,很有几分像春节防疫时的空城模样,宁吉不由得出神了。

　　"看看通话记录。"谢安提醒她。

　　"对啊!"宁吉拍拍脑袋,连忙取出手机。真的有未接电话,大概因为对方呼叫时间太短,还没来得及响就断了。也就是说,对方过道口的时候拨通了宁吉的电话,但是没等到宁吉接,就碰车了。想通了这一点,宁吉脸色发白。谢安瞥了她一眼,加油门提速。

　　"是郗晓琴。"宁吉简短地说,"口罩厂的厂长。从肥水镇进城,必须经过南芜铁路平交道口。"

第二十四章　去来廿年

　　讲起南芜铁路，话就长了。这条铁路建成于 1935 年，当时是长三角地区承担重要客货运输任务的国家铁路线，八十五年间运营正常，作为南都西向通道，对南都及沿线多个区域的发展贡献巨大；但随着城市的不断发展，铁路已处于南都主城中。有一段铁路已经处于南都城区中心地带，穿城而过，将肥水镇等几个铁路沿线板块分割开来。铁路两侧范围成为城市发展的真空地带和综合治理的难点地域，铁路沿线两侧发展也很不均衡。交通上更是大问题，铁路沿线的平交道口多达二十几处，早晚高峰期，行人和车辆在道口经常一等就要二十分钟，有的性急等不及，非法穿越或抢行，造成事故频发，每年大大小小常有几十起。估计郗晓琴这起车祸多半是抢道抢的。

　　"哪个讲不是呢？"中年民警姓马，一个劲地摇头叹气。江东派出所在铁路江东道口不到一千米处，老马上班二十几年，一直在处理铁道口的交通事故，三天两头就有一起，轻的受伤，重的住院。他说，像郗晓琴这样只伤了胳膊的，算走运的了。抢什么抢呢，就不能等二十分钟？年纪也不小了，像年轻人一样沉不住气。那是火车，碰上了会被撞飞的！

　　宁吉、谢安听着他唠叨，眼睛都望着手术室门口的灯。郗晓琴这手术在骨科算小手术，打个钉子固定而已，但光听着都觉得疼。马民警说找到了郗晓琴的身份证，已经用她的手机联系了家属，家属正在赶来的路上，又好奇地问他们和患者什么关系，宁吉笑笑说："朋友。"

　　是朋友。就凭那一夜任由宁吉、赵勇包口罩取走，在门口两次问要不要吃点东西，宁吉早把郗晓琴当作朋友了。

快十二点，手术室的门终于开了，护士推着郗晓琴出来，麻醉还没醒，一头汗湿的头发凌乱地粘在额上，宁吉忍不住伸手为她轻轻拂开，郗晓琴动了动，还是没醒。马民警的手机一直响个不停，原来他还要出警。看谢安、宁吉答应与护士一起推病人去住院部，他便想请宁吉签个字，自己先走。恰巧此时郗晓琴的丈夫吴东气喘吁吁地赶到，握着郗晓琴的手哭出来，连喊："吓死我了！"马民警没好气地说："这会儿晓得害怕了？早干吗了？"让他签字，嘱咐下次开车过道口一定要小心，然后匆匆离去。

说起来，郗晓琴是个干实事的，中午谈完，下午回厂就整理了口罩的样品、价格、规格、产量等各种资料，觉得寄快件讲不清楚，尤其是产量和交货期，还是当面谈的好，就索性拿了资料开车进城。但工厂嘛，不是说走就能走的，等她忙完出发时已经晚上七点多了。吴东问她这么晚了找得到人吗，郗晓琴说中午听到宁吉、姚韬元她们讲晚上在王谢堂搞什么直播卖货，准备去王谢堂找，等她们忙完了正好一起谈谈。猜想她过道口的时候有点急，大概正好给宁吉打电话……

"晓琴辛苦啊！怪我们么的眼光。"吴东讲得眼泪快掉下来。二十几年前两人退伍，要工作也要买房子，当时城里房子两千多一平方，两人算来算去想来想去，决定一大半钱用于口罩厂，买房子用小头，十万块，所以最后买在了肥水镇，江东的最外围。

"铁路南面……"宁吉同情地感慨。南都人都知道，这条南芜铁路的内外侧差距很大，南面被视为城外，整体环境落后，发展慢。若那时买在铁路北面即城里，现在发展得像现代化大都市。吴东的这个感叹与姚国庆是一样的，这些做低端制造业的，赚的都是辛苦钱。

然而在今年的疫情下，口罩厂是如此珍贵。宁吉记得那天早上从肥水镇回来，姚国庆和其他企业拿到口罩时的兴奋，王老太的夸奖，还有今天中午姚韬元的惊喜，那远在意大利的客户们的盼望——这都是这几个月，郗晓琴带着工人们连天加夜忙出来的。当美国人、欧洲人都在喊"让制造业回归"的时候，我要跟着老太，一如既往地帮助、保护这些基础实体企业，用好众多扶持政策，一项项落实，让她们得到实惠。宁吉暗暗下了决心。

病房中灯光昏暗，床头的输液管中，透明的液体一滴一滴落下。郗晓琴脸色灰白，双目紧闭，她恐怕很久没好好休息了吧？

"是啊，那是二十世纪九十年代末，当时大家传言南芜铁路将外绕，我们常走的江东道口要拆除，听人讲啊，好几个人大代表提，'缓解南芜铁路拥堵，减少噪音扰民'。我们想着要是道口拆了，那到处还不都一样，肥水镇进城也就十几公里，不远。哪个晓得呢？"吴东满脸的懊恼，握着郗晓琴的手伤心，"结果，为了口罩厂，我们买了铁路南面江东最外围的房子，环境落后，噪声大，晚上火车鸣笛吵得睡不着，而且每次进城提心吊胆，不知道道口要等多少时间。家里儿女不懂事，上不到好学校，谈不到好对象，怪我们，晓琴总说'那是铁路，多大的工程，哪儿那么容易拆啊修的？我们知道，政府肯定也知道，肯定比我们还着急'，今年碰到疫情，加班加点的，晓琴她忙得累，还老想着工人。唉，肯定是过道口时操心走神了。"

郗晓琴静静地躺着，一下下轻微的鼾声透着疲惫。她是太累了吧？年三十那天将工人全部叫回来，两个月连续超负荷工作，赶着生产口罩。宁吉记得那天从口罩厂回来，死猪般睡了半天，梦都不做一个；想想看，那样辛苦、超负荷的劳动，是郗晓琴这两个月日常的生活状态，她只操心工人，有没有想过她自己呢？

"你等等，今天晚上的新闻好像有这个报道，说南芜铁路外绕工程签合同了，说年内开工呢。"一直在旁聆听的谢安忽然插话，一边取出手机慢慢翻找。宁吉一把抢过，手指快速滑动，大笑道："真的，就是今天！历史性的一刻！南都与中铁签合同了！争取上半年获批，今年开工建设！"

吴东将信将疑，接过手机细细地看，一个字一个字地念：新建铁路利用铁路廊道，外绕至南都高铁站，为电气化复线铁路，将提升既有南芜铁路规模，总长约三十千米。既有南芜铁路线位将规划建设地铁，地下轨道交通将成为衔接各板块发展的新支撑，地面交通配套等市政设施建设将成为城市空间布局的新景观，复兴老城南。"老宏阔的规划！"宁吉笑道，"郗厂长讲得对,政府都知道,比我们老百姓还着急,这不今天开工了?"

"以后再也不怕堵,不怕吵了。"突然响起微弱的声音,缓慢低沉,带着喜悦。二十多年,盼了二十多年。最早听说是道口建立交桥或平改立,十几年前,东面的建康立交桥建成,取代了原来的平交道口,原来的"第一堵"变通畅,就羡慕得不行,没想到今天,干脆整个"外绕"了。

"你醒了! 晓琴你醒了!"吴东惊喜地握住郗晓琴的手,絮絮叨叨地讲他如何担心,接到民警电话如何吓个半死,如何打的赶过来,如何碰到了宁科长和她对象这样的好心人,"厂里么,放心,安排好了,还没下班,今天要把市医药公司的货赶出来,提货卡车等在门口呢。"

郗晓琴听到这里,挣扎着要起床回厂看出货,吴东连忙按住她,求援地望向宁吉。宁吉笑着劝,厂里都是老工人,有质检有班组长,上次在厂里看他们都很用心啊,不用担心吧? 要是实在不放心,推迟两天出货呢? 谢安一向不说话的,也忍不住跟着帮腔:"厂子来日方长,为了工厂,更要把伤养好。意大利的订单不是说明天就要签合同了吗?"

一句话提醒了宁吉,她顾不上已经十二点多,当即打电话给姚韬元,请她明天尽早到江东医院,和郗晓琴面谈,这样与意大利客户沟通就容易了。姚韬元连声答应,关心地问郗晓琴怎么了,为什么在医院。宁吉三言两语说了情况,姚韬元感动得当即就要来医院看望,说意大利的厂长可不会有这个态度,晚上七点多了还往城里奔,想方设法介绍情况!"而且现在全球口罩供应是卖方市场,郗厂长人太好了。"姚韬元讲到这里语速突然减慢,迟疑着说,"和宁姐姐你一样好。我妈说,你们都是党员。"

宁吉手机用的是免提,大家都听得见,宁吉听到最后一句,不安地看看谢安,心里叫苦:一直怕谢安嫌我俗,韬元你这样夸我,真缺心眼儿啊! 还好,谢安笑着冲宁吉眨了眨眼。考虑郗晓琴该休息,宁吉好说歹说,姚韬元答应今晚不来了,明天一早赶过来,当面敲定合同。宁吉转身看看郗晓琴,见她灰白的脸上泛起了兴奋的红光,不过好歹不要求立刻出院回厂了。宁吉嘱咐她好好休息,明天与姚韬元好好商量,细节尽量考虑到,便与谢安起身告辞。吴东木木地不动,郗晓琴皱眉叹气加埋怨他"也不晓得送送",宁吉忙说没关系,拉着谢安逃一样出了病房。

出医院门右拐上大路,不到一千米就是铁道口。远远望见道口的闸杆放下了,闸杆后的车辆和行人在午夜排起了长龙,显然已经等了一段时间。谢安松了油门,小车减速,缓缓排在了队伍后面。

"今天,谢谢你。"宁吉叹口气,讲得真心实意,"我给你惹了那么多事。"

谢安笑笑,侧身看着宁吉,说:"就轻描淡写一句'谢谢'?"

宁吉呆了呆。窗外夜色朦胧,谢安清俊的面容只看得出轮廓,然而他的气息如此之近,近到穿过了宁吉的身体。收音机中响着柔美的音乐,他在靠近,慢慢俯身,大手落在她的面颊上,轻柔地拂开了秀发。宁吉不敢面对他灼人的目光,闭上眼,感受他双唇的柔软,齿中的甜美,舌尖的魅惑,战栗的身体渐渐滚烫。

午夜的铁道口,让你和我,就这样沉醉。

一声火车鸣笛——实在是很响——惊醒了拥吻的两人,刺目的灯光中,一列长龙轰隆隆飞驰而过,咣当咣当咣当,又渐渐消失在黑夜中。闸杆缓缓开启,等待的队伍开始移动。谢安一言不发,左手握着方向盘,右手牢牢地抓着宁吉的手,十指相扣,紧紧缠绕。

车子开得极快,宁吉瞥见车子飞一样过了羲之路口,忙叫道:"开过了!开过了!"见谢安不理睬反而开得更快,宁吉惊慌地问:"去哪儿?"

"我们的家。"谢安简短地回答。

宁吉不再问,将他的手贴在面颊上,轻轻摩挲。温热,柔软,让人留恋遐想。

第二天早上天不亮,宁吉蹑手蹑脚溜进家门,一阵烟似的溜回了屋里,甩了外套躺到自己的单人床上,盖上小花被,一颗心仍旧怦怦乱跳。然而一夜实在累极,宁吉很快沉沉睡去,嘴角噙着笑。晨曦透过薄纱窗帘一点点钻进小屋中,窗外,环卫工、早点摊、公交车开始忙碌,叮叮当当,叮叮当当;梦中飘进各种香味,摊煎饼,梅花糕,鸡汁汤包,辣油小馄饨,鸭血粉丝汤。宁吉连嗅味道的力气都没有，任香味包裹着，蜷缩了身体继续睡。

然而声音越来越大，越来越响，脚步声，刷牙洗漱声，锅碗瓢盆声，说话声，最后变成了咚咚咚的敲门声。宁吉迷迷糊糊的，拉过被子蒙住头，不想醒：如果昨夜是一场梦，就让我留在梦中吧！

"小吉！你要迟到了！"是父亲担心的声音，"今天上班的吧？要是不舒服就别去了。我帮你请个病假。"

"别！不要请假！"宁吉猛地惊醒，"好多事呢！"

宁国华站在床头，怜爱地看着女儿。这两个月她又是累又是病，圆脸硬是变成了尖下巴，带着初醒的迷茫，却固执地记得"好多事"，让老父亲看得心疼。

宁国华不认为自己是"严父"，他对孩子从未苛求严责，也并无很高的期望，因为宁国华本人的性格就是恬淡疏阔不求上进型的，读读古书喝喝清茶，随兴趣写些古籍考据文字，就心满意足了。所以被庚丽责怪：快退休了，就是个拿死工资的穷教授，家里虽谈不上穷，但绝对没多宽裕，不然何至于要炒股？——当然，这是庚丽的理由。

可偏偏两个孩子都极努力敬业，都是党员，而且是优秀党员，不用父母操心，也不像父亲般得过且过。当然，职业有别，有不少学生说，中文系古文专业的教授，就该像宁国华这样萧然有古意，旷达而疏阔。宁恺忙得看不到人影，因为他是刑警；宁吉呢，天晓得她为什么选择了社区工作。谁说公务员清闲没压力？那真是瞎话。

"起来吧，带快点。"宁国华走到抽屉前帮女儿找衣服，让她去冲个澡醒醒，看她头重脚轻步履蹒跚地进了卫生间，不由得担心，悄声问庚丽知道女儿昨晚几点回来的吗。庚丽瞪了瞪眼，道："我怎么知道，我十点半就睡觉了！"

宁国华知道妻子瞪眼的原因，美股连续熔断造成她股票割肉清仓，原来是每天晚上很兴奋地守在电脑前看盘，按计算器算赚了多少钱，或者买卖操作一下过过瘾，还时不时叫嚷"又卖亏了""早知不卖了"等等，因为赚了钱，人的精神状态极好，走路都哼着小曲。如今因为失去了这生活中最大的爱好，庾丽晚上早早就睡觉了，心思无处可用，难免对丈夫对儿女过分关注。这不，看到宁吉擦着头发出来，她连忙迎了上去追问："小吉，你和谢安到底怎么样了？"

"我和谢安？"宁吉吓了一跳，心虚地重复着，早上进门时她极小心，难道被母亲发现了？"我们，我们就那样，"宁吉觑着母亲的神色，吞吞吐吐地说，"我们，我们挺好的。"

"挺好的？你又骗我！"庾丽立刻抱怨起来，"这个家没一个省心的，天天操碎了心，怎么就得不到理解和回应？"

宁吉的头发还在往下滴水，呆呆地望着愤怒的母亲，下意识地辩解："妈，我二十五了。"二十五岁的大龄女青年在恋人家过夜，有罪吗？已经特意一大早天不亮偷偷溜回来，偏要宣扬得人人皆知吗？

"二十五？你也知道你二十五了？"庾丽一听更气了，"所以我一直催你，要抓紧，要施压，该谈的谈，该催的催，哪怕一哭二闹三上吊！谢安是个出名的慢性子，讲得难听一点，要不是这次你得了新冠肺炎，你们俩还不知什么时候才能确定关系呢！好容易定下了，要趁热打铁啊！"宁吉这才听出来，母亲没发现昨晚的事，那她为什么生气？

"你就骗我！领证，新房装潢，家具家电，还两个孩子，什么都说好了！其实呢，谈了吗？谈了吗？"庾丽的声音越来越高，"他还叫你'女朋友'！当着那么多人的面，直播！"

宁国华忍不住劝她，"女朋友"这称呼不是挺好的吗？现在的年轻人这么称呼算文雅也算正式的。哎，还是古时候的称呼雅，"拙荆""小君""细君""内人""妻"……

"'女朋友'是妻吗？"庾丽气得声音直抖。讲了半天，这老夫子就是抓不住要点，不但不帮忙，还打岔！"女朋友"是表示恋爱关系，非婚姻关系，最多算"对象"，完全没有保障！历史上著名的，赵四小姐，到老还求个名分！那算远的？眼前南都的，秦淮八艳柳如是知道吧？丈夫死了被夫家人逼得抹脖子自杀！所以要结婚，要做"妻"！小吉二十五了，再不抓紧，以后真悬！

"没那么悲观吧？谢安不是说了吗？直播里讲得很诚恳！"宁国华见宁吉蒙得讲不出话，从头到脚都写着疲惫，不由得护女心切，忙着争辩，"我记得他的原话是'她对于我的意义，胜过一切'，深情脉脉一往情深，不会悬的。"庚丽不同意："这一句话含含糊糊，啥意义？啥意义也没有一纸婚书实在！"两个人争论不休。宁吉看看时间，真要迟到了，连忙换衣服出门，被庚丽抓着又塞了两个烧卖，再次叮嘱要催谢安结婚。宁吉唯唯诺诺，嘴里鼓鼓囊囊地奔出了门。

路过步行街，宁吉忍不住停下电动车，伸头张望。他起床了吗？上班了吗？昨夜那么疯狂，他起得来吗？

金色的晨曦照在乌木嵌银招牌上，谢安负手立在王谢堂前，一身乌衣，如往日一样清逸。杜明、赵晨、小鲁都在，几个外地人正围着说话，听口音是湖北的。感谢王谢堂在他们困难的时候帮忙，这些天一直吃王谢堂的送餐，又好吃又暖心。在南都滞留两个月，现在终于能回宜昌了，激动啊，赶紧来向大家告别，欢迎以后去宜昌玩，尝尝湖北菜，没王谢堂的菜那么讲究，不过也好吃！杜明、赵晨、小鲁都乐得哈哈笑，真心为湖北人高兴，听说连武汉也快解封了呢！双方又是握手又是拥抱，约好去湖北玩，吃热干面，相约疫情结束以后再来南都，也许是孩子来上大学，也许是来做生意，到时候再吃王谢堂的大餐。

晨风阵阵，吹拂得乌衣如帆篷鼓起，谢安含笑不语，目光远远地望过来，宁吉连忙松开手刹，转身疾行，感觉那目光落在背上、脖颈上、发髻上，像昨晚他的手一样滚烫灼人。宁吉僵硬了背脊，跑得更快了。早点到办公室，处理完手头上的事，电影院小剧场都等着去检查呢。总共十三家，今天争取查完。虽然要执行严格的消杀制度，虽然人数有限制，座位要隔座隔排，观众要出示健康码，要量体温，要戴口罩，看个电影不如往日轻松，但她相信，期待已久的年轻人会开心前来的！只要这些娱乐场所开门了有人了，孔夫子庙晚上就要热闹了啊,道韫街、献之巷都会忙活起来,令姜再不用担心小店的安全,王谢堂的客流量会上升,广惠商城也会再次顾客盈门吧?还有星罗棋布的小剧场,一场场演出都能开始了吧?《桃花扇》《玄衣巷》,对了,别忘了《上元寻梦》,真期待啊!

电动车嘟嘟嘟嘟,迎着晨曦飞奔,奔向希望。

第二十五章 四月四日

可是期待并没有成为现实,电影院等娱乐场所刚开门几天就又被叫停,原因是疫情变严重了。

意大利的情况继续恶化,单日死亡人数过千,其他欧洲国家纷纷中招;而在美国放开检测之后,确诊病例飞速上升,转眼十万,转眼二十万,纽约街头运尸体埋尸体的视频在网上惊悚出现,从未关闭过的美国加拿大边境关闭了;俄罗斯等各国的病例都在不断冲高。中国随之出台了相应的边境政策,减少国际客运航班,外国人非必要不得进国门等等。但就是这样,境外输入的形势仍旧十分严峻,每天都有"相隔数排,同机停留,某地新增病例""尚在医学观察的密切接触者连续上升""英国首相新冠病毒检测呈阳性""南都新增境外输入确诊病例1例""我们正面对新冠的狡猾之处""东京奥运会推迟到明年夏天""全球确诊超100万"等新闻。这种情况之下,电影院、剧场作为人群聚集地,是最容易传染病毒的场所,所以只好再次关闭。

宁吉怅然地再次给相关企业打电话,请大家耐心再等等,但不少人急得要哭,尤其是献之巷中的几个网吧老板,说告示贴出去,电话打了一圈,做了好几种促销方案,还特意在微信群中宣扬推广,期待着能即刻上班有收入,结果又泡汤了!宁吉好言安慰,"很快会好的""电费可申请打折""贷款设法再延期"等等,对方的失望沮丧,通过电波清晰可感。

王主任每天都在强调"内防反弹,外防输入",不要松懈不能大意;同时要求在疫情防控常态化条件下,加快恢复生产生活秩序,"按下快进键"。听着就难啊!然而这是任务,是必须面对的任务。区里定了各个行业主管部门、各个街道和产业功能板块的目标任务和走访企业名单,每个月要进行点评并扛旗评星,看几个主要经济指标如 GDP、财税、招商成果等。王主任讲,孔夫子庙街道几十年都是先进,今年在这个防疫困难面前,更要争先进,绝不能拖后腿,绝不能排倒数。这种精神头感染了同事们,官话叫"形成了对标找差,勇争一流的干事创业氛围",大家走路都像一阵风,还带着小跑。现在企业办事如审批申报等,都是网上办、邮寄办、自助办、预约办甚至代办;还有各种快速通道、绿色通道和一站式通道,为了让企业复工并恢复业务活力,街道社区绞尽脑汁地提供一切便利和支持。

宁吉日日下企业,想方设法。她几乎每两天去一次广惠家居,与钱红、唐军等管理层一起竭尽全力,安排各个门脸。从铺陈摆设到促销到服务,都做到了极致。又联合市中心总店,换花样推出主题周,比如这周是"温馨客厅",下周是"洁净浴室"等,还请了些年轻人喜欢的网红来宣传,贴上网红打卡点的标签吸引年轻顾客。种种费心策划之下,客人渐渐恢复,销售额毛估估这个月大概能达到以往的四成至五成,在当前防疫情形下算不错的。

在这样的忙碌中,广惠家居没忘了更忙碌辛苦的邻里乡亲。他们在前门和超市门口两块靠近大路的门前空地上贴心地各撑了个凉棚,放了一辆爱心小推车,里面摆着矿泉水、饮料、蛋糕、面包、饼干之类,竖着"辛苦了,劳动者。请自取饮食,稍事歇息吧"的红色标示牌,中间是一颗红红的爱心,车旁放了几张小凳。宁吉每次去都能看到有人坐着喝水,有的是快递小哥,有的是环卫工人,有的是小区物业人员,有的是辅警,有的是出租车司机,还有保洁员、保安、志愿者等等。这些忙碌在一线的工作人员,吃饭喝水都不定时,很多也确实没合适地方,能有这么个落脚点歇歇,都很高兴。大多是匆匆来匆匆去,几分钟时间,喝口水吃点东西,所以小凳上的面孔常换,而车中的食物饮料不但不少反而常有增多,附近的商家和居民总有人往里放东西,比如宁吉就从家里带过一箱八宝粥,看到赵勇悄悄放了几盒糕点,孙敏则干脆在超市拎了一扎运动型饮料堆进去。

小小的两辆推车,承载着南都人对彼此的爱心,红红的,怦怦、怦怦……

令人欣慰的是,江左纺织与肥水口罩厂的合作非常顺利,第一批非医用口罩已经空运到了意大利客户手中,解决了对方的燃眉之急,后面的订单源源不断,是郗晓琴说的"大一点""整一点"的那种订单。郗晓琴很快拿到第一批货款,说没想到国际贸易付货款这么快,姚韬元承认是客户爽快,江左纺织结汇便付工厂了;退税部分现在也快,出口报关单回来配好单据就能送进去退税,整个周期也就两个月不到。然而郗晓琴还是很感动,就算那外国客户付款快,口罩合同签的是出货后严格按报关单开增值税发票,票到后半月内付款。江左纺织完全可以将这部分资金留在账上,到期再付给肥水口罩厂,哪个企业会嫌账上钱多呢?放一放利息也有不少呢。

宁吉听郗晓琴讲得感慨,忍住了没多嘴:更何况江左纺织现在形势很不妙!意大利订单取消,美国加州客人取消的那部分还在各个环节协调解决,但预计损失恐怕会超过四百万,资金链一旦断裂,整个公司的生产出口将难以为继。宁吉曾找姚国庆认真谈过,资金周转若暂时有困难,可以利用区里的政银企融资对接平台,争取银行融资。另外税款可以延缴,房租、社保、水电方面有优惠,还可以失业保险稳岗返还等等,有十几条防疫中的特殊措施。宁吉带了本政策汇编去的,一条一条仔细讲给他听,姚国庆特意叫上了张倩倩和三个会计,几个人边听边问,又细细商量,后来真用上了好几条,毛估估仅即刻到手的就能有四十多万。姚国庆感叹:"现在只要业务好,政策是真的好。"算来算去,江左纺织往年的出口额在三千万美元左右,毛利约一千二百万至一千四百万之间,目前客户取消订单的损失,只要资金有扶持,不发生挤兑断链,应该能够扛过去。后来办了五百万低息贷款,理论上,江左纺织应该能运转下去。姚国庆特意关照财务上付款加快,一方面是体恤下游生产链上的微小企业;另一方面,多少也是故意树立财大气粗的形象,减少厂家的担心,避免带款提货等挤兑可能吧?肥水口罩厂第一批出口数量不多,所以江左纺织付款快,后面出口量大了,恐怕付款未必能这么快。当然,这些话,暂时没必要和郗晓琴说。

所以宁吉最担心的,还是江左纺织的业务:现在美国其他客户的订单有可能取消吗?美国政客自己都说了,"美国正在经受前所未有的考验,疫情的高峰正在来临,且来势凶猛",已经有三十个州进入"重大灾难状态"呢,宁吉越想越担心。前面意大利订单和加州订单取消,江左纺织硬生生当作净亏损吞下来,能不能再想想解决的办法,一方面为后面的万一做些准备,另一方面也多条出路呢?

要不,在市中心几家大型综合型商场试试内销吧?

宁吉在王主任的支持下,与姚韬元带着样衣、资料,还有上次直播录的视频,一大早上门拜访商谈。结果很不理想,现在内销行情本身一般,线下的更是受到线上电商的冲击,商场中几乎所有服装都挂着打折的牌子。而且老顾客认品牌,新顾客看款式,总要有个吸引顾客之处,江左纺织的这些外销时装在国内毫无知名度,即使设计新颖,与国内审美观和流行时尚也有差距,总之,毫无卖点。"像这样的货,以前在银路市场或是大市场甩卖,挂个牌子'外贸出口转内销',买菜大妈们图便宜抢一抢,能卖一点。但现在那些网购平台上面便宜的东西太多了,这条路也走不通。"商场经理看在"宁科长"的面子上,讲得还算婉转。

商场也是区里要支持、帮助的企业,总不能为了救一家而拖另一家下水,宁吉怏怏地告辞,反而是姚韬元安慰她:"宁姐姐,爸爸已经说了,这些认亏损,先放在仓库里,说不定明年疫情过去了,能再向客户推销,换个标牌还能再出口,你别太担心了。"宁吉无奈地沉默着点头,不好直说"我就怕你们公司撑不到明年"。

出来看看才九点,两个人商量着,去商场五楼吃点东西。宁吉记得有家皮肚面馆口碑极好,姚韬元拍手赞成,说有好几年没吃过皮肚面了。上旋转电梯,走过一层层摩登的楼面,姚韬元啧啧咂嘴,说是市中心这些商场比米兰、巴黎、伦敦的市中心百货店都要宏阔气派,商品也更齐全。宁吉有些好奇,问她,这些年在欧洲习惯吗?想不想家?有没有后悔过?

姚韬元是个老实孩子,说她初中没毕业就和母亲出国了。她从小好动,课堂上总坐不住,常常为此挨批,三天两头喊家长。奶奶在世时都是奶奶去,后来奶奶不在了,姚国庆或张倩倩去一次抱怨一次,说几十岁人了,又是当老板的,被二十几岁的小老师训得像个坏孩子,抬不起头。当时她成绩也很一般,学校估计她以后能上个大专就不错了,要不就考国外的大学。姚国庆、张倩倩两人商量,他们就这一个宝贝女儿,当然希望她有美好的前途,大学留学不如中学早点去,于是托意大利的客户牵线,索性到欧洲上初中。张倩倩为了女儿,跟去意大利,忙惯了的人闲不住,自命为江左纺织的欧洲办事处,帮公司张罗在欧美的外销。她性格坚强、外语流利、做事牢靠,与姚国庆配合极佳,欧洲和美国的订单突飞猛进,后来公司才渐渐做到了一年几千万美元的出口额。

"一开始很想家,后来慢慢学会了意大利语,在那边有了同学朋友,就好了。反而是回来觉得不习惯,原来小时候的朋友都玩不到一起去了,也没话讲。"姚韬元老老实实地说,"就是我妈挺辛苦的,这些年她要照顾我,要做业务,要管一切杂事。欧洲不像国内,帮忙的人多,那边全靠自己,我妈基本上练成了全能,厨师、司机、电工、水管工,样样都会。"

"你们在国外觉得外国人友好吗?"宁吉问。

"还好,长得不一样,很多习惯也不一样,但整体还算友好吧?至少相安无事。妈妈说不可能要求人人都喜欢你,国内国外都一样。我们因为要做生意,和当地人走得近,有些留学生自己抱团,和当地人来往少,那样可能会觉得距离远些。不过,这次疫情……"姚韬元讲讲没了声音,宁吉明白,现在恐怕是不一样了。中国在疫情初期就向国际社会发出清晰而明确的信息,个别国家无视这些信息,耽误疫情应对和拯救生命,却反称被中国"延误",真是"欲加之罪,何患无辞"!她在新闻上看到,因为这个别国家的"甩锅"推责,将疫情政治化,不少不明就里的外国人责怪亚裔人,意大利、英国、美国等地发生了殴打亚裔人的暴力事件,华侨们正处在病毒政治化的风口浪尖上。

两人说着话已经到了五楼,皮肚面馆生意出人意料的好,有几个客人在排队等。宁吉有些迟疑,要不要换一家?姚韬元天性随和,跟着宁吉走。忽然有人叫"宁科长",队伍中走出来位高挑的中年女性,亲亲热热地拉住宁吉。宁吉想了想,是前日在令姜美甲店碰到过的肖艺。肖艺说她就一个人,因为早上赶时间没吃早饭,又想念南都的皮肚面,打完卡就溜了出来。她热情地邀请宁吉一起坐。宁吉本来就是个嘻嘻哈哈爱热闹的人,于是没多久,三个人一起坐在了桌前。

这家皮肚面名不虚传,底料足味道正,厚嘟嘟的皮肚入口即化,不够的话还能加浇头。三个人都饿了,各自埋头吃了一会儿,才腾出嘴巴来说话。肖艺问两人今天怎么有空来市中心,宁吉嘴巴里鼓鼓囊囊的全是食物,含糊不清地"是是"两声,伸着脖子急忙想咽下去,差点被噎着,姚韬元连忙递了杯水给她,一边告诉肖艺刚才与商场经理谈的内容。

没想到肖艺很感兴趣,问起江左纺织的详情,做哪些地区、哪些客户、哪些品牌、哪些品种,甚至哪些尺码。姚韬元如数家珍,一边挑着蔬菜一边随口说开去,肖艺居然很熟悉各个品牌的特点和过往业绩。姚韬元惊讶地叫道:"你原来在亚马逊的?""对,不过去年回到了南都,本想去阿里巴巴国际站的,后来想来想去,索性和几个朋友自己搞了一个国际电商平台,取名'E装台',专销服装和配饰。"两人聊得极投机。宁吉吃饱了,在一旁满足地啜着奶茶,笑眯眯地看着她们。

听下来,肖艺的"E装台"是个后起之秀,远没有那些老牌电商平台的影响力大,也没有阿里巴巴国际站那么实力雄厚。但好处是专业,只做"穿"这一类,同时因设置了较高的开店门槛,保证了相应的质量,赢得了一批中高端客户的青睐,全球注册用户已过千万,在几个专业人士的操作下,短短一年就挤进了欧美时装平台的前列。肖艺打开手机展示给宁吉看,平台上按品种、品牌、尺寸等条件均可搜索,简单方便容易操作,并且新颖之处是有个试衣间,登记时输入自己的照片、尺寸、体重等,进入试衣间可以跳出穿上所选衣服的照片,前后侧面的角度调整,放大缩小远近等调节功能都有。

"当然,这样还是会有退货,电子试衣和真人试衣毕竟有区别,但是少很多。"肖艺讲得自豪,2019年的退货率是千分之十二,是所有时装平台中最低的。

"不换货吗?"宁吉好奇地翻着平台,发现了和淘宝的不同。姚韬元和肖艺争着解释,因换货需要大量的人工,换一件比卖几件都麻烦,所以国外基本上都不换,宁可退,需要的话客人重新再拍。而再拍时往往价格不一样,尺码不全了,或者干脆下架了,所以这个试衣间对顾客特别有用。肖艺笑说平台申请了专利,别的平台要模仿的话得付专利费,最主要的是服装在很多人眼里属于基础行业,利润微薄,一般人看不上;而且很多综合型商场和服装品牌都有自己的网站,所以目前竞争不算激烈,在欧美市场上应该还能再往前走几步。中国市场嘛,肯定是想开拓的,正努力呢。

宁吉见姚韬元欲言又止,忙帮她开口,江左纺织的商品能不能在平台上销售?姚韬元连忙补充,单独开门店估计销售额增长太慢,最好由平台向各商家推广,代理销售的形式,以跑量为主。肖艺一口答应了,邀两人去公司细谈。宁吉笑着建议姚韬元把张倩倩喊来,这样省时间,最好当场拍板,尽快上柜。姚韬元连忙打电话,张倩倩听了果然很高兴,说立刻过来。宁吉笑笑,先行告辞,嘱咐姚韬元万一有事打电话。结账时却发现肖艺已经悄悄结过了,宁吉谦虚一番,想想人均二十块的小事,也就随她去了。

走在去地铁的路上,宁吉想着姚韬元、张倩倩、肖艺这些"洋派"女性,她们走出南都走出中国,在异乡拼搏奋斗,虽视野开阔但是疏离了故土,能说她们不爱国吗?离开家乡和祖国,就是不爱国吗?不,宁吉清楚地感觉到她们对南都的挚爱,对乡梓的深情。她们看过了西方世界,对比之下更觉出祖国和南都的温暖,更爱得死心塌地。疫情刚开始的时候,她们忙着扫空所在地的口罩寄回国内支援祖国,忙着纠正外国人眼中的中国防疫形象,努力解释证明中国的防疫数据,讲述中国面对前所未知来势汹汹的新冠病毒的教训和经验;现在,她们在各自的岗位上,将祖国、家乡与世界紧密相连。她们像是散落在全球各地的蒲公英,默默传扬着中国文化,她们对祖国的情感比起身在祖国怀抱中的同胞,丝毫不差,甚至更加强烈,她们是"构建人类命运共同体"这一中国答案中,重要的一部分。

思绪纷乱中,不觉走到了路口。匆匆而行的行人突然都停下了脚步,马路上的车水马龙也都静止下来,因为前方的信号灯变成了红灯。宁吉还没反应过来,防空警报鸣响,所有汽车鸣笛,行人纷纷低头肃立,路口环岛处,四位警察脱帽默哀。远处高楼的旗杆上,五星红旗下半旗,在碧蓝的晴空中默哀。

这一天是四月四日,清明节,中国举行全国性哀悼活动,深切悼念抗击疫情斗争牺牲烈士和逝世同胞。南都人民和全国人民一起,为没有等来春天的生命默哀,向所有用生命守护生命的英雄致敬。

生命无价,为了保护人民的生命,勇敢的英雄们以血肉之躯与病毒相搏,以自己的生命筑成护卫人民的盾牌,牺牲在抗疫一线的他们忠魂长在。宁吉想起许院长,她温婉的笑容绽放在晴空,俯瞰着今日的南都城。她一定看到了,梅花山上春花绚烂,上元河中画舫逶迤,市中心熙熙攘攘繁忙热闹。南都曾为一场防疫战争暂时化身为空城,如今重新蓬蓬勃勃地迸发出生机。

还有那些不幸罹难的同胞,虽素不相识却让全国人民牵肠挂肚的兄弟姐妹父老乡亲们,你们安息吧!我们不会忘记你们,所有人都不会忘记你们。曾留在外地的湖北人都在步履匆匆地赶回家,回去继续建设湖北,相信包括湖北在内的全中国会变得更加美好。

今天,祖国以国家之名和最高仪式祭奠你们,是祖国对人民个体尊严与生命的尊重和敬畏;从此每一个清明,每一个春夏秋冬,我们都铭记你们,是我们 14 亿中国人民集体情感背后的团结和力量。

泪水不听话地哗哗流淌。宁吉随手抹去,默默祝祷。

愿逝者安息,生者坚强。

愿国泰民安,神州无恙。

第二十六章　洛涧紫藤

　　虽然是清明节假期,街道工作人员仍旧忙得不得休息。好不容易到五号晚上,王主任开会,总结说:三月的红旗评星活动中我们街道在区里第三,虽不是最好成绩,但考虑到疫情对孔夫子庙闹市区的影响巨大,这样的成绩算不错的。众人鼓掌中,王主任鼓励大家继续努力,争取尽快把红旗扛回来,然后宣布六号休息一天,掌声顿时鼓噪起来,差点掀翻屋顶——街道人社区人,都是普通人啊。宁吉回到家中倒头就睡,连晚上本要和谢安通话,也没醒。庾丽想叫她起来吃饭,被宁国华拉住:让她睡吧,这孩子太累了。

　　这一觉睡得真香甜,梦也没做一个。宁吉四仰八叉,嘴角流着涎水,迷迷糊糊觉得窗帘那里有阳光刺眼,拉过被头蒙了脸继续睡。朦胧中又觉得透不过气,扯开被头一角,张着嘴继续睡。然而窗户越来越亮,被子越来越捂,还有讨厌的苍蝇飞来飞去,嗡嗡嗡,嗡嗡嗡,宁吉叹口气,恋恋不舍地睁开了眼。

　　床前坐着个人,拉开了半扇窗帘,正在把玩着宁吉床头的折扇,所以又亮又吵。宁吉想抗议,揉了揉眼睛却惊喜地叫起来:"哥! 你今天不上班?"

　　是宁恺。兄妹俩十几天没见到了。宁吉好奇地问他这些天忙什么,现在进出城不设卡点了,国际航班也减少了,还忙得见不到人。宁吉挤挤眼睛:"是不是怕见妈妈啊? 她股票割肉了心情不好,脾气是有些大;不过老办法,她讲她的,你左耳朵进右耳朵出呗!"

　　"别乱说!"宁恺被妹妹逗笑了,英俊的面孔因柔和的笑意好看得惊人,"是真忙,我是刑警啊,手上几个案子棘手得很,而且……"

　　想想都是机密不能说,宁恺及时住口。宁吉撇撇小嘴,道:"那么有保密意识！我在报纸上看到过，你们公安局有'微警务'，有大数据支撑疫情防控，有'南都码'平台建设，总之，实行现代警务战略，叫什么词来着，对了，'科技强警'。说是向科技要警力，要战斗力。报上还说，我们南都是全国公安大数据智能化建设仅有的两个试点城市之一。哥，我记得你电脑水平不赖的，可算派上用场了吧？"

宁恺哭笑不得，看看向来粗枝大叶的妹妹居然凭着报纸上的几句报道猜出了为兄的工作内容，一方面是她聪明，一方面更是她关心兄长，宁恺的面容更加柔和了，催她去洗漱。说是趁今天休息，准备去看看张老师夫妇，上次接到他们电话，吞吞吐吐的，没讲清楚，想去看看他们。

"你带我去？"见宁恺点头，宁吉不禁欢呼一声，睡袍也不套，就穿着内衣一溜烟奔进了卫生间。宁恺好笑地看着她的背影，宁国华在一旁喊："慢点！慢点！别滑倒了！"

厨房里正在下馄饨的庾丽埋怨道："这么大了，还没个大姑娘的端庄样！你们两个不好好教育教育，还都惯着她！"宁恺和宁国华对望一下，都不吭声。庾丽继续唠叨："姑娘家，在娘家这么随心所欲的，以后出嫁了结婚了怎么办？谢安那是'王谢堂主'，真正是坐如钟立如松的，看不看得上眼啊？难道到那时再去装？又能装多久呢？"

宁恺看母亲担心，实在忍不住，说："小吉又不是高攀了谢安，不用这么紧张吧？"宁国华表示赞成："小吉这个模样品性，到哪儿有第二个？谁敢嫌弃我们，我们还嫌弃他呢。"

"谁嫌弃？嫌弃谁？"宁吉擦着头发，一身水珠子乱晃地跑出来，听到最后一句，忙插嘴问。她并不关心答案，奔到厨房看见母亲煮好的馄饨，忙舀了一个吃，顿时烫得龇牙咧嘴，又舍不得吐出来，只好一个劲地左蹦右跳，在嘴巴里倒腾。宁国华的一番高声赞美生生被她这个怪样堵回，无奈地含笑摇头，但目光中全是对女儿的宠溺：这样生机勃勃的女生，谁不爱呢？

庾丽看出宁国华的赞赏，不禁怪他：不但不管教儿女，反而一个劲地纵容！宁国华呵呵笑着不吭声，是习惯性的不敢吭声。宁恺便又为父亲辩白：

"不算纵容吧？小吉和我不都挺好的？"

这下引火上身了，庾丽开始数落宁恺，声音提高了三度："你一天到晚不着家，忙什么呢？家庭责任感呢？快三十的人了——别打岔！我知道你二十八！连个女朋友都没有！有人告诉我，你喜欢市立医院的那个叶医生。谁告诉我的？你别管谁告诉我的，知道的人多了！喜欢就喜欢呗，怎么没有下文呢？我那天去市立医院特意找叶医生看病了，人不错啊，端庄稳重，耐心和气，医术也很好，问症状问了足足四分钟！"

"你找叶同裳医生看病？故意的？"宁吉惊呆了，口中含着馄饨忘了嚼。宁恺和宁国华也都呆住了，僵立着不动。

"没错！我儿子的事情，我不管谁管？"庾丽讲得得意扬扬，"我看着也蛮中意，可惜啊，旁边有个丁医生，看得牢牢的，一直在献殷勤！说是留洋回来的海归，动不动'美国如何如何''欧洲怎样怎样'，神气得很！我看哪，小恺你还是算了，太太平平找个小学老师、幼儿园老师之类的，阿好？"

"妈！"宁吉跺脚埋怨。旁边宁恺早变了脸色，一声不吭地低头吃馄饨。庾丽终于意识到自己说过头了：偷偷去看叶同裳也就罢了，观察到她有人追，这也随意讲出来？不过是既可气又让人担心嘛。宁恺一个刑警，就算模样学识人品不比那位丁医生差，但工作忙得要命，见一面都不容易，怎么能比得上他们两个医生日日在单位里相处呢？唉，两个孩子没一个省心的！

兄妹两人草草吃了早饭，就去张老师家。老两口住在孔夫子庙街道另一端的洛涧新村，是二十世纪八十年代的老小区，不过经过老旧小区整治出新，现在也满眼绿草白粉墙，又正对着上元河，杨柳依依清波荡漾，环境好得很，周围菜场超市学校商店医院一应俱全，生活极方便。

宁恺并没有事先预约，宁吉担心，要是老两口不在家呢？宁恺笑笑不答，颇有几分刑警的莫测高深。宁吉知趣地住嘴，拎了母亲准备的五香蛋和酱鸭，跨上了摩托车的后座。宁恺的车骑得极快极稳，在车流中摇摆穿梭，宁吉靠在他的背上，哈哈大笑，恨不得手舞足蹈。一边忍不住想，那个什么"海归丁医生"，肯定比不上哥哥英武神气吧？而且如果两个人都是医生，多闷啊！几时碰到叶同裳，倒要和她好好谈一谈。

车停在洛涧新村门口，宁吉摘下头盔，好奇地张望，评头论足地说，这个小区现在看起来簇新养眼，不比琅玡苑那些新贵差多少嘛。"不是你们街道的辖区吗？宁科长太官僚了吧？"宁恺调侃妹妹。宁吉大窘，期期艾艾地解释这里不是玄衣巷社区的，一直没来过，后来分管经济，分管的企业也没有这块的……正在唠唠叨叨的工夫，宁恺指着前面说正好老两口在河边散步呢，拉着她追了上去。

张老师和张师母好一阵惊喜，拉着兄妹俩的手不放。张师母手上有两束刚采的野花，顺手塞了一束给宁吉，告诉她这是二月兰，这是翠雀，这是婆婆纳，这是紫藤……都是这个季节盛开。宁吉看着手中紫篷篷的一簇，忍不住低头嗅了又嗅，清香怡人。张老师便叹气：宁吉这个神态像极了小丽，姑娘家，都喜欢这些花花朵朵的。张师母忙打岔，说走了一会儿累了，腿还是没好利索，回家坐坐吧。

张家不大，两室一厅四十几个平方，二十世纪老公寓的格局，每间房都很局促紧凑。张老师邀两人在客厅中坐，亲自沏了壶刚上市的雨花新茶；张师母却小心地将手中的花束装进花瓶，盛满清水，拉宁吉去小房间看。整整齐齐干干净净的一间卧室，素淡的浅紫小花床单被褥，窗下一张小书桌，摆着老式的估计叫什么四八六还是五八六的电脑，摞着同样老旧发黄的书籍。

"小丽的房间！"宁吉脱口而出。

张师母含泪点头，五斗橱上放着一帧黑白照片，少女素颜大眼，笑得阳光灿烂，神韵是与宁吉有几分相像。又或者，活泼爱娇、得家人宠溺的少女本来都差不离？无忧无虑，对人友爱善良，对未来满怀憧憬，根本想不到会有灾难降临。那个寒冷的夜晚，她搓着手从自习室里出来，背着书包，思索着刚写好的论文哪里还能再修改提高，争取得到导师的好评，在专业杂志上发表；想着顺路去小食堂吃一份夜宵，是桂花小元宵好呢，还是皮肚大肉面好呢？要给许辉带一份小笼包，她这会儿也饿了吧？小丽加快脚步往食堂走，南都人习惯了绵绵细雨，很少打伞，雨丝打在脸上凉凉的，她哼着《在希望的田野上》，步履轻快。然而，一个黑影扑过，年轻活泼的生命在雨中戛然而止。

宁吉凝望着照片，打了个哆嗦。

"小丽最喜欢紫藤花。"张师母轻轻拉开雪白的薄纱，窗外的花架上紫藤花正在盛开，小花一朵朵紧挨着，花穗一串串排队，春风拂过，如风铃般摇摆轻漾，芬芳韵动。然而那素颜大眼的少女，却再也看不见。

"二十八年了，我们无时无刻不思念她，分分秒秒都活在伤痛中。每年的腊月二十五，我们去校园祭奠，我们去公安局询问。一年年继续在悲伤中等待。她的爷爷奶奶相继含恨而终，临终时都喊着小丽的名字，嘱咐我们不要放弃。"张师母说不下去了，掩面哭泣。宁吉眼眶红红的，扶她在床沿坐下，望着窗外摇曳的紫藤花，泪水也是止不住。

"这个案子社会影响极为恶劣，那时，公安部门、教育部门、政府等都很重视，如果当时抓到凶手，依据其残忍卑劣的行径以及造成的严重危害，一定会被判处死刑。凶手逍遥法外二十八年，还结婚生子，若无其事地自由生活……"张老师接过话头，讲得激愤，"我们等了二十八年，我们等到了耄耋之年，就是为了等正义，等申冤！南都公安了不起，坚守二十八年！抓到了凶手！他不该得到饶恕，他罪有应得！"

张老师讲得急了，一阵咳嗽，宁吉忙倒了杯茶递在他的手上，求助地望向宁恺。老两口的意思很明确，就是怕二十八年后，凶手逃脱死刑的制裁。宁恺皱眉不语，等了半天说他是刑警，虽然公安局抓到了凶手，但管不到审判；案子由检察院公诉，法院依法判案，相信法律会给大家一个交代。

看老两口着急，宁吉连忙安慰。想起方才张老师讲这个案子很多部门都很重视，确实是南都极为罕见的一桩大案。她说，现在与政府沟通很容易，有很多公开的渠道，建议他们与其费力地找这个托那个，不如公开向有关部门反映："人民的声音，大家愿意听，也必须听的。检察院等部门的信访，现在是七日内程序回复，三个月内办理过程或结果答复呢。"

这句话提醒了张老师，他立刻坐到书桌前，铺好信纸，凝神片刻后便奋笔疾书。很快,就写了三张纸的一封信。"写给法院、检察院、市委市政府和人大,请他们听听我们受害者家属的声音。"张老师望着张师母,像解释,更像是下决心。宁吉一边安慰老两口:"这个案子,大家和你们一样,都一直惦记着,要不也不容易坚持二十八年。"张老师点头赞成:"是啊,街道经常来看我们,这些部门也常有人来探望,过年过节家里堆满东西,我们这二十八年,金龙油就没买过,全是送来的!"宁吉低头读着三张纸,看着那一行行饱含悲痛的字句,闻着窗外吹进的紫藤花香,想着那个戛然而止的年轻生命,泪水不觉又模糊了视线。

门铃突然响起,张师母嘀咕着:"定是祝嬢嬢来了,她真准时。"宁吉忙去开门,看祝嬢嬢虽然瘦弱,却极干净利索,一身衣裳洗得发白,进门也不废话,脱下鞋子戴上帽子手套,熟门熟路地取出水桶抹布拖把就开始打扫卫生。反倒是张师母在一旁主动关心地询问,王谢堂的工作怎么样?祝嬢嬢一边干活一边简短地回答,好得不得了!粽子不是王谢堂的招牌点心,这一阵堂食的客人又不多,所以堂食卖得很少;不过手机上的"王谢堂",像个小房子的那个——宁吉插话说那叫应用程序——正好卖菜么,还有半成品,小鲁就把粽子放进去了,顾客看到有订的,吃了之后都说比超市里冷冻的好吃,现在订的人老多的,昨天一天卖掉一千七百多个。

"包得出,包得出,我反正早上睡不着,早点去。小吴、小钱她们几个也在帮我。"祝嬢嬢面上泛着红光,"这边打扫好了,我立刻就过去上班。"讲到"上班"两个字,她精神焕发。张师母忙说既然有这么好的工作,这个钟点工的活儿没关系,下次不用跑来跑去了,现在自己的腿已经好得差不多,不要紧。祝嬢嬢说那不行,让人担心。宁吉见两人互相谦让关怀,笑着说社区有登记的家政人员,网上也能约保洁员,都挺方便的;祝嬢嬢的粽子既然受欢迎,还是好好裹粽子吧。于是祝嬢嬢忙完了今天的一个半小时后,依依不舍地与张师母告别,再三表示会常来看望。

关上门,张师母便感慨地说,谢安那孩子人好,所以大家信任他,所以老天也帮他,这个粽子卖得好,祝嬢嬢、王谢堂和顾客都受益嘛。宁吉笑眯眯地听着张师母夸奖谢安,没插口解释,其实祝嬢嬢去王谢堂包粽子是她和社区的主意,像袁柱落脚在派出所一样,多方受益;看来,将人才按不同种类配置在最合适的地方,是一门大学问,社区最了解各个居民和企业,这里要多下下功夫呢! 宁恺坐在张老师身边,受张老师的嘱咐,一封一封复核,其实信的内容都差不多,不过换了抬头,在词句语气上略有不同。

忙完已经过了十二点,宁吉把几封信小心翼翼地装好,答应今天就全部寄出去,与宁恺一起起身告辞。老两口却抓着不放,一定留兄妹俩吃饭,再三强调说不麻烦,小区门口就是社区的助餐点,现成的。宁吉明白老人的心意,看看宁恺也是满脸不忍,兄妹俩便跟随老人一起去吃午饭。

出小区后门左拐,"洛涧助餐点"几个大字跃入眼帘。宽敞的空间,雪白的墙壁,贴着红色"助老"字样,窗明几净,坐下来正好对着花园中的紫藤花架。张老师坚持去买饭,宁吉忙示意宁恺扶着张师母先坐,自己追上去帮忙。

菜品很丰盛,荤素各有十来样,还有米饭、面点、汤供选择,像外面常见的快餐店一样。宁吉与张老师一起取托盘餐具,荤素搭配地取了饭菜,结账时老两口刷市民卡,因为有助餐补贴,只刷了十七元;宁吉兄妹的要按市场价格,稍微贵一些,两份花了三十四元。张老师坚持请客,宁吉拗不过,最后到底是张老师刷了卡。宁吉想想这一阵尽吃白食,王谢堂不用说了,前天刚吃过肖艺请的皮肚面,今天又是张老师请客,真是吃货有吃福。

因防疫规定,原来十几个人的大圆桌只坐了七个人。另外三位老人都是附近洛涧社区的居民,笑着与他们打招呼,夸张师母恢复得好,夸宁吉模样讨喜性格乖巧,夸饭菜可口价格便宜;得知宁恺是抓获凶手的警察,更是把他夸上了天。宁恺向来自诩为硬汉,也确实是英武过人的刑警,但硬是被几个白发老人称赞得满脸通红,坐立不安,差点没落荒而逃。宁吉连忙为兄长解围,问老人们常来助餐点吃饭吗? 有什么意见建议吗?

这下打开了话匣子,老人们纷纷感慨:"助餐点开了四年,省了多少事,节省了多少花费!""买菜做饭本来耗时耗力又麻烦,盒饭到底吃得不称心,自从有了助餐点,就不用烧饭了,享福啊。""味道嘛,还好啊,自己烧不一定烧得出。当然不能和王谢堂的大菜比,家常菜嘛,有这个水平挺好。""还能和大家聚聚聊聊,像以前单位的食堂,方便又热闹。""防疫期间停了一个多月,特别想念,不过这么大疫情,能挺过去,这么快又开了,真不容易。""我们早上去散步爬山,中午回来一样吃现成的,还不用洗碗。"

看得出老人们的感激、感动和感慨。新冠病毒最可恨的,就是攻击老弱病者,年纪大的、身体虚弱的、有基础病的人,很难抵抗。看看新闻中,海外确诊患者已经超过一百一十万,其中大部分是老人,是病人,是无家可归者。好几个国家死亡人数已经过万。

"像我们这样的老年人,工薪阶层,幸亏是在中国啊,要是在国外,这次肯定死掉了!看那个新闻里,意大利有的城镇,老人全部中招,说'死了一代人'。"张师母讲得真心实意,"以前还抱怨去医院看病人多、退休金涨得慢,以后再也不抱怨了。比一比看一看,不要太不知足啦!"

"就是就是。我女儿在加拿大,讲她们那里的老人院这次太惨了,一个院一个院地整体感染,老人哪里挺得过去?一死就死好些个!"另外一位老人感叹道,"就算是住在家里的,这一封城,老人怎么购物?怎么生活?可不像我们有社区,有街道管!我女儿的邻居,比我还大一岁呢,七十四了,还要自己坐公交去超市买东西,结果感染了,居家隔离,还不知道怎么样呢!"

据张师母介绍,这位老人是洛涧小学的退休教师。"对,我原来是小学高级教师职称,退休了,一个月退休金六七千,还有医保,足够用了。"老人指着面前的饭菜说,"到助餐点吃饭,政府还补贴,真是帮我们想得周到。退休金用不了,我和女儿讲,你缺什么我买了给你寄过去,上个星期,买了两百个口罩发过去的!"

宁吉笑着说,助餐点是按就餐人次,即统计老人刷市民卡的次数,拿区里的补助,超过五十万人次的,一年补贴十几万呢。所以大家多来吃,刷卡次数越多,助餐越能办得好。

张老师想了想,道:"我记得有一年去美国交流访问,在罗斯福纪念公园中，看到墙上刻着一段他的名言，说'衡量我们进步的标准，不是看我们给富人们带来了什么，而是要看给那些一无所有的穷人能否提供基本保障'。虽然是美国总统，这个想法却与我们的社会主义有类似的意思。"

"是啊。"另一位老人说，"像我们这些老人，差不多就是他讲的'穷人'了，到这个年纪生活无忧，享受夕阳红生活；这么大的天灾之中得到最好的保护，安然度过。如果罗斯福总统在，这次一定会佩服我们中国的。"

"是啊，对比有些国家的老人，我们太幸福了。而且这一次防疫，人心真齐啊，团结抗疫，众志成城，哪儿像他们，各个州都不听联邦政府的，百姓又有好多不听政府的，防疫专家干着急，政客带头反对戴口罩。"

"对啊，看看我们，一方有难，八方支援，中央一声令下，全国人民掏心掏肺地帮湖北、帮武汉。那么严重的疫情啊，两个多月就结束了。后天要解封了呢。"

清风阵阵，送来紫藤花的花香，香得让人沉醉。宁吉听着几位老人闲聊，看着他们真挚的神情，听着那发自肺腑的感激和拥戴，感受着他们真心实意的感慨和敬佩，止不住也笑。

武汉，那个九省通衢、一千万人口、为全国防疫做出巨大牺牲和贡献的英雄城市，从四月八日起，解除离汉离鄂通道管控措施，有序恢复对外交通，逐步恢复正常生活秩序。中国打赢这场武汉保卫战，用了七十六天。

第二十七章　全域旅游

四月八号，街道上的防疫标语换了一拨。

"武汉归来！"

"零新增不等于零风险！"

"解封不能解防！"

"疫情未结束，防控别大意！"

虽然标语还是提醒市民们继续注意防范，毕竟仍在"内防反弹，外防输入"的阶段，但明显能感觉到人们的欢欣喜悦：疫情最严重、最让全国人担心的武汉四月八号解封，四月十号那天湖北省的在院治疗的重症、危重症患者首次降至两位数，这意味着武汉保卫战、湖北保卫战取得决定性成果啊。阳光如此明媚，放眼望去，四处桃红柳绿，街上来来往往的人流都步履轻快，神色轻松。

上班开例会，王主任还没到，同事们都在议论。每个人都记忆犹新：一月二十三日宣布武汉封城时，以为那只是千里之外湖北人的事情，第二天大排查开始意识到严重性，而一天接着一天，越来越感觉到这场疫情的史无前例，像一场风暴裹挟了每个人，每个人在这两个多月里，都经历了大大小小的各种故事。孙敏说大排查那天戴口罩不习惯，"新型冠状病毒"六个字讲都讲不顺；赵勇说那时进出小区多随意啊，出入证、健康码、量体温、登记信息，什么都不要，经过这次防疫，更安全了；还有的说，不少隔离户一开始根本不配合，讲什么病毒与南都人么的关系，现在都成防疫积极分子了，比谁都小心。

宁吉笑眯眯地听着，回想起在那些寒风冷雨的日子里，在玄衣巷社区各个住宅楼和小区中奔走,强力消杀,送隔离户用品,登记住户进出,举着喇叭不厌其烦地一遍一遍喊,对根本不配合的如姚国庆,连哄带吓,一趟一趟做工作……

真的很难相信,仅仅两个多月。

"哎,宁吉,你是我们区唯一的本土病例,也算载入史册,那个什么青史留名了。当时难受不难受,怕不怕?"赵勇好奇地问。孙敏瞪他一眼,护着宁吉,说她都病得进火神山了,好不容易回来,你还拿人寻开心?赵勇被说得讪讪的,连忙辩解是"关心"不是"开心",宁吉住院那些天,他真担心死了,又后悔又自责,当时怎么没拉住她,后来看她平安回来,高兴啊!宁吉见赵勇急得一头汗,老实人讲得诚恳,忙笑嘻嘻地说:"知道,知道,我知道你们大家关心我。"反过来安慰他。直到王主任走进来,这段小插曲才算结束。

王主任今天也很高兴,第一句话就是庆祝武汉归来,庆祝武汉和湖北保卫战取得决定性成果,这两个多月不容易。接着,她宣布一个好消息,下周区里要开展"全域旅游再出发"活动,主题是防疫常态下推动文旅商融合发展,这是目前拟好的五个专项行动二十八条举措中的内容,欢迎大家提意见,要求各人手上的工作和所关注公司的项目要抓紧,届时能签约的签约,有实际困难的尽早反映,及时帮助企业解决。

宁吉翻了翻内容,基本上是王主任以前交代过的,上元区因地理位置和经济特点,文旅、商贸、服务等行业歇业关闭,受到疫情很大冲击;复工复业复产,企业是主体,消费是关键,区里做好推动工作。这场活动通过一系列行动举措,解决困难,推进项目,由此带给大家更多的信心和希望。宁吉一家家打电话通知相关企业,有的参加活动签约仪式,有的现场连线,或者线上观看。宁吉再三嘱咐,好多政策和措施呢,看看活动,到时再上门解读,有什么问题随时联系。电话打完,又圈出十一个重点企业,要上门拜访再看看详情,包括广惠商城,包括江左纺织,包括王谢堂。

凝视着王谢堂几个字,宁吉知道自己目光温柔。

今晚正好在王谢堂聚餐。是宁向云的生日,虽然不是整寿,但宁国华、宁雅娟兄妹俩坚持要为老人家庆生,异口同声地说一家人从年三十到现在还没聚过。宁向云便答应了,并叮嘱一定订在王谢堂。宁吉还没告诉爷爷她与谢安恋爱的事,猜测难道是母亲嘴快说的?又怀疑也许只是自己多心,老人家恐怕只是馋了,想念"东山再起""安石碎金"那些大菜了吧?

晚餐订的六点半,但宁吉一直忙得抬不起头,猛然惊醒的时候已经六点四十了,连忙匆匆关电脑抓起拎包和外套出门。爷爷不会说什么,但母亲和姑姑两人一定会埋怨,然后爸爸要劝,哥哥会护,表弟表示同情,姑父老好人和稀泥,总之会一团糟。关上橱门的一瞬间,她又看到那个袖扣的小礼品袋还静静地躺在角落里,唉,改天乘谢安不在,把这个偷偷丢到坐隐庐里吧。

急急忙忙冲到王谢堂,扫一眼,发现今天大堂中约莫还是三成的客人,相对于轩敞高峻的空间,人气明显不旺。宁吉顾不得去找谢安,噔噔噔噔快步奔上楼,直接到了宇字号包间。很意外,她居然不是最后一个,包间里冷冷清清的,只坐着宁向云、庾丽和宁雅娟三人。

"人呢?"宁吉诧异地问。庾丽解释:"宁恺有紧急任务来不了,韩征南刚开学上课不能来,韩肃还没下班,宁国华在家赶稿子,说写完了过来。"

宁雅娟便叹气:若是以前,吃饭时这种拖拖拉拉的阵势,老爷子肯定要拍桌子怒了,现在经过七十多天的防疫,倒觉得忙碌地工作和学习太难得了。像我这样吃饭早早就到的,那是没事做! 宁向云被她说得直点头,问:"征南怎么样了?"宁雅娟又叹气,讲得像宽慰也像担心:"刚开学几天,征南每天早出晚归的,基本看不到人影;今天早上宁雅娟特意起了个大早,五点多就到厨房做早餐,好歹碰上了。问他嘛,说是功课紧,同学都你追我赶的,比过年前更要拼命。他原来在班上十名左右的,前天一个模拟考,竟然被甩到二十几名去了,着急要赶紧追上呢!"

庾丽问:"高考不是延期了吗? 时间还早呢。"宁雅娟更加烦躁了,说:"这个延期让人焦虑啊,本来弦绷得紧紧的,想着到六月七号上阵,九号就结束了;现在再拖一个月,磨人啊,这根弦快绷断了! 学生和家长都是!"庾丽不明白:"前面防疫没能好好上课,多一个月上课复习不好吗?"

宁雅娟摇头解释："延期是大家都延,分子分母同步扩大,有什么用? 我们省的家长,尤其是我们南都的家长,太拼了! 其实上补习班也好,请家教也罢,都是大家一起在抬高分数线,招生比例是不变的啊。而且今年被这新冠肺炎疫情一闹,好多本来准备出国留学的都不敢去了,分母又增大了,比例更小。猜猜现在好一点的家教什么价格,一千块一小时,最好的英语外教,三千! 征南算体谅家里的,不让请,但是做父母的总感觉对不起孩子。现在也不敢想北大清华了,南大或东大都行啊。"庾丽便说:"南大东大挺好的,就一个孩子,留在身边吧,真跑出去那么远,也惦记。看今年海外留学生回来多少,而那些留在外面的,一家人都急死了,有的寄宿家庭不能住了,有的宿舍关闭了,家里人多担心啊!"

这边姑嫂两个聊得热闹,宁吉凑到宁向云身边,小声告诉他张老师和张师母的事。宁向云说前面张老师也给他打过电话,他作为跟踪这个案子二十八年的老刑警,比谁都更希望严惩凶手,否则几代刑警不会坚持二十八年;但无论如何,要尊重法律,要相信司法机关会依法判决。老两口写信信访,会引起关注,会有更多人关心,但是任何人都不能凌驾于法律之上。

"如果需要,我愿意去做证,讲述案发现场,以及当时这个恶性案件对南都的不良影响。"宁向云沉吟着道,"那一阵,单身女青年不敢晚上出门。上夜班的女同志不是单位安排送,就是与男同事结伴,没人敢大意。"宁向云笑着指指宁吉开玩笑,"像你这样上班到晚上自己回家,有时候都快半夜三更了,那时真不敢想象。庾丽,你们真放心呐。"

"她都是快结婚的人了,我们有什么不放心的? 就是不放心,又有什么办法?"庾丽笑道,"就盼着她快嫁出去,我们就不操这个心喽。"

真巧,谢安捧着个精巧的竹笋进来,闻言愣了愣,又立刻恢复了往日的神态,含笑向宁向云介绍这是从黄山茶场带来的新茶,当地人叫"毛尖",就是中小叶种的茶树,摘最尖端的茶芯,沏了一壶,请老人尝尝怎么样。

宁吉早已经红了脸,冲母亲拼命瞪眼,示意她别乱说。庾丽却视而不见,笑眯眯地接过茶壶为几人斟茶,率先喝了一口,便不停地称赞,这汤色绿得如何嫩如何亮,白毫如何显而不露等等。宁雅娟也加入攀谈的行列,与谢安聊这"毛尖"和常见的黄山毛峰不一样,条索这么细,又圆又紧又直又匀整,香味像熟板栗,余味回甘,真是好茶。庾丽得人帮腔,讲得更加起劲了,把话题很快自茶叶扩展到新茶、今春的行情、王谢堂的状况,乃至谢安的家底上。宁吉急得直跺脚,拉拉庾丽的衣袖叫"妈",又拽宁雅娟喊"小姑你喝茶",无奈两个人盘问谢安正在兴头上,对宁吉的劝阻丝毫不加理会。宁向云在旁边看三个女人和谢安斗法,发挥老刑警的特长,笑眯眯地旁观以获得信息,并不插话。

谢安倒不急,慢腾腾地回答问题,老老实实地说目前行情肯定谈不上多好。堂食虽然重开,但到底还在防疫阶段,有诸多限制,王谢堂的特点是大菜、是团坐、是仪式,所以比起"上元人家"那些中小型饭馆,还是受影响,堂食收入现在不及往常的二分之一,直播卖预制品"王谢堂前燕"大菜只有周日一次,效益有限。幸好当时宁吉提醒得早,"王谢堂"应用程序在恢复堂食前推出,当时的时机比较好,代购、代加工、出租厨具厨师等业务红火,外卖和企业送餐因为量上来了,渐渐有些利润。所以几样综合着看,想着上半年持平不亏损,或者能有薄利,就很好。

讲的都是大实话,庾丽却听得直皱眉头,不悦不满一望而知。谢安反应迟缓,又正是晚餐忙碌的时候,说完见没什么事,便含笑告退。庾丽更不高兴了,冲宁吉狠狠地瞪了一眼,埋怨道:"这些你都晓得?讲什么'堂食收入不及往常三分之一''效益有限',什么'持平不亏损'?"宁吉早已窘到了抬不起头,无奈又委屈地说:"妈,你干吗呀?"

"我干吗?我不是为了你吗?"庾丽看着女儿的模样,气得声音高起来,"你和谢安到底到什么程度了?他这又哭穷又推搪,什么意思嘛!两个人谈恋爱,最重要的是真心实意,最怕这种敷衍!小吉,你都二十五了,既然谈了就要定下来,天天过家家玩游戏吗?女孩子的青春耗不起!"

小周和小吴送冷盘进来,宁雅娟冲庾丽努嘴示意她别说了,无奈庾丽正在气头上,这些天的憋屈全都一股脑地爆发出来:宁吉如何几次欺骗她,哄她说谢安求婚了装潢房子了准备要孩子了；如何敷衍了事，她辛辛苦苦为谢安生日在九品中正广场挑的名牌袖扣，根本送都没送；电视直播中谢安也是不清不楚，介绍宁吉为"女朋友"，这样没名分还要当众亲热，女孩子以后要做人的啊……宁吉的脸红得像窗外盛开的桃花，表情像哭又像笑。小周和小吴尴尬地匆匆放下八个冷碟，逃一样赶紧离开，还不忘带上了门。

"够了！"宁向云高喝一声，吓了庚丽一跳，看着老人家皱眉怒目，她终于停止了抱怨。

"小吉不容易，你别逼她。你看看，平日笑嘻嘻、总像个开心果似的孩子，被你说成什么样了？"宁向云道，"谢安讲的是实话，难道非要说谎讨好你才叫诚恳？年轻人有年轻人的生活方式，非要处处按你的来？非要事事如你的意？我看他俩挺好。这么大的新冠肺炎疫情，大家都难，谢安有志气，想方设法把这老店王谢堂撑下来，还一心帮着玄衣巷邻居，不容易了！别说以后疫情过去了，经济大环境好了，生意自然会好，挣钱的日子在后头；就算他不挣大钱，只要他人品好，和小吉好，咱们有什么好挑剔的？更别瞎添乱！"

庚丽不服气，还要再辩，宁雅娟连忙拉住她，打圆场说，别讲了，都快七点半了，咱们先吃吧。这是刚上市的野芦蒿呢，快尝尝。作好作歹，四个人不再争执埋怨，闷头吃起冷盘，气氛比冷盘还要冷。

宁国华气喘吁吁地跑进来，连声抱歉说来晚了，祝贺老父亲生日快乐，夸宁雅娟的新衣服好看，抽空夹了个鸭翅膀给庚丽，又帮宁吉要了杯果汁，吩咐服务员走热菜，细心地将所有人招呼到，才坐下喝了口茶。宁吉好奇地问他赶什么重要的稿子，高校还没开学——要到四月下旬，是哪个学术刊物的约稿吗？宁国华骄傲地昂首挺胸，说是上课时讲的讲义被出版社看中了，约着出版，所以重新过一遍，有些不满意的地方再改改，忙了十多天，好不容易刚才整理好发给编辑了。庚丽撇撇嘴："能挣钱吗？"宁国华笑眯眯的，一贯脾气很好："我希望能。"

宁向云不禁又皱眉，咳嗽一声道："知足者常乐。钱这个东西，差不多就行了，衣食无忧，安居乐业，还要怎样？国华一个大学教授，一年十几万收入，很好了。我以前在局里，看到那些贪污受贿抢劫杀人的大案，十个有十个都是为这个'钱'字，其中七八个，都是老婆逼的！"

"爸，您说什么呀！"庾丽红了脸，辩解道，"我可从来没逼过他！您问问他，这些年家里开销我管得怎么样！两个孩子要结婚成家，花钱的日子在后头，我怎么可能不发愁！"

宁国华连忙打圆场，给几个人倒茶揽菜布水果，岔开话题，讲武汉解封，讲学校开学，忙了一头汗。宁吉好笑地看着父亲，中文系古文专业的教授，温文儒雅，喜欢之乎者也，喜欢吟咏古文特别是楚辞汉赋，与世无争，与人为善，这时夹在两个强势者中间，虽然极度狼狈，却仍旧想着一家人和和美美。不过此刻每个人面前都是一堆菜看水果，茶杯满满的，看他怎么办！

"小吉，喝茶！"宁国华看出女儿眼底的戏谑调皮，拍了她一下请求援助。宁吉只好挺身而出，问宁国华："爸，你这书是讲什么的？"

"你猜猜看。以前是个冷门，今年变成了热门话题。"宁国华悄悄冲女儿眨眼，感激她拔刀相助。宁吉猜"诗词""美女""大夫""乐器"等等都不对，庾丽又撇撇嘴："难道讲病毒？"

"哎！对了！夫人智慧过人，就讲的病毒！"宁国华笑道，"我这本书啊，专讲中国古文中有关病毒的内容。当然，以前叫瘟疫、疾疫、疠疾、大疫，早在两千年前，《周礼》中就有'疾医掌养万民之疾病，四时皆有疠疾'；《后汉书》中记载，'建安二十二年，是岁大疫'……"

"这跟你的专业有关系吗？"庾丽打断他的滔滔不绝。

"当然有关系！建安七子就因这个'大疫'一下死了四个！曹植作了《说疫气》，'家家有僵尸之痛，室室有号泣之哀'；曹操写了《蒿里行》，瘟疫加战争，后果就是'白骨露于野，千里无鸡鸣'……"

宁吉也听得头大，忙截住话头问："出版社为什么现在想起来出这书？"其实她想说的是：这书有啥出头？没人看吧？

宁国华认真解释，中国历史上瘟疫发生过很多次，其中不乏改变历史轨迹的大疫,比如崇祯十四年开始的鼠疫,北京、天津、江南地区人口锐减,北京城八十多万人口死了二十万,所以满清才能那么容易进了关内。"对对对,我又扯远了,出版社的意思是尽快出版,新冠病毒是全球危机,此时此刻,将中国历史上吃过的苦头和今天的防疫经验介绍给世界,意义重大!你们放心,不管是海内还是海外,书的内容,营销文案,和宣传语我都会严格把关!"

几个人见宁国华精神抖擞,高谈阔论,像换了一个人,都有些好笑。庾丽催他喝口汤吃点热菜,宁向云笑他说一本书而已,多大事,别自高自大。宁国华不同意,说:"这不是看结果,而是看初心和动机。洋人对中国的不了解就像盲人摸象,有的认为像绳索,有的认为像簸箕,有的认为像大石头,有的认为像圆木棒,各种各样。在全球化的今天,不能任由这种偏见横行,每一个中国人都有责任告诉世界我们中国的真实面貌。中国这次防疫做得这么出色,虽然一开始猝不及防,被这前所未有的病毒闹得让武汉吃了个大亏,但是极短时间内迅即应对,与全世界共享信息,当机立断靠极大的牺牲取得了初步胜利,为世界防疫赢得了宝贵的两个多月时间,这个一定要讲清楚。现在全球科学家都在追根溯源,很多地方发现去年秋季病毒就出现了,大胆设想一下,如果不是中国反应过来这是个全新病毒,搞不好现在全球还以为是'流感'呢!"

宁吉看他滔滔不绝,笑着推过银丝面:"爸爸,面都糊了,快吃吧!"

宁雅娟记挂着家里两个人,走到窗口打电话。韩征南手机关机,看来是不来了。韩肃的电话一直占线,好不容易半天才打通了,宁雅娟问:"你几点到啊?都等你呢!"

韩肃显然愣了愣,大概是在想"到哪里""谁在等",一会儿反应过来,连忙道:"我去不了啊,帮我祝老爷子生日快乐。"宁雅娟还要再说,宁向云连忙拦住,说,"让他忙去吧,不容易,这时候忙工作的都不容易。"庾丽帮着打圆场,点亮了生日蜡烛,拉几个人唱生日歌,切蛋糕,热闹了一阵。虽然人不齐,但蛋糕香甜大菜精美,寿星宁向云精神矍铄,照片拍得喜气洋洋。

　　不过,中晋公司出什么事了吗? 以宁吉对韩肃的了解,他是科学家也是企业家,为人善良周到,不然也不会在情人节那天带员工送巧克力、鲜花给基层社区员工,他居然连在王谢堂给宁向云过生日这事都忘了,肯定是碰到什么事了。宁吉乘众人没在意,悄悄发了个消息:"小姑父,没事吧? 要帮忙吗?"

　　吃着蛋糕,宁吉不时瞄一眼手机上的动静,一边心不在焉地和大家聊天,与宁雅娟说到了下周"全域旅游再出发"活动的事。宁雅娟倒是很感兴趣,再三要求去看看。做旅游的,这时候真盼着有些起色,这场活动说不定就是一个转折点呢?

　　手机终于亮了,宁吉连忙伸头看,不禁立刻皱紧了眉头。这一个庚子年,还真是难呢。

第二十八章　神兽出没

韩肃的中晋公司,全称是"中晋电子信息有限公司",听名字就知道是个科技公司,承接智慧城市服务业务,专业从事城市信息化系统建设管理和运营方面的方案设计,产品研发,集成销售和运营服务。韩肃本人呢,是个海归,1997 年回到南都,先是在国企做了十几年,后来索性下海,2010 年成立了这个公司。

下海的原因,韩肃承认是夫人宁雅娟的命令,不敢不听;而宁雅娟总自称自赞有"旺夫相",非说中晋公司能有今天,多亏了她长得福相。

确实,不到十年,公司发展得极好,除了参与长三角不少城市中的智慧城市、平安城市和智慧警务项目,如构建警企联合创新模式,新兴小区的视频监控系统等,还参与过不少大型活动的安保项目建设,如青奥会、上海合作组织成员国政府首脑理事会、军运会等等。今年的防疫战中,韩肃不辞辛劳地跑在一线,长江新城方舱医院的视频系统建得又快又好,也不知道他碰上又过年又防疫,怎么能克服困难照常开工的。百忙中,他还特意做了个"抱朴问诊"的应用程序,可别小看了这个程序,为不少百姓解决了防疫中看病问诊的需求呢,注册用户高达八百万,其中约四百万是湖北的,可想而知,在那段困难的日子里,实实在在帮助了一大批人。

所以宁吉对韩肃,打心底佩服。

韩肃说他的目标是要用新一代物联网和大数据技术,助力智慧城市建设,助力平安城市向数字化和智能化转型。这与宁吉日常接触的传统企业大不一样。他们前年开始的一个项目叫"新一代物联网关键设备和支撑平台研发及产业化",是市战略性新兴产业核心技术攻关项目,韩肃自然志在必得,市里也极支持。内容是通过对物联网关键设备、传感器、自动控制和大数据平台等产品技术的研制攻关,提供一套完整的从终端设备、网关到应用服务器的智慧城市整体解决方案,包括无线传感器网络终端设备的研发、多协议融合通信网关及大数据支撑平台的研发,有技术有产品。自第一天起,就不断传来好消息:又获得发明专利了,又取得软件著作权了,又在国际一流科刊物上发表论文了,等等之类,宁吉每次都听得肃然起敬。感觉上,项目一直进行得很顺利。

然而韩肃发来的信息是:"方便的话尽快过来。王主任已经到了。"

王主任出马,肯定不是小事。宁吉忐忑不安,又不好说,怕宁雅娟着急,只好催众人吃蛋糕,自己率先狼吞虎咽,噎得直伸脖子。看看满桌的菜没怎么动,又忙喊服务员打包。小周动作稍微慢了一点,宁吉抢过打包盒就自己动手。宁向云看出苗头,笑问她是不是有事,她期期艾艾说:"没事,没事,没事。"脸上显出十二万分的焦灼。宁向云挥挥手让她先走,宁吉迟疑了一下,拎了包就真的走了。

"我看啊,不一定是谢安的问题。小吉拿定主意了吗?"宁雅娟向庾丽示意,让她看窗外。顺着她的目光,庾丽看见谢安正穿梭在大堂中,含笑招呼一桌桌的宾客;宁吉火急火燎地跑出去,路过大堂时看都没看一眼谢安,丝毫不符合"女朋友"的身份。

这么晚了,匆匆忙忙的是为什么事?去见谁呢?联想起刚才唱歌吃蛋糕拍照片,让宁吉喊谢安她也不肯,非说谢安在忙。庾丽越想越不安。宁国华喊结账,小周笑眯眯地说宁吉结过了。庾丽脱口而出:"怎么可能?"宁雅娟拉住她,称赞谢安是个有心的,细致体贴,这一句"宁吉结过了",照顾到了所有人。众人离席,谢安照例过来询问口味如何,是否有不满意之处,看见宁吉不在,他不禁怔了怔。庾丽笑着问:"谢安,喜欢那个袖扣吗?怎么不见你戴?"谢安向来反应慢,下意识地问:"袖扣?"庾丽变了脸色,抱怨一句"死丫头",就要发火。宁国华一把拉住她,笑着称赞菜肴精美口味绝好等等。谢安摸不着头脑,眼睁睁地看着宁家人离去,低头看了看自己的袖子。

宁吉不知道后面的这番风波,出门跨上电动车,嘟嘟嘟嘟驶往中晋所在的阀阅科技园。上元区因为地处南都的中心老城区,地方小,并无像江北新区那样宏阔宽敞的工业园和科技园,韩肃1997年开公司的时候犹豫半天,选择了阀阅科技园这个小型园区,主要就是离家近,上下班方便。但经过二十几年的发展,公司从四个人变成了八十四个人,最初租的三间大瓦房早已坐不下,两次扩张后的十一间房也不够用,韩肃便狠狠心,索性租了一幢楼,还是在阀阅科技园中,靠东角的2号楼,上下三层,共有一千四百个平方。宁吉记得是一月上旬签的租赁合同,十年租期,庾丽陪老板娘宁雅娟去看了一趟,回来后羡慕地说这次地方够大了,钱没有白花的啊,首期租金两百五十万! 不过房屋老旧,需要装修,韩肃让公司的办公室主任高磊找装潢公司,赶在年前签好了装潢合同打了定金。本拟过完年就开工的,因疫情拖到了三月下旬,这才开工没多少天,会出什么事?

赶到阀阅科技园,宁吉吓了一跳,两辆110警车停在2号楼前,还有一辆法院的车。里三层,外三层,围了不少人,廊下堆着很多装潢材料和工具:木板、木线条、电锯、电刨、水泥、黄沙等,还有一堆拎桶中装了拌好的水泥,显然是正在开工装修。人群中有十几个民工,一个工头站在韩肃身旁,高声嚷着:"工程不能停! 几十个人呢,停一天就两万块的损失,谁付?"韩肃眉头紧锁,一言不发。

人群最中间是王主任。老太太也皱着眉,在听身前一对气势汹汹的男女诉说,问题是,两人旁边站着一位法院的同志,同样神情凝重。高磊虽被王主任拦着,但是很气愤,不时高声反驳。

听下来各有各的理。高磊代表中晋公司在一月初找到这幢房子,与房东童某签了租赁合同,交了房租,拿了钥匙。之后开始装修设计,装修公司的定金和首付款已经付了,现在正常装修。听起来,中晋并无过错。

而这一对夫妇崔某呢,也极理直气壮,他们手上拿的是法院的执行公告,之所以激动,是因为有理有据觉得被冤枉了。很简单,去年八月,老朋友童某向两人借款,说是用于投资新工厂,金额不小,一千两百万,不过愿意付一分三的年息;不放心的话,以科技园2号楼的房产做抵押。两家本是多年好友,一分三的利息蛮高,而2号楼房产价格远远超过一千两百万,所以崔氏夫妇收了房产证和借条,借了一千两百万给童某。后来每个月还利息都很及时,夫妇俩也没多想,过年前两家人还一起聚餐。之后童某两口子大年初二出国旅游去了,然后呢,就至今没回来,手机也打不通。崔氏夫妇找到童家老人,说是童某在泰国确诊新冠肺炎,正抢救呢,哪里还顾得上还款和投资这些事? 童夫人的电话打通过一次,哭哭啼啼地说你们爱怎么办就怎么办。崔氏夫妇无奈,赶紧诉讼,还好证据确凿手续完备,所以法院很快就判定:拍卖抵押房产,偿还债务。

法院执行局的同志更有理:这么简单的一个案子,判得合法合理,现在依法执行,使用人在本月迁出,到期如不履行,法院只好实施强制措施,停水断电,并追究相关责任人的法律责任。

“那我们公司冤枉死了! 两百五十万房租白缴了? 还有两百万的装修工程款怎么办? 啥也没干,四五百万损失?”高磊激动得跳起来,“而且原来的办公室租到六月就到期,我们到哪里办公?”

“我们怎么管得了?”崔氏夫妇丝毫不让,“你租房子,不看房产证原件,不看看房子有没有抵押负债吗?”

“房产证当时看了的! 不看房产证谁敢租这么大房子? 几百万啊! 也都与银行、房产公司核对了,没显示有抵押负债!”高磊更急了,再三强调,作为经办人,这些细节他都注意到了! 崔氏夫妇小声回忆,童某有天把房产证借走过一次,说是办旅游签证手续用,当时也打了借条,后来很快还回来,也就没当回事。现在想来是出租用的。法院的同志不禁挠头,那这事不好办了,高磊这边可以递交执行异议书,暂时不执行。

崔氏夫妇一听急了:“那我们的借款怎么办? 一千两百万,不全是我们自己的钱,有一大半是借的亲朋好友的。这两个月天天多少人来我们家催要利息,有的看出苗头,还要本金。我们怎么办?”

瞬时,三方又争成一团。装修工头在后面附和着,也喊道:“我们怎么办?"吵得激动起来,崔氏夫妇与工头开始推推搡搡,高磊站立不稳,差点撞倒了王主任。韩肃拉了这个拉那个,一个劲地喊:"不要激动!不要吵!好好讲!"然而几个人吵得正凶,他的声音被淹没在唾沫星中。110的民警也劝大家冷静,但人群都在气头上,谁都不肯让一步。

宁吉连忙跑上前,首先护住王主任,紧接着摸出包里的哨子,使劲吹了几下。"嘀!嘀!嘀!"吓了众人一跳,总算渐渐安静下来。宁吉高声道:"大家静一静!听我们街道说一句!"

这么个死扣,街道又能有什么办法?能把童某揪回来还钱吗?能再变出个房子吗?众人并不相信。然而看看眼前一老一少两位街道负责人,大晚上的陪在这里,都停止了动作,等待她们开口。

王主任清清嗓子,先劝韩肃,不管怎么样,装修工程只能立刻停:房子有问题,装修一旦做了带不走,会是净损失。见工头要吵,王主任忙接着说:"装修合同是订的总价吧?又不是按天和你算钱,你最后完成工程,拿到总价就好了不是?现在硬要施工,大家都损失,中晋搬不进去,又怎么付你装修款呢?你手上不可能只一个工程吧?调整一下时间,先做别家吧。"

工头看着韩肃和高磊,让他们立刻决定。韩肃明白王主任的意思,同意装修工程先停,向工头保证工程款总价不变,耽误的时间不算他们的。工头便带领工人们开始收拾,比如拌好的水泥黄沙不用的话白白浪费,干脆立刻移到别的工地去。人群立刻少了一半,不似刚才那么拥挤吵闹了。

王主任又劝崔氏夫妇,童某人在泰国得了新冠肺炎,怕是一辈子最倒霉的时刻,但又不是不回来,也没说不还钱,这个抵债的房子远远不止一千二百万,急什么呢?别说你们是老朋友了,就是普通借贷关系,等人回来当面讲清楚不好吗?当然,利息是按月结算的,但在新冠肺炎疫情这个特殊时期,大家多一点理解好不好?要债的人上门,可以把情况说清楚,就算立刻封房子拍卖,拿到钱也要有几个月的时间,不如等等童某,看他到底怎么说。

崔某不言语,崔夫人却不愿意,说:"每天要应付多少讨债的,怎么和人交代!"宁吉笑嘻嘻地插话:"法院执行的话,是只偿还本金吧?不支持借贷高息的。到时候房子拍卖了,也只会给你一千两百万,还要扣除前面已经拿到手的利息。你又怎么向人交代呢?自己贴利息吗?"崔夫人愣了愣,显然被说中了痛处。宁吉好言相劝:"还是等等童某吧,人家是按天算利息,又没说不回来,人在泰国治病嘛。"崔夫人不言语,摸出手机走到一边打电话。

这边王主任抓着法院的同志谈心:法院判得没错,维护申请执行人的权利,做好执行,毋庸置疑。但实际情况呢,执行中要不要保障租赁关系?能不能不影响经济恢复?法院也应当考虑吧?今天这个事件,看起来谁都没错,但结果非常不合理,这与最高法院关于法院审判的法律效果、社会效果的要求是相背离的吧?法院在执行任务中,是否能做好做细当事人之间的和解工作,将执行可能对于相关企业造成的不利影响,降到最低程度?

110民警表示赞成,说租赁方中晋公司是老老实实的科技公司,口碑很好,疫情期间帮助建设方舱医院,做在线诊疗,上过报纸的,这么一个好企业,说撵走就撵走?法院同志皱眉,看看韩肃,说目前只能请中晋公司递交执行异议书,暂缓执行。崔夫人放下电话,气愤地走过来,说:"童夫人的电话打通了,但还是不接,回家接着打,打到她接为止!"

待人群散去,韩肃依旧愁眉不展。高磊念叨着:"人是走了,但问题没解决,房租、装修款看样子要损失几百万呢。"王主任安慰他们,先等等,看看童某那边怎么说,如果他能还清债务,就都解决了。高磊嘀咕道:"那要等到什么时候啊?公司后面在哪儿上班呢?还好啊,刚拿了一轮融资,不然流动资金也要受影响呢"。

宁吉听到了嘀咕,眼睛一亮,问:"你们拿到了融资?多少钱?"高磊挠挠头,看看韩肃,韩肃倒不避讳,说是中国人寿大健康基金领头的,不多,六千万。"不错啊!算得上瞪羚了,不过离独角兽还有距离。"宁吉直言不讳,为中晋公司高兴。

瞪羚?独角兽?韩肃不解地看着宁吉。宁吉解释,独角兽企业是指成立时间不超过十年,获得过私募投资,最新一轮融资估值超过十亿美元的企业;次一级培育独角兽的估值门槛则在五亿美元;瞪羚则是高成长性企业的代表,很形象的比喻:个头不大,跑得快,跳得高,有资本市场的认可,支持其裂变式发展。这些高成长性企业是新经济发展的鲜活产物,从某种意义上讲,独角兽和蹬羚经常出没的地方就是新经济蓬勃发展的地方,也必将成为赢得先机、赢得优势、赢得未来的地方。近两年来,经南都市悉心培育,一批高成长性企业开始涌现,全市神兽企业取得暴发式增长。上元区遵循市里的指导精神,对神兽一向是"高看一眼,倾力保障",两年里新增了八家独角兽,五十四个蹬羚,还有一批在库培育高新技术企业。

宁吉见韩肃似懂非懂,忙说:"中晋公司目前成功获得私募了嘛,六千万,达标了,可以试试申报蹬羚企业,享受一企一策的待遇。诸如奖励10%的研发费用,支持首用首保和融资担保,给予资金奖励和研发投入叠加支持等等扶持政策。"

"办公用房么……"宁吉期盼地望向王主任。老太太迟疑着,看看廊下堆得乱糟糟的装潢材料,看看韩肃皱眉不语、高磊焦急不安,点点头答应去问区里。宁吉欢呼一声,安慰韩肃先别急,中晋公司这么好的蹬羚,一定会有好的政策扶持。

"王主任,您老说,产业政策加持,资本市场竞逐,要不断创造有利于大众创业、万众创新的阳光雨露,为独角兽、蹬羚企业厚植孕育生长发展壮大的沃土,让一片生机勃勃的科创森林孕育南都的未来。中晋公司碰到了实际困难,我们应该帮助,对吧?要想办法留住他们,支持他们,对吧?"宁吉讲得很兴奋。

王主任看看她,不言语,像是在说:不然我在这里待这么长时间,大晚上的?宁吉醒悟过来,看看已经很晚了,忙自告奋勇送王主任回家。韩肃、高磊直送到停车场,看着老太太坐上电动车,宁吉笑嘻嘻地挥手告别,小车嘟嘟嘟嘟往玄衣巷赶。

夜风习习,王主任到底年纪大了,又被众人围着吵了半天,疲惫地将头靠在了宁吉背上。宁吉的脊背僵了一僵,嘴角浮上了笑意,不再说话,集中精神小心驾驶,尽量开得又平又稳,让王主任好好休息。这两个多月,老太实在是累坏了吧？回想起来，从除夕那天紧急联系大家，安排拉网排查开始，她就没休息过，孔夫子庙街道中的大事小事全都要管，五十几岁的人了，每天比宁吉还要早出晚归。这样的老党员，才该评先进呢！比起老太，我这个小网格员做的，真是微不足道啊。电动车一路飞驰，一直开到王主任家楼下，王主任如梦初醒，顾不得多寒暄，勉强笑笑就上楼了。宁吉望着她蹒跚的背影，禁不住一阵心疼。

电动车穿过羲之路，穿过朱雀桥，远远望见王谢堂的大门已经落锁，各个房间的灯都熄灭了，只有廊檐下悬挂的宫灯还亮着，昏黄的灯光随宫灯在夜风中摇曳。宁吉双脚撑在地上，痴痴地凝望：谢安下班了吧？已经回家了吧？他也忙了一天呢。唉，我妈晚上问的那么些话，他没往心里去吧？

身后忽然摩托车声响起，宁恺风驰电掣地飞过来，和妹妹同一个姿势停住，推开头盔面罩问："小吉，你干吗呢？这么晚了不回家。"

"哥！我刚下班。很晚了吗？"宁吉伸头看看宁恺的后座，笑问，"叶医生也才下班？"虽然戴着头盔，但是叶同裳高挑端庄又疏远冷淡，很容易一眼认出。

叶同裳微微颔首，算是打过招呼，宁恺不再多聊，左脚一踏，呼啸而去。宁吉看着两人的背影，一阵兴奋：这么般配！这么默契！看来啊，没"海归丁医生"什么事嘛，英武宁恺轻松取胜！太好了！妈妈肯定笑死了，最操心的老大难问题解决了！最好今年就能结婚！而且家里多个医生，以后头疼脑热的都不用去医院！有了宝宝也简单，不用半夜三更地跑儿童医院！

咦，我怎么和我妈想得一样？连宝宝都想到了？宁吉猛地醒悟，突然体会到了母亲的心情。骨肉连心，是因关怀关切，才唠叨个不停吧？

因为这份理解和愧疚，在到家发现灯火通明、庾丽严阵以待、审问她到底去哪儿了、是不是对谢安不满意还不想定下来的时候，宁吉老老实实地说清原委，没再敷衍搪塞，也没假而空地画大饼。"与谢安当然是真心的，当然是相爱的，但三月才开始恋爱的，婚姻嫁娶还有待磋商；袖扣没有送，在办公室里锁着，因为觉得突兀，因为不想两个人的关系变得庸俗。当然不是说袖扣庸俗,当然婚姻一定是俗的,一定要脚踏实地的,但是能不能再给我们一点时间? 让刚刚开始的浪漫,稍微延续一会儿?"

庾丽不吭声。宁国华道:"孩子都讲到这个份上了,就别逼她了,好不好?"恳求的语调中满是慈父的宠溺。庾丽哼了一声转身回屋,宁吉冲父亲伸伸舌头做个鬼脸,如蒙大赦。

话是这么说,不过谢安会不会求婚? 会理解那一套婚礼装潢家具家电和孩子的老套规矩吗? 两个人以后会生活在一起吗? 他那天说"我们的家"……宁吉有心好好憧憬一番,然而没等理出头绪,又睡着了。

第二十九章 留得青山

这日上班一到单位,宁吉就听到王主任在打电话,声音很高很兴奋,听见是喊韩肃,让他中午在区政府门口碰头。老太太连声嘱咐:"十二点整,你早一点,不要迟到!"

宁吉好奇地张望。王主任笑着告诉她,区里听说了中晋公司的情况,很关心,凌书记约企业负责人当面谈谈,从排满的日程中硬是挤出了中午的一个小时,到时韩肃表达清楚,说不定真能解决办公地点的问题。"太好了!主任您陪他去谈吗?"宁吉连忙帮王主任泡了杯热茶,期待地询问详情。王主任说只能中午谈了看,现在还说不准,不过啊,应该会有好结果。

看到区里这么重视企业的实际困难,宁吉无形中觉得肩上的责任更大了。她在办公桌前坐下,深吸一口气,打电话问了问钱红那边的情况,约好次日去看看。又打电话给姚韬元,结果一直占线,好不容易通了,姚韬元气喘吁吁的,还带着不耐烦,一个"喂"字气冲冲的。宁吉下意识地以为拨错了号码,挪到眼前看了看手机屏幕。姚韬元听出是宁吉,忙抑制住情绪,说正焦头烂额呢,没想到一个比一个难,今年像是掉到陷坑里了,怎么爬都爬不出来。

"别急别急,慢慢说。"宁吉连忙劝慰。听出姚韬元急得跳脚,她想了想,干脆说:"我马上过去。看看什么问题,一起想办法。"电话里很吵,姚韬元也不知道听懂了没有,连声"好好好"之后就挂断了。

宁吉骑上电动车,忍不住感叹:江左纺织今年是够倒霉的,姚国庆隔离,张倩倩染病,意大利订单取消,美国加州订单取消,美国其他订单像走钢丝,直播卖货一波三折以失败告终……但姚韬元也一直平静甚至乐观,有一种骨子里透出来的"南都大萝卜"的豁达淡定。今天是怎么了呢？难道真的是美国的其他订单也取消了？呸呸呸，别乌鸦嘴！

　　江左纺织公司不远，出门往南再往西，是梅花三弄工业园中的一幢小楼。这里原来是南都机械厂，工厂十几年前搬迁到郊外，原来的厂房就出租了，租金低廉地方宽敞，性价比极高，与高档写字楼风格迥异，更适合江左纺织这种人多货多的公司。所以园区中一大半都是类似的出口企业，姚国庆曾开玩笑说原来老国营公司的同事们好几个下海后都在这里，吃饭打牌不愁没"腿子"，临时借工具辅料也都方便，有时候为省运费还凑在一起拼货。

　　进园区照例要验证件，要查健康码，要测量体温，正好是上班时间，门口排着长队，宁吉自觉地站到了队伍最后。视线中，园区的人与街道的同事们不大一样，整体更年轻，着装各式各样，休闲随意。四月的天，有的穿毛衣有的穿裙子，脖子上多半挂着耳机，嘻嘻哈哈的，手中捧着咖啡，而非像街道同事们那样拎着饭盒和保温杯。

　　宁吉低头看看自己的蓝衬衣藏青裤，有些出神。当时大学毕业时也想过，去外资企业做白领，南都人认为"洋气"的工作；犹豫很久，后来选择了社区工作。母亲说是稳定清闲，父亲觉得女孩子离家近些好，其实呢，是因为能常常看到谢安吧？面试的那天，王主任说，孔夫子庙街道的任务就是照顾好社区中的居民，包括住在这里的和工作在这里的，比如百年老字号王谢堂。听到这一句，她当时就下了决心。后来宁吉一直疑惑，王主任讲到王谢堂，应该是无心的吧？哎，谁知道呢。

　　园区中一幢幢二十世纪的红砖楼，看得出都做过翻新改造，停车场整整齐齐，花坛草坪错落有致。宁吉顾不上欣赏风景，急匆匆地找到12幢，老远就听到有人吵吵嚷嚷，不亚于昨晚中晋公司门口的"盛况"，甚至有过之而无不及。走到近处，门里门外果然围拥着不少人，看模样像是从工厂来的，有的拉着张倩倩在诉苦，有的堵着姚国庆在评理，有的坐在业务员面前情绪激动地挥着手臂，而姚韬元站在门口，身边围了好几个人，吵吵嚷嚷的，难怪接不了电话。前次在王谢堂天字号包间大手笔埋单的柯亭大佬卞总赫然也在,不过他没加入争论,一个人站在柳树下抽烟,脚边一堆烟蒂。

"卞总?"宁吉走上前,轻声招呼。卞总愣了愣,认出是前次见过的社区工作人员,颔首笑了笑,笑容艰涩。宁吉小心地询问情况,卞总望望拥挤的人群,摊摊手,道:"都有道理,都很冤枉。"

卞总的柯亭口音很难懂,宁吉仔细聆听,好不容易才听明白大概,路上的猜想是对的,最坏的事终于发生,继加州客户之后,姚国庆的其他美国客户也取消了订单。毕竟美国的疫情一日比一日严重,确诊几十万,死亡三万多,而且每天都在快速增长,各地也开始了封城措施,这时候进口批发零售都基本停摆,所以取消订单毫不奇怪。"那怎么办呢?"宁吉关切地张望,"这些都是下游各个工厂来的吧?"卞总吸了口烟,有气没力地说:"是啊。"

宁吉留心观察,姚国庆的嗓门很大,努力在向各个工厂解释状况。人群渐渐聚拢在他的面前,听他讲。姚韬元一头的汗,拉着母亲站到姚国庆身侧,看见宁吉,苦着脸挥了挥手。张倩倩在百忙中,还回头示意业务员回去干活。"这一次牵涉太大,动了我江左纺织的根本,我没有同意取消!"姚国庆高声说道。他亲自上阵,和几位美国客人谈条件,提出了几种解决方案:愿意按原来合同收货的,江左纺织愿意在原价上打折 10%～20%;无法按原合同收货的,江左纺织愿意延期交货,将 2020 冬款改为 2021 冬款,配合美方要求换商标洗唛,甚至愿意配合改款式。他苦口婆心,费尽口舌,最让客人动心的一句是:疫情总会过去,生意总还要继续的。

是啊,生意总还要继续的。这些订单虽是委托江左纺织加工,但客商买家们也都进行了大量市场调研,设计款式颜色尺寸,看着样品讨论过数次修改方案,价格几番磋商定在合理的价位,商场铺面做了细心安排。现在若全部取消,江左纺织被一棍子打死,买方的辛劳同样付诸流水,而且复工后,如果没有货源的话,就意味着连再翻身的机会都没有了。所以在姚国庆的苦苦坚持和说服下,变成一个款式一个款式地细谈,有的降价出货,有的推迟交货期,有的等待改款式,有的拿不定主意只有等。

但即使如此,相对应的,所有下游工厂的生产计划都乱了套。原来过年前都排得好好的,先是被国内疫情打乱,南都算复工最早的,二月上旬就开始了,但外地工人回来难,不少工厂实际上到二月中下旬才恢复正常生产。结果刚好了没多久,三月中下旬开始就受到国际疫情的冲击,订单推迟或取消,好不容易稳定的生产被再次打乱,问题是,这一次甚至不知道何时能转为正常。"那我们怎么办?""我们厂今天停了,工人留在宿舍里。""我们也是。做吧,这个订单客人取消了;不做吧,车间放假也是亏。""生产全乱套了。"一群人围着叹气。

"宁小姐,倷弗懂开工厂的苦处,每朝一睁眼,几百号工人坐在厂里厢,全是铜钿,全是责任嘎。"卞总扔下香烟,开口讲得激动。若是为自己,老早不用做了,开厂子的钱几辈子都吃不完!还不是为这些工人,最多的是附近的乡亲,还有安徽山里的,两湖和四川贵州农村的,每年过年前送回去,开年了接过来。工资加社保,每人每年五六万块,工厂各种税缴几百万,带动的相关产业也不少,虽然只是个织布厂,自己觉得对国家是有贡献的,乡里领导常来视察,也是这么讲。每年过年前工厂开年会是最开心的辰光,发红包,几千几万十几万的都有,工人高兴,都来敬酒,感谢厂子的照顾,带老多铜钿回家过年,一家人都等着,有的要操心婚丧嫁娶,有的要盖房子,有的要替父母过大寿,有的是子女上学。一个工人就是一大家子,一个班组往往就是一个村庄。厂子要是倒了,这许多工人哪能办?

宁吉连连点头:"卞总你讲得对,你是为厂里工人,我们党员讲'为人民服务',是同一个目的。我听王主任讲,三十年前有过一个新闻,那时中国还是个很落后的发展中国家,邓小平出访美国,美国的卡特总统问他,是否会放宽移民政策,让更多中国人移民。邓小平回答说:'总统先生,你愿意接受多少中国人呢?一千万,两千万,还是三千万名中国人?'讲得多好啊,卡特总统根本不敢接腔。"宁吉笑道,"短短三四十年,中国成功地让十几亿人口脱贫,这么巨大的成就在人类历史上前所未有啊!怎么做到的?你们这些企业都是其中的一部分啊!那么多工人,靠劳动,靠勤劳的双手过上幸福生活!十几亿人口脱贫啊,仅此一点,就为国家和社会做出了巨大贡献。"

姚国庆高声赞同："没错!中国以成功的发展让全世界受惠,以一个庞大的生产和制造基地,为全世界降低了制造成本。"张倩倩不甘示弱,举着手里的衣服说:"全世界能穿上这么又便宜又好的衣服,还不是我们的功劳?我刚才跟客人讲,难道疫情过后大家不穿衣服了?"

"对!倩倩你讲得很对,衣食住行,'衣'是基本的。劳动密集型企业是比不上高科技企业,但衣服、食品、医疗用品等等,这些都是人类永久的基础需求,我们不能放弃,不能就拱手送给东南亚。"姚国庆的声音高起来,"我们其实一直在想办法提高,改进技术,跟上发展的形势,好多原来手工的工艺不少都改用了机器,以后会继续革新技术,但是这门行业不能丢!"

"姚总,我同意你说的。"卞总说,"这几十年,我们厂的织机换了几批,现在大部分都是自动化操作了。"

"我们也是。印花绣花都是电脑机,手工的保留一部分,客人要做的话,另外加价,特意标明 hand made(手工制作)。"

"我们也是。从面料进厂开始就是机械操作了。"

围拥的工厂人员议论纷纷,讲述这些年工厂的变化。纺织行业,其实并不是一成不变的劳动力密集型产业,也在不停地发展进步,也在一步步改进技术减少人工,也在不断增加附加值。张倩倩自豪地说:"产品最早只能进海外市场的大卖场,如沃尔玛那种便宜的超市,现在已经做出很多高端品牌,甚至是奢侈品品牌,是从意大利、英国的工厂抢过来的订单,虽然量小,但利润率比以前高很多,这都是产业成功提升的例子。"

宁吉望着这一群人,心中说不出的滋味,正是千千万万个这样的中国制造人,构成了中国几乎完整的制造链,在全世界独一无二。是他们持之以恒的坚守,是他们日复一日的努力,让世界各地遍布又快又好的 Made in China(中国制造)产品。他们也在求变求进步,也在向高附加值努力,他们不甘心把市场拱手让人。

"我们江左纺织成立到今年二十一年了。经过不少事,金融危机,911,SARS,但都没今年的新冠肺炎疫情严重。手上的订单一批批取消,给各位添了麻烦,我很过意不去。"姚国庆高声道,"但我绝不放弃,我不会说甩手不干了,丢这个烂摊子给大家。我这几天一直在和客人交涉,这是目前的情况。"

小史把打印好的表格发到各人手上,宁吉也接了一份,厚厚的六七张纸,按合同号顺序由上往下,标明了品名、订单数、原来合同交期,以及面料厂、辅料厂、印花厂、水洗厂、成衣厂等相关企业,最后一栏是"今日状况",红色的字迹触目惊心。

"大家看到,不少已经谈好了,大约百分之三十吧,目前客户同意降价收货,这些大家继续正常生产;还有百分之三十,同意延期即拖到疫情过后出货,这些随各位方便,按原计划做也行,在闲散期做也行,我们公司照收。难的是还有百分之四十没谈好,这些我继续努力,争取说服客人改款式、改年份,不给大家添库存。但是请求各位,给我一点时间!"

姚国庆的声音有些嘶哑,胡子拉碴的,头发凌乱得像个草窝,双目中满是红红的血丝。他是顶着时差,一个个合同一样样款式谈的吧?每一个数字,都是他通宵达旦、殚精竭虑、苦口婆心的结果。

"姚总,侬辛苦嘎。"卞总突然开口了,把难懂的柯亭话继续努力说成普通话,"介么打折出货的部分,我们厂的面料,全部每米降一块钱。介场疫情大家都不容易,共渡难关,老话讲'留得青山在,不怕没柴烧'嘎。"

众人都愣住了。张倩倩最快反应过来,连声称谢;姚国庆拍拍卞总的肩膀,两人握住了手,都没再多说。一米布便宜的八九块,贵的十几二十块,卞总不论品种统统降价一块,那不仅是贴进了全部利润,而且认了部分亏损。

其他工厂没有立刻表态降价,但都拿着交期表细细地斟酌,延迟出货、改款式这些讲起来简单,其实严重影响生产计划,需要相关各个环节的配合,而工厂都是靠产量挣收入的,停产或者产量低,都影响效益。卞总迅速果断降价,订单和生产计划不动,是保工厂和工人的好方法,思路就是他老老实实讲的,留得青山在,不怕没柴烧。宁吉仔细琢磨,这与国家迅速推出一系列减税降费的各种扶持政策,是差不多的意思啊,国家是以一系列扶持稳住企业、保住老百姓生计，只要老百姓和企业这"青山"在，经济会恢复的，会赢得未来。

张倩倩高声告诉大家，前面被取消的订单，直播卖货不大成功，但是与专业国际电商平台 E 装台的合作已经开始，说着取出手机示意：这是近日已上柜销售的，十七个款，后面会更多。欢迎大家捧场、转发、推广，向海内外亲戚朋友多多介绍。

"这是我们厂做的哎！"一个惊喜的声音响起。不止一个声音响起来，有的说："这是我们绣花的。"有的说："这个领型是我们厂改的呢。"有的感叹："看着自己生产的商品在销售，而且还有人买，感觉真是不一样。"有的祝贺："江左纺织终于上了国际电商平台，以后销路更广。"有的说："张倩倩做外销一直很成功，最难搞的意大利人和美国人都搞得定，这个国际电商平台肯定也能搞好。"众人一时议论纷纷。宁吉心中暗暗佩服，张倩倩这时候推出 E 装台的消息，说得客气点是请大家捧场，实际上是看这几天平台销售业绩不错，给大家一点信心吧？

"哪是我的本事，是我们的产品质量好，价格合理，交期又快，一定能占领市场。目前在平台上，我们的产品热度排在前三名呢。"张倩倩看似谦虚，实际上炫耀地说。人群传阅着她的手机，好几个当场下了应用程序，顿时士气大振。卞总含笑告辞，工厂的人群渐渐散去，都说保持联系，配合江左纺织延期或修改。

不容易了，能有这个结果。

姚国庆松了口气，与张倩倩对望一眼，邀请宁吉进办公室坐坐。姚韬元刚才紧张得满头大汗，也终于松弛下来，亲热地拉起宁吉，几人一同进了江左纺织。张倩倩看看表，让姚家父女和宁吉聊，解释说自己要给客户打电话，除了余下的百分之四十的问题，主要啊，还要谈后面的订单。

"后面的订单？"宁吉吓了一跳，"还敢做吗？"这个张倩倩，心太大了！明明手上这么多麻烦！

第三十章　中华种子

"在这个时候,千斟万酌考虑下来的订单,反而是安全的。"姚国庆笑道。前面的订单是每年的常规单,一年两季,当时肯定是没有想到疫情;现在呢,美国也封城了,最坏的情况已经发生了,客户肯定会好好思量的。

"还是小心些吧!"宁吉忍不住劝道。美国的疫情不知道会变成什么样,美国政客说如果只死十万人就是胜利,十万人啊! 相比之下,我国把人民生命安全和身体健康放在第一位,党中央领导全国人民,果断打响疫情防控阻击战,经过艰苦卓绝的努力,付出巨大代价和牺牲,用三个月左右的时间取得重大战略成果,维护了人民生命安全和身体健康。而如今,放眼全球,疫情在全球持续蔓延,真让人担心。

姚国庆感谢宁吉的好意提醒,说他会注意的。又叮嘱张倩倩国际电商平台那边一定要做开,多宣传,上好货,开头别想多少利润,不亏就好。张倩倩笑着让他放心,做了这么多年外销,没出过纰漏吧?

姚韬元亲热地拉着宁吉,说:"宁姐姐你真好。我回头多提醒我妈妈。"宁吉不好再多说,跑来江左纺织的目的是为了帮助企业,总不能这时候命令人不接订单,于是默默跟着姚家父女,上了二楼会谈室。

与楼下的忙碌喧嚷相反,楼上静悄悄的。这是旧式楼房的阁楼,中间高两边低,租房时算一半面积,没有门,只有个旋转梯通往楼下。江左纺织将这层设计为展厅兼会谈室,三面沿墙挂满了成衣样品和面料挂钩样,中间一张巨大的会谈桌,上面放着电脑、花剪、样卡纸、订书机等工具。客户来的时候看着实物谈,看中的面料和样衣随时剪了带走。所以姚国庆总说,纺织品贸易不可能全凭网络和视频,不可能全指望机器。张倩倩外销为什么做得

251

成功？她自棉纱、坯布开始把关，以手摸，用脸碰；面料后处理时，不惜试几
匹，看磨毛的程度，手摸上去是否理想；判断颜色，要挑剔地在灯箱中调着不
同光源左看右看；样衣出来了自己套上站、卧、走、坐，再修改板型，袖笼下挖
一点，领口线上提一点，务求出来的成衣既好看又舒适。姚国庆说这些也是
技术，也是附加价值，宁吉很赞成。姚韬元让宁吉挑衣服，说这些都是样品，
喜欢的直接拿走好了。宁吉笑着摇头："我是来看看你们公司的情况，当店
小二来提供服务的。"

　　姚韬元斟上咖啡，讲起口罩的事。意大利客户一开始不放心，收到货后
急忙做了检测，肥水口罩厂的产品很好，三次检测都是合格的。意大利客户
原来在拉美也订了一批口罩，检测发现颗粒过滤器保留能力不足，测量值小
于75%，不能起到预期的保护作用，简单说就是质量不合格，无法使用。
"所以我们这批口罩到得太及时，对当地防疫太有帮助了。"姚韬元讲到这里
很高兴，说，"客人不停地问'第二批货没问题吧''第三批什么时候能交'，还
不停地谢我！"

　　宁吉坐在姚韬元旁边，撑着下巴听，心里也很高兴。这一阵新闻上蛮多
的，国外的口罩、防护服等防疫物资频频发生故事，运输途中被半路抢走的，
拿不到货空跑的，甚至欧洲两个国家为口罩发生外交纠纷！肥水口罩厂这
样一个中国乡镇上的小企业，挺身而出帮助全球抗疫，太给力了！

　　说曹操曹操到，郗晓琴胳膊上打着石膏，与叶彦超两人一起上来了，笑
着说来核对订单的，门口正好碰上。郗晓琴说着，递给姚韬元一个袋子，让
她尝尝新鲜。姚韬元早已起身迎接两人，接过袋子，看了却不知道是什么，
好一顿乱猜；几个人看她猜得越来越远，笑得前仰后合，叶彦超促狭地按姚
韬元猜的，将其中一束别在头上逗乐。姚国庆忍住笑，说："傻丫头，这个是
槐花，就是老槐树上开的花，春天这个季节的时鲜。回头带回家，炒鸡蛋给
你吃，老香的！"姚韬元这才明白，笑着谢过郗晓琴，又急忙讲起后面的口罩
生产，意大利客户如何感谢等等。

　　郗晓琴听到拉美口罩的问题，不禁皱眉："还有这样的货？"宁吉赞同，

说:"防护口罩,是为了防护才戴的,不起作用叫什么防护口罩? 这不是害人吗?"姚国庆听到这有些感慨,讲起上个世纪,Made in China(中国制造)在世界上的印象,那时是便宜粗糙的代名词,质量不如日、韩、新加坡这些地方的产品;但这些年,中国靠持之以恒的技术革新,靠严格把控的质量管理,靠所有中国制造人的质量意识,不断提升质量,改变了这一印象,现在讲到 Made in China,大部分是普普通通的口气;相信在中国制造人持之以恒的努力之下,不久能让这一印象变成高品质的代名词。宁吉和郜晓琴都很赞同,一个说:"那是,质量是根本。"一个说:"有质量,才有和客户商谈的资格,谈新订单才有底气。"

"有资格有底气也不管用!"张倩倩气愤地上来,口中抱怨,"这些客户,真难讲话!"原来那剩下的百分之四十被取消的订单,大部分是一个纽约客户叫丽莎的。整个纽约州现在的疫情极为严重,说一片混乱也不过分,丽莎在电话里生硬地讲,简直是尖叫:"不要再讲'收货''收货',我收不了! 我现在要这些衣服做什么? 纽约现在不缺衣服! 这个病毒,是不可抗力!"

"怎么办呢?"张倩倩一向坚强得近乎蛮横,这时候也一筹莫展,"她搬出'不可抗力',就是干脆堵死我们,摆明了不想谈啊!"姚国庆叹口气:"唉,美国这个疫情,害死人!"姚韬元、郜晓琴、叶彦超看着愁眉不展的两人,议论起海外的疫情,"被政治化""老百姓遭殃""就会乱'甩锅',防控不得力",都是又担心又气愤。

是啊,如此严峻的全球形势,江左纺织这种外贸企业,不可避免地受到打击,能怎么办呢? 宁吉低头闻着槐花的香气,真香,这是春天的气息,我们经过这么多天的努力,终于能自由自在地感受春天。宁吉抽鼻子使劲闻,闻着闻着,突然叫道:"有办法!"众人吓了一跳,只见宁吉喜笑颜开,说:"那个客户不是说'纽约现在不缺衣服'? 那纽约缺什么?"

"缺什么啊?"姚韬元傻傻地问。

"口罩! 对! 口罩!"张倩倩迅速反应过来,"拿口罩和丽莎谈!"姚国庆摇摇头,说:"不好吧? 那不合适。纽约确实在严重疫情中,我们不能强迫客人,更不能以口罩做交换,讲出去也难听,对公司声誉不好。"姚韬元、郗晓琴、叶彦超三人不明白,茫然地看着。

张倩倩迅速调整情绪,让姚国庆这个老外贸和郗晓琴确认工厂的口罩产量、交货周期、大订单时的最优惠价格;一边将姚韬元拽到身边,唧唧呱呱地跟她讲起了意大利语。姚韬元越听眼睛睁得越大,看看母亲,看看父亲,又看看郗晓琴、叶彦超,最后视线落在了宁吉这里,询问的目光中,又一次满是信赖。

宁吉笑笑,说:"帮助美国客户,让他们在严峻的疫情中戴口罩,是好事,对不对?"宁吉听不懂意大利语,但从张倩倩的手势表情中猜出了大概的意思。美国客户在疫情中摆出了"烦不了"的态度,甩手不管前面的服装订单;此时最好的办法,就是急其所需,让姚韬元对美国客户伸出援助之手,向丽莎出口口罩,保持良好的上下游关系;下一步,或者是丽莎拿到口罩时,或者是丽莎追加口罩时,张倩倩再乘机谈谈被取消的衣服订单问题。当然姚国庆讲得对,不能将口罩和衣服混为一谈,不能以口罩供货相要挟,但是客户总不可能一边说"你再提供些全球紧俏的口罩给我",一边对江左纺织的问题置之不理吧?

猜得没错,张倩倩已经盘算好,如何最快速度出口口罩去纽约,何时提出服装订单被取消的问题,再次建议各种解决方案;计划的最后呢,当然是等疫情过后,和客户继续好好做服装,那时回忆起这段口罩往事,也就是个故事吧? 张倩倩甚至能想象得出,届时与丽莎一起哈哈大笑的场景。

听到宁吉这句话,姚韬元不再犹豫,拿起手机,直接拨通了电话,这次讲的是英语。郗晓琴悄悄问宁吉:"她讲的什么啊?"宁吉摇摇头,表示听不懂,旁边叶彦超望着姚韬元的目光也满是羡慕。他从小学开始学英语,中学六年和高考时是重点科目,大学里继续考四级六级,也下过苦功的,可到现在也还只能勉强听懂一点,开口呢,完全说不出。看姚韬元,讲英语比汉语还流利,除了右手紧紧握着电话,左手和身体都在轻松地晃动,神情中有一种自然流露的自在,与她讲汉语时的拘谨完全不同。而且姚韬元英文说惯了,讲的中文中也有很多英文句式,比如将假设句放在句尾,讲到最后来一个"如果你想的话"。这十多年,她改变的不仅是语言,思维方式也变了不少吧?

疫情总会过去,在对外开放和构建人类命运共同体的大时代,千千万万个姚韬元还是会飞去意大利,飞去英国,飞去美国,他们像是春风吹散在世界各地的中华种子,将中国文化带向世界各地;她们更会变成桥梁,跨越大洲大洋,连接东方西方。

讲了好一会儿,姚韬元终于放下电话,说丽莎一开始不敢相信这种好事,一个劲地问:"我取消你们公司的服装订单,你们反而提供全球紧俏的口罩?"好不容易才讲明白是为支援抗疫,丽莎很兴奋,立刻说查一下相关程序,明天就下订单。临挂电话时,丽莎说,她会再考虑服装订单的事。张倩倩"耶"欢呼了一声:"希望是个好结果。"

"一定的,一定是个好结果。"郗晓琴诚恳祝福,看看没什么事,便起身告辞,解释说要去医药公司,国家设置了医疗物资出口企业白名单以加强管理,包括口罩生产厂,她去办相关手续。姚韬元担心地问要不要紧,是否影响接单。郗晓琴笑笑请她放心:"讲到底,接订单靠产品质量,对不对? 美国的,意大利的,你尽管接。"

后来,宁吉看到统计数字,2020 年 3 月 1 日至 5 月 31 日,我国向 200 个国家和地区出口防疫物资,其中,口罩 706 亿只,防护服 3.4 亿套,护目镜 1.15 亿个,呼吸机 9.67 万台,检测试剂盒 2.25 亿人份,红外线测温仪 4029 万台。看着这些数字,宁吉回想起那天在肥水口罩厂,郗晓琴脚步疲惫,声音嘶哑;吴东提着装耳线的大蛇皮袋,艰难地从"摩的"上下来,两手伤痕累累;工人在车间中埋头劳作,深夜的寂静中只听到机器的"哒哒哒哒"声。而这一个个数字具体呈现的画面,是纽约街头戴着口罩的人群,是慕尼黑医院中穿着防护服戴着护目镜的医护,是伦敦 ICU 里靠呼吸机抢救的患者,是孟加拉检测点排队检测的长龙……宁吉忍不住想,这一场全人类与新冠病毒的战争,如果没有中国及时向全世界生产提供的这些防疫物资,全球会是什么样的局面？

在回程路上，宁吉又绕道献之巷和道韫街，转了一圈。总体看比上次好些，除了令姜美甲之外，也有些店开门了，但客人还是不多，不少店员站在门口聊天，或者企盼地望着马路上，好几个冲宁吉的电动车招手吆喝"剪发优惠""美容瘦身""办卡对折"等等。宁吉不敢挥手回应，皱眉思索，怎么办呢？怎么帮助他们？

"中午过来吃饭吧。做了好吃的等你。"是谢安的信息。宁吉心中一喜，看看时间已经过了十二点，宁吉连忙直奔王谢堂。远远地见谢安负手立在阶前，风神秀彻的模样令人心醉，宁吉不禁靠在车旁，呆呆地望了一会儿，始终感觉像是在做梦，那个倚在朱雀桥栏杆上慢腾腾编着柳条帽的男孩长大了，成了自己的男朋友。

谢安看见了宁吉，含笑招手。宁吉定定神，连忙奔上去，笑嘻嘻地问做了什么好吃的。"都是你喜欢的。"谢安缓步领她往玄字号包间走，说还有位客人，请她陪着一起，好好吃一顿。他一边自己整整衣冠，一边侧头看看宁吉，特意拉了拉她的衣领，伸手抚平。宁吉有些诧异，谢安性格清淡，从不巴结讨好人的，到底是什么重要的客人让他如此慎重相待，连女朋友的衣领翘一点都不行？

一进门，宁吉有些意外，是刘院长。他正一个人坐在案前低头看资料，听到开门声抬起头，温和地笑着，招呼两人坐，竟是反客为主的架势。桌上有一壶沏好的茶，茶香袅袅，对，是上次说的什么黄山毛尖；旁边放着四样小点心，都还没动。宁吉摸不着头脑，笑眯眯地与谢安分东西坐下，询问地看看他。谢安却像没看见她的目光，端端正正地坐着，侧脸望着刘院长，颇有几分紧张的样子。

什么事？谈合作谈项目吗？宁吉心里嘀咕着，旋即嘲笑自己：这一阵忙经济忙多了，满脑子都是"项目""合作"，谢安不会的，印象里他从来没有与她谈过任何经济或经营上的事情。所以宁吉有了什么好主意，像那个应用程序，像与社区联动，宁可去和小鲁他们说。

刘院长含笑看着二人，细细打量，从头看到脚。见谢安坐得端正，宁吉也不敢怠慢，更不敢像往常那样懒散，而是拿出了在区里开会的劲头，认真笔直地坐好，睁大眼睛，接受审视。什么事呢？刘院长是全国人大代表，特意来考察王谢堂吗？

第三十一章　蒿艾如薰

"你们两个,都是我看着长大的。"刘院长终于开口,缓缓说道。玄衣巷的孩子大多出生在市立医院,他们两个也不例外。宁吉比较顺利,谢安却是难产,母亲也不幸逝世。后来是他父亲处理丧事,祖父抱着褓褓中的谢安蹒跚着离开医院的。那时候他就想,这孩子,一生怕是艰难呢。

所幸还好,孩子性格敦厚,和他祖父一样温和大度,不急不躁,二十六年后长成了一位好青年。亲人相继过世,难为他一个人,并没有沉浸于孤独的世界,也没有肆意放纵,而是老老实实继承王谢堂,按祖辈的意愿规规矩矩做生意,好好做人。他性格迟缓,完全不是个聪明人,但是大家看得见他的敦厚,体味得到他的善良。今年新冠肺炎疫情凶猛,餐饮业这么艰难,他却坚持为医院送餐,宁可自己亏本也要为医护提供一天两顿,还照顾隔离点的需求。他不会花言巧语,不会巧言令色,他只是本本分分地做人。

宁吉越听越糊涂,刘院长这么详细地介绍、夸奖谢安,是要发展他入党吗?

"你们两个,从小同窗,可以说是青梅竹马两小无猜。我还记得小学时到你们学校参观,你们俩坐在第一排,同桌;老师介绍说宁吉活泼好动,只好和谢安这样慢性子的搭配在一块,磨一磨。后来上中学上大学都在一个学校,工作了也相距不远而且亲密如昔,常见到你们并肩而行,宁吉又说又笑,谢安负手聆听。大家都说,这算是我们玄衣巷社区的一道风景。"刘院长继续缓缓叙述,宁吉继续茫然不解,谢安继续纹丝不动。

"这几个月的新冠肺炎疫情,你们更算是共同经历了患难。所谓患难见真情,宁吉,你住在公共卫生医疗中心的时候,谢安天天往我这里跑,有时候要等很久,就为能连线那边,好看你一眼。那时候我就想,天可怜见,这个孤单的孩子也算找到伴了。"刘院长讲得既感慨又欣慰。宁吉听到这里愣了愣,谢安可没说过这些,他,天天去医院?为了看我一眼?然而接着听下去,宁吉更惊得张大了嘴巴。

"谢安家中已无亲人,他尊我为父辈,请我出面向你们宁家提亲。循老礼,我很赞成,谢家老爷子如果在世,肯定也赞成。这是对你的尊重,对你家人的尊重。"刘院长含笑看着宁吉,问,"所以我特意问你一句,宁吉,你是愿意的吧?"

毛尖茶真香,熏得人像置身在黄山顶上,云海茫茫,碧松苍苍。很多年前去过那里,山清水秀人情醇厚。宁吉盯着桌上的茶和点心,很奇怪这时候自己的思绪像这茶香,随风乱飘。点心中有一盘青团,是这个季节最好吃的江南美食,摘回青青艾草,打成青汁,滴入糯米粉中,看着雪白的面团渐渐变得碧绿,捏进红红的豆沙馅,又甜又糯。上元何上的清风从雕花窗中一阵阵吹进来,将毛尖茶香裹进青团,裹进一盘一盘江南时鲜,芦蒿,荠菜,香椿头……宁吉努力辨认,熏熏然,昏昏然。

一只手伸过来,白皙修长,像年幼时在朱雀桥上初见的模样,极缓极慢,握住了宁吉的小手。宁吉抬起双眼,谢安清逸的面容此时屏住了呼吸,静静等待。

他不会花言巧语,他不会山盟海誓。然而他天天去医院,等很久,就为看我一眼。他郑重其事地请托刘院长,郑重其事问我愿不愿意。

"我愿意。"宁吉轻声道,"我愿意。永生永世。"

回到办公室,宁吉仍旧恍恍惚惚的,不甚清醒。后来刘院长说了什么?近日就去宁家,事先约好宁向云?谢安还真按南都老规矩,和刘院长这个"媒人"商量准备八样礼品,要有金有银,要有吃有用。后来呢?菜上来,好像都是好吃的,她就一直埋头吃啊吃,迷迷糊糊地听着刘院长继续指挥:彩礼一定要的,不在于金额多少,图个喜庆和体面,本来最好是吹吹打打送上门,不过碰上防疫嘛,低调一些,但也要光明正大。宁家多半会问新房的事,就谢家老宅子,粉刷装潢一下挺好。家具家电生活用品,你们小两口自己看着采办吧。对了,最重要的是领结婚证,宁家同意了就去领?好,那就对了。证婚人嘛,倒是后一步,你们两个人缘好,愿意恭喜祝福的人肯定很多。罗会计是王谢堂的老人?对,那么请她主持男方大局,与宁吉母亲沟通也方便。

刘院长像问诊似的,耐心细致不厌其烦,方方面面全考虑到了;谢安也真像个虔诚的患者,小心谨慎从善如流,一边听一边还认真记录。宁吉不相信,以他的清逸疏阔会喜欢做这些事,应该是那日小周小吴听到母亲抱怨,悄悄告诉了他。所以他做这些,全是为了我宁吉。

只有爱到极点,才会关注这些磨人的繁文缛节,不折不扣地执行。"他本是世外谪仙,为了我,甘愿跌入尘埃,活在凡间。"宁吉的视线渐渐模糊,神智渐渐不清,以至于到底吃了什么菜,怎么也想不起来,只记得那一盘青团,不知不觉就见了底,真甜,真糯。

后来不知怎么的,又聊到张老师夫妇,对,是谢安说到男方亲属长辈,要把张老师和张师母加上。刘院长表示赞成,却叹气说上次听张老师讲到他们的担心,一直心里不好受,很惦记。讲起来,这个案子很有名,大家都知道,也都理解张老师一家这二十八年中所经受的痛苦煎熬。爷爷奶奶临终时还念着小丽的名字,盼着抓到凶手,令人闻之心酸。二十八年前,这桩凶残恶劣的案件震惊全国,当时如果告破,一定会判凶手死刑。凶手逍遥法外二十八年,正义已经迟到,那么正义的量刑是否会因时过境迁而改变?要知道,被害人家属心中的伤痛并未因时间推移而改变丝毫,两位老人日日夜夜都在等待凶手伏法,他们说,这是他们活着的唯一信念。谢安一向寡言少语,难得也开口发言:如果这案子判轻了,是否会给其他犯罪嫌疑人一个错误的信号即案发后要潜逃,越晚抓到,量刑越轻?这样一来,对全国肯定有不良影响。宁吉正在神智混乱中,插嘴说张老师写了几封信信访,已经寄出,相关单位也回复收到了。刘院长感慨老人的执着,说他作为人大代表,尽快咨询清楚相关法律问题,包括追诉期限和刑事政策,再抽空去一趟张家,与老两口细细聊聊。

"宁吉！好消息！"一声呼唤惊醒了回忆中的宁吉。王主任一阵风似的走进来,身后跟着韩肃,两人都满脸欣喜。宁吉连忙收敛心神,问中午谈得怎么样。

"好,太好了！"韩肃搓着手。王主任取出资料,告诉宁吉,凌书记听了王主任和韩肃的报告后很重视,仔细审阅了企业材料。最有利的条件,一是刚获得私募融资,证明了资本市场的认可；另一个就是项目通过了省科技厅组织的专家验收,对企业前景非常看好。企业在立足长三角地区的基础上,也在向海外进军,新加坡和泰国都有订单进来,所以中晋公司是实打实的瞪羚企业,凌书记当场表示区里支持。如何支持？省科技厅的科技项目专项资金要积极申请,区里帮助出证明,办手续。而且既然目前最大的困难是办公地点,凌书记问韩肃："'上元硅巷'考虑过吗？"

上元区是南都的老城区,作为省级高新区,北府高新区的占地面积只有两点三平方千米,在全省是面积最小的。空间有限,入住率饱和,怎么办？上元区想出了个好办法,这两年将城市硅巷建设与高新区体制机制改革有机融合,着力打造"一区多园"新模式,即与区里一批大院大所大企携手,打破围墙,共享资源,取名为"上元硅巷"。短短两年时间,改造的产业载体面积已经超过两百万平方米,成为不断做强创新的又一重要引擎。因老城区的区位优势和科教资源丰厚,院士和高级专家荟萃,青年知识分子云集,这一没有固定边界的虚拟园区紧贴城市原有肌理,对现有老写字楼、老厂房、棚户区加以改造,释放新空间,嵌入式容纳大街小巷的创新创业者,对城市的创新生态体系算是另辟蹊径,避免了老城区产业空心化和科教资源外流。

譬如此时的中晋公司,如果解决不了办公地点问题,韩肃想着恐怕不得不搬去江北,几十号员工的上下班交通将是大问题,所以听见凌书记的这个建议,他心中一喜,连忙说："可以！可以！"

凌书记便建议他们到上元硅巷中几个还有空间的园区去实地察看,找一个满意的地方,要把以后的发展前景考虑进去。而且,园区中的联通物联网全国总部、天逸物联等都是物联网产业的龙头企业,中晋公司置身其中,会有更多共享资源资讯,并在园区"资源整合,项目共研,进程联议,目标共担,成果共享"的一体化运作模式下,可以适当简化层级管理。另外,上元硅巷不定期常会有各种专题峰会、出访交流、创新大会等活动,比如去年的"智汇物联,创新升态"物联网产业发展峰会。欢迎中晋公司多参与,会有更多的发展机会和机遇。

韩肃连连答应,没想到除了迫在眉睫的房子问题能顺利解决,还有诸多意外收获,只觉得天上掉了块大馅饼,称谢不迭。凌书记说这是企业多年来努力的结果,区里支持帮助都是应该的,当即联系北府高新区说明了情况,接着让王主任具体配合安排,如果有什么问题再及时报告。

宁吉听了,真心为中晋公司高兴,一个民企发愤图强,兢兢业业走到今天,不容易,绝对不是姑妈宁亚娟的"福相"能换来的。中晋与江左纺织的种类虽说不同,但企业中那种积极向上,以质量、技术、服务占领市场惠及用户的理念和决心,何其相似!韩肃与姚国庆,一个理工男,一个老外贸,都勇于承担对企业、员工和社会的责任,令人敬佩。

韩肃说眼下最急的就是办公地点:中午出来的时候,高磊说还是联系不上房东,法院那边执行异议虽然递交上去了,但即使不立即执行拍卖,装修肯定不敢做,装修公司这边催着要个说法。高磊已经与现在旧房子的房东商量能否延期,但因为中晋公司自六月一号退租,房子已经又紧跟着租出去了,所以一天间隙都没有;若不能赶紧找到地方,中晋公司六月一号将陷入绝境,员工在家上班吗?办公室那么多资料电脑工具图纸,扔马路上吗?

王主任听得笑起来,吩咐宁吉赶紧领韩肃去几个地方看看:软件园、西街、上元广场,还有航大里面。韩肃极为慎重,公司搬迁一次不容易,想着要按凌书记讲的,把以后的发展前景都考虑进去,忙打电话叫高磊和公司几个管理层干部一起,第一站先去软件园,两点钟在门口碰头。

宁吉拎上包,拿好资料,笑嘻嘻地说:"小姑父,走,我们去'硅巷'找个满意的地方!"

跑了一下午，左看右看，听园区负责人详细介绍，宁吉没有多言，心中暗暗佩服。本以为自己算是最尽责的社区工作人员了，结果在园区发现，这里的服务更尽心尽力，老早实现了"一枚印章管审批"，还有针对此次疫情的一站式联审代办服务体系，企业不用跑一步，在公共服务中心线上云平台即可复工。在此之外，还努力聚焦项目建设、引导产业聚集，其结果就是产业集聚地越高端，研发环境越宽松，来的企业也越多越好。

对接的杨主任是个老南都，形象地比喻：园区就是梧桐树，各个企业就是凤凰！韩肃连忙说："中晋公司不算凤凰，百鸟之一，百鸟之一。"杨主任哈哈大笑，连声赞韩肃幽默，介绍园区会持续推动品牌、能力和模式升级，向建设物联网和人工智能产业的全国一流聚集高地努力。韩肃听得心动，借了个小会议室，拿着一堆图纸与几位高管研究商量，看样子是想立刻定下来。

宁吉实实在在地感觉到了自己这个"宁科长"与彼处杨主任的差距。分管经济，看来不能光靠服务，更要有宏大的韬略，有长远的眼光，有创新的思路。所以王主任讲得对，广惠家具城应该想想吸引消费者的更好办法，道韫街、献之巷也一定有更佳出路，王谢堂的品牌何妨融合其中，共享资源，共同受益。广惠商城、道韫街、献之巷、王谢堂，甚至江左纺织和中晋公司……从名字开始，都刻着六朝古都的印记，都饱含着丰厚的历史底蕴，何不从文化角度深挖深耕呢？高新区能将产业聚集，文旅业可以模仿吗？

"宁吉！我们决定了！"韩肃兴奋地走出会议室，身后跟着同样昂扬的几位中晋干部，说是经过仔细考虑，决定选航大北角的这幢小楼。位置距离现在公司地址不远，员工们上下班和加班都方便。现在看略大些，留有余地，利于公司再扩张发展，后面招人谈项目都少了顾虑；最主要是如杨主任介绍的，这里是物联网产业的聚集高地，上下游企业都有，大家捆在一起，会互相受益。

"对对对！"杨主任连忙赞同，说市里通知了，这两个月都有活动，如强链补链专项行动、产业供应链对接交流会等等，就是为了推动上下游协作配套,确保关键环节和关键产品供应稳定。这样有组织地将企业聚在一起,信息透明,资质有保证,比中晋自己出去一家家联系要方便、可靠多了。

再讲到租金,本身园区内单价低,针对瞪羚企业有不少优惠政策,叠加今年疫情后的减税降费政策如稳岗返还、减免社保缴费,算下来,租金比现办公地便宜不少,电价降5%、宽带和专线资费低15%等等,林林总总也都减了成本。韩肃当场拍板,与园区签了合同,十五年。

"十五年后,中晋肯定已经上市了,肯定有自己的大楼了,到时候还是欢迎建在我们园区!"杨主任看得极远,也极会讲话,似祝福,似恭维。包括韩肃在内,中晋的员工们个个听得眼睛发亮。

高磊一直在打电话。出事的阀阅园房东还是联系不上,交了两百五十万房租呢。宁吉安慰他,有租赁合同,有付款凭证,房子被抵押拍卖又是事实,这个租金一定能要回来的。就算最终找不到人,房子真被拍卖了,崔氏夫妇的债权是一千二百万,房子拍出来肯定不止,不用担心。若是周转有困难,和北府这边商量商量付款时间。装修公司那边,最好修改设计方案,尽快进驻开工。一句话提醒了高磊,他忙打电话喊装潢公司来看房子。工头很高兴,虽然要修改方案,但比遥遥无期地等待强啊,当即答应带设计师一起马上就到。这边杨主任看几个人着急,忙安排把钥匙送到韩肃手上,于是中晋的一群高管即刻转战现场,去看办公室如何装修。韩肃匆匆冲宁吉挥手,兴奋得像刚入职的新人。

宁吉望着兴冲冲的一群人,不由得笑了。突然,她听见杨主任叫道:"哎呀乖乖隆滴咚! 不得了!"宁吉吓了一跳,忙问怎么回事,杨主任给她看新闻,上海一天新增了52例境外输入性新冠肺炎患者,从俄罗斯来的一个航班上,整整51个! 这还了得! 境外输入看来形势严峻。"都以为么的事了,看样子,还是要小心啊!"杨主任举着手机,一口一个"乖乖隆滴咚"去强调部署防疫了。宁吉凝视着新闻,只觉得难以置信。

俄罗斯怎么也变得这么严重了? 这一场疫情,看来真是来势汹汹,非要横扫全球呢。这么多人之所以匆匆往中国赶,是因为放眼世界,突然间,中国成了最安全的地方了！所以外防输入的压力不轻,所以宁恺和叶同裳两个还是忙,还是那么晚见面。

　　不过,那么艰难的时刻都过来了,宁吉笑了笑,想起大年夜的绵绵冬雨,想起元宵节的凛冽寒风。看看眼前莺飞草长的阳春,还能过不去? 下周,有个大事呢。

第三十二章　艺术赋能

活动的主题是"全域旅游"。宁吉对这个词不陌生，玄衣巷的居民对这个词都不陌生。早在 2016 年的春天，上元区就开始争取这个国家级荣誉了，当时的启动仪式极为盛大，好几千人，爬城头，沿上元河跑步，孔夫子庙前诵诗，一起为老城区加油。

宁吉记得，连不爱动的谢安都踱步到大成殿，为冲刺到终点的跑步者，如宁恺递上了矿泉水。后来上元区不负众望，历时一千二百七十五天，于 2019 年 9 月成功入选首批国家全域旅游示范区。什么意思呢？简单地说，就是将全区当作一个大景区，城景一体，文化引领，文旅融合，主客共享。

因这条城市型全域旅游的发展之路，上元河、古城墙、天禧寺、孔夫子庙等等古迹名胜和一百多个文物保护单位得到了很好的保护，并得以切实利用，与摩登的高楼大厦和谐相融；新建的景区如老门东和小西湖古今一体，留下老南都的原汁原味和原住居民，则是老城更新的神来之笔；还有一个个老旧小区，一幢幢危房，一块块棚户区，经过改造翻新，变成桃红柳绿一步一景的美丽花园。这条道路，成为历史文化名城转型发展、老城焕发新貌的成功典范。上元区的居民在景区、街区、园区与社区的和谐共生中，实实在在得到了益处，感受到了幸福。

所以对这次的活动，所有人都很期待。经历了新冠肺炎疫情的冲击，文旅商贸和服务业在复苏，如何能迅速恢复到往日盛景，甚至更胜从前？

天刚蒙蒙亮，宁吉爬起来了，思索着今天的活动，出卧室迎面撞上宁国华，揉着眼睛叫了声："爸，早！"宁国华关心地询问，怎么昨天晚上又搞那么晚？宁吉打着哈欠，说昨天又是去江左纺织，因为听说问题解决了，跑去询问详情,再关心一下企业后面有无困难。

结果呢,最大的难题确实是解决了,据张倩倩说,美国客户丽莎将信将疑地收下第一批口罩,立刻检测,抽检了百分之五,结果全都达标!丽莎惊喜地赶紧把口罩分发下去,一边又追加订了第二批,并因听说原材料涨价,主动加了几美分的价格。因美国的社会舆论在向支持戴口罩转变,口罩岂止一般地缺乏,根本就是最紧俏的防疫物资。正好当时肥水口罩厂成功跻身政府白名单,有了最可靠的出口资质,姚国庆身为老外贸,陪女儿立刻实地跑了一趟肥水镇,带了两个质检员,在口罩厂上上下下转了几圈,摸清了实际生产状况和产能,让质检员就地驻扎,严格把关,保证一批批质量过硬的口罩源源不断地飞向美洲和欧洲。丽莎也许是感动于江左纺织的帮助,也许是因口罩缓过了劲,主动提起服装订单中原本悬而未决的百分之四十部分,双方很快谈成了折价或延期。最主要的原因,这批订单折价幅度前所未有的大,延期、改款,仁至义尽地配合。客户丽莎明白,江左纺织做到位了,疫情总会过去,生意总要继续。宁吉很同意这个观点:疫情总会过去的,人们的生活一定会恢复正常。但是姚国庆接着沾沾自喜地讲起他在这场谈判中的策略,说:"这次,我聪明啊!"宁吉好奇聆听,越听越从心里不赞成。

姚韬元曾说,她们母女刚到欧洲的时候人生地不熟,经常要请人帮助,在得到各种热情帮助的同时,人缘极好;反而是后来生意做大了,有钱了,换了大房子和豪车,穿戴日用都透着豪阔之气之后,与原来的邻居朋友变得疏远。姚国庆的意思与此差不多,在过年后,因疫情工厂无法年初八复工,姚国庆向客户申请推迟交期,讲新型冠状病毒的可怕,讲"工人的凄惨",讲"封城的窘迫",很容易就得到了对方的同意;所以这一次他"聪明"地又扮演弱者,诉说因订单取消造成"工厂关门倒闭""工人们流离失所",特意配了很多照片——都是从网上下载的以前贫困地区的旧照片,以此满足美国客户当救世主的优越感,再加上口罩助力,顺利达成了协议。

宁吉还没讲完,宁国华已经愤激得怒发冲冠,高声说:"那么中国人永远只能卖惨吗?这就是问题!姚国庆是个老外贸,他应该知道,出口贸易靠产品,不靠卖惨!"他滔滔不绝地讲起,中国的文学在西方碰到的就是这种情况。写中国落后,写中国人愚昧,残忍,丑恶,这些文字被赞誉,被追捧,被视为"深刻""人性""有文学性"。

宁国华高声道:"我们成功的道路呢?我们迅速发展的经济文化和富足富强的今天呢?还有我们悠久的历史、优秀的传统文化呢?这么多好故事,这么多能写、能展示、能讲述的,偏要卖惨吗?中国的成功飞跃,已经开创了全新的世界格局,中国人不应该也不能期望发达国家继续以扶助弱小国家的方式相待,中国已经在肩负起更大的国际责任!同样,世界各国也必须适应一个更具影响力的中国,必须接受中国会继续强大的事实,并且应明白阻止中国不断强大是不可能的事,更非明智之举!我这本新书啊,就要好好改改这个风气!"

宁国华在家中是个"好好先生",宁吉没见过他激动,即使高声讲话,也是讲笑话逗乐。但今天第二次,他又高谈阔论,精神振奋。宁吉没有父亲那么高的境界,没想过那么多国家大事,二十五岁的她还没出过国,并不确切地知道海外的世界。宁吉的视野,就是玄衣巷社区、孔夫子庙街道、上元区和南都城。但是宁吉喜欢看,习惯看,愿意睁开眼睛看。她看到家人富足安康,看到邻居衣食无忧,看到社区蓬勃红火,看到老有所养、病有所医,看到勤奋工作、拼搏向上,看到关爱同情、相扶相帮。她想看,喜欢看这样光明的故事。宁国华接着感慨:"子曰,《诗》三百,一言以蔽之,曰'思无邪'!文学最要紧的是什么?无邪!小吉,你如果写小说,一定好看。"

"写小说……"宁吉对父亲的书呆子气哭笑不得,只好拿起牙刷刷牙。"叮咚叮咚"门铃响,宁雅娟进了客厅,一进门简短喊了句"哥,早"就连声催宁吉:"快点!快点!我们早点去,占个好位置!"

宁吉牙还没刷完,满嘴白沫也要抢着说话,含糊不清的大意是座位老早排好了,都标着名字呢,摊到哪里是哪里,没法挑选之类。宁雅娟不服气:"我这么主动参加,把全部家底都押进去了,将来能带动一大片产业,不给个好位置?"宁国华在旁边,看宁吉"呼噜噜"漱口呢还要争辩,忙上前帮女儿,说："这么大的活动,重要的项目多了,别争这些没用的,老老实实参加活动,风风光光几方签约,争取区里市里的大力支持,大伙儿积极推进。"

姑侄俩不再争论,匆匆忙忙出门,赶往老门东。"老门东"的名字由何而来?历史学家各有各的说法。宁吉听谢安的:六朝时,社会上执行严格的门阀制度,人一出生就被决定了高低,朝廷按门第高下选拔任用官吏,士族和庶族之间有不可逾越的鸿沟,所谓"士庶之际,实自天隔"。当时的玄衣巷是士族住宅区,王家、谢家、郗家、司马家等都是高门,与之相对应的,往西去则是庶族聚集地,因此这一带便被称为"门东",时间久了,就成了"老门东"。宁国华质疑过这种说法,认为门东的历史没那么久;宁吉不理睬学究父亲,一心一意地维护谢安,谢安说源于六朝,就源于六朝。

而且因这种说法,这些名关六朝的企业融入此次活动就更有意义了,虽然谢安不肯来。宁吉觉得,这样也好,他已经为她不惜卷入红尘,何必再勉强他做违心之举?王谢堂有具体负责人,等到需要"王谢堂主"压阵的时候,他会出现的。

宁吉、宁雅娟两人一进会场,便看到钱红、唐军、张倩倩、姚韬元已经到了,正和小鲁、杜明在比画着讨论,最后过一遍 PPT,郑令姜和高磊也在一旁低声说话,宁雅娟连忙加入进去,一起商量细节。何处还能提高,何处应该差不多了,回头如何现场发挥,等等,都是做事的人,一个个争先恐后,言之有物。宁吉嗓门最大,笑得最响,感染得几个人情绪高涨起来,连姚韬元也渐渐不再拘谨。

说说笑笑中,时间过得真快,"开始了,开始了。"王主任走过来,打断了众人的谈话,大家忙收拾好,回到座位坐下。面前有舞台,有大屏幕,这次的活动方式新颖,采用了线上线下同步的方式。

围绕"全域旅游"的主题,上元区化身为一个大景区,以各种文化、艺术、科技相结合的方式,绘成绝美的长卷,不漏一个边角,不疏忽一个盲点,像明朝画家仇英的名画《南都繁会图》,徐徐展开,一笔一画都是风景。

先是各种活动预告,一大批精彩的活动正如潮水般涌来:有大手笔的商家消费券,有"放心出门,点亮上元"的夜景秀,有国际美妆节直播,有抖音汉服秀主题促销,有沉浸式电影街区,有泛舟上元河的游船画舫,有十几种优秀剧目即将推出……电子屏不停地变换画面,看得人眼花缭乱。所有人,特别是年轻人,都很期待。

等了很久吧?疫情防控常态化条件下,文旅场所即将有序开放。当然,前提是落实防控措施,如科学佩戴口罩,实名登记,体温检测,核验健康码,督促引导进场人员保持社交距离。还要落实日常清洁、一日数次消毒等卫生措施,要经常开窗通风,保持空气流通;并实行预约制度,错时错峰分流人员,严格执行限流规定,剧院等演出场所观众人数不得超过剧场座位总数的30%,观众间隔就座,演职人员保持一定距离,娱乐场所、网吧接纳消费人数不得超过最大核载量的50%,等等。

宁吉看到面前桌上放着的详细介绍,厚厚一本,但只要能顺利开放,这点麻烦算什么呢?再难再烦的事都过来了。就像宁吉不以为然的量体温,实际上问下来,谢安、钱红等商家都认为应该坚持,老百姓也多数赞同,说"量体温放心""多量几遍没关系""不差那点时间",所以现在也还是都在量。看看新闻中,美国人还在为戴口罩争执,还有不少针对防疫限制的示威抗议,宁吉觉得刘院长总结得对,不是外国人蠢笨,而是他们得到的信息不够。

而我们的国家,为了寓教于乐,煞费苦心。比如上元河畔的这三十个小剧场群,从策划筹建,到备齐硬件软件,到演出一部又一部好戏给居民游客看,花费了多少心血!目的不仅是以演艺带动文旅消费和夜间经济,更是通过这些精心挑选、精雕细琢的剧目,扎牢中华文化的根,让优秀江南文脉和古都文明代代承继下去,更让光明和美好遍布人间。郑令姜很开心能参与其中,通过宁吉牵线,她承接了部分演出的化妆工作,虽然价格不如零售,但是量大又稳定,基本上每天有活儿。郑令姜盘算着,还能再加两个人,项目更多些,"令姜美甲"改为"令姜美妆美容"。而剧组既有了满意的化妆队伍,又不用专门养几个人,所以是典型的双赢,与前面袁柱、祝嬢嬢一样。

接着,激动人心的,是文旅商不同层面跨界融合的各种项目介绍。宁吉看到屏幕中各种物联网、云计算、5G、AR、VR 等新兴科技产业大佬依次介绍手中的项目,都是配合区里打造智慧产业体系,结合上元区的地域特色和优势,共同探索城市运营新方式,目标定在"创新名城示范区"。不少项目已经在进行中,也有的刚开始构想,这一切描摹的,是一幅创新古都的美景。

终于轮到宁吉登台。王主任咳嗽一声,提醒宁吉该上场了。宁吉觉得腿脚发软,喉咙发紧,强自镇定,在众人瞩目中登上了前台。望过去,一个个期待的目光之后,上元河波光潋滟,古城墙巍峨蜿蜒——这是我熟悉的故土,我挚爱的乡亲,我愿意为之付出生命去保卫的家园,我所做所想,就是为了让其更美好,更宜居。慌乱跳动的心房渐渐平静,宁吉恢复了笑容,慧黠的大眼灵动如昔,娓娓介绍所在街道的计划。

上元区是个全域旅游的大景区,在这里,景区与社区本就和谐相融,而且孔夫子庙步行街是全国首批示范步行街的提升改造试点单位;区中的文旅商企业,只要尽力融入"全域旅游"这个大平台,就能享受最佳的营销模式和消费业态,只要整合优势积极参与步行街建设,就能找到适合自己企业的位置。

大的中晋公司,与区里相关企业共同建造"智慧上元"生态,多方受益;而一般传统文旅商企业、小微商家,也有不同机会。想到这一点的契机,是看到"令姜美妆美容"这样一个丝毫不起眼的普通商家,只因参与到"上元有戏"板块,与剧场剧组合作共赢,就迅速翻身。所以作为街道分管经济的工作人员,要更积极牵线企业加入步行街和"全域旅游"的大平台,协调上下游协作配套。宁吉所熟悉的这几个企业:江左纺织进出口公司、桃叶渡旅行社、中晋智慧网络、王谢堂酒楼、广惠商城、令姜美妆容等,看起来分布在不同的行业,规模大大小小毫不对等,但经过梳理沟通,她发现其产品服务完全可以串联起来,分置在全域旅游和步行街平台的不同链点,从而共享资源,共赢收获。她将这个想法报告王主任,王主任觉得很好,建议这些企业干脆组合结盟,选取六朝文化的主题,合作取名为"六朝联盟",共享客户资源,共享生产加工链,共享优惠福利,这样创新的产业聚集,几何级扩大资源,其基础在于扎根六朝品牌,将悠久历史、优秀传统文化与经济融合,与旅游互促,借助"六朝"这一大 IP,走一条特色"文旅＋"之路。

宁吉招招手,宁雅娟跳上台,小鲁打开了 PPT,先展示青古色的"六朝联盟"标识,吸引观者眼球两秒钟,之后路演一个旅行团的路线。客人进了上元区这个大景区,要吃、要穿、要游、要享受各种服务,需求喜好各不相同。"六朝联盟"背靠大数据,按需提供全方位产品和服务。与以往旅行社孤军奋战不同,所有联盟单位的优惠福利全都透明,一卡通用,联盟中任何一家企业来了客户,即刻转化为联盟所有企业的机会,立刻提供配套信息。这不仅针对外地游客,本地市民也一样,即使一个老南都只身来到上元区,没什么消费预算,"六朝联盟"一样提供周到的服务和完整的资讯,将"全域旅游"这个大的智慧平台细化,联系到域中的各个企业,由平面化推向立体化,惠民便民。当然,像一些网购平台、银行高端用户平台也有类似服务,但是"六朝联盟"背靠"六朝"这棵文化大树,牢牢扎根社区基层,广泛而且坚固。

"好,这样惠及所有居民,很好。"前排的领导带头称赞,"上元文化运用得很恰当,以艺术赋能城市,很好。"

以艺术赋能城市……宁吉听见了,佩服得简直瞠目结舌:怎么我就没想到呢?南都是古都,上元区是老城区,众多的历史建筑、风景名胜、古旧街区是老城区独有的底蕴;传统手工艺、风俗民俗、地方戏剧更是老城区金不换的独特魅力;还有一个个老城南市民,淳朴憨厚的"大萝卜",更让社区充满了人文情感。这一切都是艺术,只要用得好用得巧,就能让这个古老城区增生多重新能量,更加生机勃勃。

设想通过之后就比较简单了,由街道牵头,企业自由加盟,所谓"政企联动,协同发力",当场就有不少报名的,线上的比线下的还多,纷纷加入全域旅游。王主任与凌书记商量了,吩咐宁吉先登记,再逐一细谈,明确各企业责权利,速度要快,争取五一节即见成效。

各企业最关心的问题是谁来负责,即谁是"盟主"? 宁吉毫不迟疑地举手,自信满满地毛遂自荐,于是再无异议。大家想起那个寒雨天举着喇叭四处苦口婆心的瘦小身影;那个拎着一袋袋生活用品顶着北风送到隔离户家中的"红马甲";那个随叫随到,永远耐心诚恳,想得比你自己还周到的网格员;那个走街串巷,挨家挨户上门询问的铁脚板;那个为了解决居民实际困难,不惜电话打到没电,"主任""书记"一遍遍申告的社区服务者。她是网格员,她是宁科长,她可以信赖可以倚靠,这个盟主,大家放心。

晚上回到家中,一进门就看见一屋子人,一屋子东西:刘院长坐在东首,宁向云和宁国华左右相陪,韩肃、宁雅娟和宁恺坐在西面,庾丽满面春风地正在上茶,靠墙的条桌上堆满了各种礼物,花团锦簇,喜气洋洋。

众人看到宁吉进门,都笑。宁吉被笑得愣住了,旋即反应过来:来提亲的!瞬时红了脸,只好也跟着笑,讪讪地"刘院长""爷爷""小姑、小姑父"喊了一圈,愣愣地杵在当地。庾丽忙走过来扶住她,推她在刘院长下首坐下,一边笑着夸:"看我们家大姑娘,长大了,文静了,腼腆了。"众人笑得更狠:哈哈,宁吉,文静?腼腆?

听起来,双方谈得差不多了,刘院长代表男方表达了诚意,诸如领证、房子、家具、家电、婚宴等一力承担,还提出要按老规矩送彩礼。宁国华不赞成送彩礼,说都 2020 年了,两个孩子好就行;宁向云也说彩礼可有可无,说请刘院长放心,谢安是个孤儿,宁家一定待他像自家孩子,像待宁恺一样。庾丽是个爱面子的,却觉得彩礼风光体面,宁家绝不是卖女儿也不是攀高枝,陪嫁一定拿出像样的压箱底,加倍带去谢家。庾丽敢讲这话的原因,是因为南都公募基金出乎意料地涨得好,她惊喜地发现美股熔断掉的部分不知不觉中快涨回来了,于是原来每天晚上的股票盯盘变成了每日早上看前日的基金收益,同样有数钱似的快乐,一边数一边唠叨:以后就投南都公募基金,不用烦了。

"爷爷你谦虚了吧?人家谢安过来是'娇客',待遇怎么会像我,肯定比我强啊!"宁恺难得开玩笑,大家笑成一团。宁吉恍恍惚惚的,觉得像做梦一样:亲人都在身边,而爱人,就要结为连理。

宁国华一直不停地低头看手机,讲话说笑都有些心神不宁。庾丽不禁埋怨:自从要出本有关病毒的书,就不得安生,天天又是改稿,又是设计,又是装帧,改行当作家吗?

"有关病毒的书?"刘院长好奇地询问。得知宁国华的出书内容后,他不禁连连称赞这也是独辟蹊径,说不定能启发对新冠病毒的研究。新冠病毒是人类未知的新病毒,病毒溯源是科学问题,需要科学家和医学专家进行研究,基于事实和证据得出科学结论。刘院长讲得感慨:"这事啊,交给科学家和医学专家,为了全人类的健康安全,为了整个地球,好好合作研究,不能动不动政治化,美国疫情形势这么严峻了,教训还不够深刻吗?"

宁向云对这个话题不感兴趣,看看时间不早了,起身催刘院长。原来两人约好了一同去张老师家中,再和老人说说聊聊,把他们担心的刑事政策和追诉期等问题当面再沟通沟通。宁吉抢着要同去,刘院长拍了拍她,劝阻说人太多了,怕打扰老人家。宁向云逗宁吉:"刘院长是以全国人大代表的身份去,与张老师张师母会有些悄悄话,你就别凑热闹。""不算悄悄话。"刘院长听见了,笑道,"我是人大代表,就是要代表老百姓的。张家老两口伤痛了二十八年,我有责任聆听他们的心声。当然,我也要劝慰老两口,要相信法律的神圣和公正。"宁吉伸伸舌头,不再多说。今年三月的全国人代会因疫情停了,什么时候会开呢?看刘院长胸有成竹,快了吧?

送走"媒人",庾丽抚摸着八样礼品,笑眯眯地赞叹谢安"有诚意""懂事",总算放心了。催宁吉抓紧,领证是第一步,房子装修,购买家具家电这些要是忙不过来,她可以去办;催宁国华上上心,嫁妆要开始准备了,床上用品是小头,总要陪些值钱的,首饰好还是现金好?

宁国华和宁吉两人唯唯诺诺地听着,不发表意见。一个在继续忙新书;一个在想艺术赋能,在"全域旅游"的智慧平台上发动所有企业参与"四新"行动。五一节就在眼前,这将是一次实战检验,宁吉深吸一口气,"六朝联盟"哎,能够实现当年淝水之战般的辉煌吗?

第三十三章　人民至上

"艺术赋能,智慧平台。"宁吉每天念叨个不停,连好脾气的孙敏都受不了了,直说:"宁吉你歇会儿,阿行?"但这个人像着了魔一样,从"宁科长"变身为"宁盟主",活跃在文旅商各个企业,像冬天举着喇叭走街串户一样,丝毫不知收敛退缩。

"大数据+网格化+铁脚板"能战胜狡猾难缠的新冠病毒,能在防疫常态化中成功复工复业复产,一定也能让艺术赋能城市,让经济稳步增长。

王主任显然持有一样的想法,不辞辛劳地配合区里和市中心几大商场陆续推出家电节、5G智能设备首发、直播购物节、智慧生活体验中心开业、夏季化妆品节、国际名表节等一系列主题活动,不停地点燃消费氛围。还招引了当当书店、雪乐山、贤合庄等二十几家品牌店加盟入驻,促进商业业态创新和品牌结构升级,提升体验休闲业态配比。宁吉真心称赞,王主任谦虚地说:"这一块算小的,大头的汽车消费类、银企金融对接这些,是区里在抓呢。"

其他如夜间经济、直播经济,无不开展得如火如荼,滑板运动、复古机车、露天电影、啤酒美食节、漫游上元吃播节、五折购物节等等推介令人目不暇接,骄傲地上了不止一回央视。除了市里区里的消费券,各大商场和超市也纷纷发放消费券,尤其苏果超市,发了一百万份,总值一亿元。王主任高兴地告诉大家,一季度南都的生产总值增长1.6%!正的!四月继续向好,主要指标除消费外,均恢复正增长。

这期间,叶晓东所在的南都石化这样的大型国企无疑是城市经济的压舱石,叶晓东忙忙碌碌早出晚归,有时候周末也不得休息。钱红倒不埋怨,她的广惠家居商城是"六朝联盟"中的轴心企业,在日益蓬勃的大环境中,在所有人的共同努力下,成绩不俗。销售额稳步增长,营业员恢复了正常的上班时间,还增加了三十几个岗位。钱红指着报纸上"第二产业增加值增长0.1%,第三产业增加值增加2.6%""就业总体稳定,前四个月新增城镇就业9.07万人"的新闻内容,笑着说:"这中间有我们广惠家居的功劳,哪怕是0.00001%。"

而五一节期间,桃叶渡旅行社全体导游返岗,连宁雅娟自己也带了一个团。各个景区虽然没有往年小长假那样人挤人的盛况,但也川流不息熙熙攘攘,坐画舫甚至一度要排队。据宁雅娟说,这个假期赚回了几个月的房租,更重要的是,大家敢到孔夫子庙来玩了,看看到处疫情防控井然有序,"四新"活动有条不紊,没什么可怕的嘛。

宁吉赞同她的观点,面对这么狡猾的新冠病毒,能够完全保持在零病例当然最好,但是在恢复正常经济运行中,偶尔出现几例确诊,只要能科学追踪控制,能迅速及时有效控制,也无妨大局吧?南都这座充满创新活力的古都,一贯从容不迫,新冠防疫外松内紧,管得严、放得开,绝不会让居民和游客感到紧张慌乱,不会动不动宣称紧急状态。南都,有这个底气。

更令人高兴的是江左纺织。由于国际电商销售稳步增长,库存的意大利订单产品大部分已销售出去,加州订单产品也打开了渠道,各个品牌都稳定了一批顾客,肖艺说已经过了最初的磨合期,后面会越来越好。张倩倩觉得她有些过于夸大成绩,估计多少是担心江左纺织去找别的平台如阿里巴巴国际站。要知道,平台和货源互相依赖,江左纺织的产品质量好、性价比高,并能配合追加生产,对客户有求必应,实在是个难得的好货源。

美国客户不敢轻易放弃,也是同样道理,没了好货源,自己也关门大吉,以后不做了?所以姚国庆手上的美国订单,不但解决了所有被取消订单的问题,还增加了不少新订单,而且呈快速增长势头。客户下单中国,是很简单的一个原因:新冠病毒在全球蔓延肆虐,除了中国,其他哪里还能正常生产呢?所以,中国制造业经过疫情检验,反而更加凸显了优势。姚国庆因此

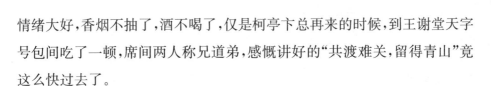

情绪大好,香烟不抽了,酒不喝了,仅是柯亭卞总再来的时候,到王谢堂天字号包间吃了一顿,席间两人称兄道弟,感慨讲好的"共渡难关,留得青山"竟这么快过去了。

中间有个小插曲,双方酒酣耳热的时候,张倩倩突然尖叫起来,紧接着哈哈大笑,指着电视机兴奋地吹口哨、跺脚、拍巴掌,连喊:"讲得真好!"原来是新闻中,中央领导人在广东巡视,亲切地说:"华侨有个特点,就是爱国。"

张倩倩笑着笑着,泪水流了满脸。也许是回忆起为了孩子学业不得不背井离乡的无奈,也许是想起了在异国他乡的种种艰辛,也许是庆幸回到祖国躲过了新冠病毒的威胁,也许是知道不久之后还将离开。更也许,只是因为这一句肯定和理解。

陆续出口的口罩持续得到欧美客户的认可,姚韬元赚到了外汇以及客户的信任;郗晓琴呢,拿到了长期稳定的外销订单,两个人可以说是好心有好报。郗晓琴五一节给每个工人发了个大红包,还放了四天假。五月一号那天,郗晓琴组织工人到孔夫子庙游玩,特意预定了王谢堂大厅五桌酒席,并每桌要两份"桓伊吹笛",说这是她吃过的最好吃的菜。王谢堂正在忙碌的时候,员工们都没在意,谢安发现了,含笑走到桌前招呼。郗晓琴大喜,向工人们介绍:"这就是宁科长的'对象',人好吧?"工人们纷纷赞叹:"真般配,金童玉女一样!""观音像前的龙女和善财童子!"

正好刘院长趁放假来调研垃圾分类的事,在和杜明等管理人员讨论如何又简便又明了,老桓在旁边主动与刘院长攀谈,自我介绍是拾废品的,不过是最后一天,宁吉给他安排了文化驿站的清闲差事,"不,不是为我一个人,是针对区里低保户的孤寡老人的,二十几个呢"。刘院长得知老桓就是那个把所有家底三万三千六百块捐给湖北的热心市民,不禁连连称赞。聊着聊着,刘院长听到了郗晓琴这几桌的谈话,待谢安过来,便拉着他悄悄说了一番话,具体内容大家都没听见。

不知道和这有没有关系,谢安于某天邀宁吉去领结婚证。宁吉愣了愣,犹豫要不要挑个好日子。见谢安笑得温和,和当年朱雀桥上编柳条帽的小男孩一样,清秀中透着善良明达,不禁深吸了一口气:与他在一起,哪一天都是好日子! 于是两人匆匆准备好所需材料,到了民政局。

很意外,民政局由里至外排着长队。谢安不经意地站在队伍最后,宁吉多了个心眼儿,见有两支队伍,问清楚了,一个是领结婚证的,一个却是办离婚手续的。宁吉一边将谢安拉进正确的队伍,一边悄悄地告诉他缘由。谢安怔了怔,不理解,还有离婚的? 而且不止一个? 当初结婚不是因为相爱吗? 相爱为什么又要分开? 谢安握住宁吉的小手,牢牢地攥在手掌中,俯身在她耳边轻声说:"我们永远不分离,哪怕有一天又发生什么天灾,必须困在一起鸡毛蒜皮二十四小时乘七,我也都让着你。"

众目睽睽,谢安又是极引人注目的,不少目光看了过来。宁吉红了脸,张口结舌不知道说什么。领证的这一队还好,都沉浸在甜蜜幸福中;离婚的那一队本来心情就不好,狠狠瞪过来的目光中,羡慕、嫉妒都有。还好队伍渐渐走进了民政局里面,大堂中的电子屏幕上正在播放新闻,宁吉别过头看向屏幕,装作若无其事的样子,渐渐忘记了刚才的插曲。

"国家主席习近平,北京时间 5 月 18 日晚,在第 73 届世界卫生大会视频会议开幕式上发表题为《团结合作战胜疫情 共同构建人类卫生健康共同体》的致辞。"大厅中的人群都被新闻吸引,目光望向大屏幕,那是我们的国家主席,在新冠疫情蔓延全球的严峻时刻,代表我们中国致辞。

宁吉看得出神,被谢安晃了晃手才醒悟,"下一个就是我们了。"宁吉的目光有些恍惚,从遥远的日内瓦回到了民政局,看看面前的谢安,满目柔情。

我们的祖国,在世界危难时刻,展现出如此的大国担当。积极开展国际交流合作,团结国际社会共同合作抗疫,秉持人类命运共同体理念,主张各国齐心协力、守望相助、携手应对,护佑世界和人民康宁。我们人人都知道,全球全人类是同命运共呼吸的共同体,在来势汹汹的新冠病毒面前,我们必须团结合作。我们永远把道义放在利益之前,这是我们几千年的传统,这是我们中华文化的精髓所在,所以我们一个普通的餐饮老板也会奉行儒商同道,不起眼的口罩厂、出口企业、甚至小卖部和美甲店都知道义利相融。对了,那个在泰国感染了新冠肺炎的房东童氏终于醒过来,据说一清醒就手机转账,还了崔氏夫妇的借款;在知道中晋公司当时无法装修改去别处的情况后,二话不说退还了房租。南都人,是这样的。

谢安不知道宁吉在想什么,不过他很喜欢她此时的目光,一双大眼中只有脉脉深情。这正是他此时此刻最需要的,最想要的。就让我拥着你,沉醉在深情中,天长地久,地老天荒。

同事们得到消息,一窝蜂赶着道喜,追问什么时候"办事",就是举行婚礼。最兴奋的是孙敏,出主意一定要在秋天,上元河孔夫子庙最美的时光,秋波浸晚霞,碧苔映红叶,王谢堂那些名菜——大闸蟹、长鱼也正是肥满的季节。赵勇笑她尽想着吃,还是要看宁吉来不来得及吧。房子装修,买家具家电,都要时间的。宁吉不好意思地承认,都是谢安那边在安排,母亲庾丽在准备嫁妆,反而宁吉本人最空,袖手无事,只等做新娘。

"那正好。"王主任笑呵呵地走进来,告诉大家"六朝联盟"这一个多月成绩斐然,联盟中的企业得到了实惠,营业额、利润都明显高于同行。另外,"全域旅游"的大平台整体活跃度大幅提高,真正实现了景区、街区、园区与社区和谐共生。所以看看下一步……

"下个月有端午假期!"宁吉抢着说,"该推出冰饮,夏季新品,还有端午商品,如粽子、鸭蛋、绿豆糕,还有父亲节的活动!"

"先听我说完。"王主任笑着说,"这些主意都不错。六月肯定要推出,不过呢,因为'六朝联盟'做得好,在考虑可否也推出其他系列,比如'洪武联盟''永乐联盟'等等? 不是要和自己竞争,而是换一种嵌入平台的艺术方式,更多地联系社区居民,让老百姓普遍受益。比如祝孃孃,在王谢堂找到了合适的位置,一举多得,现在王谢堂的粽子每天都能销几千只,顾客都说好吃。但这个事的偶然性很强,要不是宁吉和谢安正好碰到,祝孃孃还在医院里做护工,还在家政中心排队。有没有更好的办法,将这种偶然性变成普遍性,变成必然性呢? 这与当前的工作重心是相契合的嘛。"

宁吉这次没有抢话。虽然她为此时思索很久,已经提出好几个点子,比如登记失业人员和外来人员的特长特点,登记各企业的人才需求,两个数据一结合,很容易匹配到最佳项。宁吉是听出来了,王主任有更深更远的希望,甚至也不止什么洪武、永乐联盟,她是盼着,孔夫子庙街道的每一个人,每一个居民,都有美好的生活。所以要好好想一想,长远地想一想。

很快,令人振奋的大事,两会召开了。要知道,全球新冠肺炎疫情还正在严峻的时候,我们国家召开这么大规模的会议,说明我们的疫情防控和复工复产都取得了重大胜利。这天,张老师和张师母来到王谢堂用餐,照例坐在靠窗的小桌前,点了老几样菜肴:素什锦,盐水鸭,麻油干丝。宁吉正好来找谢安,看见老两口连忙上前问好。张老师精神很好,说案件即将审理,法院检察院都很重视,是院长和检察长亲自担任审判长和公诉人。张师母笑着说,刘院长答应他们,将他们的诉求带到人大,当然,案件的审理是国家司法机关的事,任何人都不能干涉,但是让国家最高司法机关听到人民的声音,刘院长认为这是他作为人民代表的职责。宁吉连连点头,想起王主任的要求,觉得王主任、刘院长,他们这些老党员的心思是一样的。

谢安缓步踱过来,指指电视机,说到两会新闻的播报时间了。仰首望去,电视屏幕上是一行粗重的大字:坚持人民至上,紧紧依靠人民,不断造福人民,牢牢植根人民。

宁吉与谢安对望一眼,回想起大年三十的绵绵细雨,回想起灯会暂停后孔夫子庙的冷清空旷,回想起全民居家防疫时南都城的空空荡荡,寒风冷雨中的"红马甲",小喇叭,无人机,一日几次的消杀消毒,铁脚板在街巷社区中穿梭往来,坚持送餐的王谢堂,不惧生死不计得失的许院长、程医生、叶同裳,为了复工复业,王主任带着大家不分昼夜地奔忙……宁吉不知不觉模糊了视线,谢安伸出手臂,揽住了她。

我们都是十四亿人民中的一员,我们大家一起,不分男女老幼,不论岗位分工,战胜了新冠病毒。我们会继续在一起,风雨同舟,同甘共苦。因为千千万万个王主任、刘院长、小网格员都知道:人民至上!

尾　声

暮春很快过去,火热的夏天也飞速掠过,到了南都最美的秋季。艳阳金晃晃地照耀着孔夫子庙,红艳艳的"全国示范步行街"几个大字在巨石上亮得灼目。不时有行人走过,一边赞叹"这是全国首批""是啊,全国总共就五个""国字号的荣誉""全省独一无二""最具情怀的步行街",一边在巨石边摆出各种姿势拍照。此起彼伏的"茄子"声和欢笑声飘荡在空中,与火红的枫叶、金黄的银杏一起,将孔夫子庙步行街装扮得更加缤纷热闹。

王主任笑眯眯地听着,满心喜悦。没错,经过这么久的努力,这么多人的辛劳工作,孔夫子庙步行街成功成为全国首批示范步行街,又一个沉甸甸的国字号荣誉。王主任知道,更重的,是今后的责任。如何深融文商旅,进一步提升为最具文化、最具情怀的步行街?宁吉昨天交了一份计划书,建议借南都"世界文学之都"的东风,融入文学文化之核,挖掘故事线,设计旅游线,打造产品线,推出消费线。王主任承认,这是个好主意。但这孩子,要当新娘子的人,还天天总想着工作,不怕新郎官责怪吗?

新郎官呢?王主任缓步走去,只见王谢堂前熙熙攘攘,数排折叠椅整整齐齐地列在青石板广场上,坐满了宾客;谢安一身玄色马褂,簪着大红花,挎着红绸带,站在乌木嵌银的招牌下,玉树临风,温润清雅,唇边带着笑意。王主任含笑摇头,哎,谢安怎会怪宁吉?他对孔夫子庙,一样上心。

这里当然是最有人情味的,看面前这些邻里,为这场婚礼忙碌多日,为祝福这对新人早早地等在这里。庾丽最激动,唧唧呱呱讲个不停,宁恺和叶同裳一左一右扶着她。宁向云和罗会计忙着招呼宾客,特意将张老师和张师母安排在最前面。钱红、叶晓东和钱益方在低声商量,叶彦超回了武汉,带的东西齐不齐？宁雅娟笑得有点恍惚，也想起了去上大学的儿子，韩肃握紧了她的手，轻声安慰。姚国庆一家和郜晓琴、吴东又在谈口罩吧？朱静、程医生、葛处长、孙敏、赵勇、老桓、祝嬢嬢、杜明、小鲁等等组成了方阵，咦，男方家长呢？王主任伸头张望。男方家长应该第一个先到啊！人呢？

刘院长大步匆匆，满头大汗地奔过来，高喊："张老师，张师母，信！你们的信！"所有人奇怪地望向他，刘院长素来最沉着的，这是怎么了？婚礼哎，他是男方家长哎，这时候管什么信？什么信比这婚礼重要？张师母疑惑地接过信，展开来，扫一眼，立刻红了眼眶，泪水一颗颗滚落。刘院长擦着汗解释："北京最高司法机关让我当面转达，我怕有疏漏，特意写下来的。"

众人疑惑的目光中，张老师捧起信，颤抖着声音念："我向你们，表示深切的慰问，表示深深的歉意。不是你们感谢我们，是应该我们向你们道歉，你们是我们的老百姓，是我们的人民群众，你们是主人，我们是公仆。你们家发生了天一样的灾难，家庭破碎，二十八年来，承受了多么大的痛苦啊。"

张老师泪如泉涌，伸手捂住口，再也读不出声音。宁向云接过信，高声接着念："我们司法机关是干什么的，不就是保卫人民的吗，这是我们的责任。面对你们的经历，我们应该找我们自己的责任，反思我们的工作还有哪些不到位的地方，包括我们的法律制度本身还有没有漏洞，还有哪些需要补救的……"人群轰然而动，议论纷纷。有的赞叹："讲得多好，'不就是保卫人民的吗'！"有的好奇追问："谁，是谁说的？"有的夸奖宁向云和宁恺几代警察坚持不懈，有的佩服刘院长将人民的声音带到了北京，有的劝慰一直在流泪的两位老人："张老师张师母，别难过了。"

张老师擦干眼泪，认认真真地说："我不是难过，是感动，是高兴啊。我们一家都是最普普通通的群众，二十八年来，人民警察坚守这个案子，街道社区无微不至地关照我们，现在最高司法机关慰问我们，为什么？我们的党，是咱们老百姓的党！这一百年的成就，咱们都看到了；将来一百年，笃定更了不起！"

这是发自肺腑的声音。是啊，多么感激，过去一百年亲历的福祉；多么期待,将来一百年共筑的辉煌。新冠肺炎疫情,对于这百年征程,只是其中的一个小小插曲吧。刘院长清清嗓子,宣布:"婚礼开始!"江南丝竹悠然响起,谢安站得更直,屏住呼吸,望向东方。

"来了!来了!"老王、老姜的嗓门儿真响,盖过了丝竹锣鼓。人群纷纷站起身,静立注目,向新娘致意祝福。谢安一动也不能动,连心脏都似乎停止了跳动。恍恍惚惚中,仿佛看见了那冬雨中臃肿的"红马甲",那病房中瘦小的背影,还有幼时在朱雀桥上编柳条,桥边柳树后张望的小女孩,那一双慧黠灵动的大眼,让人难忘。

暖风徐徐,吹拂在脸上。步行街的尽头,宁吉挎着父亲宁国华的臂膀缓步走来。银杏叶旋转飞舞,落在她火红的礼服上,像是绣上了金色的花朵。两只燕子围绕在她的前后,呢喃细语,一声声替谢安宣言:爱妻,爱妻,爱妻……宁吉绽开笑容,笑得与这秋日一样美。

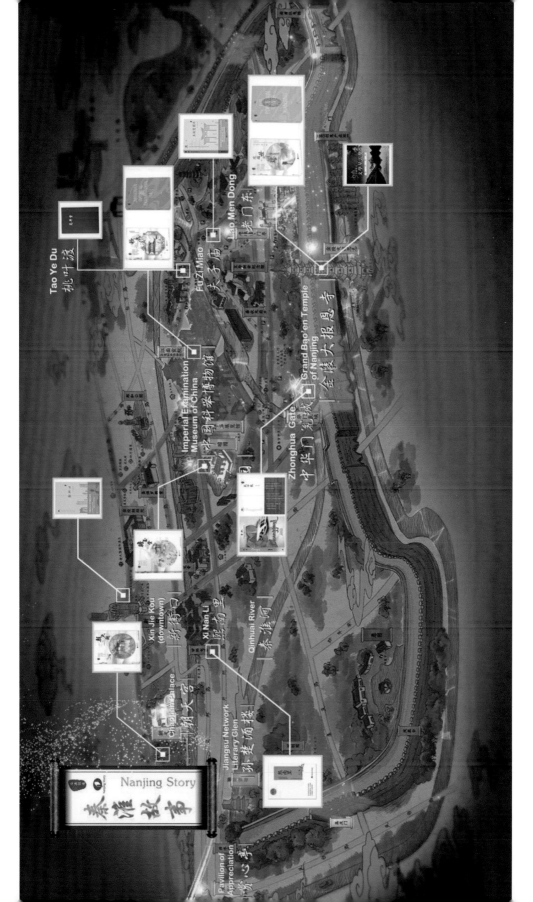

Tao Ye Du
桃叶渡

Fu Zi Miao
夫子庙

Lao Men Dong
老门东

Imperial Examination
Museum of China
中国科举博物馆

Grand Bao'en Temple
of Nanjing
金陵大报恩寺

Zhonghua Gate
中华门翁城

Xin Jie Kou
(downtown)
新街口

Xi Nan Li
熙南里

Qinhuai River
秦淮河

Chaotian Palace
朝天宫

Jiangsu Network
Literary Glen
江苏网络文学谷

Nanjing Story

Pavilion of
Appreciation
鉴心堂